U0032404

當代
名家

韓少功
作品集

1

馬橋詞典

韓少功

編撰者説明

為一個村寨編寫一本詞典，對於我來說是一個嘗試。如果我們承認，認識人類總是從具體的人或具體的人群開始；如果我們明白，任何特定的人生總會有特定的語言表現，那麼這樣一本詞典也許就不會是沒有意義的。

語言是人的語言。迄今為止的各種語言成果，提供了人類認識世界的工具，推進了人們的文化自覺，但認識遠遠沒有完結。語言與事實的複雜關係，與生命過程的複雜關係，一次次成為困惑人類的時代難題。在這本書裡，編撰者力圖把目光投向詞語後面的人和事，清理一些詞語在實際生活中的意義與功能，更願意強調語言與事實之間的密切關係，力圖感受語言中的生命內蘊。從某種意義上說，編撰者更重視動態言語，較之靜態語言，編撰者更重視具體義，較之抽象義，編撰者更重視實用性。這樣一種非公共化或逆公共化的語言總結，對於公共化語言成典，也許是必要的一種補充。

需要說明的是：

（1）編撰者原來是依照各詞條首字的筆畫多少，來決定詞條排列的順序。為了便於讀者較為清晰地把握事實脈絡，也為了增強一些可讀性，後根據出版者的意見，改成現在的排列順序，但保留了

詞條的首字索引目錄於後以方便讀者查檢。

（2）每一個詞都有一定的流傳範圍。在這本詞典裡，詞目前加有△記號的，表示這個詞的流傳範圍不限於馬橋。相反，在詞目後面加有▲記號的，表示該詞流傳範圍僅限於馬橋，甚至只為馬橋個別人使用。

（3）為了減少讀者閱讀中的障礙，筆者在釋文中盡量少用方言。但這並不妨礙有興趣的讀者，可以在閱讀過程中，運用本書已經提供的方言知識，在自己心目中對釋文中某些相應的詞進行方言轉換，那樣的話，可以更接近馬橋實際生活原貌。

一九九五年十一月

《馬橋詞典》 條目首字筆畫索引

馬橋詞典

△江

馬橋人的「江」,發音 gang,泛指一切水道,包括小溝小溪,不限於浩浩蕩蕩的大水流。如同北方人的「海」,把湖泊池塘也包括在內,在南方人聽來有些不可思議。重視大小,似乎是後來人的事。

英語中的 river(江)與 stream(溪),就是以大小來分的。而近在海峽對面的法國,fleuve 指入海的河流,riviere 則表示內陸河或流入另一條河流的支流,與大小無涉。可見四海之內名理多異,不是一一對應的。

馬橋人後來也明白了大小,只是重視得似乎不太夠,僅在聲調上做一點區分。「江」發平聲時指大河,發入聲時則指小溝小溪,外人須聽得時間足夠的長了,才不會搞錯。我剛到馬橋時,就發生過這樣的誤會,按照當地人的指點,興匆匆尋江而去。走到那裡,才發現眼下嘩啦啦的江窄得可以一步飛越兩岸。裡面有一些幽暗的水草,有倏忽而逝的水蛇,根本不合適洗澡和游泳。

入聲的江不是平聲的江。沿著入聲走了一陣,一下走進了水的喧譁,一下又重入喧譁,身體也有忽散忽聚的感覺,不斷地失而復得。碰到一個放牛的老人,他說莫看這條江子小,以前的水很膩,燒得,可以拿來點油燈。

△羅江

馬橋的水流入羅江，村子距江邊有小半天的步行路程。過渡有小划子，若船工不在，過河人自己把划子擺過去就是。若船工在，五分錢一個人，船工把划子靠到對岸了，穩穩地插住船頭篙，站在岸上一一收錢。點一張票子，就蘸一下口水。

攢下大一點的票子了，他就墊進一頂破舊的呢子帽，穩穩地戴在頭上。

過河錢無論冬夏都是一樣。其實，夏天的江面要寬得多，水要急得多。若遇到洪水時節，漫漫黃湯遮天蓋地而下，昏黃了一切倒影，向岸邊排擠一疊又一疊的穢物，還有一堆堆泡沫塞在水緩的淺彎，漚積出酸臭。但越是這個時候，岸邊的人倒擠越多，一心一意等待著從上游漂下來的死雞、死豬、破桌子或者舊木盆，還有散了排的竹木，打撈出來撿回家去，這叫發大水財。

當然，有時候也可能有一個女人或者娃崽，泡成了巨大的白色肉球，突然從波濤中滾出來，向你投射直愣愣的呆目，駭得人們驚叫著逃散。

也有一些膽大的娃崽，找來一根長長的竹篙，戳著白色的肉球，覺得好玩。有一次我還沒有走到江邊，突然看見幾個走在前面的女人，尖叫著慌慌張張回頭就跑，好像發生了什麼事。再仔細看，她們的來處，男人無論老少，也不管江邊的人也打魚，下吊網，或者下線勾。

剛才正在挑擔還是在放牛，剎那間全脫光了褲子，一順溜十幾顆光屁股朝河裡跳跟而去，大吼大叫。

我這才想起，剛才悶悶地響了一聲，是炮聲。這就是說，河裡放炮了，炸魚了，他們聞聲而脫是去撈魚的。他們捨不得濕了自己的褲子，也不覺得這種不約而同的緊急行動會嚇著什麼人。

在馬橋的六年裡，我與羅江的關係並不多，只是偶爾步行去縣城時得在那裡過渡。說起過渡，五分錢常常成了大事。知青手裡的錢都不多，男的一旦聚成了團，也有一種當當日本鬼子橫行霸道的衝動，過渡總是想賴帳。有一個叫黑相公的，在這些事情上特別英雄，上岸以後拿出地下工作者捨己救人的作派，一個勁丟眼色，要我們都往前走，錢由他一個人來付。他摸左邊的口袋，掏右邊的口袋，裝模作樣拖延夠了，看見我們都走遠，這才露出猙獰面孔，說他沒有錢，就是有錢也不給，老鱉，你要如何搞？然後拔腿就跑。他以為他是籃球運動員，擺渡的老倌子是無論如何也趕不上的。不料老人不覺得快慢是個什麼問題，扛上一條長槳，雖然跑得慢，離我們越來越遠，但絕不停下步來，追了一里，追了兩里，追了三里，追了四里……到我們一個個都東倒西歪了掛涎水了，小小的黑點還是遠遠地咬住我們。誰都相信，只要沒有殺了他，他今天不討回這三角多錢，即便揮舞長槳追到天邊，斷不會回頭的。他一點也沒有我們聰明，根本不打算算帳，不會覺得他丟下船，丟下河邊一大群待渡的客人，有什麼可惜。

我們無路可走，只有乖乖地湊了錢，由黑相公送上前去以絕後患。我遠遠看見老人居然給黑相公找還了零錢，嘴裡大張大合，大概是罵人，但逆著風一句也沒有送過來。

我再也沒有看見過這位老人。清查反革命運動開始的時候，我們的一支手槍成了重點追查的問

題。槍是在城裡「文化大革命」時搞到手的，打完了子彈，還捨不得丟，偷偷帶到鄉下。後來風聲一緊，怕招來窩藏武器的罪名，才由黑相公在過渡的時候丟到河裡，而且相約永遠守口如瓶。這件事是怎麼暴露的，我至今仍不清楚。我只是後悔當時太自作聰明，以為丟到河裡就乾淨了。我們沒料到上面不找到這支槍，根本不可能結案，相反，還懷疑我們把這支槍繼續窩藏，有不可告人的目的。我們沒完沒了的審問和交代之後，好容易熬到了冬天，羅江的水退了，浮露出大片的沙灘。我們操著鈀頭，到丟槍的方位深挖細找，一心想挖出我們的清白。我們在河灘上足足挖了五天，挖出了越來越闊大的範圍，差不多在刺骨寒風中墾出了人民公社的萬頃良田，就是沒有聽到鈀頭下叮噹的金屬聲。

一支沉沉的槍，是不可能被水沖走的，不可能被魚蝦吃掉的，沉在水底，也是不可能被什麼人撈走的。奇怪的是，它到哪裡去了呢？

我只能懷疑，這條陌生的江不懷好意，為了一個我們不知道的理由，一心要把我們送到監獄裡去。

只有在這個時候，我們才感覺到它的神祕，也才第一次認真地把它打量。河灘上有一行淺淺足跡。河灘上有一行淺淺足跡，並且久久凝固下來。不時有有一行淺淺足跡，反射出刺眼的白光，像一道閃電把世界突然照亮，使幾隻白色的水鳥不安地上下驚飛，不時滑入冰雪的背景裡讓人無法辨別，不時又從我想不到的地方鑽了出來——幾道白線劃過暗綠色的狹窄水面。我的眼睛開始在一道永久的閃電裡不由自主地流淚。

沒有什麼人過渡。擺渡的不是以前那個老倌子了，換成了一個年輕些的中年人，攏著袖子在岸邊蹲了一陣，就回去了。

我猛回頭，發現岸上還是空的。

△蠻子（以及羅家蠻）

壯年男人別名「漢子」，是較為普遍的情況。馬橋人更習慣把男人叫作「蠻子」、「蠻人」、「蠻人三家」。其中「三家」的來歷不可考。古代有「楚雖三戶亡秦必楚」一語，其中「三戶」似乎並非特指男人。

明明是一個人，卻帶著「三家」的標記，承擔著「三家」的使命，這是不是楚地先人的傳統，不得而知。我曾經有一個想像：如果一個人的血緣來自父母兩人，而父母的血緣又來自祖父母一輩的四人，祖父母的血緣又來自太祖父母一輩的八人……照此幾何級數數往上推算，只須幾十代，全人類的巨大數目都可統括在先輩的範圍之內，都是每個人共同的祖先。「四海之內皆兄弟」的美好願望，在這則簡單的運算裡完全不是虛言，竟有了生理學的可靠依據。從理論上說，每一個人都是全人類的後裔，每一個人身上都收聚和總結了全人類穿越了幾十代的遺傳因素。那麼一個人還是一個人嗎？還僅僅是一個人嗎？我在一篇文章裡說過，「個人」的概念是不完整的，每個人也是「群人」。我希望馬橋的「蠻人三家」中的「三」只是傳統中「多」的同義詞。這樣，「蠻人三家」就差不多是「群人」的別名，強調著個人的群類背景，也就暗合了我的奇想。

「蠻」字流行於南方，在很長時間內是南人的統稱。有關的資料記載，春秋時代（西元前七〇〇年）有羅國，即羅家蠻。《左傳》說：「魯桓公十二年，楚師分涉於彭，羅人欲伐之。」算是最早的

痕跡。羅人曾定居今天的湖北宜城縣西南，與西南方的巴國為鄰，後稱羅川城，見於《水經注》卷二

八。羅家蠻又叫羅子國，曾以彭水為天然屏障，抗拒北方強敵，一見楚兵南渡，是不能不抵抗的，而

且居然也取得過勝利。但楚羅大小懸殊，後者終非敵手。我們在《左傳》中看到，羅人後來兩次逃

亡，第一次逃到枝江縣，就是歷史上「巴人」的發祥地；第二次是二十年左右以後的楚文王時代，再

次逃到湘北，即現在的岳陽、平江、湘陰縣一帶。

江以人名，羅江就是這樣獲得了名號。

很難想像當年扶老攜幼的長途遷涉。從史料上看，羅人到達這裡以後重建了「羅城」，但今天已

經了無痕跡。我懷疑羅江邊上的長樂鎮，就是當年的羅城。樂與羅在方言中諧音，可算一個線索。這

是一個依山傍水的小鎮，也是我進山挑竹木之類的必經之地。它有貫穿全鎮的麻石街，有流淌於麻石

上的甜酒香和木屐聲，通向熱鬧而且濕漉漉的碼頭，也有一些似乎永遠不會探出人面來的緊閉門窗。

當地人說，碼頭下有鐵柱，水退時才可以看見，上面還有很多模糊的古文。我當時沒有考古的興致，

從沒有去看過。每次都是累得兩眼發黑，喝下一碗甜酒之後，倒在街邊和衣睡上片刻，準備繼續趕

路。好幾次我都是被深冬的寒風凍醒的，一睜眼，只有頭上搖晃欲落的疏星。

如果長樂不是羅城，那麼可供查考的還有落鋪、珞山、抱落、銅鑼峒，它們也有一字諧音於

「羅」，也都與我有過一面之交。這些村或鎮至今在我的印象中還可浮現出古老的牆基和階石，浮現出

男女們眼中一閃即逝的躲避和戒備。

羅人與巴人有親密的關係。「下里巴人」在這裡是很通用的成語，意指他們的古歌。羅江的終端

便是「巴陵」，即現在的岳陽。《宋史》卷四九三，說到哲宗元祐三年（西元一〇八八年），「羅家蠻」曾一度「寇鈔」，後來由土家的先輩首領出來加以約束，才告平靜，可見土家與羅人是頗為合作的──而土家族被認定為巴人的後裔，已成史學家們的公論。另一個可以注意的證據是，土家傳說裡，經常出現有關「羅家兄妹」的故事，顯示出「羅」與土家族先民有不解之緣。

奇怪的是，我在羅江兩岸從沒有找到過以「羅」字村鎮，也很少聽說有羅姓人家──除了我所在村子裡一位姓羅的老村長，出身長工，是個地地道道的外來戶。我不能不設想，一次殘酷的迫害浪潮，一次我們今天已經無法知道也無從想像的腥風血雨，使「羅」字成為了這裡的禁忌，羅人不得不改變自己的姓氏，隱沒自己的來歷，或者遠遁他方，就像某些史學家描寫的那樣，成群結夥，餐風宿露，去了湘西、黔、桂、滇以及東南亞的崇山峻嶺，再也沒有歸來。從那以後，羅江有名而無實，只剩下沒有內容的名號，成了一張不再發出聲音的嘴，只是噴放出來無邊的寂靜。即便這張嘴被我們從墓穴裡找出來，我們不知道它曾經說過什麼。

事實上，他們的國家已經永遠失去了，萬劫不復，渺無蹤跡。只留下一些青銅器，已經粉化，一捏就碎。我在那裡挖荒時，多次挖出大批的箭簇和矛頭，只是都非常小，比書上看到的要小得多，顯示出當年金屬的稀貴，必須用得十分儉省。這些出土物被本地人見多不怪，不當回事，全都棄之地邊道旁，小崽子們裝上一籃籃的，拿來打架玩耍而已。我後來見到博物館裡一些森嚴保護下的青銅器的展品，總是有點不以為然。這些東西算什麼呢？我在馬橋的時候，隨便踩一腳，都踩到漢代以前去了，腳下吱吱吱吱不知要踩掉多少文物珍品。

三月三 ▲

每年農曆三月三日，馬橋的人都要吃黑黑飯：用一種野草的汁水，把米飯染黑，吃得一張張嘴都是黑污污的。也就是在同一天，所有的人都要磨刀，家家戶戶都霍霍之聲驚天動地，響成一片，滿山的樹葉被這種聲音嚇得顫抖不已。他們除了磨柴刀菜刀鐮刀銅刀，每家必有的一桿腰刀，也磨得雪亮，寒光在刃口波動著蠢蠢著爆發著，激動著人們的某種凶念。這些刀曾經在鏽鈍中沉睡，現在一把把銳亮地蘇醒，在蠻子即蠻人即蠻人三家們的手中勃躍著生命，使人們不自覺地互相遠離幾許。如果不是人們把刀柄緊緊握住，它們似乎全都會自行其是，嗖嗖嗖呼嘯著奪門而去撲向各自的目標，幹出人們要大吃一驚的事情——它們遲早會這樣幹的。

我可以把這一習俗，看作他們一年之初準備農事的儀式，不做干戈的聯想。但不大說得通的是，準備農事主要應該磨鋤頭，磨犁頭，何以磨腰刀？

刀光一亮，春天就來了。

三月三是刀刃上空氣的顫動。

△ 馬橋弓

馬橋的全稱是「馬橋弓」。弓指村寨，但包括村寨的土地，顯然是傳統的一種面積單位。一弓就是方圓一矢之地。馬橋弓約有四十來戶人家，還有十幾頭牛以及豬狗雞鴨，偎著大小兩片狹長山谷裡的水田。這個村子的四至是：東接雙龍弓的田土，可遙望羅江。西鄰張家坊。南通龍家灘，並有小道與六〇年代建成的長（沙）岳（陽）公路連接，如果坐汽車去縣城，就得走這條路線。從馬橋的弓頭到弓尾，得走上一個多時辰，這不能不使人驚訝：古人是何等的偉大雄武，可以一箭射出這麼大一片地方？

一代一代下來，莫非人的個頭越長越小？

馬橋弓據說原來也叫媽橋弓，但除了一張舊契據上有過這樣的寫法，沒有更多的證據。把它當作前人一時訛寫的結果，也是可以的。進入現代以後，記錄比較清楚的建制沿革大致是：

一九五六年以前叫馬橋村，屬天子鄉；

一九五六年至一九五八年叫馬橋組，屬東風合作社；

一九五八年叫十二生產隊，屬長樂人民公社（大社）；

一九五九年至一九七九年叫馬橋生產隊，屬天子人民公社（小社）；

一九七九年以後，人民公社撤銷，馬橋村隨天子鄉的一部分併入雙龍鄉至今。

馬橋的人大多姓馬，大致分作上下兩村，也就是上下兩弓。上弓以前富人多一些，馬姓也多。這樣的情況並不太常見。相反，這附近張家坊的人姓李，龍家灘的人姓彭，村名和姓氏並不統一，曾經讓我奇怪。我粗略地統計，這種情況在這個縣大概占總數的一半以上。

據《平綏廳志》記載：馬橋弓在清朝乾隆初期曾經昌盛一時，當時號稱馬橋府，人口達千餘之眾，有城牆環合，碉堡四立，防衛十分堅固，流匪從來無法攻破。乾隆五十八年，馬橋府有名叫馬三寶者，在一親戚家吃酒席時突然發癲，稱自己是老娘與一條神犬配的種，真命天子轉世，實為蓮花太祖，要建立蓮花國。當下有他的三個本家馬由禮、馬老岩、馬老瓜也一起發起癲來，披頭散髮，呼天喊地，擁立馬三寶為王，傳旨冊封馬三寶其妻吳氏為后，冊封馬三寶的一個姪女和另一位李姓女子為妃。他們四處傳帖，興兵造反，竟糾合遠近十八弓的刁民，搶奪客商的財貨，襲擊官府的糧船，殺人不計其數。五十九年正月十八，鎮竿總兵明安吐（蒙古人），副將伊薩納（旗人），率兵八百分兩路前往彈壓。左路攻青魚塘，正面撲寨，槍砲並施，拋火彈燒賊寨，逼賊撲河死者無數。右路抄賊後，於橫子鋪伐木架橋，緣木過河，夜襲匪巢馬橋府。黎明時有賊兩百餘破寨而出，往東逃竄，剛好遇左路官兵趕到，擁圍斃殺無一漏網，偽相偽臣馬由禮等六人旋即梟首示眾。馬橋周圍所有附逆助賊的匪寨，一律焚毀。唯助官軍平亂有功的部分百姓，由官軍分發紅旗，旗上寫「良民」二字，插於門戶，可免官軍侵擾。

這本《平綏廳志》讓我有些遺憾。曾經被新縣志列入「農民起義領袖」名單的馬三寶，曾經被馬

橋人傳說的真龍天子馬三寶，在這本清朝當局編寫的志書裡，形象十分惡劣。短短三個月的造反，他不思建功立業抗敵救世的大謀大略，倒搶先冊封了五個妃子。從史料上看，他既無造反之才，聽說官兵到了，只會請巫公設壇祈神，剪紙撒豆，一心化紙為將化豆為兵，抵擋官軍的鋼槍火砲；亦無造反之德，一朝被擒，毫無慷慨捐軀的義節，光供單就一氣寫了四十多份，滿紙都是乞饒之言和「小的」「小的」之類自我賤稱，一心得到勝者的憐憫。他寫供單語無倫次，癲態躍然紙上。在整個「蓮花國」的興亡過程中，光是據官方統計，馬橋及其周圍農民死亡約七百餘人，連遠嫁在外數十年的很多婦人也毅然從四方歸來與同胞親人生死與共。他們赴湯蹈火，浴血奮戰，只不過是把自己的命運交到了這樣一個癲子的手裡。

是不是供單有假？我真心地希望，這些供單只是清朝統治者們偽造歷史的一部分。我真心地希望，那個最終還是被官軍渾身淋上火油綁在大樹上點了「天燈」的馬三寶，不是《平綏廳志》上描述的那個樣子，而曾經追隨他的七百多亡靈，不曾被這樣一個癲子嘲弄。

也許還有另一部歷史？

「蓮匪」之亂，是馬橋歷史上最大一個事件，也是馬橋衰落的一個主要原因。自那以後，馬橋人遷移他鄉的漸多，留下來的人是越來越少。整個村子進入這個世紀時已經破敗冷落。上面安排知青落戶，一般都是著眼於田多人少也比較窮困的村寨，馬橋就是上面選中的村寨之一。

△老表

比起「蓮匪」之亂，規模更大範圍更廣的動亂則發生在明朝末年：張獻忠在陝西拉竿子造反，屢次與官軍中的湖南殺手「鈀頭軍」相遇，傷亡頗重，遷恨於所有的湖南人，後來數次軍入湘，殺人無數，被人們叫作「張不問」——即殺人不問來由和姓名的意思。當時他們的馬鞍下總是掛著人頭，士兵的腰間總是一串串的人耳，作為計功邀賞的憑據。

「十萬贛人填湘」，就是這一血案後的景觀。據說就是因為這一段歷史，湖南人後來把江西人一律叫作「老表」，顯得很親近。

湘贛之間沒有太大的地理阻隔，人口往來不難。湘人至少也有一次填贛的浪潮，則是在本世紀的六〇年代初。我初到馬橋時，在地上幹活，蠻人們除了談女人，最喜歡談的就是吃。說到「吃」字，總是用最強度的發音，用上古的 qia（呷）音，而不用中古的 qi（喫），不用近代以來的 chi。這個 qia 做去聲，以奔放浩大的開口音節，配上斬決乾脆的去聲調，最能表現言者的激情。吃雞肉鴨肉牛肉羊肉狗肉魚肉，還有肉——這是對豬肉的簡稱。吃包子饅頭油餅油糕麵條米粉糍粑，當然還有飯，就是米飯。我們談得津津有味，不厭其煩，不厭其詳也不厭其舊，常談常新常談常樂，一直談得手舞足蹈，面生紅光，振振有辭，一個個字都在充盈的口水裡浸泡得濕漉漉的，才被舌頭惡狠狠彈出口外，

在陽光下爆炸得餘音裊裊。

這種談話多是回憶，比方回憶某次刻骨銘心的壽宴或喪宴。談著談著就會變成假設和吹噓。剛有人宣布自己可以一次吃下三斤飯，馬上就有人宣布自己可以一次吃下二十個包子。這不算什麼，更有強中強哼了一聲，斷言自己一次可以吃下十斤豬板油外加兩斤麵條等等。有人不信，有人要打賭，有人志願出任裁判，有人提議比賽規則，有人機警地防止參賽者作弊，比方防止他把豬板油煎成油渣了再吃，如此等等。這種差不多千篇一律的熱鬧，總是在離吃飯早得很的時候就超前出現。

在這種時候，本地人也常常說起「辦食堂」那一年，這是他們對「大躍進」的俗稱和代指——他們總是用胃來回憶以往的，使往事變得有真切的口感和味覺。正像他們用「吃糧」代指當兵，用「吃國家糧」代指進城當幹部或當工人，用「上回吃狗肉」代指村裡的某次幹部會議，用「吃新米」代指初秋時節，用「打粑粑」或「殺年豬」代指年關，用「來了三四桌人」代指某次集體活動時的人數統計。

他們說起「辦食堂」，說起那時吃不飽飯，一個個餓得眼珠發綠，還要踏著冰雪去修水庫，連婦女也被迫光著上身，奶子吊吊地擔土，配合著紅旗、鑼鼓、標語牌以示不畏嚴寒的革命幹勁。繼三爹（我沒有見過的人）一口氣沒接上，就栽倒在工地上死了。更多的青壯年則不堪其苦，逃竄江西，一去就是多年。

我後來碰見過一位從江西回馬橋探親的人，叫本仁，約莫四十來歲。他給我敬紙菸，對我「老

表〕相稱。在我好奇的打聽之下，他說他當年跑江西就是因為一罐包穀漿（參見詞條「漿」）——他從集體食堂領回一罐包穀漿，是全家人的晚飯，等著老婆從地上回來，等著兩個娃崽從學校裡回來。他太餓，忍不住把自己的一份先吃了。聽到村口有了自己娃崽的聲音，便興匆匆往碗裡分漿，一揭蓋子才發現，罐裡已經空了。他急得眼睛發黑。剛才一罐包穀漿到哪裡去了？莫非是自己不知不覺之間已經一口口吃光了？

他不相信，慌慌地在屋裡找了一遍，到處都沒有漿，所有的碗裡、盆裡、鍋裡都是空的。在這個年頭，也不會有狗和貓來偷食，甚至地上的蚯蚓和蝗蟲也早被人們吃光了。

娃崽的腳步聲越來越近，是從來沒有這麼可怕的聲音。

他覺得自己無臉面見人，更無法向婆娘交代，慌慌跑到屋後的坡上，躲進了草叢裡。他隱隱聽到了家裡的哭泣，聽到婆娘四處喊他的名字。他不敢回答，不敢哭出自己的聲音。他再也沒有進自己的家門。他說，他現在贛南的一個峒裡砍樹，挖藥，燒炭，當然……現在十多年已經過去啦，他在那裡有了新的一窩娃崽。

他原來的婆娘也已經改嫁，而且不怪罪他，這次還接他去家裡吃了一頓肉飯。只是兩個娃崽認生，在嶺上耍，天黑了還沒有回來。

我問他還打不打算回遷。

我說完以後就知道自己問得很蠢。

他淺笑了一下，搖搖頭。

他說一樣的，在那邊過日子也是一樣的。他說在那邊可望轉為林場的正式工。他還說他和另外幾個從馬橋去的人，在那邊結夥而居，村名也叫「馬橋」。那邊的人把湖南人也叫作「老表」。

過了兩天，他回江西去了。走那天下著小雨，他走在前面，他原來的婆娘跟在後面，相隔約十來步，大概是送他一程。他們只有一把傘，拿在女人手裡，卻沒有撐開。過一條溝的時候，他拉了女人一把，很快又分隔十來步遠，一前一後冒著霏霏雨霧往前走。

我再沒有見過他。

△甜

馬橋人對味道的表達很簡單，凡是好吃的味道可一言以蔽之：「甜」。吃糖是「甜」，吃魚吃肉也是「甜」，吃米飯吃辣椒吃苦瓜統統還是「甜」。

這樣，外人很難了解，是他們味覺的粗糙，造成了味覺詞彙的缺乏，還是味覺詞彙的缺乏，反過來使他們的舌頭喪失了區分辨別能力？在飲食文化頗為發達的中國，在味覺詞彙特別豐富的中國，這種情況殊為少見。

與此相聯繫的是，他們對一切點心的稱呼，差不多只有一個「糖」字。糖果是「糖」，餅乾也是「糖」，蛋糕酥餅麵包奶油一類統統還是「糖」。他們在長樂街第一次見到冰棒的時候，還是叫「糖」。例外的情況當然也有，本地土產還是各有其名的，比如「糍粑」和「米糕」。「糖」的籠統，只限於一切西式的、現代的、至少是遙遠地方來的食物。知青們從街上買回的明明是餅乾，被他們叫作「糖」，總讓人覺得有些不順耳，不習慣。

也許，馬橋人以前的吃僅僅要在果腹，還來不及對食味給予充分的體會和分析。很多年以後，我接觸到一些講英語的外國人，發現他們的味覺詞彙同樣貧乏，比如對一切有刺激性的味道，胡椒味也好，辣椒味也好，芥茉味也好，大蒜味也好，一律滿頭大汗，「hot（熱味）」一下完事。我竊竊地

想，他們是否也如馬橋人，曾經有過飢不擇食飢不辨味的歷史？我不會笑話他們，因為我知道飢餓是什麼滋味。我曾經在天黑的時候摸回村，顧不上洗手洗臉（滿身全是泥巴），顧不上拍打蚊子（牠們正在密密地撲向我），只是一口氣吞下了五鉢飯（每一鉢據說是半斤米），吞完了還不知道些什麼，是什麼味道。在這個時候，我什麼也沒看見，什麼也沒聽見，唯一感覺是腹中腸胃在劇烈蠕動，一切上等人關於味覺的詞，那些精細的、豐繁的、準確的廢話，對於我有什麼意義？

一個「甜」字，暴露了他們在飲食方面的盲感，標定了他們在這個方面的知識邊界。只要細心體察一下，每個人其實都有各種各樣的盲感區位。人們的意識覆蓋面並非彼此吻合。人們微弱的意識之燈，也遠遠沒有照亮世界的一切。直到今天為止，對於絕大多數的中國人來說，辨別西歐人、北歐人以及東歐人的人種和臉型，辨別英國人、法國人、西班牙人、挪威人、波蘭人等民族的文化差異，還能將其與相應的臉型、服裝、語言、風俗特徵隨時聯繫起來。這在歐洲人看來有點不可思議，就像中國人覺得歐洲人分不清上海人、廣東人以及東北人一樣不可思議。因此，中國人更愛用「西方人」甚至「老外」的籠統概念，就像馬橋人愛用「甜」字。在一個拒絕認同德國的英國人或者拒絕認同美國的法國人看來，這種籠統當然十分可笑。

同樣，直到今天為止，對於絕大多數中國人乃至相當多數的經濟學者來說，美國的資本主義，西歐的資本主義，瑞典等幾個北歐國家的資本主義，日本的資本主義，似乎也沒有什麼重要的差別。十八世紀的資本主義，十九世紀的資本主義，本世紀戰前的資本主義，本世紀六〇年代的資本主義以及

本世紀九〇年代的資本主義，還是沒有什麼重要的區別。在很多中國人那裡，一個「資本主義」的概念就足夠用了，就足夠支撐自己的愛意或者敵意了。

我在美國時讀到過一本反共的政治刊物。我很奇怪，刊物編輯的政治味覺，同樣停留在馬橋人「甜」的水準。比方說，他們時而譴責某共產黨是假馬克思主義，背叛了馬克思主義，時而又譴責馬克思主義（那麼假和背叛豈不是很好？）；一方面揭露共黨分子也有婚外戀和私生子，一方面又嘲笑共黨分子的自我禁欲太壓抑人性（那麼婚外戀和私生子豈不是很符合人性？）。他們不覺得自己有什麼邏輯的矛盾和混亂，只覺得凡是反共的就值得喝彩，就很好。也就是在這本刊物上，我讀到一條消息：一個剛從海南島跑到香港的女子，姓陳，宣稱自己是反共義士，被西方一個國家的政府熱情地當作政治難民給予收留和保護。幾個月後，我遇到了這個國家一個大使館官員，很為他們的政府感到委屈和氣憤。在餐桌上，我告訴他，我認識這個陳小姐。她在海南島從未參加過任何政治活動，只是組織過一個「熱島文學大賽」，騙取了全國文學青年近二十萬元的參賽費，然後把一大堆參賽稿件丟在賓館裡，一拍屁股捲款逃港。她沒有能夠說服我當她的大賽顧問，但這不要緊，在她的登在報紙上的徵稿廣告上，十幾個她能夠想到的世界當紅的作家，馬奎斯、昆德拉、尤薩等等，居然都成了她的顧問——她差不多想在海南島評出一次超級諾貝爾文學獎。

我的這一番介紹似乎讓大使館官員感到困惑。他皺著眉頭說，她也許騙了錢，也許騙得很笨，但這是不是可以看作是一種特殊的政治反抗方式？

他費力地打著手勢。

我沒法把談話繼續下去。我並不想改變餐桌對面這位外交官的政治立場。任何一種嚴肅而恪守和平的政治立場，你可以擁護，可以反對，但不能沒有尊重。我只不過是感到一種困難。就像我沒法讓當年的馬橋人從語言上區別各種各樣的「糖」，現在，我也沒法讓外交官區別中國各種各樣的「反抗」。在他眼中陌生而模糊的這個國家，騙錢也是一塊可口的「糖」。如此而已。

碘酊 ▲

中國人對工業製品多用俗稱。我出生在城市，自以為足夠新派，一直到下鄉前，卻只知道有碘酒而不知道有碘酊。就像我習慣於把紅汞叫作「紅藥水」，把甲紫溶液叫作「紫藥水」，把蓄電池叫作「電藥」，把安培表叫作「火表」，把塘瓷杯叫作「洋瓷缸」，把空襲警報叫作「拉喂子」，把口哨叫作「叫嘴子」。

我到了馬橋之後，常常更正鄉下人一些更土氣的稱名。比方說，城裡的廣場就是廣場，不是什麼「地坪」，更不可叫「晒坪」。

我完全沒有料到，這裡的男女老幼都使用一個極為正規的學名：碘酊。他們反而不知道什麼是碘酒，很奇怪我用這種古怪的字眼。即使是一個目昏耳聵的老太婆，也比我說得更有學院味。他們用馬橋腔說到碘酊的時候，像無意間說出了一個祕密暗號，他們平時深藏不露的暗號，只是到必要的時候才說出來，與遙遠的現代科學接頭。

我打聽這個詞的來歷。我的猜想一個個落空。這裡從來沒有過外國傳教士（洋人是可能開醫院和用藥品學名的），也沒有來過大規模的軍隊（新軍是可能負傷也可能用藥品新名的），教師們也大多曾經就讀於縣城，更遠的也只是去過岳陽或長沙，不可能帶回來比那裡的用語更現代的東西。最後，我

才知道這個詞語與一個神祕的人有關。

下村的老村長羅伯，吧嗒著竹菸管說，一個叫希大桿子的人，在這裡最早使用碘酒。

△鄉氣

我對希大桿子知之甚少。無法知道這個人來自何方，是何種身分，為何移居此地，甚至無法知道他的姓名——「希」字不大像是一個姓。有人提到他下巴塌，雙眼皮，與其他人長得不一樣。關於這些特徵的重要性，我直到很久以後才明白。

綜合我聽到的各種傳說，他大約是在三〇年代進村的，在這裡住了十多年，或者二十多年，或更長的一些時間。他帶來了一位老人，幫他煮煮飯，洗洗衣，還照看幾隻鳥籠。他講話「打鄉氣」，就是有外地口音，不大讓人聽得懂。比如「碘酊」。又比如「看」，可代替「視」；「玩」，可代替「耍」；還有「鹹」，意指肥皂，也一直在這裡流行，後來影響到周圍方圓很廣的地方。據說他喜歡吃蛇，那麼從這些詞來推測，他是一個當時讀了新學的人，至少有一定的化學知識。

把他想像成一個愛吃蛇的廣東人，不是完全沒有道理。

他給馬橋人留下的印象很複雜。有人說他好，說他剛來時，出示一些洋藥洋布洋火，換穀米吃，價錢比較公道，尤其是碰到有人拿蛇來換，更是喜笑顏開，價錢上好打商量。他還可以診病，甚至可以給婦女接生。本地郎中們曾經對他大舉聲討，說他不過是妖術惑人，連陰陽八卦都不通的，連脈也不會摸的，還拿什麼診病？連棋盤蛇那樣毒的東西都敢吃，心肝豈有不毒之理？不過，這些話後來不

攻自破。張家坊的一個婦人難產，痛得在地上打滾，牛喊馬叫，叫得郎中沒了主意，村裡人也慌了手腳，結果是她的舅舅出面做主，取來一把菜刀在階石上磨了磨，要給她破肚子。

菜刀已經架在肚子上了，幸好希大桿子趕到，大喝一聲，嚇得操刀的住了手。他不慌不忙，喝了茶，洗了手，把閒人全部喝出屋外。一個多時辰以後，屋裡有啼哭聲了，他又不慌不忙地出來喝茶。

眾人進去一看，娃崽已經接生出來，產婦居然平安。

問他是怎麼搞的，他的話太打鄉氣，沒有什麼人能聽懂。

娃崽後來長得很好，能說話能滿地亂跑的時候，還被父母逼著，上門給希大桿子叩了幾個響頭。

希大桿子似乎也比較喜歡娃崽，常常同他說話，同一起來玩耍的其他娃崽說話。漸漸的，娃崽們講話也有些打鄉氣，還說蛇肉好吃，吵著要父母給他們抓蛇。

馬橋人從不吃蛇。在他們看來，蛇是天下最毒之蟲，蛇肉必定損失人的忠厚，對希大桿子可以生喝蛇血、生吞蛇膽，更是驚懼無比，三五成群竊竊私語，總覺得是村子裡的不祥之兆。他們紛紛禁止娃崽再去希家玩耍，主要是怕希大桿子用蛇肉把他們教壞。他們威脅娃崽，看見姓希的了麼？他是賣娃崽的，說不定哪天就把你們裝在麻袋背到街上去賣了——你沒看見他房裡有好多麻袋麼？

娃崽們想了一想，沒有什麼裝麻袋的印象，但看到大人們認真的臉色，也不大敢往希家去了，最多只是邀成一夥，遠遠地看一看。看見姓希的熱情招手，誰也不敢上前去。

因為姓希的接生有術，村裡人終究沒有一把火燒了他的房子，把他家老少兩個趕出村。但他們對希家一直好感不起來。人們都看不起他的懶，他腿上一層密密的汗毛，就是懶的證明。也不能容忍他

的奢侈……居然給籠子裡的一些鳥餵雞蛋，餵肉片。更不可接受他的一臉陰青……冷淡而且傲慢，對長輩也是沒有一點恭敬的，從來不懂得讓座，更不敬於敬茶。動不動就要呵責來客，要是對方聽不懂他的話，他就冷笑一聲，咕咕噥噥做自己的事去了。從他那凶凶的臉色來看，他莫不是在打鄉氣咒人？他以為別人聽不懂就可以口臭？他使「鄉氣」這個詞有了確切的體現——不僅僅是言語的問題，確實是一股氣，一種冷冽生硬之氣，一種攪得生活惶惶不安的戾氣。他使「鄉氣」這個詞本就有些刺耳的詞，更加有了貶義的沉重，常常從咬牙切齒的一些嘴裡迸出。至於是否殃及後來的外來者，是否暗暗影響到馬橋人對一切外來者的態度，並非不成為問題。

土改反霸工作組進村的時候，打聽這裡是否有地主惡霸。老百姓當時有些害怕，吞吞吐吐，東拉西扯，甚至一見到工作組的人就關門。最後，工作組殺了龍家灘一個最大的惡霸，提著他的腦袋遊鄉，到處噹噹地敲鑼讓人們來看，群眾見了血，這才把門都打開了，一個個摩拳擦掌。很多男人找到工作組，首先提到了希大桿子。

「他有什麼罪行？」

「剝削，就是你們說的剝削。」

「怎麼個剝削法？」

「好吃懶做，從不自己育菜。」

「還有呢？」

「他戴著洋鎖，滴答滴答叫的。」

「是懷錶吧？懷錶是浮財。還有呢？」

「他吃毒蛇，你看無聊不無聊？」

「吃蛇不說明什麼問題。最重要的是看他有沒有山，有沒有田，我們要把住這個政策界限。」

「他有田呵，有，怎麼沒有？」

「在哪裡？」

男人們就含糊了，說你們去查吧，肯定會查出來的。

「什麼地方？」

男人們有的指東邊，有的指西南邊。

工作組去查了，發現希大桿子其實並沒有田，也沒有山，除了幾籠鳥，家裡空空盪盪的，懷錶也沒有了，據說送了龍家坪一個相好。這樣的人是不能劃成地主惡霸的，不可當敵人對待。工作組的結論，使本地的男人們都急了，說什麼也不依。他們眼睛紅紅地憋了半天，說彭世恩（龍家灣的一個大惡霸）殺得，為什麼他就殺不得？他比彭世恩拐得多，拐到哪裡去了！彭世恩哪有他那樣拐？把自己的老子當孫子！

說到老子做孫子的事，工作組還是沒有聽明白。調查了好幾天，才摸出一個事情的大致輪廓：有一段時間，一個驚人的消息在馬橋暗暗流傳，說姓希的其實已經活了一百多歲，吃了西洋長生藥丹，所以至今身強體壯滿面紅光。跟著他來的那個老人，根本不是他爹，而是他孫子，不服家教，頑劣成性，不肯服食西洋寶丹，才成了現在這一條老絲瓜。有些人聽說這事，驚訝之餘對姓希的刮目相看，

怯怯地上門去打聽。希家老頭一口鄉氣更重，沒有一句話讓人聽得清楚。希大桿子也不願意多談，碰到追問不捨的人，對方恭維夠了，糾纏夠了，才勉勉強強地含糊一下，說他也記不得自己到底活過有多久，反正朝中皇帝換了幾個，他是見多不怪了。說著，他要老人去睡覺。旁人聽得真真切切，他沒對老人叫爹，而是叫「狗仔」，完全是差遣晚輩的口氣。

馬橋人對長生藥丹不可能都不動心。有人帶上銀錢，帶上酒肉，到姓希的面前求寶。他們有時還得送上婆娘，因為姓希的說人的體質不一樣，丹藥也就不能一樣，有的男人元陽太虛，得取女人的「三峰」——也就是口液、乳汁以及陰精入丹，才可以集陰補陽，取得藥效。當然，做這種事是很複雜的，很有講究的，他最不願意做這種事。有時候是求藥者三番五次還是做不好，送來的三峰根本做不得用，他卻不過人家的苦苦央求，才勉為其難，救苦救難，上門代勞，帶著人家的女人關緊房門放下帳子，搞得床板吱吱嘎嘎的很不平靜。他做這樣的事很費精神，一般來說要收取更多的銀錢。

這種事越來越多了之後，當事人互相通風透底，首先是當事人的女人們紅著臉漸生疑心，接著男人們也鐵青著臉，只是不好發作。就是在工作組進山前不久，有一個娃崽在母親的派遣下，去希某那裡探明祕密。只要外人不在場，姓希的就把那個老人叫作爹！這就是說，姓希的一直讓他老爹在眾人面前裝孫子，他根本沒有活一百多歲，也根本沒有什麼長生藥！

「騙子。」工作組長聽明白了，點點頭。

另一位幹部說：「他騙了你們多少錢，多少穀，多少婦女，歡迎你們揭發，我們要同他算帳。」

漢子們怒不可遏，但支支吾吾，不願意把事情說得太詳細。工作組理解他們的難處，考慮來考慮去，最後想了個辦法，讓一個讀書人搖搖筆桿子，總結出希大桿子道德品質敗壞勾結地主惡霸資助土匪武裝反對土地改革非法經商等等十來條罪狀，終於將他定為反動地痞，一索子捆了起來。

「你說，你到底有沒有長生藥？」

「沒有，沒有。」希大桿子在工作組面前一身哆嗦，傲氣一掃而光，鼻涕都駭得流出來了。

「你賣給他們的是什麼？」

「阿……阿斯匹林。」

「你為什麼這樣不老實？」

「我……我……站在反動的立場上，道德品質敗壞，勾結地主惡霸……」他把工作組定的罪行一背誦，一個字也不錯。

「你明白呵？」

「我讀書過目不忘，雕蟲小技，雕蟲小技。」

「胡說！這是你自己的罪行，你必須老老實實承認。」

「我承認，我承認。」

工作組把他押送縣裡。一個民兵負責押解，走到路上不知吃了什麼東西，先是嘔吐黃水，最後嘔吐綠水黑水，吐得兩眼翻白，不省人事。希大桿子跪在地上為他做人工呼吸，又找來一桶清水為他灌洗腸胃，待他穩定了一些，把他一口氣背到了縣城，連人帶槍一起交給了政府。當然也把自己交了上

去。據說事後有人問他，為什麼不抓住這個機會逃跑？他說跑不得跑不得，我要脫胎換骨，跳出糞坑，為人民服務。

他在押解路上的守法表現受到了注意，政府判刑時，給他少判了兩年，然後送某農場勞改。也有人說，上述說法有誤，他根本沒有服刑，被縣裡一個首長看中，保他出獄，讓他發揮一技之長，去某礦山行醫。有人在縣城裡的茶館裡還曾看見他喝茶。他已去了長髮，剪一個平頭，說話竟然一點也不打鄉氣了。他談天說地到了得意的時候，忍不住私下向人吹噓，自己當年為了爭取進步，在押解路上把一個民兵先毒翻，再救活，一舉給自己減了兩年刑，云云。

不知道這種說法是否屬實。

他的老爹很快就死了。他們在馬橋的鄉氣也消失了，只留下了「碘酊」、「鹹」這樣幾個孤零零的詞，讓多年後的我感到驚訝。當然，他在馬橋至少還留下了三個兒子，三只他特有的那種塌下巴，將成為我以後一些詞條裡的人物，承擔馬橋以後的故事。

△同鍋

馬橋人沒有同宗、同族、同胞一類的說法。同胞兄弟，在他們的嘴裡成了「同鍋兄弟」。男人再娶，把前妻叫作「前鍋婆娘」，把續弦和填房叫作「後鍋婆娘」。可以看出，他們對血緣的重視，比不上他們對鍋的重視，也就是對吃飯的重視。

知青剛下到馬橋，七個人合為一戶，同鍋吃飯。七個姓氏七種血緣在當地人看來已經不太重要，唯有一鍋是他們決定很多大事的依據。比如每月逢五到長樂街趕場，碰到田裡或者嶺上的功夫緊，隊上決定每鍋頂多可以派一個人去趕場，其餘的都要留在村裡出工。在這個時候，都想上街逛逛的知青們說破了嘴皮，強調他們並不是一家人，強調他們各有各的趕場權，都是沒有用的。他們身後那口共有的鍋，無異於他們強辯無效的定案鐵證。

有一段時間，一對知青談愛談得如火如荼，興致勃勃地開始他們幸福的小日子，便與尚在情網之外的知青分鍋吃飯。這倒給他們帶來過一次意外的好處。隊上分菜油，因為油太少，所以既不按勞動工分來分，也不按人頭來分，最終採取一鍋一斤的方案，讓大家都有點油潤一潤鍋，頗有點有福同享的義道。保管員到知青的灶房裡看了看，確證他們有兩口鍋，便分發了兩斤油——比他們預期的多了整整一倍。

他們揮霍無度地飽吃一頓油炒飯，幸福地抹著油嘴，計畫再去買幾口鍋，等下次分油時拖保管員來看。

△ 放鍋

女子出嫁，婚禮上最重要的一個儀式，是新娘把一口新鍋放到夫家的灶上，打水淘米，劈柴燒火，煮上一鍋飯，表示她已經是夫家的人了。這叫作「放鍋」，是結婚的同義詞。放鍋一般都選擇在冬天，不光是要避開農忙的緊張，也不光是秋後才有收成可供花費。人們告訴我，新娘只有在冬天才好多穿幾層棉襖，防止一些後生在婚禮上打鬧取樂，動手動腳。這是更重要的原因。

我曾經被復查拉著，去參加過一次婚禮。昏黃的油燈和燭光下，酒味刺鼻，人影綽約，笑語喧譁，我正擠坐在牆角的人縫裡剝瓜子，突然一聲驚呼，一個黑影向我迅速放大，把我重重地拍向牆壁，壓得我差點透不過氣來。我從黑影後面掙扎著探出腦袋，才發現黑影是個人，是身著花襖子的新娘，一張蒙在混亂頭髮裡的臉，掛著幾乎要哭的表情。我驚恐萬分，還沒來得及躲開她似乎是腿又似乎是背的重壓，她又被周圍的幾隻手抓住，一聲吆喝中，踉踉蹌蹌朝另一個男客的懷抱裡竄去。她的尖叫，淹沒在人們哈哈大笑裡。

第二天，我聽說新娘儘管束了四層棉襖，緊緊紮了六根褲帶，身上一些地方還是留下了一道青一道紫的抓痕。可見後生們的厚顏和狂熱。

夫家對此不得有任何意見。

恰恰相反，如果人們不來厚顏和狂熱，倒是夫家一件很沒有面子的事情，很讓人家看不起。村裡有一個叫兆青的，有一次給大兒子收親，小里小器的，往喜酒裡兌了水，上席的肉塊也切得太小，讓客人們頗為不滿。大家串通起來報復，整整一個婚禮之夜裡沒人對新娘動一個指頭，見她有意蹭上來也裝作沒看見，或者閃避而去。第二天新娘大哭大鬧，說沒想到這麼被人看不起，以後還讓她如何做人？陪她來放鍋的兩個小舅子也大為光火，不管新娘同不同意，撬出灶台上的一口新鍋，背著就出門回家去。新娘本來還沒打算鬧到退婚的地步，看見鍋沒有了，也沒有辦法，只好哭哭泣泣跟著那口鍋回了娘家。

一椿婚事居然給攪散了。

△小哥（以及其他）

「小哥」意指姊姊。顯然是出於同一原則，「小弟」是指妹妹，「小叔」和「小伯」是指姑姑，「小舅」是指姨媽，如此等等。

我很早就注意到，馬橋以及附近的地方較為缺少關於女人的親系稱謂，大多只是在男性稱謂的前面冠以一個「小」字，以稍作區分。女人與「小」字永遠連在一起。這種規則與孔子「唯女子與小人為難養也」之類的古訓是否有關，不得而知。

語言看來並不是絕對客觀的、中性的、價值缺位的。語言空間在某種觀念的引力之下，總是要發生扭曲。女人無名化的現象，讓人不難了解到這裡女人們的地位和處境，不難理解她們為何總是把胸束得平平的，把腿夾得緊緊的，目光總是怯怯低垂落向檐階或小草，對女人的身分感恐慌或慚愧。

至尊者無名，比如帝王總是享受著「名諱」特權。作為這種禁忌語現象的另一面，至賤者也無名。人們對家養寵物，對一切珍愛之物，總是給牠們命名，叫「小咪」或「露露」或「比爾」。只有對罪囚，人們才常常忽略他們的姓名，只叫他們數位化的編號，就像清點貨物。只有對我們極其厭惡的人，我們才會無視他們的名謂，稱之為「那個東西」、「你這個傢伙」等等，剝奪他們在語言中的地位。所謂無名鼠輩，就是他們的名字在公共生活中毫無用處，純屬多餘，使用頻率太低以至可以完

全取消。這正像在「文化大革命」當中，「教授」、「工程師」、「博士」、「藝術家」一類的名字也曾經被沒收了。當局並不是要廢除這些行業和職位，也無意消滅這樣的人。事實上，當局是渴望各項事業以革命的名義高速發展的。當局只是有一種強烈的心理衝動，要削弱乃至完全掃蕩這些人的名謂

權——因為任何一種名謂，都可能成為一種思維和一整套觀念體系的發動。

中國古代以「名理學」統納一切哲學。任何理都以「名」為支點，為出發點，為所有論證的焦聚和凝結。

馬橋的女人的無名化，實際上是男名化。這當然不是特別稀罕的一種現象。即使歷經人性啟蒙浪潮洗禮幾百年的英語，也只把男人（man）看作人（man）。「主席（chairman）」、「部長（minister）」一類顯赫的詞也都男性化，至今仍被女權主義者詬病。但英語只是表現了一些中性詞或共性詞在男性霸權下逐一陷落，還沒有男性化到馬橋語言的這種程度——女性詞全面取消。這種語言的窺改是否影響到馬橋女人們的性的心理甚至生理，是否在一定程度上變更了現實，我很難進一步深究。從表面上看，她們大多數習慣於粗門大嗓，甚至學會了打架罵娘。一旦在男人面前占了上風，就有點沾沾自喜。她們很少有乾淨的臉和手，很少有鮮豔的色彩，一旦梳妝打扮被人發現，就覺得羞愧萬分。她們總是藏在男性化的著裝裡，用肥大的筒褲或者僵硬的棉襖，掩蓋自己女性的線條。她們也恥於談到月經，總是說「那號事」。「那號事」——同樣沒有名謂。我在水田裡勞動，極少看見女人請例假離開水田。她們可以為趕場、送豬、幫工等等事情請假，但不會把假期留給自己的身體。我猜想她們為了確證自己「小哥」一類的男性角色，必須消滅自己的例假。

神仙府（以及爛桿子）▲

馬橋上弓有一段麻石路面，兩旁的幾棟農舍，當路的一面是通常的木板牆，東偏西倒，但還保留著高高的一堵磚石方台。只有留心細看，才會發覺這些台子是很多年以前的櫃檯，才會發現這些老房子依稀流露出鋪面的風采。櫃檯是商業的殘骸。《平綏廳志》稱這個地方在清朝乾隆年間昌盛一時，這些殘缺剝落而且蒙受著雞糞鴨糞的櫃檯，大概不失為物證。

另一件可疑的舊物，是一口大鐵鍋，已經有了缺口和長長裂紋，丟在公家的穀倉後面的林子裡沒人理會，鍋底積滿了腐葉和雨水。鍋大得驚人，一鍋足足可以煮上兩籮筐飯，攪飯的勺子至少也要大如鈀頭。沒有人說得清：這口鍋以前是誰的？為什麼需要這麼大的鍋？鍋的主人後來又為什麼丟棄了它？如果用這口鍋給長工做飯，主人一定是大莊主。如果用這口鍋給兵丁做飯，主人一定是不小的將軍。這些猜想都足以使我心驚。

最後，《平綏廳志》描述的繁榮，在馬橋上弓的一幢老屋上還殘存了一角。那是青磚大瓦屋，大門已經沒有了，據說大門前的石頭獅子也在革命的時候被人砸了，但差不多高至人們膝蓋的石頭門檻，還顯示出當年的威風。屋裡偶有一扇沒有被人拆走的窗戶，上面的龍飛鳳舞，精雕細刻，還有一股富貴氣隱隱逼人。本地人把這幢無主的樓房叫作「神仙府」，有一種戲謔的味道。我後來才知道，

神仙是指幾個從不老實做田的爛桿子，又名馬橋的「四大金剛」——他們很長一段時間裡就住在這裡。

我到神仙府去過一次，是受幹部的派遣用紅黃兩色油漆到處刷寫毛主席語錄牌，不能漏下這一個角落。我去的時候，知道神仙府的金剛們或是謝世或是出走，現在只留下一個馬鳴。他不在家，我在大門口咳了幾聲未見回音，只好怯怯地被幾級殘破的石階誘入這一洞塵封的黑暗，在一團漆黑中有滅頂的恐懼。幸好，側身探進右廂以後，屋角缺了幾片瓦，漏下一柱光線，讓我的雙目絕處逢生，最終有所依附。我慢慢才看清，這裡有一片磚牆不知為什麼向外隆脹，形如佛肚。這裡的木板壁全是蟲眼，遍地是草鬚和喳喳作響的碎瓦渣。靠牆有一口大棺木，也用草鬚覆蓋，還加上一塊破塑料布。我看見了主人的床，是牆角草窩中一塊破蓆，上面有一堆黑如煙塵的棉絮，大概是暖腳的那一頭，用一根草繩緊緊地捆成一束，顯示出主人禦寒的機智。草窩的旁邊，有兩節舊電池，有一個酒瓶和幾個彩色的紙菸盒，算是神仙府對門外世界的零星捕獲。

我的鼻尖碰到了一團硬硬的酸臭，偏過去一點，又沒有了。偏過來一點，又有了。我不能不覺得，臭味在這裡已經不是氣體，而是無形的固體，久久地堆積，已凝結定型，甚至有了沉沉的重量。這裡的主人肯定躡手躡腳，是從來不去攪動這一堆酸臭的。

我也小心避開固體的酸臭，找到一個鼻子較為輕鬆的地方，做了一塊語錄牌，即「忙時吃乾，閒時吃稀，平時半乾半稀」一句，希望對這裡的主人有所教育。

我聽得身後有人感嘆：「時亂，必亂時矣。」

我身後有一個人，走路沒有腳步聲，不知何時冒了出來。他瘦得太陽穴深陷，過早地戴起了棉

帽，套上了棉襖，攏著袖子衝著我微笑，想必就是主人了。他的帽檐如這裡的其他男人們一樣，總是旋歪了一個很大的角度。

問起來，他點點頭，說的正是馬鳴。

我問他剛才說什麼。

他再次微笑，說這簡筆字好沒道理。漢字六書，形聲法最為通適。繁體的時字，意符為「日」，音符為「寺」，意曰而音寺，好端端的，改什麼改？改成一個「寸」旁，讀之無所依循，視之不堪入目，完全亂了漢字的肌理，實為逆亂之舉。時既已亂，亂時便不遠了呵。

文縐縐的一番話讓我嚇了一跳，也在我的知識範圍之外。我趕忙岔開話題，問他剛才到哪裡去了。

他說釣魚。

「魚呢？」我見他兩手空空。

「你也釣魚麼？你不可不知，釣翁之意不在魚，在乎道。大魚小魚，有魚無魚，釣之各有其道，各有其樂，是不計較結果的。只有悍夫刁婦才利欲薰心，下毒藤，放炸藥，網打棒殺，實在是烏煙瘴氣，惡俗不可容忍，不可容忍！」他說到這裡，竟激動地紅了臉，咳了起來。

「你吃了飯沒有？」

他摀著嘴搖了搖頭。

我很怕他下一句就找我借糧，沒等他咳完就搶占話頭：「還是釣了魚好。好煮魚吃。」「魚有什麼

好吃?」他輕蔑地哼了一聲,「食糞之類,濁!」

「那你……吃肉?」

「唉,豬最蠢,豬肉傷才思。牛最笨,牛肉折靈機。羊呢,最怯懦,羊肉易損膽魄。都不是什麼好東西。」

這種說法我真是聞所未聞。

他看出我的疑惑,乾乾地笑了。「天地之大,還怕沒什麼可吃?你看看,蝴蝶有美色,蟬蛾有清聲,螳螂有飛牆之功,螞蟥有分身之法,凡此百蟲,採天地精華,集古今靈氣,是最為難得的佳餚。噴噴噴……」他滋味無窮地搭嘴搭舌,突然想起什麼,轉身去他的窩邊取來一個瓦缽,向我展示裡面一條條黑色的東西。「你嘗嘗,這是我留著的醬醃金龍,可惜就這一點點了,味道實在是鮮。」

我一看,金龍原來就是蚯蚓,差點翻動了我的五臟六腑。

「你嘗呵,嘗呵。」他熱情地咧開大嘴,裡面亮出一顆金牙。一口黃醬色的餿氣撲面而來。

我趕快奪路而逃。

以後我很長一段時間沒有看見他,幾乎沒有機會碰到他。他是從不出門做功夫的,他們四大金剛幾十年來是從不沾鋤頭扁擔一類俗物的。據說不論哪一級的幹部去勸說,去訓罵,甚至去用繩索捆綁,統統無濟於事。如果威脅要送他們去坐監獄,他們就表示求之不得,到了監獄裡還省得自己做飯吃哩。其實他們已經很少做飯了,對監獄的嚮往,不過是他們圖謀把懶推到一種絕對、純粹、極致的境界。

他們並不打伙，也從無飲食的定時，誰餓了，就不見了，回來時抹著嘴，可能已吃了什麼野果野蟲，或者已在人家的地上偷了一個蘿蔔或者包穀，生生地嚼下肚而已。若是燒上一把火煨熟來吃，已經算是辛苦萬分勞累不堪的俗舉，要被其他金剛恥笑一番。他們一無所有，對神仙府的產權當然也是糊糊塗塗。但他們又無所不有，用馬鳴的話來說，「山水無常屬，閒者是主人」，他們整日逍遙快活，下棋、哼戲、觀風景，登高遠望，胸納山川，腹吞今古，有遺世而獨立羽化而登仙的飄逸之姿。在地裡做功夫的人當初看見他們「站山」，免不了笑。他們不以為然，反過來笑村裡的人終日碌碌之苦，吃是為了做，做是為了吃，老子為兒子做，兒子為孫子做，一輩子苦若牛馬，豈不可憐？縱然積得萬貫家財，但一個人也身穿不過五尺，口入不過三餐，怎比得上他們邀日月為友，居天地為宅，盡賞美景暢享良辰大福大貴！

到後來，人們再看見他們白日裡這裡站一站，那裡瞅一瞅，也就見多不怪，不去管它。

四大金剛中的尹道師，有時候還去遠鄉做點道場。胡二則去過縣城討飯，一去就個多月不回村。縣裡發下話來，說馬橋的人進城討飯影響太壞，村裡應該嚴加管束，實在有困難的就應該扶助救濟，搞社會主義不能餓死人。老村長羅伯無法，只好叫會計馬復查從倉裡出了一籮穀，給神仙府送去。

馬鳴是很硬氣的人，瞪大眼睛說：「非也，人民群眾血汗，你們拿來送人情，豈有此理！」

他反倒有了道理。

復查只好把一籮穀又扛了回來。

馬鳴不吃嗟來之食，甚至不用他人的水。他沒有為村裡的井打過石頭，挑過泥巴，就絕不去井邊

取水。他總是提著他的木桶，去兩三里路以下的溪邊去，常常累得額上青筋突暴，大口喘氣，一桶水壓得全身幾根骨頭胡亂扭成一把，走兩步就要歇三步，鼻子不是鼻子嘴不是嘴地哎哎喲喲。有人見此情形有點同情，說全村人的井，就少了你的一口水？他咬緊牙恨恨地說：「多勞多得，少勞少得。」

或者標榜他的臭講究：「溪裡的水甜。」

有人敬過他一碗薑鹽芝麻茶，定局要他喝下去。他喝後還沒走出十步，就哇哇哇地嘔吐起來，吐得懸涎悠悠兩眼翻白。他說不是他不領情，實在是他的腸胃沾不得這等俗食了，這井裡的水一股鴨屎味，如何入得了口呢？當然，他也不是不是完全沒有受過他人之惠，比方他身上那件無論冬夏都裹著的棉襖，就是村裡給他的救濟。他開始堅辭不受，直到老村長改了口，說這不是救濟，算是請他給村裡幫個忙，不要再穿得破破爛爛到外面去壞了馬橋的臉面，他這才成人之美，助人為樂，勉勉強強把新襖子收了下來。而且以後每提起這件事，就像吃了天大的虧，說不看他老村長上了年紀，他斷斷不會給這個面子——這襖子燒骨頭，無病也會穿出病來。

他確實不怕冷，時常在外面露宿，走到什麼地方不想走了，一個哈欠，和衣倒下，盤成一個餅，有時盤在檐下，有時盤在井邊，也沒見他盤出什麼病來。用他的話來說，睡在屋外上可以通天氣，下可以接地氣，子時納陰中之陽，午時採陽中之陰，是最補身子的。他又說人生就是一夢，人生最要緊的就是夢。睡在蟻穴邊可做帝王夢，睡在花叢裡可做風流夢，睡在流沙前可做黃金夢，睡在墳墓上可做鬼神夢。他一輩子什麼都可以少，就是夢少不得。他一輩子什麼都可以不講究，就是睡的地方不可不講究。他最可憐世人只活了個醒，沒有活個覺，覺醒覺醒麼，覺還在前。不會做夢的人等於只活了

一半，實在是冤天枉地。

他的這些話，都被人們當作瘋話，當作笑話。這使他對村人的敵意日益加深，在公眾面前更多地出現沉默和怒目。

確切地說，他是一個與公眾沒有關係的人，與馬橋的法律、道德以及政治變化都沒有任何關係的人。土改、清匪反霸、互助組、合作社、人民公社、社教四清、「文化大革命」，這一切都對他無效，都不是他的歷史，只是他遠遠觀賞的某種把戲，不能影響他絲毫。辦食堂的那一年，有一個外來的幹部居然不諳事，把他一繩子捆到工地去勞改，結果無論如何棒打鞭抽，他還是翻著白眼，寧死不勞，寧死不立——硬是賴在泥漿裡打滾不站起來。而且既然來了就不那麼容易回去，他口口聲聲要死在那個幹部面前，幹部不論走到哪裡他就爬到哪裡，最後還是被別人七手八腳抬回神仙府去。他不打算做人，就比任何權威更強大。他輕易挫敗了社會對他的最後一次侵擾，從此更加成為了馬橋的一個無，一塊空白，一片飄飄忽忽的影子，以致後來的成分複查、口糧分配、生育計畫乃至人口統計——我協助村裡做過這樣一些工作——誰也沒有想起還有一個馬鳴，不覺得應該考慮到他。

全國的人口統計裡，肯定不包括他。

全世界的人口統計裡，肯定不包括他。

顯然，他已經不成其為人。

如果他不是人，那麼他是什麼呢？社會是人的大寫。他拒絕了社會，也就被社會取消了人的資格——他終於做到了這一點，因為在我的猜想中，他從來就想成仙。

我略感驚訝的是，在馬橋以及附近一帶，像馬鳴這樣自願退出了人境的活物還不少。在馬橋就有過四大金剛，據說遠近的大多數村寨依舊有這樣的桿子，只是不大為外人所知。如果不是外人偶然地發現，好奇地打聽，人們是不會談到這些活物，也差不多忘了這麼回事。他們是這個世界裡已經坍縮和消失了的另外一個世界。

復查說過，他們根本不醒（參見詞條「醒」），父母大多數也並不貧寒，而且聰明得不和氣（參見詞條「不和氣」）。他們小的時候不過是調皮一點，不好好讀書，算是最初的跡象。比如馬鳴，他從不做作業，做對聯倒是出口成章，其中有一副是「看國旗五心不定，扭秧歌進退兩難」。反動雖反動，對仗倒是天衣無縫。是不是？批鬥他的時候，誰都讚嘆這個娃崽的文才了得。這樣的人一旦失其怙恃就爛起來了，就科學（參見詞條「科學」）起來了，不曉得是中了什麼魔。

馬橋詞典

54

科學　▲

馬橋人在嶺上打柴，擔回來攤在地坪裡晒乾了再燒。濕柴很重，擔在肩上十分咬肩。我們知青後來想出一個主意，砍了柴以後就攤在嶺上晒，晒乾了，下次砍柴時再來擔。每次都是擔上一次砍的柴，也就是乾柴，擔子就輕一些。羅伯聽說這個辦法好，換了我的擔子試一試，眼睛瞪大，說確實輕好多麼。

我說這是因為一大半的水分都蒸發了。

他放了我的擔子，還是擔著他剛砍下的濕柴往嶺下走。我有些奇怪，追上去問他，為何不試試我們的辦法？

「柴都不想擔了，這人橫看直看都沒有什麼活頭了。」

「不是不擔，是要擔得科學一點。」

「什麼科學？還不就是學懶？你看你們城裡的汽車、火車、飛機，哪一樣不是懶人想出來的？不是圖懶，如何會想出那樣鬼名堂？」

一句話把我堵得好一陣沒吐過氣來。

他又說：「科學來科學去，看吧，大家都要變馬鳴。」

他是指神仙府裡的主人。馬鳴住在那裡從來沒有出過工，自己的事情都不想做，有時候找回來一點瓜菜，懶得燒火，就生著吃。這樣生吃慣了，以後找回來的米，也嘎味嘎味放在嘴裡嚼，嚼得嘴角上全是粉渣。人家笑他，他還有一套一套的講究，說煮熟了的東西不營養，山上的老蟲豹子從來都是生吃，勁比人大，病比人少，有什麼不好？他也從來不擔尿桶，在自己的腳當頭戳了一個牆洞，一根竹槽從屋裡接出去，有尿就往槽裡射。他認為這樣也比擔尿桶科學，水勢就低，所謂堵塞不如開導。

他一到冬天就不洗臉。臉上結成殼了，就用手去乾搓一把，或者掰幾下，掉下一塊一塊的殼皮。他不說自己怕冷水，反而說人洗多了臉不科學，把一點好油氣都洗光了，傷皮。

更可笑的是，他從溪裡挑一擔水回家要半個時辰，尤其是上坡的時候，走著「之」字路，扭過來拐過去好半天還在半途中。站在坡上的閒人奇怪，說你放了一擔水再唱戲不好麼？馬鳴說：「你們曉得什麼？這樣走才省力。詹天佑當年在八達嶺修鐵路，就是修的『之』字路。」

旁人不懂詹天佑何許人也。

「你們如何會曉得？」他一臉清高和傲慢，不屑與眾人白費口舌的樣子，擔著他那兩桶水，依舊扭過來拐過去，把寶貴的氣力省到神仙府去了。

這以後，人們說神仙府裡的桿子，一個比一個科學，那裡都要成為科學院了。可以想像，當馬橋人從馬鳴身上體會「科學」一詞的含義時，不會對這個詞有太多的好感。我懷疑，他們後來對上面發來的一些科學種田小冊子看也不看，撕成紙片捲菸絲；他們對上面一遍一遍關於科學餵豬的廣播無動於衷，甚至割了廣播線當鐵絲，用來箍尿桶，都是出於一種心理慣性。

也就是說，他們對金剛們的嘲笑連坐了科學。有一次，馬橋的一夥漢子去長樂街挑石灰，在公路上遇到一輛正在停車修理的大客車，覺得十分新奇。他們圍上去，情不自禁地用手中扁擔把客車殼子敲得咚咚咚震響，眼看著把好端端的車殼捶癟了兩塊。躺在車底下修車的司機氣得鑽出來大罵，操著扳手要打人，才把馬橋人轟開。但馬橋漢子們抑制不住一種莫名的衝動，逃遠了，還回頭大喊大叫，撿起石塊朝大客車使勁扔過去。

他們與司機無冤無仇。他們也從無破壞的惡習，比方走過任何一戶人家時絕不會扁擔往牆上或閘上敲打。他們為什麼一到汽車面前就忍不住要動手呢？我只能懷疑，他們嘻嘻笑笑的下面，隱藏著一種他們自己也沒有意識到的嫌惡——嫌惡一切新玩意兒，一切科學的成果，一切來自現代都市的機械怪獸。

在他們看來，所謂現代都市不是別的什麼，不過是羅伯說的那一大群科學人，亦即懶惰的人。

把這場挑釁汽車的事件歸罪於馬鳴，當然有些牽強，也不大公正。但一個詞的理解過程不光是理智過程，也是一個感覺過程，離不開這個詞在使用環境裡之相關聯的具體形象、具體氛圍、具體事實。這些東西常常在很大程度上決定了人們對這個詞的理解方向。「樣板戲」是一個糟糕的詞，但一個在樣板戲曲聲中獲得了愛情或青春記憶的人，一聽到這個詞可能會激動不已豪情澎湃。「批判」、「立場」、「專案」等並不是什麼壞詞，但領教過「文化大革命」紅色恐怖的人，一聽到這些詞可能會不寒而慄而深惡痛絕。對這些詞實際理解的定型，可能長遠影響一個人或一個民族今後的心理狀態和生存選擇，卻不是這些詞的字面意思所能負責的。

那麼，「科學」這個詞，既不能對羅伯等人猖狂詆毀科學的言論負責，也不能對馬橋漢子們在公路上抄起扁擔對科學成果群起而攻的偶發事件負責。

誰來負責呢？是誰使「科學」成為了馬橋人唯恐避之不及的邪惡？

我只能說，應該負責的，可能不僅僅是馬鳴。

△醒

在漢語的眾多辭書裡，「醒」字都沒有貶義。如《辭源》（商務印書館一九八九年）釋以「醉解」、「夢覺」、「覺悟」等等，醒都是與昏亂迷惑相對立，只可延伸出理智、清明和聰慧的含義。屈原的《漁父》詩中有「舉世皆濁我獨清，眾人皆醉我獨醒」的名句，對醒字注入了明亮的光彩。

馬橋人不是這樣看的。恰恰相反，馬橋人已經習慣了用縮鼻子歪嘴巴的鄙棄表情，來使用這個字，指示一切愚行。「醒」是蠢的意思。「醒子」當然就是指蠢貨。這種習慣是不是從他們的先人遭遇屈原的時候開始？

約在西元前二七八年，醒的屈原，自認為醒的屈原，不堪無邊無際的舉世昏醉，決意以身殉道，以死抗惡，投水自斃於汨羅江，也就是羅江的下游──現在那裡叫作楚塘鄉。他是受貶放逐而來的。他所忠誠報效的楚國，當時「群臣相妒以功，諂諛用事，良臣斥疏，百姓心離」（引自《戰國策》），是容不下他的。他回望郢都，長歌當哭，壯志難酬，悲慨問天。如果他不能救助這個世界的話，他至少可以拒絕這個世界。如果他不能容忍四周的叛賣和虛偽，他至少可以閉上眼睛。於是他最終選擇了江底的暗寂，在那裡安頓自己苦楚的心。

值得注意的是，他的流放路線經達辰陽、漵浦等地，最後沿湘江繞達羅地。其實，這是一個楚國貶臣最不應該到達的地方。羅人曾經被強大的楚國無情驅殺，先一步流落到這裡。當楚人被更強大的秦國所驅殺時，屈原幾乎循著同樣的路線，隨後也飄泊而至。歷史在重演，只是已經換了角色。同泊異鄉，相繼淪落，恩怨復何言？

屈原當過楚國的左徒，主持朝廷的文案，當然熟知楚國的歷史，熟知楚國對羅國的驅殺。我不知道他淒然登上羅江之岸時，見到似曾相識的面容，聽到似曾相識的語音，身歷似曾相識的民風鄉俗——這僥倖逃脫了楚人刀斧的一切，心裡有何感想？我更難想像，當屈辱而貧弱的羅人面對侵略國的前任大臣，默默無言地迎上來，默默地按住了刀柄，終於援以一簞一瓢之時，大臣的雙手是否有過顫抖？

歷史沒有記載這一切，疏漏了這一切。

我突然覺得，屈原選擇這裡作為長眠之地，很可能有我們尚未知曉的複雜原因。羅地是一面鏡子，可以讓他透看興衰分合的荒誕。羅地是一劑猛藥，可以讓他大瀉朝臣內心的矜持。江上冷冷的濤聲，抽打著他的記憶，不僅僅是在拷問他對楚國的怨，也在拷問他對楚國的忠，拷問他一直自我珍視並且畢生為之奮鬥的信念。此時的他，並非第一次受貶，應該具有對付落難的足夠經驗和心理承受能力。他已經長旅蹩地日久，對流放途中的飢寒勞頓也應該習以為常不難擔當。他終於在汨羅江邊消逝，留下空空的江岸，一定是他的精神發生了某種根本性的動搖，使他對生命之外更大的生命感到驚懼，對歷史之外更大的歷史感到無可解脫的迷惘，只能一腳踩空。

他還能在別的什麼地方得到更為明亮刺目的——醒？

他還能在別的什麼地方更能理解自己一直珍視的——醒？

這是一種揣測。

屈原在羅地的時候，散髮赤足，披花戴草，飲露餐菊，呼風喚雨，與日月對話，與蟲鳥同眠，想必是已經神智失常。他是醒了（他自己以及後來《辭源》之類的看法），也確確實實是醒了（馬橋人的看法）。

他以自己的臨江一躍，溝通了醒字的兩種含義：愚昧和明智，地獄和天堂，形而下的此刻和形而上的恆久。

羅人不大可能理解楚臣的忠貞，但他們諒解了已經敗落的敵手，對屈原同樣給予了悲憫——這就是後來每年五月初五划龍船的傳統。他們拋下粽子，希望魚蝦不要吃屈原的屍骨。他們一遍遍聲嘶力竭地招魂，喊得男女老幼青筋直暴，眼球圓睜，嗓門嘶啞，大汗淋漓。他們接天的聲浪完全淹蓋了對楚營的萬世深仇，只為了救活一個人，一個陌生的詩人。

這種習俗，最早見於南朝時梁人宗懍所著的《荊楚歲時記》。這以前並無端午紀念屈原的說法。事實上，划龍船是南方早就常見的祀神儀式，與屈原並沒有可以確證的關係。把兩者聯繫起來，很可能是文人對歷史的杜撰和幻想，為了屈原，也是為了自己。越來越隆重的追祭意味著：如果終究有一種永久的輝煌可以作為回報，作為許諾，那麼文明的殉道者是否多一點安全和欣慰？

屈原沒有看到輝煌，也不是任何一位屈原都能收入輝煌。相反，馬橋人對「醒」字的理解和運用，隱藏著另一種視角，隱藏著先人們對強國政治和異質文化的冷眼，隱藏著不同歷史定位之間的必然歧義。以「醒」字代用「愚」字和「蠢」字，是羅地人獨特歷史和思維的一脈化石。

△覺

「覺」在馬橋發音 qo，陽平聲，意指聰明，與「醒」對義，比如「覺悟」。

「醒」和「覺」是一對反義詞。與普通話思維的一般理解剛好相反，這對反義詞在意義延伸時換了個位置：在馬橋人看來，蘇醒就是愚蠢，睡覺倒是聰明。外人初來乍到的時候，對這種倒置總感到有些不順耳。

其實，「覺」的另一含義恰好是指不聰明，指一種昏聵、糊塗、迷亂的狀態，比如「睡覺」。

我們得承認，對聰明與愚蠢的判斷，在不同的人那裡，會有不同的角度和尺度。我們似乎也得容許，馬橋人完全有權利從自己的經驗出發，在語言中獨具一格地運用蘇醒和睡覺的隱喻。就拿馬鳴來說吧，人們可以嘆息他的潦倒和低賤，嘲笑他又臭又硬又痴又蠢最後簡直活得像一條狗。但是從另一個角度來看呢？從馬鳴的角度來看呢，他也許活得並不缺乏快活，並不缺乏自由和瀟灑，甚至可以常常自比神仙。尤其是人間一幕幕辛辛苦苦的鬧劇終結之後：大躍進，反右傾，「文化大革命」……人們太多太多的才智成了荒唐，太多太多的勤奮成了過錯，太多太多的熱情成了罪孽，馬鳴這個遠遠的旁觀者，至少還有一身的清白，至少兩手上沒有血跡。他餐風宿露，甚至比大多數的人都更為身體健康。

那麼他是愚蠢還是聰明呢？

他到底是「醒」著還是「覺」著？

其實，每一個對義的詞，都是不同理解的聚合，是不同人生實踐路線的交叉點，通向悖論的兩極。這樣的交叉點隱藏在密密語言裡，不時給遠行的人們增添一些猶疑。

△發歌

如果看見馬橋的男人三兩相聚，蹲在地頭牆角，或者坐在火塘邊，習慣性地一手托腮或者掩嘴，就可以知道他們正在唱歌。對於他們來說，唱歌與其說是一種當眾表演，不如說更像小圈子裡的博弈。我原來以為這是害怕來自政府的禁止和政治批判，後來才知道，他們即使在「文革」以前很多年，也有這種鬼祟祟的歌風。不知是什麼原因。

馬橋人唱歌，也叫盤歌，也叫發歌，與開會的「發言」、牌桌上的「發牌」，大概有類似的性質。馬橋發歌也是一問一答的對抗，是否就是漢代的「發」，不得而知。

漢代詩人枚乘作過很有名的《七發》，發是指詩賦的一種，多為問答體。馬橋發歌也是一問一答的對抗，是否就是漢代的「發」，不得而知。

年輕後生喜歡聽發歌，對每一句歌詞給予及時的評點或喝彩。如果他們中間有一位較為大方，可能掏出錢去買一碗酒，或者憑著面子去賒一碗酒，犒賞歌手。歌手發完一輪就呷一口酒，藉著酒力當然能發出更加殺勁、更加刁鑽、更加難以對付的歌詞，把對手往死角裡逼，直鬥得難解難分天昏地暗，絕不輕易把托腮或掩嘴的手撤下來。

他們的歌總是從國家大事發起。比方盤問對方國家總理是誰，還有國家主席是誰？國家軍委主席

是誰？國家軍委副主席是誰？國家軍委某副主席的哥哥是誰？國家軍委某副主席的哥哥最近得的是什

麼病而且吃的是什麼藥？如此等等。這些難題真是讓我大吃一驚。我就是天天看報紙，恐怕也無法像

他們那樣對遠方大人物如數家珍，對他們的肺癌或糖尿病記得如此精確。我猜想這些渾身牛糞臭的漢

子，奇特的記憶力，一定出自他們的某種特別訓練。處江湖之遠不忘其君，他們的先人也一定習慣於

關注朝中的動靜。

唱完了國事，接下來唱家事，就是發孝歌。歌手們往往要互相揭短，指責對方沒有給高堂大人彈

棉絮，或者沒有給逢生乾爹買壽木，或者沒有在正月十五給伯伯或小伯送臘肉，或者那臘肉的膘不夠

兩寸，肉裡面還有蛆蟲，如此等等。他們總是義正辭嚴，質問對方是不是嫌貧愛富？是不是忘恩負

義？是不是天天吃的豬狗食長的豬狗心？當然，對方要急中生智，要及時用天氣或腳痛之類原由來開

脫自己的劣跡，並且迅速發起反攻，找出對方新的不孝之舉——即便誇大事實也在所不惜。他們一定

要經受得起這場歌聲的相互審訊，這種民間道德嚴格驗收。

以上是必要的開局之爭，一忠二孝，體現著歌手的立場。

發完了這些，就可以放心了，就可以放心發一點覺覺歌了。「覺」的引申義是玩笑，比如「覺覺

話」就是指俏皮話。進一步的引申義是不正經，比如「覺覺歌」多指調情的歌。覺覺歌活躍肉身的感

官，是年輕後生最為興奮的節目，仍可採取對抗的方式進行，只是一方要做男角，另一方做女角；一

方要愛，一方要拒愛。

我曾經留心錄下過一些：

想姊呆來想姊呆，
行路不曉腳踩岩，
吃飯不曉扶筷子，
蹲了不曉站起來。

另一首更有呆氣：

想姊想得氣不服，
天天吃飯未著肉，
不信脫開衣服看，
皮是皮來骨是骨。

也有歌頌女呆子殺夫圖謀的，能讓人嚇一跳：

人家丈夫乖又乖，
我的丈夫像筒柴，
三斧兩斧劈死了，

各位朋友烤火來。

也有的唱得淒楚：

一難捨來二難離，
畫個影子貼上牆，
十天半月未見面，
抱著影子哭一場。

也有的對愛情表示絕望：

你我相愛空費力，
好比借磨（米？）養人雞，
姊的兒女長大了，
不喊老子喊夥計！

這些只算情歌。情歌發到一定的時候，歌手們就會引出「下歌」：

我看你女子二十零，

不要關起門裝正經，

我看你臉上桃花色，

褲襠早已經濕津津。

……

你家的狗崽叫不停，

門前的流水白沉沉。

你家的床腳千斤力，

一天鑽出個土坑坑。

……

每到這個時候，聽眾中如有女人，必會紅著臉詛咒著快步離去，後生們則目送她們不同尋常的背影，像一隻隻欲鬥的叫雞，伸長頸根，眼睛發紅，摩拳擦掌，躁動不安地一會兒站起，一會兒蹲下，臉上燦爛出一片火燒燒的痴笑。他們故意把笑聲誇張得很響亮，讓遠處的女人們聽到。

也有唱女人苦處的歌，比如下村的萬玉發過一首，內容是一個婦人目送私生子躺在木盆裡順羅江漂下去時的情景：

你慢慢行來慢慢走，

莫讓岩石碰破頭，

不是為娘不要你，

你沒有爹佬娘怕羞。

你慢慢走來慢慢行，

莫讓風浪打濕身，

不是為娘捨得你，

夜半醒來喊三聲。

……

木盆在萬玉的嘴裡遇到了一個漩渦，轉了一圈又往回漂，似乎依依不捨，還想回到娘的懷抱呵呵呵。唱到這裡，旁邊的女人莫不眼圈發紅，開始用衣角擦眼睛，鼻涕的聲音此起彼伏。本仁的婆娘嘴角一落，丟了手裡的一箕豬菜，撲到另一個婦人的肩上哇哇哇地哭了起來。

△撞紅

據說馬橋人以前收親忌處女，洞房之夜謂之「撞紅」，是很不吉利的事情。相反，女方未婚先孕，挺著大肚子，倒能使夫家感到滿意。湖南省侗族民俗學家李鳴高告訴我，這沒什麼奇怪，在生產水準落後的地方和時代，人是最重要的生產力，生育是婦女最重要的職責，比貞潔的道德操守重要得多。男人們擇偶時喜歡大肚子，是南方很多地方較為普遍的現象。

似乎是一種說得通的解釋，權且錄下備考。

與這一習俗有關，馬橋男人對第一胎心懷敵意，視之為來歷不明的野種，不是自己的骨血，或是塞進尿桶，或是將其悶死褲中，總是除之而後快。這種風俗叫作「宜弟」，也就是殺長子，是馬橋很長一段時間以來人們心照不宣的做法。做母親的於心不忍，常常在丈夫動手之前，把嬰孩用棉襖裹束，放在大路邊，或者放到木盆裡順水下漂，把親子命運託付於天，也就成了常有的故事。

共產黨來了以後，禁止這種野蠻行為，有關說法也就很少聽到了。有些人是否還在偷偷地做，不得而知。當萬玉唱起《江邊十送子》一類歌謠的時候，歌聲牽動女人們一些往日的辛酸，泣聲四起，當然是不難理解的。

△ 覺覺佬

馬橋最會發歌的是萬玉，但我到馬橋很久以後才認識他。村裡奉命組織過一個文藝宣傳隊，宣傳毛澤東思想。就是把上面來的一些文件或社論編成快板演唱，敲鑼打鼓送到其他村寨，其他村寨也照此辦理。演出結束總要喊一些口號。七嘴八舌喊口號，很難喊得整齊，於是常常把長口號分成幾句來喊，不免喊出些問題。毛主席有條語錄，一分開就變成了三句：(一) 打擊貧農！(二) 就是！(三) 打擊革命！……一前一後都成了反動口號。但大家依舊逐一振臂高呼，沒覺出有什麼不順耳。

還要奉命演出革命樣板戲。鄉下條件有限，只能因陋就簡。英雄楊子榮沒有斗篷，只好讓他穿上蓑衣打虎上山。有一次深秋的風大，把台上木製的景片颳倒了，也就是把貼滿棉花的一塊門板颳倒了，可憐楊子榮同志剛剛壯志豪情地打完虎，就被倒下來的這座雪山咚地一砸，兩眼翻白，東偏西倒，最後栽倒在台上。好在台上的幾盞油燈昏昏的，觀眾沒怎麼看清，還以為英雄臥倒是設計中的戰鬥動作，給了一些掌聲。

農民說，還是老戲好看，不過新戲也還熱鬧，也出味。

楊子榮雖然負傷，但還是演得比較成功。他腦子昏昏然，忘了台詞，情急生智，見到鑼鼓唱鑼

鼓，見到桌椅唱桌椅，最後一氣把土改合作社人民公社修水種油菜全唱了，唱得全場喝彩。公社幹部也沒聽清，連聲說好，決定讓馬橋的宣傳隊代表全公社到縣裡參加匯演。

進縣城是一件很稀罕的事，而且排練節目總比挑塘泥要鬆活得多。有些男女還可利用這個難得的機會自由交際，互相化化妝，互相收拾收拾衣物什麼的。大家都很高興。村黨支部書記馬本義也覺得臉上有光，興匆匆地交代我，要編一齣四個女崽的戲，編什麼他不管，就是要四個女崽。

我問為什麼。

「你們舊年不是連了四件紅褂子麼？那些褂子費了大隊上兩擔穀，鎖在箱子裡可惜了。」

原來他是不想埋沒了兩擔穀。

大家也覺得這個建議是對的。

為了改進節目，縣裡來了兩個文化館的人，建議還要加一個山歌，體現馬橋的民間文化特點。本義想了想，說這有何難，萬玉的喉嚨尖，發喪歌發喜歌都是好角色，要他來發！

村裡的人都笑，尤其婦女們笑得前翻後仰，讓我有點奇怪。我打聽這個人是誰，她們略加描述，我才隱約想到一個似乎見過的人，沒有鬍子，彎彎眉毛也極淡，加上他總是刨出一個光頭，看上去頗似一顆光溜溜的油蘿蔔。我記得他總是挑著一個擔子出村，不知是去幹什麼。也記得他曾旁觀別人唱歌，當時有人勸他出場，他就拖著一種尖細的娘娘腔講官話：「莫唱的，莫唱的，同志們莫要拿小弟調笑。」說著還紅了臉。

他住下村兩間茅屋，離了婚，帶著一個小伢。據說他有點下流，尖尖嗓門總是出現在女人多的地

方，總是激發出女人們的大笑，或者被女人們用石頭追打。他原是一個推匠，就是上門推礱碾穀的人，多與主婦們交道。常有人問他，到底推過多少女人？他不好意思地笑……「莫耍我，新社會要講文明你曉不曉？」

復查說過這樣一件事。有一次，萬玉到龍家灣推米，一個小孩問他叫什麼號？他說他叫野老倌。小孩興匆匆跑回屋，如實傳達。這家聚著一夥女人在喝薑茶，一聽皆笑罵。娃崽的姊姊氣不過，放出狗來咬，駭得他抱頭鼠竄，最後失足掉在糞凼裡。他一身糞水爬上田埂，留下凼裡一個大坑，像一頭牛睡過的。路上有人驚問：「萬推匠，你如何今天往糞凼裡跳？」

「你也來檢查生產麼？」

「我看……看這糞凼到底有好深麼。」

他支支吾吾急步走了。

從此，「檢查生產」就成了馬橋的一個典故，指萬玉式的狼狽，以及對狼狽的掩飾。比方有人摔了一跤，馬橋人就會笑問：你又檢查生產麼？

他支支吾吾急步走了。

一些娃崽在他身後拍手大笑，他撿一塊石頭威脅，腰子扭了好幾下，憋出吃奶的勁也不過投了一竿竿遠。娃崽便笑得更加放心。

萬玉是本義書記的同鍋堂弟，有一段，本義家來了一個模樣子漂亮的女客，他就三天兩頭攏著袖子到本義家閒坐，娘娘腔尖銳到深夜。一天晚上，火塘邊已經圍了一圈人，他大咧咧抽一張椅子擠

入。本義沒好氣地問他：「你來做麼事？」

「嫂子的薑茶好香，好香。」他理直氣壯。

「這裡在開會。」

「開會？好呵，我也來開一個。」

「這是開黨員會。你曉不曉？」

「黨員會就黨員會，我個把月沒有開會了，今天硬是有癮，不開它一傢伙還不行。」

羅伯問：「哎哎哎，你什麼時候入了黨？」

萬玉看看旁人，又看看羅伯：「我沒有入黨麼？」

「你入了褲襠吧？」

羅伯這一說，眾人大笑。

萬玉這才有羞愧之色。「罷罷罷，奴妾誤入金鑾殿，去也去也。」

他剛跨出房門就怒火衝天，對一個正要進門的黨員威脅：「好吧，老子想開會的時候，偏不讓我開。老子不想開的時候，你們又偏要開！好吧，以後你們開會再莫喊老子來！」

他後來果然不再參加任何會，每次都拒絕得振振有辭：「我想開會的時候如何不讓我開？好，你們把好會都開完了，剩幾個爛會就想起我來了，告訴你，休想！」

出於對幹部們將他逐出黨員會的怨恨，他牢騷漸多，有一次幫幾個婦人染布，忙得滿頭大汗，也忙得愉快。說著說著就得意起來，不免說走了嘴。他說毛主席也沒有鬍子，你們看像不像張家坊的王

三婆婆？見婦人們笑了，他又說，他有兩張領袖的寶像，一張貼在米桶前，一張貼在尿桶前。他要是米桶裡沒有米舀了，就要給寶像甩一個耳光。要是尿桶裡沒有尿擔了，也要朝寶像甩一個耳光。

他看見婦人們笑得合不攏嘴，更加得意，說他來年要到京城去一趟，要找毛主席說個理，為什麼叉子灣裡的冷浸田也要插雙季稻？

話傳到幹部們的耳朵裡，幹部當即就要民兵操起步槍，把萬玉一索子捆了送往公社。幾天之後他回來了，哼哼唧唧，臉上青了幾塊。

「怎麼樣呵？公社請你去檢查生產？」有人問他。

他摸著臉苦笑：「搭伴幹部們看得起，罰得不重，不重。」

他的意思是指公社念他是貧農，只罰了他一百斤穀。

從此，「看得起」或者「幹部看得起」也成了馬橋的典故，是自我解嘲的意思，或者是罰穀的意思。要是有人犯事被罰，別人就會說他：「今天幹部看得起你呵？」

萬玉初到宣傳隊來的時候，顯得十分破落潦倒，一根草繩捆著破棉襖，歪戴一頂呢子帽，懸掉得過高的褲腳下沒有襪子，露出一截凍得紅紅的腳桿。還提著一桿牛鞭，是剛從地上回來。他很不耐煩的樣子，說搞什麼鬼呢，一下子不准他發歌，一下子又要他發歌，還要發到縣裡去，好像他是床腳下的夜壺，要用就拖出來。不用就塞進去。何部長從不做好事。

其實這根本與公社的何部長無關。

他神祕地問：「如今可以發覺覺歌了麼？共產黨……」他做了個表示翻邊的手勢。

「你胡說些什麼？」我塞給他一張紙，是關於大抓春耕生產的歌詞。「今天記熟，明天就連排，後天公社裡要檢查。」

他看了好半天，一把抓住我的手：「就發這個？鋤頭？耙頭？扁擔？積凶糞？浸禾種？」

我不明白他的意思。

「同志，下了田天天都是做這號鬼事，還拿上台來當歌發？不瞞你說，我一想起鋤頭扁擔就出汗，心裡翻。還發什麼發？」

「你以為請你來唱什麼？要你唱，你就唱，你不唱就出工去！」

「呵喲喲同志，如何這麼大的脾氣！」

他沒將歌詞還給我。

他的歌聲未必像村裡人說的那樣好聽，雖然還算脆亮，但顯得過於爆，過於乾，也過於直，一板唱上去，完全是女人的尖嘯，是刀刃刮在瓷片上的那種刺激。我覺得聽者的鼻竇都在哆哆嗦嗦地緊縮，大家不是不是用耳朵聽歌，是用鼻竇、用額頭、用後腦勺接受一次次刀割。馬橋不能沒有這種刀割。除了知青，本地人對他的歌聲一致好評。

知青更不同意他自我得意的化裝，不讓他穿他的那雙舊皮鞋。他還要穿出他的燈芯絨褲子，甚至還要戴上一副眼鏡。縣文化館來的輔導老師也說，大鬧春耕怎麼可以是個相公樣？不行不行。他們想了想，要他打赤腳，捲褲腿，頭上還戴一個斗笠，肩上還要扛一把鋤頭。

他大為不解：「肩鋤頭？那不像個看水老倌？醜絕了，醜絕了！」

文化館的說：「你懂什麼？這是藝術。」

「那我挑擔糞桶來，就更加藝術麼？」

如果不是本義在場督練，爭論不可能結束。其實本義也覺得鋤頭不大悅目，但既然縣裡來的同志說鋤頭好，他只能擁護。「要你肩你就肩著，」他對萬玉大罵，「你這個傢伙怎麼醒得豬一樣？總要肩個東西吧？不然在台上呆呆的像個什麼？發起歌來如何有個勢？」

萬玉眨眨眼，還是呆著。

本義急起來，上去給萬玉做了幾個示範動作，撑著鋤頭，或者是扛著鋤頭，一會兒扛在左邊，一會兒扛在右邊，讓他看清楚。

以後幾天的排練中，萬玉打不起精神，支著他那把鋤頭站在一旁，形單影隻。他比其他演員都年長一截，似乎也搭不上話。有些過路的婦女來看熱鬧，萬玉到這個時候總有羞慚萬分的表情，五官糾聚出一團苦笑：「大妹子莫看，醜絕了。」

他最終沒有跟我們到縣裡去。在公社上拖拉機的那天，左等右等，就是沒看見他的影子。好容易看見他來了，又發現他沒有帶鋤頭。問他的鋤頭到哪裡去了，他支支吾吾，說不礙事的，不礙事的，到縣裡再借。領隊的說，街上不像鄉下，家家都有鋤頭，萬一沒有借到合適的如何辦？快回去拿！萬玉還是攏著袖子支支吾吾沒有動。我們看出來了，他硬是同那把鋤頭過不去，不想把它肩上台。

領隊的只好自己就近去借。等他借來時，發現萬玉不見了，溜了。

其實他從來沒有去過縣裡，一直是很想去的。他早就在洗鞋子洗衣服，做進城的準備。他還偷偷

地請求我，到時候一定要領著他過城裡的馬路——他最怕汽車。要是街痞子打他，他是肯定打不贏的。城裡的女子好看，他東看西看也可能走失。他希望我隨時挽救他。但他終於沒有跟著我們去縣城，決心與那把鋤頭對抗到底。他後來還解釋，他對那些積凶、鏟草皮、散牛糞、浸禾種的歌詞無論如何記不住，心裡慌慌的，惱惱的，唱著唱著就想罵人，真到縣城去唱肯定要出大事。他不是沒有努力，甚至吃了豬腦子、狗腦子、牛腦子，還是記不上幾句，一走神就滑到男女事上去了。他只得狠狠心臨陣開溜。

因為他的不辭而別，本義後來罰了他五十斤穀。

這樣看來，萬玉在很多事情上不認真，在唱歌的問題上卻相當認真。他在很多時候不堅定，對覺覺歌的傾心卻無比堅定。他簡直有藝術殉道者的勁頭，情願放棄逛縣城的美差，情願放棄工分並遭受幹部臭罵和處罰，也不願接受關於鋤頭的藝術，沒有女人的藝什麼術。

△哩咯啷

有一天，萬玉看見岩匠志煌打老婆，打得女人喊救命，便上去勸解，說看在他的面上，手莫下狠了。岩匠一看見他無毛無鬚的腦袋，鼻子眼裡都是火，說你是哪個褲襠裡拱出的貨，我打死這個賊婆子與你何干？萬玉說新社會講文明，婦女都是女同志，不能隨便打的你曉不曉？

爭了一陣，最後岩匠冷笑著說，那好，你心疼女同志，老子成全你。你受得住我三拳，我就給你這個面子。

萬玉平時是相公身子，最怕痛，在田裡被螞蟥叮一口也喊爹喊娘，一聽這話就臉色發白。他結結巴巴，大概想當著旁人的面把事情做到底，緊緊閉上眼，硬著頭皮大喊一聲好。

他太自不量力了，眼睛閉得再緊也沒用。志煌還只給他第一巴掌，他就大叫大喊栽倒在水溝裡，半天沒有爬起來。

岩匠冷笑一聲，棄他而去。

萬玉好容易站穩腳跟，衝著面前一個黑影說：「你再打呵，你再打！」沒看見黑影動，倒聽到了周圍有人笑。他揉揉眼睛定神一看，總算看清了，黑影不是岩匠，是一架車轂的風車。

他惱怒衝著志煌家的大門吼叫：「煌寶我兒你跑什麼？你有種的來打呵，你狼心狗肺，你說話不上

算，你欠我兩拳你你不是個人！」他暈頭轉向，豪氣還是發錯了地方……岩匠沒有在那裡，到嶺上去了。

他跟跟蹌蹌地回家。路上很多人笑他一身的泥水……「推匠」，又檢查生產來呵？」

他只是苦笑。「我要告狀，告狀！人民政府當家，還怕他煌寶伢子翻天不成？」

他又說：「我捨得一身剮，不怕他何部長偏聽偏信！」

他凡事都往何部長那裡想，都認定是何部長的陰謀，旁人對這種莫名的仇恨總是不明不白，真要問他，他也說不出個所以然。

對於他來說，替女人挨打是尋常事。他一次不由自主捲入到人家夫妻打架的事件中，無一例外地為女人打抱不平，於是陸續付出皮肉之苦的代價，甚至付出頭髮和牙齒。一般來說，他不會與這些女人計較。人們說他是這些女人的哩咯啷，他也很樂意聽人們說他是這些女人的哩咯啷。

什麼是哩咯啷呢？它是個象聲詞，描述五音階小調時常用，在馬橋詞彙裡也代指情人以及談情說愛的活動。更準確地說，它表示不那麼正規、認真、專心的情愛，較多遊戲色彩，一股胡琴小調的味，是介乎情愛和友善之間的一種狀態，不大說得清楚。正因為如此，它也只能用哩咯啷這種含混不清若定若移的符號來給以敷衍，引導一種邊界模糊的想像。草叢裡的野合是哩咯啷。男女之間隨意打鬧調笑一下，也可以被稱之為哩咯啷。可以斷定，如果馬橋人看見了城裡的交誼舞或男女同行，一定也會將其納入哩咯啷的範圍──一個婚姻之外缺乏明確分析和表述的廣闊範圍。

馬橋人有很多語焉不詳的混沌意識區，哩咯啷是其中之一。

嫌他多事，一氣之下也配合丈夫朝他腦袋上掄拳頭，使他頗為委屈。一般來說，他不會與這些女人

△ 龍

「龍」是粗痞之詞，指男人的陽具。在馬橋，可以經常聽到這樣的咒罵：

你這條死龍！

你看他那筒岩（呆）龍！

龍哎，你踩了我的腳都不曉得麼？

……

萬玉口裡也不乾不淨，但容不得別人把他罵作龍。一旦蒙受這種侮辱，他一臉漲紅，摸到石頭就是石頭，摸到鋤頭就是鋤頭，要跟對方拚命，不知是什麼原因。

我最後一次看見萬玉，是從縣城裡回馬橋去，帶去了他託我買的肥皂和女式襪子。我在他的茅屋前看見他的兒子，被他警覺地擋在門外，朝我吐口水。

我說我是來看他爹爹的。我的話肯定被床上的萬玉聽到了。他等我走到床前，突然撩起醬黑色的破蚊帳，一張臉闖上來。「看什麼看什麼，就這個樣！」

這一點也不好笑。他的臉蠟黃，瘦若乾柴，讓我暗暗吃驚。

「好想念你，都要得相思病了。」

這同樣沒什麼好笑。

問過病情，我可惜他沒有到城裡去唱歌，可惜沒有吃到縣招待所的肉包子。他連連搖手：「做好事，你做好事。搞農業的歌？那鋤頭尿桶裡戳裡戳氣的東西也叫歌？」

他嘆了口氣，說最有意思的是從前，從正月到三月八，什麼事也不做，天天是耍，都是發歌。這村發到那村，這山發到那山，好耍得很。他說伢崽女崽發堂歌，對面坐著發，發完一首就把凳子往前挪一寸，挪到最後，兩張凳子合成排，兩人相摟相偎，面頰廝磨，你在我耳邊發，我在你耳邊發，聲音小得像蚊子叫，只有對方一人聽得清楚。這叫「耳邊歌」。他眉飛色舞兩眼發亮：「嘖嘖嘖，那些妹崽都是豆腐肉，一掐就掐得出水來的！」

這一天我也無聊，對下流歌有些好奇，央求他唱一點給我聽聽。他忸怩一陣，半推半就地約定：

「這是你要我犯錯誤的？」

「我給你買肥皂襪子，你就不感謝一下？」

他精神大振，跳下床來，在屋裡走了一圈又一圈，才算是潤好了嗓子，運好了氣。我突然發現，他如此矯健，如此雄武，病色一掃而光，眼裡射出兩柱電光。

他唱了幾句，我還沒來得及理解，他連連搖手，猛烈地咳嗽，說不出話來，手慢慢地伸向床沿。

「我怕是發不得歌了。」他緊緊抓住我的手，手很涼。

「不，你唱得滿好聽。」

「真的好聽？」

「當然，當然。」

「你莫哄我。」

「不哄你。」

「你說我往後還唱得？」

「當然，當然。」

「你憑什麼曉得我還唱得？」

我喝水。

他目光暗了，長嘆一聲，頭向床裡面偏過去：「我唱不得了，唱不得了，這只怪何部長太毒辣了呵。」

他又開始了對何部長莫名其妙的仇恨。我不知說什麼好，只能把一碗冷水喝得足夠的長久。

幾個月後的一天，遠處來者不善地鞭炮炸響。我出門一打聽，是萬玉散發了，也就是死了（參見詞條「散發」）。據說他死的時候床邊根本沒有人，硬了一天多才被隔壁的兆青發現。據說他落氣時口袋裡只剩下三顆蠶豆，家無隔夜糧。他留下一個十來歲的伢崽，早被他一個遠方舅舅領走。他家徒四壁我是看到了的，到處是蛛網和鴨糞，空盪盪的屋裡連一個櫃子都沒有，衣物永遠堆放在一個破搖籃裡，鄰家的小雞在上面跳來跳去。人們說，他一輩子就是吃了女人的虧，如果不是這樣，他婆娘恐怕也不會同他打離婚的，總還要搞一口熱飯給他吃吧。

他連下葬的棺木也沒有，最後還是本義出了一籮穀，隊上另外補助了一籮穀，為他換來兩根杉

樹，做了個陰宅。

按照當地風俗，人們在他的棺木裡枕了一小袋米，在他嘴裡塞了一枚銅錢。給他換衣的時候，兆青突然發現：「他沒有龍呵——」

眾人一愣。

「真的！」

「真真是沒有龍！」

一個又一個去屍體邊看了一眼，發現這個男人真是沒有龍，也就是沒有陽物，無不驚訝萬分。

到了傍晚，消息傳遍整個村子，女人們也在乍驚乍疑地交頭接耳。只有羅伯有點不以為然，顯得胸有成竹地說，不用猜也應該看得出來，萬玉若不是個閹官子，為什麼連鬍子眉毛都沒有？他還說，他早就聽人說了，萬玉二十多年前在長樂街調戲一大戶人家的婆娘，被當場捉拿。那東家是長樂街一霸，又是偽政府的團防頭目，不管萬玉如何求饒，一刀割了他的龍根。

人們聽完這些話，唏噓不已。聯想到萬玉一直忠心耿耿地在女人面前討好，給她們幹活，替她們挨打，這是何苦來著？打了幾十年的雷，沒下一滴雨：餵了幾十年豬，沒吃一塊肉，瘋了麼？作賤呵？到頭來，連唯一的娃崽都不是自己的骨肉——人們想起來了，那個娃崽確實長得完全不像萬玉。

沒有了萬玉，村子裡安靜多了，少了很多歌聲。有時候好像聽到了隱隱的尖嘯，仔細一聽，不是萬玉，是風聲。

萬玉就埋在天子嶺下。我後來上山砍柴，幾次從他身邊走過。清明節的時候，我看見那一片墳地

裡，他的墳最為熱鬧，墳頭的雜草都被拔去了，有很多紙灰，有殘燭和殘香，還有一碗碗飯作為祭品。我還看見一些面熟和面生的婦人，村裡的和遠處來的，去那裡哭哭泣泣，有的還紅了眼睛。她們哭得一點也不躲閃，一點也不忸怩，其中張家坊一位胖婦甚至一屁股坐在地上猛拍大腿，把萬玉嚎啕成她的肝她的肺，痛惜她的肝和肺窮了一輩子，死的時候自己只有三顆蠶豆。這幾乎是一次女界自發集會。我奇怪她們的丈夫都不來干涉這種眼淚。

復查說，他們都欠了萬推匠的工錢，不會說什麼的。我想，也許還有另一個原因吧？他們覺得萬玉不是一個真正的男人，同自己的女人不會有什麼可疑關係，不再值得提防，不必同他計較。

△龍（續）

馬橋人的龍有鹿角，鷹爪，蛇身，牛頭，蝦鬚，虎牙，馬臉，魚鱗，等等，一樣都不能少。這些龍畫在牆上、鏡上，柱上，梁上，或者雕花床上，還得配上波濤和雲彩，海陸空一應俱全。這樣看來，龍根本不是一個什麼動物，與遠古時代的恐龍也完全沒有關係。龍是一種中國式統合和融匯，是所有動物的集大成，是世上所有生命的概括抽象。

龍只是一種觀念。一個面面俱到無所不能的象徵。有史學家認為它是遠古各個部落圖騰的融合之物，似乎言之成理。

把船做成龍形，就成了龍舟。我在馬橋當知青的時候，因為「文化大革命」，五月端午賽龍舟作為舊風俗也受到批判和禁止。我只聽村裡的人說，以前賽龍舟十分熱鬧，羅江兩岸的人總要爭個高下，輸了的一方上岸以後，每個人都要以褲子包住腦袋，受盡人們的百般嘲笑和羞辱。我還聽說，當時的龍舟都是用桐油刷上七七四十九遍，動手造船之前燒香拜神種種繁文縟節不說，造好之後不能雨淋，不可日晒，也不得輕易下水，到了比賽的日子，鼓樂大作，由年輕後生抬往比賽的起點。即便就是沿著江邊走，也是船坐人，不能人坐船的。

我問為什麼要這樣顛倒。

他們說，要讓龍舟歇氣，養足精神，不能累著了。

在這個時候，龍又成了一種動物，而且是個氣力有限的傢伙。

楓鬼 ▲

動筆寫這本書之前，我野心勃勃地企圖給馬橋的每一件東西立傳。我寫了十多年的小說，但越來越不愛讀小說，不愛編寫小說——當然是指那種情節性很強的傳統小說。那種小說裡，主導性人物，主導性情節，主導性情緒，一手遮天地獨霸了作者和讀者的視野，讓人們無法旁顧。即便有一些偶作的閒筆，也只不過是對主線的零星點綴，是專制下的一點點君恩。必須承認，這種小說充當了接近真實的一個視角，沒有什麼不可以。但只要稍微想一想，在更多的時候，實際生活不是這樣，不符合這種主線因果導控的模式。一個人常常處在兩個、三個、四個乃至更多更多的因果線索交叉之中，每一線因果之外還有大量其他的物事和物相呈現，成為了我們生活不可缺少的一部分。在這樣萬端紛紜的因果網路裡，小說的主線霸權（人物的、情節的、情緒的）有什麼合法性呢？

不能進入傳統小說的東西，通常是「沒有意義」的東西。但是，在神權獨大的時候，科學是沒有意義的；在人類獨大的時候，自然是沒有意義的；在政治獨大的時候，愛情是沒有意義的；在金錢獨大的時候，唯美也是沒有意義的。我懷疑世上的萬物其實在意義上具有完全同格的地位，之所以有時候一部分事物顯得「沒有意義」，只不過是被作者的意義觀所篩棄，也被讀者的意義觀所抵制，不能進入人們趣味的興奮區。顯然，意義觀不是與生俱來一成不變的本能，恰恰相反，它們只是一時的時

尚、習慣以及文化傾向——常常體現為小說本身對我們的定型塑造。也就是說，隱藏在小說傳統中的意識形態，正在通過我們才不斷完成著它的自我複製。

我的記憶和想像，不是專門為傳統準備的。

於是，我經常希望從主線因果中跳出來，旁顧一些似乎毫無意義的事物，比方說關注一塊石頭，強調一顆星星，研究一個乏善可陳的雨天，端詳一個微不足道而且我似乎從不認識也永遠不會認識的背影。起碼，我應該寫一棵樹。在我的想像裡，馬橋不應該沒有一棵大樹，不，兩棵樹吧——讓兩棵樹大楓樹在我的稿紙上生長，並立在馬橋下村羅伯家的後坡上。我想像這兩棵樹大的高過七八丈，小的也有五六丈，凡是到馬橋來的人，都遠遠看見它們的樹冠，被它們的樹尖撐開了視野。

我覺得這樣很好：為兩棵樹立傳。

沒有大樹的村寨就像一個家沒有家長，或者一個腦袋沒有眼睛，讓人怎麼也看不順眼，總覺得少了一種中心。馬橋的中心就是兩棵楓樹。沒有哪個娃崽不曾呼吸過它們的樹蔭，吸吮過它們的蟬鳴，被它們古怪的樹瘤激發出離奇恐怖的各種想像。它們是不需要特別照看的，人們有好事的時候盡可能離它們而去，盡可以把它們忘得一乾二淨。但它們隨時願意接納和陪伴孤獨的人，用沙沙沙沙的樹葉聲輕洗孤獨人的苦悶，用樹葉篩下的一地碎銀，圈圈點點，溶溶疊疊，時斂時潑，瀉出空明的夢境。

種下這兩棵樹的人已不可考，老班子都語焉不詳。稱之為楓鬼，據說是很多年前一場山火，坡上的樹都燒死了，唯這兩棵樹安然無恙，連枝葉都不損分毫，讓人越看越有目光虛虛的敬畏。關於它們

的傳說從此就多起來了。有人說，那些樹瘤多是人形，一遇狂風大雨，便暗長數尺，見人來了才收縮如舊。馬鳴說得更神，說有一次他不經意睡在樹下，把斗笠掛在小楓鬼的一枝斷椏上，半夜被雷聲驚醒，藉著電光一看，斗笠已經掛在樹頭上，豈不是咄咄怪事？

馬鳴吹噓他年少時習過丹青。他說他畫過這兩棵樹，但是畫過之後，右臂劇痛三日紅腫發燒，再也不敢造次。

畫都畫不得，自然更不敢砍伐。兩棵樹於是越長越高，成了遠近幾十里內注目之物。曾經有人鋸取樹枝，掛一塊紅布插於門上辟邪，或者取樹木雕成木魚，用來祈神祛災，據說都十分靈驗。我曾經參加過一次水利建設設計，到公社裡描製規畫圖。中學范老師也派來參與此事。我們一起到縣水利局，複製這個公社的地圖。在那個積塵嗆鼻的資料室裡，我才知道一九四九年以後政府還沒有測繪過任何完整的地圖，一切設計還是根據日本軍隊侵華時留下的軍用圖，一種諸葛亮用過似的黑白線圖，一：五〇〇〇的大比例，一個公社就可占上一大張。此圖不以海平面為標高基點，而是以長沙市小吳門城牆的基石為參照。據說這些都是日軍入侵前，買通漢奸偷偷繪製的，不能不讓人驚嘆他們當年的準備周密和高效。

就在這張圖上，我看見了馬橋的兩棵楓樹也赫然入目，被日本人用紅筆特意圈上。范老師很有經驗地說，這是日本人的導航標誌。

我於是想起，馬橋人確實見過日本飛機。本義說，第一次看見這種怪物的時候，本義的大房伯伯還以為是來了一隻大鳥，叫喊著要後生往地坪裡撒穀，誘它下來，又要大家趕快拿索子來準備捉拿。

飛機不下來，大房伯伯很有信心地對著天罵：

我看你不下來！我看你不下來！

當時只有希大桿子猜出這是日本人的飛機，是來丟炸彈的。可惜這個外來人講話打鄉氣不好懂，大家沒聽明白。本義的大房伯伯說，都說日本人矮小，怎麼日本鳥長得這麼大呢？

村裡人白白等了一天，沒見飛機下來吃穀。到它們第二次來的時候，就屙下炸彈了，炸得地動山搖。大房伯伯當場斃命，一張嘴飛到了樹上，像要把樹上的鳥窩啃一口。本義直到現在還有點耳朵背，不知是那次爆炸聲震的，還是被飛向樹幹的那張嘴嚇的。

村裡炸死三人，如果加上一顆炸彈在二十多年以後延時爆炸，炸死了小孩雄獅（參見詞條「貴生」），那麼亡命者應該是四人。

事情可以這樣想一想，如果沒有這兩棵樹，日本飛機會臨空嗎？會丟下炸彈嗎？——日本人畢竟對一個小山村不必太感興趣。如果他們不以楓鬼為導航標誌，是不必飛經這裡的，也不大可能看見下面的人群吆喝喝，就可能把炸彈丟到他們認為更重要的地方去。

有了這兩棵樹，一切就發生了，包括四個人的死亡以及其他後來發生的故事。

從那以後，馬橋的這兩棵樹上就總是停棲鴉群，在人們的目光中不時炸開呼啦啦一把破碎的黑色。曾經有人想趕走它們，用火燒，還搗了鴉窩，但這些不祥之物還是乘人不備又飛回來，頑強地駐守樹梢。

烏鴉聲一年年叫著。據說先後還有三個女人在這棵樹下吊死。我不知道她們的身世，只知道其中

一個是同丈夫大吵了一架，毒死了丈夫以後再自己上吊的。那是很久以前的事。

我路經這兩棵樹的時候，就像路經其他的某一棵樹，某一根草，某一塊石子，不會太在意它們。

我不會想到，正是它們潛藏在日子深處的它們，隱含著無可占測的可能，葉子和枝幹都在蓄聚著危險，將在預定的時刻轟隆爆發，判決了某一個人或某一些人的命運。

我有時候想，樹與樹是很不一樣的，就像人與人很不一樣。希特勒也是一個人。如果一個外星人來讀解他，根據他的五官、四肢、直立行走以及經常對同類發出一些有規律的聲音，外星人翻翻他們可能有的辭典，會把他定義為人。這沒有錯。出土的漢簡《楚辭》是一本書。如果一個不懂中文的希伯來學者來讀解它，根據它的字形、書寫工具以及出土現場，希伯來人可能以足夠的聰明和博識，斷定這是中文。這同樣沒有錯。但這些「沒有錯」有多大的意義？

就像我們說楓鬼是一棵樹，一棵楓樹，這種正確有多大意義？

一棵樹沒有人的意志和自由，但在生活複雜的因果網路裡，它常常悄然占據了一個重要的位置。

在這個意義上來說，一棵樹與另一棵樹的差別，有時候就像希特勒與甘地的差別，就像《楚辭》和電動剃鬚刀說明書的區別，比我們想像的要大得多。我們即便熟讀了車載斗量的植物學，面對任何一棵不顯眼的樹，我們的認識還只是剛剛開始。

兩棵楓樹最終消失於一九七二年初夏，當時我不在村裡。我回來的時候，遠遠沒有看見樹冠，頓時覺得前景的輪廓有點不對，差點以為自己走錯了路。進村後發現房屋敞露多了，明亮多了，白花花的一片有些刺眼。原來是樹蔭沒有了。我見到遍地脂汁味濃烈的木渣木屑，成堆的枝葉夾著鳥巢和蛛

網也無人搬回家去當柴禾，泥土翻浮成浪，暗示出前不久一場倒樹的惡戰。我嗅到一種類似辣椒的氣味，但不知道來自哪裡。

雙腳踩出枝葉嚓嚓嚓，是催人蒼老的聲音。

樹是公社下令砍的，據說是給新建的公社禮堂打排椅，也是為了破除楓鬼的迷信。當時誰都不願意下鋤，不願意掌鋸，沒有辦法，公社幹部最後只得勒令一個受管制的地主來幹，又加上兩個困難戶，許諾給他們免除十塊錢的債，才迫使他們猶猶豫豫地動手。我後來在公社看見了那一排排新嶄嶄的楓木排椅，承受過黨員會、計畫生育會、管水或養豬的會等等，留下一些污污的腳印，還有聚餐留下的油湯。大概就是從這個時候起，附近的幾十個村寨都開始流行一種搔癢症，男男女女的患者見面時也總是欲哭欲笑地渾身亂抓，攪動過的衣襖糟糟不整，有的人忍不住背靠著牆角做上下或左右的運動，或者一邊談著縣裡來的指示一邊把手伸到褲子裡去。他們吃過郎中的藥，都不見效。據說縣裡來的醫療隊也說不出個所以然，很覺得奇怪。

有一種流言，說這是發「楓癬」，就是馬橋的楓鬼鬧的——它們要亂掉人們一本正經的樣子，報復砍伐它的凶手。

△肯

「肯」是情願動詞，表示意願，許可。比方「首肯」、「肯幹」、「肯動腦筋」等等，用來描述人的心理趨向。

馬橋的人把「肯」字用得廣泛得多，不但可用來描述人，描述動物，也可以用來描述其他的天下萬物。

有這樣一些例句：

＊這塊田肯長禾。

＊真是怪，我屋裡的柴不肯起火。

＊這條船肯走些。

＊這天一個多月來不肯下雨。

＊本義的鋤頭滿不肯入土。

……

聽到這些話，我不能不體會出一種感覺：一切都是有意志的，是有生命的。田，柴，船，天，鋤頭等等，所有這些都和人一樣，甚至應該有它們各自的姓名和故事。事實上，馬橋的人特別習慣對它

們講話，哄勸或者咒罵，誇獎或者許諾，比如把柴刀放在酒罈口上用酒氣醺一醺，它砍柴時烈勁就足多了。也許，如果不是屈從於一種外來的強加，不是科學的宣傳，馬橋的人不會承認這些東西是沒有情感和思維的死物。

只有在這個前提下，一棵樹死了，我們才有理由感到悲戚，甚至長久地懷念。在那些林木一片片倒下而沒有悲戚的地方，樹從來沒有活過，從來都不過是冷冰冰的成本和資源。那裡的人，不會這樣來運用「肯」字。

這是一個問題。

小的時候，我也有過很多擬人化或者泛靈論的奇想。比如，我會把滿樹的鮮花看作樹根的夢，把崎嶇山路看作森林的陰謀，這當然是幼稚。在我變得強大以後，我會用物理或化學的知識來解釋鮮花和山路，或者說，因為我能用物理或化學的知識來解釋鮮花和山路，我開始變得強大。問題在於，強者的思想就是正確的思想麼？在相當長的歲月裡，男人比女人強大，男人的思想是否就正確？帝國比殖民地強大，帝國的思想是否就正確？如果在外星空間存在著一個比人類高級得多也強大得多的生類，它們的思想是否就應該用來消滅和替代人類的思想？

這是一個問題。

一個我不能回答的問題，猶疑兩難的問題。因為我既希望自己強大，也希望自己一次又一次回到弱小的童年，回到樹根的夢和森林的陰謀。

△貴生

冬日的一天，志煌的兒子雄獅掛著鼻涕，同幾個放牛娃崽到北坡上，挖一個蛇洞，想挖出一條冬眠的蛇燒了吃。他們挖出一個沉甸甸的鏽鐵疙瘩，不知道是什麼東西。雄獅拿一把鐮刀把它使勁地敲，說要把鐵疙瘩後面的兩片尾巴打出幾把菜刀，給他娘拿到街上去賣錢。

他敲出轟然一聲巨響，把遠處幾個正在尋找蛇洞的娃崽震得離地尺多高，手腳在空中無所抓拿。

他們摔痛了，回過頭來，奇怪雄獅不知為什麼不見了，只有紛紛揚揚的草葉和泥土，還有一些冰涼的雨點，從空中飄落下來。娃崽們發現那些雨點居然是紅色的，怎麼有點像血？

他們不能明白發生了什麼，還以為雄獅藏起來了，使勁地喊了一陣，沒聽見回答。其中有一個撿到了一根血糊糊的肉指頭，有點害怕，撿回去交給大人。

後來，公社裡來了人，忙了一陣。縣裡也來人了，忙了一陣，才得出結論：那是日本飛機在一九四二年丟下的一顆炸彈，推遲了三十年的爆炸。也就是說，中日戰爭在馬橋一直延續到了這一年，要了雄獅的命。

志煌家兩夫婦痛不欲生。尤其是志煌，以前總以為老婆與萬玉有一手，雄獅很可能是個野種，對這個兒子不大親得起來。萬玉死了以後，他發現萬玉其實不是個什麼男人，才疑結漸解，對雄獅多了

些父親的笑目。從嶺上的岩場裡掏出一些野板栗什麼的。他沒有想到，從這一天起，沒有一雙小手來接過這些板栗了。雄獅不在家裡，不在田裡，不在溪邊，不在嶺上，不在嶺那邊的什麼地方，不在世界上的一切地方。兒子變成了轟隆一聲巨響，然後消散在永遠的寂靜之中。

雄獅腦袋特別大也特別圓，長出一身憨肉，眨巴眨巴的眼睛同他娘的一樣明亮和漂亮，一瞟就瞟出女子的嫵媚，讓人聯想到他母親水水從前在戲台上的經歷。人們見到他都忍不住要把他屁股或臉蛋抓捏一把，把嫵媚爭相搓揉。他討厭這種干擾，除非給他好吃的，總是有點六親不認，把外人敵意地打量。他眼珠一轉，就能判斷出你口袋裡是否真有食物，你的笑臉是否值得他信任，或者是否需要暫時不動聲色地等等看。他最惡長輩們的口頭慈愛，把他煩急了，便一罵二踢三吐痰，最後一招就是冷不防的口咬。他一張獅口從咬乳頭開始，咬遍天下。他在小學裡的同桌，無論男女沒有一個逃脫了他的牙齒。最後，連老師也不能倖免。

他用刀子割壞了桌沿，不願向校長做檢討。「動不動就要檢討，真是慣死你們了！」

校長揪著他的耳朵去老師的住房，他反咬了校長一口，摟著褲子跳出老遠，破口大罵。

「你這個畜生，老子打死你！」校長大怒。

「你現在打得贏我。等你老了撐著棍子走我屋門前過，我就要把你推到坎下去！」

他預告到很多年以後的勝利。

校長舞著扁擔追出老遠。

校長當然追不上，不一刻，雄獅這個肉球已經滾到對門嶺上，在那裡插著腰繼續罵：「李孝堂你

這個死豬，你的毛鳥鳥出來了呵……」

他指名道姓罵校長，也不知道什麼時候摸清了這個名字。

當然，他不可能再讀書了。旁人都說，志煌從來不管教他，才養出來這樣一個禍害。哪是個學生？一條狗也要比他聽話得多！

他後來經常到學校去看一看，遠遠地看同學們齊聲朗讀、做操或者扔球。要是原來的同學看見他，他就做騎馬的樣子，「衝呵——嗒嗒嘀——」一躍一躍地跑遠，好像自己正玩得高興，對學校裡的一切不以為然。

一天，他在嶺上與另外幾個娃崽玩沙子，因為霸占了一個裝沙子的爛套鞋，被其他夥伴忌恨。幾個娃崽決心報復，便在村子的水井裡拉了一堆屎，然後一起栽贓，說是雄獅拉的，叫叫喊喊地到大人們出工的地方報告。大人們一聽都很生氣，水水的臉上也掛不住，紅一塊白一塊，衝著雄獅大罵：

「你一天不闖幾個禍就皮發燒是不是？」

「我……沒有。」

「你還犟嘴！人家這麼多人都看見了，人家不是瞎子，眼睛夾的不是豆豉。」

「我沒有。」

「沒有水吃了，你去挑？各家各戶的水都由你去挑，到江裡去挑！」

「我沒有！」

「你還不老實？」水水甩出響亮的一耳光。雄獅晃了晃，臉上頓時出現紅紅的幾個手指印。

眼看著水水還要動手，周圍的幾個婦人出來勸說，算啦算啦，娃崽們不懂事，總是這樣的，打是要打幾下，也莫打太狠了……這些勸說反而激發了水水的惱怒，反而成了一種壓力，水水不更加義憤不更加凶狠些就沒法與大家區別了，就不值得大家規勸了，事情就沒有個像樣的結局了。她必須挽起袖子才能對得起這種壓力。啪，啪，又是兩記耳光聲爆出來，不像是從人臉上發出來的聲音，倒像是從破木桶上發出的聲音。

雄獅咬緊嘴唇，盯住母親。眼裡有淚光浮動，終於沒有流出來，停了停，反而漸漸地消退。

這一天，他晚上沒有回家，接下去的第二天，第三天……他還是沒有回家。志煌和水水兩口子到嶺上滿處找，村裡的人也幫著找，直到大家都差不多絕望了，張家坊一個採藥的老人才在嶺上一個洞裡找到雄獅。他睡在一個茅草窩裡，已經形同野人，臉上除了兩隻間或一閃的眼睛，全是泥污，身上的衣服破碎成一條條的爛布。整整十一天，他就是靠野果子、草葉以及樹皮為生，以致後來他被人們接回家裡，水水給他煮了兩個雞蛋，他只吃了一口就做出齜牙咧嘴的奇怪模樣，不再吃了，跑到外面坐在樹下，直愣愣地看著大家，順手揪下旁邊的草葉往嘴裡塞。周圍的人大驚，放著煮雞蛋不吃反而吃草，這不變了個畜生麼？

大概是因為有過這一段經歷，雄獅在轟隆一聲巨響中消失之後，水水神思恍惚，好一段時間裡不能相信兒子已經沒有了。她還是往山上跑，在嶺上聲嘶力竭喊兒子的名字——以為他還藏在哪一個山洞裡。直到人們實在沒有辦法了，把一直沒有給她看的一個指頭，小半隻腳，還有兩碗碎骨肉屑向她展示，她才眼球可怕地暴突，暈了過去。

等她醒過來，有婦人對她說：「你要往寬處想，到了這個地步，只能往寬處想了。你雄獅走得早一點也好，不是活了個貴生麼？不愁吃不愁穿的日子，天天都是耍，剛剛耍得差不多了就走了，一無病二不痛，是他的福氣咧。你還想以後他遭孽呵？」

「貴生」是指男子十八歲以前的生活，或者女子十六歲以前的生活。活過了這一段就是活滿了，再往後就是「賤生」了。與此相關的概念是「滿生」，指男子三十六歲和女子三十二歲以前的生活。從這個道理來看，當然是死得早一點好，死得早一點才貴。

雄獅的父母沒有理由不悲痛。

村裡的婦人們圍在水水的床頭，一個比一個更聲情並茂。水水呵，你雄獅活一世也沒餓過飯，幾多好哩。你雄獅沒有受過凍，幾多好哩。你雄獅沒有見爹死，沒看見娘死，沒走在兄弟姊妹的後面，不傷心不傷意，幾多好哩。老天要是讓他再活，也就要收婆娘了，要單門獨戶過日子了，今天同兄弟爭個罈子，明天同姊妹爭個碗，有時候還要同爹娘紅起頸根吵一場，有什麼意思？伏天裡打禾，你不是沒有看見過，上面日頭烤，下面熱水蒸，一天兩頭都是走黑路，一早上下到田裡，是禾是草還要靠手摸。臘月裡修水利，你也不是沒有看見過，肩上磨得皮肉翻，打起赤腳往冰渣子上踩，凍得尿都屙在褲襠裡。有什麼好呢？你雄獅這一走，一點苦都沒輪上，甘蔗咬了一頭甜的，骨頭啃了一頭有肉的，一聲喊去了，面前還有爹疼，有娘疼，有這麼多叔子伯子熱熱鬧鬧送，真真是值得——你要往寬處想呵。

她們又說起上村的一個老倌子，五保戶，兒女都在前頭走了，現在一個人活得同狗一樣，跛著個

腿，連口水都不得進屋，遭盡了孽。水姑娘你想想看，要是你雄獅命長，活個賤生，你不是害了他？

她們一致認為，人都應該早死，她們現在死不了，實在是沒有辦法。只有雄獅死了個好時候，只有他有這份福氣。

水水總算不再哭了。

△賤

老人家互相見了，總要問候一句：「你老人家還賤不賤？」意思是你的身體還好不好。打聽老人的情況也常用這個詞，比如：「鹽早的娘還賤得很，一餐吃得兩碗飯。」

在馬橋的語言裡，老年是賤生，越長壽就是越賤。儘管這樣，有些人還是希望活得長久一點，活得眼瞎了，耳聾了，牙光了，下不了床了，認不出人了，活著總還是活著。

大概是出於一些好心人的意願，「賤」的這種用法很少見諸文字。記錄方言的時候，「賤」多是轉換成了諧音的「健」。健不健，倒也文通字順，成了一句平常問語，淡去了人生的嚴厲色彩。

照這種說法，馬橋最賤的是一個五保戶，跛子，叫梓生爹。到底活過多少歲了，他自己也不知道。反正活得兒子死了，孫子死了，曾孫子都夭折了，他還一跛一跛地活著。他活得有些著急，下定決心去上吊，繩子斷了；下定決心去投塘，跳下去才發現塘裡的水不夠深。有一天晚上，他去志煌家借個碗，水水舉著油燈開門，首先看見老人一張臉，細一看，還發現老人身後有兩隻發亮的圓球，像兩盞燈。她有些奇怪，把油燈舉得更高一些，這才一身發軟：哪裡是兩盞燈？原來是一個毛茸茸的大腦袋在梓生爹身後呼呼呼呼地喘氣，聳起的背脊在黑暗中隱隱游動。

是一隻老蟲！──兩盞燈呵呵呀是老蟲的眼睛！

水水不記得自己喊了沒有，只記得一把將老人拉進門，然後緊緊地把門堵住，插上木栓，加上兩把鋤頭頂住。

她吐勻氣之後，從窗子裡偷偷朝外看時，地坪裡已經空空的了，只有淡淡的月光在懸浮。兩盞燈已經走了。

後來的日子裡，老蟲再也沒有出現過，大概只是在馬橋偶爾過一下路而已。梓生爹對此事沒有絲毫慶幸，倒有滿心的悲哀。他說：「你們看我活得賤不賤？連老蟲都嫌我沒有肉，跟了一路都懶得下嘴。你說說這號人還活著做什麼呢？」

△ 夢婆

水水是平江縣人，遠嫁到羅江這邊的馬橋。她的妹妹據說是平江有名的花旦，戲唱得好，一腳蓮花步走得人們嘖嘖嘖。據說水水當年比妹妹還要貌藝雙全，只是一生了雄獅，就落下了腰疾，嗓子也破了塌了，一開口就有氣流割著喉管的嘶嘶聲，任何話都是散散潑潑從喉管裡漏出來。她從此衣衫不整，蓬頭垢面，臉上黑花花的，大襟扣沒什麼時候扣好過，總是塌下半邊，一個匆忙起床的樣子。她常常與一些年紀比她大得多的老婆子織布，找豬菜，篩糠米，聽她們咳濃痰揪鼻涕，大概也不必怎麼注意扮相，不必在黯淡的日子裡來一點特別。

女人一落了夫家，尤其是生了娃崽，就成了婦人，成了婆娘，不怎麼愛惜自己了。不過，水水爛爛垮垮的樣子有點過分，似乎有一種存心要虐待自己的勁頭，一種要扣住自己作為人質，刻意報復什麼人的勁頭。好幾次，她出門撈豬食，胯骨兩邊甩，踏一雙男人的破套鞋，沙啞著嗓子「呵呵呵」地趕菜園裡的雞，褲襠裡紅紅的月浮水印漬都被路人看見。這很難說是一般的大意。

雄獅死後，水水成了夢婆，也就是普通話裡的精神病人，臉上常有飄忽不定的笑，而且見不得薯藤，一見就要把它連根拔，似乎她相信兒子就躲在地下，只要她揪住薯藤一拔，就可以把兒子從地裡拔出來。一般來說，她上午比下午好一些，晴天比雨天好一些。在這些時候，她目光清澈，待人接

物，忙裡忙外，與常人差不多沒有什麼兩樣，充其量也就是比較沉默寡言。她最緊張的是在雨天的黃昏。

越來越陰暗的雲霧，越來越滯重的呼吸，檐水滴滴答答的聲音，飛入窗子的一片枯葉，潮濕得透水的牆基和床腳，鄰人漸漸模糊了的面影，還有屋裡不知何處突然傳來雞鴨們的悶悶聲響，這一切都可能讓她進入夢態。她更不能承受月光，一看到窗外的月光，就渾身發抖，把一條花頭巾戴上，撤下來，再戴上，如此反覆無數次。

如果不是志煌用繩子捆住她的雙手，她可以如此反覆整整一個通宵。她總說這條頭巾不是她的，把頭巾扯下來。她又說她的頭冷，不戴頭巾是不行的，再把頭巾戴上去。

水水與志煌終於離婚，娘家人把她接回平江去了。很多年以後我重訪馬橋的時候，問起了水水。人們很驚訝我不知道水水的情況，幾乎就像驚訝我不知道毛主席一樣。你沒聽說過她？你真的沒有聽說過她？……他們不能容忍我的孤陋寡聞，也很為我可惜。他們說，水水現在的名氣可大啦，她娘家常常被小汽車、摩托車、腳踏車包圍，小攤小販都藉她的人氣做生意。老遠老遠的人都來找她，請她猜彩票的中獎號碼。那一段，鄉下買福利彩票，買運動會彩票，買瘋了，鎮街一片蕭條，百貨無人問津，茶樓酒館也顧客寥落，人們的錢全都拿去變成了彩票。鄉幹部們一個個急得大罵，說再這樣下去連農藥化肥都沒人買了，生產還如何搞？生意還做不做？

預測中獎號碼成了人們最揪心的話題。在這個時候，最受公眾注目的人眼下不是官員，不是鉅賈，更不是知識分子，而是精神病人。人們突然四處打聽和尋找這些瘋子，向他們討好逢迎，不惜賄以包上紅紙的金錢，乞求他們指示彩票中獎號碼，以便自己買彩票時下筆千金，一舉獲勝。人們紛紛

傳說，從事這種預測，小孩比大人靈，女人比男人靈，文盲比讀書人靈，而更重要的是：精神病比正常人靈。

水水當然在精神病人中更為出類拔萃，據說幾乎屢測屢中，無算不靈，已經讓很多買彩票的人一夜暴富。她的名氣當然也就廣為傳播。

我在縣城裡見到一個廣播站的編輯，他驚訝我曾經認識水水，說他也去找過水水。他用讀過四年大學本科的嘴巴滔滔不絕，說他坐長途汽車跑到平江，等了將近五個小時，才得以見到水水一面。他根本不會得到具體的指示，夢婆從來不會這樣輕易將天機示人的。水水看了他一眼，只是指了指牆上一幅太陽出山的圖畫。編輯當然是機靈人，心領神會，回來之後立即想到了東方紅，立即按《東方紅》歌曲的第一句簡譜１５５６２｜，填寫了自己的彩票號碼。他沒有料到，幾天之後，他差點暈了過去：中獎號碼是１１６２！

財運與他擦肩而過！

他一點也不委屈，振振有辭地說，這不能怪那個水水，只能怪他理解有誤。他太愚蠢了，太愚蠢了！他居然忘了《東方紅》第一句只是「東方紅」，第二句才是「太陽升」麼──其簡譜剛好是｜１１６２｜麼！

他給我這樣說的時候，黑著臉一個勁長噓短嘆。

面對著這個對水水深信不疑的編輯，我看出來了，「夢婆」一詞意味著：凡是遠離知識和理智的人（小孩、女人、精神病人等），在很多人心目中雖是可憐的弱者，但在一些命運關頭，他們突然又

成了最接近真理的人，最可信賴和依靠的人。

我得承認，知識和理智確實不能解決人生的一切問題。我只是驚訝，拒絕知識和理智的力量，常常比我們估計的要強大得多。奧地利學者西格蒙德‧佛洛依德，早就用他的精神分析學對此做出了精密而系統的理論表述。他懷疑理智，甚至不輕信意識，更強調潛意識的作用，認為潛意識的混亂、瑣碎、隱祕，不是無意義的。恰恰相反，作為意識的源泉和動力，潛意識隱藏著更重要的真實，需要人們小心地去探察。

佛洛依德認為，潛意識更容易呈現於小孩、女人、精神病人，更容易呈現於人們的夢裡——即理智薄弱或崩潰的一切地方。這位精神病醫生著《夢的釋義》，成了一位釋夢大師。在他看來，夢是潛意識的隱晦浮現，是研究精神病最重要的入口。他一定會驚喜馬橋人稱呼瘋女人的用詞：夢婆。他也一定能夠理解馬橋人對夢婆既可憐（在常理行之有效的時候）又崇拜（在天命祕不可測的時候）的矛盾態度。

「夢婆」一詞精練而準確地概括了佛洛依德式的發現：夢是正常人深藏的瘋癲，而精神病是白日裡清醒的夢。

「夢婆」在馬橋的特別地位，似乎也支持了一切反智主義的重要觀點：在最不科學的地方，常常潛藏著更為深邃的科學。

我不知道其他地方的語言，能不能做到這一點。英語中表示「瘋子」的用詞之一是 lunatic，源於詞根 luna，即「月亮」。這麼說瘋人也就是月人。月亮只能出現在夜間，當然已經接近了夢。讀者一

馬橋詞典 ▏108

定還記得，水水的精神病態，確實是每每發生在黃昏到夜晚這一段時間，常常有油燈或者月光的背景。也許知識和理智需要清晰，不大容易存活於朦朧夜色；也許月光是精神病（夢婆的第一義）和神明（夢婆的第二義）天然的誘因。一個特別喜歡月光的人，一個特別願意凝視月光或者在月光下獨行的人，行止如詩如夢，已經徘徊在凡間俗世的邊緣，具有了心智超常的趨向。

這樣說來，一切精神病院，應以月光為最大的病毒。

同理，一切神學院，一切超越科學的絕對信仰，都應以月光為最高啟示。

△嬲

我找遍了手頭的詞典，包括江蘇教育出版社一九九三年出版的《現代漢語方言大詞典》，也沒有找到我要說的字。我只找到這個「嬲」來勉強代用。「嬲」在詞典裡的意義是「戲弄、糾纏」，與我要說的意思比較接近。發音為 nian，與我要說的 nia，只是稍有些區別，希望讀者能夠記住。

嬲在很多時候用作髒詞。也許正因為這一點，正人君子的字典，要進入校園、圖書館和大人物們會客室的精裝詞典，基於一種高尚的語言倫理，必須忽略它，至少也是輕輕帶過，或者含糊籠統一下了事。但在實際生活中，在馬橋人那裡，嬲是一個使用頻度極高的詞。一個人一天下來，說幾十個甚至幾百個嬲字司空見慣——他們不是按照常用詞典來生活的。

嬲字在馬橋有多種用法：

（一）嬲，聲發陽平，表示黏連的意思。比如把信封封口黏好，他們就會說：「把信封嬲好。」對漿糊、膠水的稠黏性質，他們就會說，這些東西「巴嬲的」或者「嬲巴的」。磁鐵石，即「嬲鐵石」。鼻涕蟲，即「嬲泥婆」。

（二）嬲，聲發陰平，表示親近、親熱、糾纏、肌膚黏貼鬢髮廝磨的狀態。「放嬲」，意思是同別人親近和親熱，是主動型的。「發嬲」，是以某種神態誘導別人來與自己親近和親熱，多少有被動的意

味。這些詞多用於小孩與父母、女人與男人的關係中——一個少女在熱戀中，對她的情人總是「嬲得很」。她的語氣、目光、動作等等，可以使人聯想到漿糊和膠水的性能。

（三）嬲，發上聲，意指戲弄、逗耍、理睬、干預等等，與普通話中的「惹」字意義相近。比如「不要嬲禍」，「不要嬲是非」等等。馬橋人還說「三莫嬲」，一是小的，二是老的，三是叫化子。意思是這三種人很難纏，最好不要與他們發生交往，更不要與之衝突，即便有理也要讓三分，遠遠躲開才對。

這也是人們對待漿糊和膠水的態度，害怕一黏上就不易解脫，落個狼狽不堪。可見「嬲」字雖然用法多變，但內在的義蘊還是一脈貫通，有引申傳接的軌跡。

（四）嬲，發去聲，意指兩性行為。北方話中也有類似的詞，比如「肏」，發音cao，後來在很多文字作品裡多誤用為「操」。一些在北方當過兵或混過生活的人，把這個詞帶到了南方，帶到了馬橋。

其實，北方來的「肏」，與「嬲」似乎有些不同。首先，「肏」的字形表示出這是男性的動作，輔以乾脆、急促、暴烈的發音自然十分合適。「嬲」的發音則是柔軟的、纏綿的、舒緩的，暗示一種溫存的過程。從「嬲」的原義來看，或者至少說，從這個字上述各種所指的意義聯繫來看，「嬲」的狀態，當然是指一種黏連、貼近、纏繞、親熱、戲弄的狀態，即多少有點像漿糊和膠水的狀態，沒有暴力的進攻性。

迄今為止，幾乎所有的生理學調查，證實女性的性亢奮比男性要來得慢，往往需要有足夠的溫存

才能將其激發。這是一個㞐（陰平聲）的過程，是一個㞐（陽平聲）的過程，也是一個㞐（上聲）的過程，需要男人們注意和配合。一個大膽的推測可以由此而產生：「㞐」比「㞗」更合乎女性的生理特點，更能得到女性的注重。如果世界上有一種女性語言的話，運用最多的性事用詞肯定是前者而不是後者。

湖南省江永縣曾經發現過一種女書，是一種只在婦女中流傳和使用的文字，受到女權主義者們的極大關注。即便如此，女人能否有一種獨立的語言，我仍然十分懷疑。但考慮到南方現在還殘留著好些母系社會遺跡，考慮到南方在歷史上比北方進入男權社會要晚一步，女性的生理和心理在南方語言裡得到相對多一些的體現，倒是有可能的。我願意把「㞐」字看作這個大膽揣測的證據之一。

△ 下（以及穿山鏡）

下流、下賤、下作的簡稱，詞義源於不正當的性行為，甚至一般性行為。湘方言在八〇年代以後有「稀下的」一詞，指流氓無賴的習氣，顯然是「下」的延伸和擴展。

就人的體位來說，頭腦在上，因此人的思維和精神從來就具有上的指向，享有「高尚」、「崇高」、「形而上」之類方位標誌。而性器官在下，因此性行為從來屬於「下流」。

由此看來，寺廟建在高山，罪犯囚於地獄，貴族居於殿堂，賤民伏拜階下，勝利的旗幟升向高空，敗者的旗幟踐踏足底……這一切很難說是偶然的擇位，一定是某種信念的外化和物化。我懷疑，這一切源於古代穴居人對自己身體的困惑和最初的認識，從那時候開始，寺廟、貴族、勝利的旗幟，成了穴居人腦袋的延伸，獲得了上的方向。而相反的一切，則只能同恥感的下體一樣永遠屈居於下。

據說馬橋以前特別的下，公社幹部狠狠整過一下，才正經多了。公社何部長下到村裡收繳超額的自留地、自留糞、自留雞鴨等等，還在大會上出示了一個奇怪的東西，是兩個長長的鏡筒：「這是什麼？穿山鏡！有了這個東西，你們不管做什麼下事，我都看得見！抓住一個，處分一個！抓住十個，處分十個！絕不手軟！」

其實是望遠鏡，是公社林業站的，用來觀察山火的。

連本義聽這話也面色緊張，對望遠鏡不安地看了一眼，又看一眼。人們以後果然不敢亂說亂動，

萬玉一連幾個月口都要閉臭了，打死他也不唱覺覺歌。一到夜晚，大家早早睡了，村裡安安靜靜，沒有燈火。好多人還說，那一段他們連老婆都不敢碰。

萬玉對穿山鏡很不滿意，曾經對我抱怨：「不公平，太不公平。你們城裡人有電影戲看，有動物園看，有汽車火車看，我們鄉里人有什麼？就是這一點文化生活，」他是指覺覺歌和男女之事，「也要用穿山鏡照，什麼世道？再說，共產黨不准大家下，以後小共產黨哪裡來呢？」

萬玉對何部長的抱怨是否合理，暫且不論。把望遠鏡所代表的性保守觀念當作共產黨的特產，卻不是事實。國民黨統治中國的時候，在廣州、武漢等地都出現過軍政府禁止交誼舞的事件，交誼舞被視為「有傷社會風化」的淫亂。更早一點，清王朝統治中國的時候，《西廂記》被列為禁演戲曲名錄的榜首，愛情小說和詩詞都是官方眼中的「穢惡之作」，一批批被搜繳和焚燒。一個「下」字，不僅僅是馬橋人現在的用詞，幾乎貫串了漫長歷史，透出了漢語思維幾千年來對性行為一脈相傳的道德偏見。只要這個「下」的命名沒有取消或改變，人們要真正、全面、徹底走出偏見都是相當困難的。何部長即便是一個十分開明的人，也不一定能夠擺脫已經內化於他骨血中的心理定勢。他只不過是一個傳統詞典的運用者，操著望遠鏡在詞義的軌道上向前滑行，就像一隻驢戴上了籠套，只能往前走。在這個意義上，到底是何部長應該對他的刻板和僵硬負責，還是一個「下」字早已成了何部長的籠套——因此，包括馬橋人在內的一切這樣運用漢語的人應該對何部長負責？當然就成了一個問題。

△公地（以及母田）

馬橋人在地上除了說吃，最愛說下流話。各種下流話可以大膽得讓你目瞪口呆魂飛魄散天旋地轉日月無光。哪怕最普通的什麼東西，蘿蔔、犁頭、扁擔、山洞、水井、山頭、飛鳥、舂臼、草地、火爐……無一不可以引起他們下的聯想，成為他們下的藉口或比擬，啟動大同小異上過於重複的玩笑和故事……引爆熾熱的笑鬧。尤其是在地上下種的時候，他們七嘴八舌的口頭流氓犯罪更為猖狂。

姊姊攆我快步走，
攆得我像滑泥鰍，
泥鰍最喜米湯水，
鑽進米湯滑溜溜。

……

這樣的歌在下種時節就算是相當文雅的了。在平時不能唱，政府禁止，但在下種時節則受到人們的鼓勵，幹部們也裝著沒聽見。萬玉說過，這叫「臊地」，因此越下作越好。沒有臊過的地是死地、

冷地，是不肯長苗和結籽的。

按照馬橋人的看法，地與田不同，地是「公地」，田是「母田」。在地上下種，必須由女人動手；在田裡下種，當然必須由男人動手。這都是保證豐收的重要措施。禾種是準備下田的，所以浸泡禾種的活一定由男人幹，婦人靠近一下，看一下，都是大忌。

出於同一個道理，公地必須由女人來「臊」，女人在地上的臨時性粗疏，不僅是合理的，正當的，可得允許的，還總是得到老農們的讚揚。與其說這是娛樂活動，倒不如說這是生產鬥爭，是必盡職盡責完成的神聖使命。一些女知青不習慣，碰到這種情況免不了躲躲閃閃彆彆扭扭，皺眉頭塞耳朵，搞得本地的婦人們掃了興，也「臊」不起來，男人們就會著急，讓隊幹部把女知青調到其他地方去做事。

我親眼看見過婦人們在地上的猖狂，比如把一個後生拉到地邊，七手八腳扒了他的褲子，往他的襠下體甩兩團牛屎以示教訓，然後哄笑著散開去。她們當然不會這樣來對待知青，但也時常有些小騷擾，比方拿你的草帽墊坐，然後發出一浪哄笑；或者把你叫過去，讓你猜一個謎語，又發出一浪哄笑。你心神不定沒有聽清謎語是什麼，但從她們瘋野的大笑裡，你已經知道這個謎語不必猜，也萬萬不可猜。

△月口

田是母的,是雌性,於是田埂的流水缺口就叫作「月口」。人有月水,即普通話裡的月經,那麼田也就有月口,沒有什麼奇怪。

根據田裡禾苗的需要,隨時調節水流,把各個月口及時堵上或挖開,是看水人的任務。一般是老人充當這個角色,肩著一把鋤頭,獨自在田壟裡游轉,有時在深夜也會播下斷斷續續的腳步聲,每一聲都特別的清晰和光潔精密,像一隻一隻閃亮的石塊,留在不眠人的夜裡。

月口處總有水流沖出的小水坑,沙底,清流,有時還有小魚逆水亂竄,提供了收工時人們洗刷什麼的方便。女人們如果不願去遠遠的江裡,路過這裡時總要洗淨鋤頭或鐮刀,順便洗淨手腳,洗去臉上的泥點和汗漬,洗出了一張張鮮潤的臉以及明亮的眼睛,朝有炊煙的傍晚走去。她們走過月口後就像變了個人。她們的容光在一整天的勞累中鏽蝕了,只有在歸家的途中,流水淙淙的月口才能把容光突然鍍亮。

△九袋

在我的印象裡，乞丐只可能具有衣衫襤褸面容枯槁的形象。把乞丐與奢華的生活聯繫起來，是一種不可思議的荒謬。我到了馬橋以後才知道自己錯了，世界上其實有各種各樣的乞丐。

本義的岳丈，就是一個吃香喝辣的乞丐，比好多地主的日子還過得好。但他沒有一寸田土，不能劃為地主。也沒有鋪子和工廠，算不上資本家。當初的土改工作組勉強把他定為「乞丐富農」，是不得已的變通。歷次複查階級成分，工作組覺得這個名稱不倫不類，但確實不能從政策條文中找到合適的帽子，不知如何結論，只得馬虎帶過。

這個人叫戴世清，原住長樂街。那裡地處水陸要衝，歷來是穀米、竹木、茶油、桐油、藥材的集散地，當然也就人氣旺盛，青樓煙館當鋪酒肆之類錯綜勾結，連陰溝裡流出來的水都油氣重，吃慣了包穀粥的鄉下人，遠遠地只要吸一口過街的風，就要膩心。長樂街從此又有了「小南京」的別號，成為附近鄉民們向外人的誇耀所在。人們提兩皮菸葉，或者破幾圈細篾，也跑上幾十里上一趟街，說是做生意，其實完全沒有什麼商業意義，只是為了看個熱鬧，或者聽人家發歌、說書。不知從何時起，街上有了日漸增多的乞丐，人瘦毛長，臉小眼大，穿著各色不合腳的鞋子，給街市上增添了一道道對鍋灶有強大吞吸力的目光。

戴世清是從平江來的，成了這些叫化子的頭。叫化子分等級，有一袋、三袋、五袋、七袋、九袋。他是九袋，屬最高級別，就有了「九袋爺到九袋爺到」的尊稱，鎮上無人不曉。他的討米棍上總是掛著個鳥籠，裡面一隻八哥總是叫著「九袋爺到九袋爺到」。八哥叫到哪一家門前，他不用敲門，也不用說話，沒有哪一家不笑臉相迎的。對付一般的叫化子，人們給一勺米就夠了。對九袋爺，人們必須給足一筒，有時還賄以重禮，往他衣袋裡塞錢，或者臘雞爪——他最愛吃的東西。

有一次，一個新來的鹽商不懂此地的規矩，只打發他一個銅錢。他氣得把銅錢叮噹一聲甩在地上。

鹽商沒碰到過這種場面，差點跌了眼鏡。

「豈有此理！」九袋爺怒目。

「你你你還嫌少？」

「我九袋爺也走過九州四十八縣，沒見過你這樣無皮無血的主！」

「怪了，是你討飯還是我討飯？你要就要，不要就趕快走，莫耽誤了我的生意。」

「你以為是我要討飯麼？是我要討飯麼？」九袋爺瞪大眼，覺得真應該好好地教育這個醒崽一番才對，「天有不測之風雲，人有旦夕之禍福。流年不利，國難當前，北旱南澇，朝野同憂。我戴某向政府伸手行不行？不行。向父母兄弟三親六戚伸手行不行？也不行！我一雙赤腳走四方，天行健君子自強不息，不搶不偷，不騙不詐，自重自尊，自救自助，豈容你這樣的勢利奸小來狗眼看人低！有了兩

個臭錢就為富不仁我見得多了……這個臭錢你拿走，快拿走！」

鹽商沒聽過這麼多道理，被他橫飛唾沫刷得一退一退的，只好舉手告饒：「好好好，說不過你，我還要做生意，你走吧走呵。」

「走？今天非同你理論個明白不可。你給我說清楚，是我要討飯麼？我今天是來找你討飯麼？我什麼時候開口說過這句話？……」

鹽商苦著一張臉，多掏出了幾枚銅板，往他懷裡塞，有一種敗局已定的絕望。「是的，今天不是你要討飯，你也沒找我討飯。」

九袋爺不接錢，氣呼呼地一屁股在門檻上坐下來。「臭錢，臭錢，我今天只是要討個公道！你要是說在理上，我的錢都給你！」

他掏出一大把銅板，比鹽商的銅板還多得多，閃閃發亮，引得很多小把戲圍上來觀看。

後來，要不是他突然產生上茅房的需要，鹽商完全沒有辦法讓他離開門檻。他返回時，鹽鋪已經緊緊關門了。他操著棍子使勁打門，打不開，裡面有男聲女聲罵出來，嘴臭得很。

幾天之後，鹽鋪正式開張，做了幾桌酒肉宴請鎮上的要人和街坊。鞭炮剛響過，突然來了一群破破爛爛的叫化子，黑壓壓的發出莫名的酸臊味，圍著鹽鋪喊喊叫叫。給了他們饅頭，他們說是餿的，一個個甩回來。給他們一桶飯，他們又說飯裡面有沙子，把飯吐得滿地滿桌。路人都沒法下腳，吃酒席的客人也連連招架濺上鼻子或額頭的飯粒。最後，四個叫化子敲鑼打鼓，竄到席間要唱花鼓賀喜，但身上全抹著豬糞狗糞，嚇得客人一個個搗住鼻子四散而逃。他們便乘機朝桌上的佳餚一一吐口水。

客人跑了一大半，鹽商這才知道九袋爺的厲害，才知道自己闖了大禍。他託街坊去向九袋爺求情。九袋爺在河碼頭邊一棵大樹下睡覺，根本不理睬。鹽商無奈，只好備了兩個臘豬頭兩罈老酒，親自去謝罪，還通過街坊拿錢買通了一個七袋，也就是級別僅次於九袋爺的丐頭，從旁撮合。戴世清這才微微睜開眼皮，恨恨地說天氣好熱。

鹽商趕快上前給他打扇。

戴世清一個哈欠噴出來，揮揮手，說我曉得了。

他意思很含糊。但鹽商討得這句話已經不易，回到家，竟然發現叫化子們已經散去，只剩下四個自稱是五袋的小丐頭，圍一桌酒肉海吃，也算是留有餘地，不過分。

鹽商笑著說吃吧吃吧，親自為他們斟酒。

流丐進退有序令行禁止，戴世清做到這一點當然也不是一件容易的事。據說原來的九袋是一個江西跛子，勇武過人，一根鐵枴棍在丐幫裡無可匹敵。但此人心黑，收取的袋金太重，劃定丐田的時候，好田盡歸他姪兒，也就是說，油水足的地段從不公平分派。當時位居七袋的戴世清忍無可忍，終於在一個黑夜，率領兩個弟兄將其亂磚砸死。他當了九袋之後主事比前朝公道，重劃丐田，肥瘦搭配，定期輪換，讓每個人都不吃虧，都有機會到大戶「涮碗」。他還規定幫內人凡有病痛，不能下田的時候，可以吃公田，到他那裡支取一定袋金，這更使幫內人無不感激。

九袋爺不僅有丐德，還有丐才。河邊有一個五蓮禪寺，有一顆從普陀山請回的舍利，香火很旺，幾個和尚眼看越長越肥了。但從來沒有人去那裡討回過一碗米，怕得罪菩薩，也不敢去那裡強取。戴

九袋爺不信邪，偏要涮涮這只「碗」。他獨身前往，求見住持法師，說是疑心寺內所藏舍利的真假，想親眼看一看。和尚沒有提防，小心翼翼從玻璃瓶裡取出舍利，放到他手中。他二話不說，一口就把那顆舍利吞下肚去，氣得對方渾身發抖，揪住他的胸襟就打。

「一到你們這裡就特別餓，不吃不行的。」他說。

「打死你這個潑皮！」和尚們急著操棍棒。

「你們打，你們打，鬧得滿街的人都來看，看你們幾個禿卵丟了舍利子是不是？」他及時威脅。

和尚們果然不敢真下手，只是團團圍住他，欲哭無淚。

「這樣吧，你們給我三十塊光洋，我就還舍利子。」

「你怎麼還？」

「那你們就不要管了。」

對方不大相信他的話，但也沒有別的辦法，急忙忙取來光洋給他。戴世清一一清點，笑納於懷，然後取出隨身帶著的巴豆——一種大瀉藥。

他吃下巴豆，片刻之後鼓著眼睛在佛堂後面瀉了一大攤，臭氣沖天。法師和幾個手下人總算從瀉物裡找到舍利，用清水洗乾淨，謝天謝地地重新置於玻璃瓶。

這以後，他乞無不勝討無不克，名氣越來越大，勢力也擴展到羅水那邊的平江縣一帶。連武漢大碼頭上九袋一類的同行也遠道來拜訪過他，口口聲聲尊他為師。他燒一塊龜殼，就能卜出什麼時候行丐最好，去什麼方向行丐最有利，別的人照他說的去做，沒有不發的。街上人辦紅白喜事，席上總要

給他留出上賓的位子。不見他來，就擔心一餐飯吃不安穩，擔心叫化子們前來吵棚。一位當過道台的

朱先生，還曾經贈給他楹聯匾額，黑底金字，花梨木的質地，重得要好幾個人來抬。

兩聯是：「萬戶各炎涼流雲眼底；一缽齊貴賤浩宇胸中。」

橫匾是：「明心清世」——暗嵌了九袋爺的名字在其中。

九袋爺有了道台送的匾，還在長樂街買了一處四廂三進的青磚豪宅，放貸收息，收了四房老婆。

他當然不用天天去討飯，只是每個月的初一和十五才親躬，在街上走一輪，算是身體力行與手下打

成一片。他這樣做似乎有點多餘，但知情人知道，他不討還不行，據說十天半月不討一討飯，就腳

腫，而且只要有三五天不打赤腳，腳上就發出一種紅斑，癢得他日夜抓搔，皮破血流。

他最重視大年三十討飯。在每年的這一天，他拒絕一切宴請，也不准家裡生火，強令四個老婆都

脫下綾羅絲棉，一律穿上破破爛爛的衣衫，每人一個袋子或一個碗，分頭出去討。討回來什麼就只能

吃什麼。鐵香還只有三歲的時候，也在他打罵之下，哭哭泣泣地隨他出門，在刺骨的風雪裡學討飯，

敲開一家一家的門，見了人先叩頭。

他說，娃崽不懂得苦中苦，以後還想成人？

他又說，世人只知山珍海味，不曉得討來的東西最有味，可惜，實在可惜。

他後來被共產黨定為「乞丐富農」，是因為他既有雇工剝削（剝削七袋以下的叫化子），又是貨真

價實的乞丐（哪怕在大年三十的晚上），只好這樣不倫不類算了。他一方面擁有煙磚豪宅四個老婆，

另一方面還是經常穿破衫打赤腳，人們得承認這個事實。

他對此很不服氣。他說共產黨過河拆橋，剛來時還把他當過依靠力量。那時候清匪反霸，一些散匪四處逃躲。戴世清配合工作隊，派出叫化子當眼線，留意街上來往的可疑分子，還到一家家去「數碗」，也就是藉口討飯其實暗中注意各家洗碗之多少，從而判斷這一家是否增加了食客，是否暗藏著可疑人員。不過這當然只是一個短暫的時期。戴世清完全沒有料到，革命最終也革叫化子的命，竟把他當作長樂街的一霸，一索子捆起來，押往四鄉遊鬥。

他最終病死在牢中。據他的難友們回憶，他臨死前說：「大丈夫就是這樣，行時的時候，千人推我也推不倒；背運的時候，萬人抬我也抬不起來。」

說這話的時候，他早已站不起來了。

他的病從兩腳開始——先是腫大，鞋子襪子都穿不進去了，剪開了邊也還是套不住，腳踝的曲線都沒有了，兩腳粗圓得如兩袋米。然後，紅斑照例出現，個把月後紅斑又變成紫斑。再過一個月，又成了黑斑。他抓撓得腳上已經見不到一塊好皮，前前後後都是血痂。監房裡徹夜都聽到他的喊叫。他也被送到醫院裡去診過。但醫生打的盤尼西林對於他沒有一點作用。他跪在牢門前把鐵門搖得咣噹響，哀求看守的人：

「你們殺了我，快點拿刀來殺了我！」

「我們不殺你，要改造你。」

「不殺就讓我去討飯。」

「到了街上好跑是不是？」

「我喊你做菩薩，喊你做爺老子，快點讓我去討飯。你看這雙腳要爛完了哇⋯⋯」

看守冷笑：「你不要到我面前來耍詭計。」

「不是耍詭計。你們要是不放心我，拿槍在後面押著也行。」

「去去去，下午搬窯磚。」看守不想再囉嗦了。

「不行不行，我搬不得磚。」

「不搬也要搬，這叫勞動改造。你還想討飯？還想不勞而獲好逸惡勞？新社會了，就是要整直你這號人的骨頭。」

看守人員最終沒有同意他去討飯。幾天之後的一天早上，犯人們吃早飯的時候，發現戴世清還縮在被子裡。有人去拍醒他，發現他已經硬了。他一隻眼睛睜著一隻眼睛閉著。枕邊的窩草裡飛出四五隻吸血的蚊子。

△散發

人們向我說戴世清的故事時，用了一個詞：「散發」。他們說，鐵香的老子不討飯，就散發了。

顯然，散發是死的意思。

這是馬橋詞典中我比較喜歡的幾個詞之一。比較起來，死、死亡、完蛋、老了、去了、見閻王、翹辮子、蹬了腿、閉了眼、沒氣兒、萬事皆休等等，作為「散發」的同義詞，都顯得簡單而浮淺，遠不如「散發」那樣準確、生動、細膩地透示出一個過程。生命結束了，就是聚合成這個生命的各種元素分解和潰散了。比如血肉腐爛成泥土和流水，蒸騰為空氣和雲霧。或者被蟲豸噬咬，成為它們的秋鳴；被根系吸收，成為陽光下的綠草地和五彩花瓣，直至為巨大遼闊的無形。我們凝視萬物紛紜生生不息的野地時，我們觸摸到各種細微的聲音和各種稀薄的氣味，在黃昏時略略有些清涼和潮濕的金色氤氳裡浮游，在某棵老楓樹下徘徊。我們知道這裡寓含著生命，無數前人的生命——只是我們不知道他們的名字。

從他們停止脈跳的一刻起，他們的名字及其故事也頓時潰散為人們回憶和傳說中的碎片，經歷不算太久的若干年，就會最終完全湮滅於人海，再也不可能復原。

四季可以循環，鐘錶的指標一直在循環，只有一切物體的散發是不可逆返的直線，顯示出時間的

絕對。按照熱力學第二定律，這是一個增熵的過程，即一個有序的組織，緩緩耗散為無序、勻散、互同、冷寂的狀態——在那個狀態裡屍骨與墳泥已無從區別，戴世清的腳步與牙齒已無從區別。

與散發相反的當然是斂結與聚合。聚合是存在的本質，生命的本質。精血聚合為人，雲霧聚合為雨，泥沙聚合為石，語詞聚合為思想，日子聚合為歷史，人與人聚合為家族、政黨或者帝國。聚合力一旦減弱，就是死亡的開始。有時候事物越是擴張和旺盛，越過生命力的支持限度，內在的聚合也就越困難。從這一點出發，我們也可以理解馬橋人的「散發」不僅僅指示人的死亡，到了後來，也用來指示任何一種糟糕的情況，尤其是指隱藏著的盛中之衰。

多少年後我聽他們評價電視，就聽見有老人驚懼地說：「天天看電視，看大一顆心，不散發了？」這樣說無非是擔心，人從電視裡獲取的越來越廣泛的知識，人被電視激發出來越來越多的欲望，何以聚合？倘不能聚合，豈不完蛋？

我不能評價他們對電視的恐懼是否合理。我只是體會到他們說的「散發」，已經比二十多年前有了大為延展的內涵。我還體會到他們對任何散發式的狀態，比如人在繽紛電視面前心神奔放的狀態，與更大世界融合的狀態，持有一種馬橋人的頑固警覺。

△ 流逝

很多詞典裡都收錄了這個詞。

《中國民間方言詞典》（南海出版公司一九九四年）是這樣解釋的：流勢，也作「流澌」。屈原《九歌・河伯》：「與女遊兮河之渚，流澌紛兮將來下。」原用於形容水流迅速。今作馬上、立刻、飛快。如「他飯也不呷，撂下筷子流勢就走了。」

《現代漢語方言大詞典》（江蘇教育出版社一九九三年）是這樣解釋的：流些＝流時，副詞，連忙：「聽到咯個消息，他流些跑來了。」

有些南方小說家也各行其是地使用過這個詞，如周立波在《山鄉巨變》等作品中經常用到「流水」，比如：「天下雨了，他流水喊人到場上去收穀。」

除了「流澌」，它們稍有差異，但都是表達同一個意思，即「馬上」。這些詞也應該產生於多水的南國，正如「馬上」只可能產生於多馬的北國，大概是沒有疑問的。

流逝，表現了南國人對時間最早的感覺。「子在川上曰：逝者如斯夫。」他們發現無論是潺潺小溪，還是浩蕩大河，都一去不復返，流逝之際青年變成了老翁而綠草轉眼就枯黃，很自然有惜陰的緊

迫感。流逝也許是緩慢的，但無論如何緩慢，對流逝的恐懼使人們必須用「流逝」這個詞來時時警戒後人，必須急匆匆地行動，給這個詞灌注一種緊張感。

馬疤子（以及一九四八年）▲

光復在縣裡當體育老師，是馬橋少有的知識分子之一，也是馬橋唯一在城裡定居吃上國家糧的人。

他的父親是馬橋歷史上唯一的大人物。但很長一段時間，馬橋人不願意提起這個人，對有關他的往事吞吞吐吐。我後來才知道，大人物叫馬文杰，一九八二年才獲得政府的甄別平反，去掉了「大土匪」、「反動官僚」的帽子，獲得了起義功臣的身分。光復當上縣政協常委，後來又當上政協副主席，同他爹的平反當然不無關係。我也正是在這個時候才訪問光復，多少了解到一些馬文杰一九四八年出任國民黨縣長的內情。

我已經說過，這是在一九八二年。這是一個陰沉多雨的傍晚，在一個河街上的小豆腐店裡──光復連體育老師的飯碗都不牢靠的時候，開下了這個小店。我在小本子上記下他的話，滿鼻子是酸酸的豆渣味。我突然有一種感覺：對於我來說，對於我所知道的馬文杰來說，一九四八年並不是一九四八年。它向後延遲了，甚至發酵成酸味了。也就是說，它實際上延遲到這個多雨的傍晚才出現，嵌入了我的一九八二，就像炸死馬橋雄獅的那顆炸彈，那顆中日戰爭的炸彈，在泥土中悄悄把時間凝固了三十多年，推遲到一個明媚的春天才在孩子的胸前發出一聲古老的爆炸。

我們不知道的東西，不能說它是存在的，至少我們沒有充足理由斷定它存在。因此在一九八二年以前，馬文杰的一九四八年對於我是空無。

同樣的道理，馬文杰的一九四八年，馬橋人的一九四八年，也並不是很多歷史教科書上的一九四八年。構成這一年的事件，使這一年得以被人們感受、確認、追憶的諸多人世運演和變化，包括國共北平和談、遼瀋戰役和淮海戰役，毛澤東憤怒拒絕蘇共關於中國兩黨畫江而治的建議，國民黨內蔣介石集團與李宗仁桂系集團的激烈角逐等等，馬文杰與手下人當時都一無所知。由於九連山脈的重重阻隔，加上戰亂、大旱以及其他一些原因，馬橋弓與外界的聯繫越來越少。馬橋人當時對外界的了解，完全停留於一些回鄉老兵零零星星的傳說。

這些老兵，原來大多數跟著團長馬文杰在四十二軍吃糧，到過山東和安徽，後來又參加濱湖戰役，接四十四軍的防。他們看不起四十四軍，那是川軍，紀律最差，差不多人人抽大煙，日軍化裝成便衣打進去，一下就把他們的軍部端了。馬團長當然也吃過苦頭，在沅江縣有一次打伏擊，埋的一百多顆地雷全不管用。那些從邵陽趕運來的土地雷，一炸成了兩個瓢，爆得很響就是不死人，硝煙中的日本兵一個不少，照樣哇哇地往上衝，很快把四十二軍分割成幾塊。馬團長見勢不妙，只得命令手下人趕快把山砲什麼的全丟到河裡，分散打游擊。日本人是來運糧食的，只要把他們拖到冬天，洞庭湖區的水乾了，日本人的船就出不去，他們的牽制任務也就完成了。

他們回憶馬文杰帶著他們捉俘虜的情形。捉一個日本兵獎一萬塊錢。每個連每個月要捉四個俘虜，沒完成任務連長就要記大過，而且下個月的任務就要加倍。再完不成，連長就撤職，打屁股，軍

法從事。三扁擔下去，屁股肯定見血。有一個倒楣的連長，屁股上總是爛一個洞，沒當過幾天好人。

他們找地方維持會要便衣，要良民證，然後化裝去敵占區偷襲。膽子大一點的人，也最勇敢，捉的俘虜最多，但不幸在華容縣的一次遭遇戰中竟然全連殉職。馬團長手下的幾個同鄉運氣似乎還好，腦袋都留下來了，只是每次捉俘虜，捉回來的不是蒙古人就是朝鮮人，不是真正的日本貨，雖然可以勉強交差，但沒有賞金。這幾個馬橋人後來回到家裡之後還經常為此憤憤不平。他們說，馬疤子不講道理，蒙古韃子的塊頭最大，塞在麻袋裡三四個人使了吃奶的勁還抬不動。吃了這麼大的虧，憑什麼人家拿賞金我們就喝涼水？

馬疤子是馬文杰的外號。

他們的聽眾震驚之餘也表示同情，是的，是的，是的，馬疤子就是個小氣，當了那麼大的官，也沒見給他婆娘打個金鐲子。有一次回老家請鄉親吃一頓飯，總共只砍了五斤肉，碗裡淨是蘿蔔。

他們的一九四八年就是充滿著這樣的一些話題。也就是說，他們此時心目中的外界，只有抽大煙的川軍，炸不死人的邵陽地雷，還有日本軍隊中的蒙古韃子等等——充其量，他們還模模糊糊聽說過第三次長沙會戰的傳聞。他們甚至根本不知道什麼叫作「一九四八」，也從來不用西元紀年。直到我與他們交往的時候，「一九四八」還是一個生疏的詞。他們表示那個年頭的用詞有以下一些：

（一）長沙大會戰那年。

這顯然是一個錯誤的命名。他們的長沙會戰是一段遲到了將近六年的新聞，被他們誤以為是一九

四八年的事。如果一個外來人並不了解第三次長沙會戰，只是靠馬橋人的嘴來把握時間，肯定要把歷史的秩序打亂得一塌糊塗。

（二）茂公當維持會會長那年。

這個命名可以說沒錯，也可以說錯了。茂公是馬橋上村人，那一年確實接了張家坊某人的差，輪到他來當了維持會會長，管轄遠近十八個弓。拿這一件事來標誌一九四八年，沒有什麼不可以。問題在於，馬橋人不知道日本人早已投降了，日本人強制成立的維持會在絕大多數地方已經不存在了，良民證也不用了，只是他們消息閉塞，還是按老規矩辦事，還用著「維持會」的名稱，可能讓後人聽了以後還是一頭霧水。

（三）張家坊竹子開花那年。

張家坊有一片好竹子，一九四八年碰上大旱，田裡顆粒無收，倒是竹子全部開出一種白色的花，結出了籽。人們採下籽來，春去籽殼，發現竹米粗，微紅，煮成飯以後清香撲鼻，味道同紅粳米差不多。竹子開花以後就死掉了，附近的人們靠著這一片竹子度了荒，感其恩德，就把這片竹子叫作「義竹」。這件事情給馬橋人印象很深，用來記錄年份，一般來說倒也不會錯，只是外人一般不知道這一段。查戶籍的時候，徵兵的時候，報考學校的時候，「張家坊竹子開花的那年」出生的人以及他們的父母，得花很大的功夫，比比畫畫，才能向外來人士說清楚當事人的真正年齡。

（四）光復在龍家灘發蒙的那年。

發蒙就是開始讀書識字。馬文杰家的光復天資不算高，小時候也貪玩，光是一個初小就讀了七

年，一再留級，留得他很不好意思，長大以後也不願承認這一段劣跡，便在履歷表上把自己發蒙的時間向後推了三年，改為一九五一年。如果一個不知底細的人，僅僅根據光復的履歷表或者光復的說法來推算時間，會使整個馬橋的歷史向後錯位三個春秋。因此，這也是一個極有危險性的時間概念。

（五）馬文杰招安那年。

馬文杰招安是一件遠近聞名的大事，眾所周知，有目共睹，用這件事來定位時間，在馬橋人來說當然很方便，最容易讓外人明白。

當然，說到招安，在這裡可以多說幾句。

那一年本來氣氛非常緊張。臘月裡好多鄉下人都在編草蓆往縣城裡送，準備裹死屍。據說平江那邊來的桿子，歸順了省軍，以「彭叫驢子」為大帥，號稱有一萬人，有三門大炮，要同馬文杰以及羅江兩岸的所有桿子決一死活。馬文杰是不打算活了，把自己的家產分給了眾人，準備了自己的棺材。他只向彭叫驢子提了一個要求：仗不要在城裡打，免得老百姓吃虧，最好到羅水下游的白泥塘那邊去打。彭叫驢子根本不聽，把馬文杰派去的信使割了頭，掛在白沙鎮東門外的橋頭。那裡的鄉人上街不敢過橋，只好從橋下中淌水過河。

消息傳來，縣城裡的老百姓呼啦一聲都跑光。過了一段，沒聽見炮響，也沒見彭叫驢子省軍壓境，倒是馬文杰發了布告，說不打了。而且他還有了新頭銜：縣長兼暫編十四師師長。他帶著人在長樂街吃狗肉的時候，人們還看見他手下的人都穿了國軍服，還有幾支油亮的洋式連珠槍。

在後人看來，馬文杰在國民黨大失敗的年頭，居然靠上了國民黨，是做了一件十分愚蠢的事。對

此，光復向我反覆解釋，他爹本來是要投靠共產黨的，陰差陽錯才投錯了門。他爹當兵吃糧在外面混

過幾年，模模糊糊知道一點共產黨的事，聽說共產黨殺富濟貧，能征善戰，沒有什麼惡感。他被省軍

逼急了的時候，派他的結拜兄弟王老么去找共產黨。王老么有一個姊夫在瀏陽當木匠，跟共產黨走得

很熟。但事情偏偏不巧，王老么剛剛上路就碰了鬼，背上發了個大癤子，貼上草藥，痛得在客棧裡多

睡了兩天。等他趕到瀏陽時，姊夫剛剛去了江西。

「兩天，就是兩天。王老么當時要是沒生癤子，接了令箭流逝就去，我爹不也成了共產黨？」

光復喝下一口酒，瞪大眼睛對我這樣說。

光復當然有理由痛惜。正是那短短的兩天，改變了馬文杰以及手下一百多人的命運，也改變了他

光復的命運。王老么沒找到共產黨，後來在岳陽經一個戲班老闆介紹，見了國民黨B系軍閥的一個副

官。B系軍閥招安馬文杰，一切安排就是從那次見面開始。

這已經到了一九四八年的年底，正是國民黨政權在大陸上開始全面潰敗的時候——只是鄉下人在

冷寂的冬季裡，不知道這一點。我猜想，也許B系軍閥當時心知大勢已去，四處招安四處發槍，只是

想給即將南下的共軍增加一點騷擾和破壞。或者，就像後來一些歷史資料上披露的那樣，當時的湖南

省政府軍屬國民黨H系，與B系有隙，雙方明爭暗鬥摩擦不斷。B系企圖在H系的地盤上網羅散匪，

擴充自己的勢力，牽制H系。不管怎麼樣，B系的招安和慷慨支援使馬疤子這個鄉下人喜出望外，欣

然接受了對方給他的一紙委任狀，還有八十條槍，以及羅水兩岸一時的平安。他完全不知道國民黨內

部的派系之爭，也不知道B系長官的真實用心（我們現在也不一定完全知道），還以為只要穿制服的

就是官軍，都被他打怕了，不得不向他求和。

他和手下人喝酒慶祝的時候，不知道他走出的這一步，正在把自己引入地獄。

一九四八年在羅江乾枯而暴露的沙洲上流逝而去，把一場歷史上巨大的變化悄悄推移南方。但對於馬疤子及其手下人來說，他們山窩子裡的一九四八年與國民黨B系或H系軍閥們公事包裡的一九四八年不是一回事。這正像幾年之後，紅色的縣武裝大隊用機關槍對馬疤子手下數十名「暴動未遂犯」進行突然襲擊的時候，他們記憶中革命勝利排山倒海的一九四八年，與馬疤子山窩子裡的一九四八年同樣不是一回事。

這是一種時間的錯接。

△ 打醮

羅江兩岸的散匪各自為政。比較來說，馬疤子在各路桿子中威望高一些，這不光是因為他的兵強馬壯，也因為他有神功。他信青教，天天要打醮，設上香案敬觀音菩薩，帶著手下人盤腿坐在蒲團上，口中念念有詞。據說久坐者心靜，神清，道深，術高。他十多年咳痰的老毛病就是這樣坐好的。他手下的隊伍後來無論到何處坐有坐規，站有站相，渴上兩天餓上兩天，照樣可以疾跑如飛上陣打仗。有些人說得更玄乎，說曾經親眼看見他們打仗，刀砍在他們身上硬是不出血，槍打在他們的旗子上硬是打不穿，不用說，這都是蒲團上坐出來的結果。

馬疤子的隊伍還有個特點，行軍打仗從不穿鞋，爬山跳溝卻十分靈活，無論礫石還是鐵釘，都傷不了他們的腳。老百姓把他們叫作「赤腳軍」，說他們天天晚上要念十三太保的神行密咒，才練出了這等的功法。光復後來來告訴我，這當然是誇大。打赤腳只是為了跑動快捷，用一種名叫楮汁和嬰子桐的兩種植物搗成膏，塗敷腳掌，等膏汁乾了以後再塗敷，如此重複數遍，腳下就有了一層殼，比什麼鞋底都堅硬——這是他父親在外從軍的時候，從湘西苗人那裡學來的辦法。

人們對這支赤腳軍十分驚奇。他們走到哪裡，一些娃崽、老太婆也要跟著他們打醮，坐蒲團。當

然也有沒坐好的，一旦走火入魔，就顛了。馬疤子勸一般人不要跟著他學，不要隨便打醮。

他說打醮最要緊的是清心寡欲，要積德行善。當時糧食緊缺，桿子們到處打劫。馬文杰一進城就

常常被一些男女老少攔著哭訴喊冤，有的錢被搶了，有的媳婦被搶了，盼著馬老闆行個公道。

馬文杰在長樂街邀集各路桿子的頭目，開過一次會，說浮財就算了，但人一定要放，禾種和牛一

定要還。若誤了農時，傷了農本，你們就不怕老天降罪？各路桿子看他獨身一人踏著草鞋來開會，不

帶衛兵甚至不帶一槍一彈，只覺得一股正氣壓人，還未開腔就先怯了三分。有人看著看著花了眼，看

出他頭上一圈白光，白光上面還有紫色雲彩，於是更加諾諾。大家喝完一桌酒，抽刀劈下一個桌子角

表示立誓，分頭回去照辦。

馬疤子從此有了馬大青天的名聲。人們說，馬疤子的隊伍要糧不要錢，吃飽不帶走。也就是說，

手下人走到哪裡，肚子餓了可以向老百姓要吃的，但只管一頓，除此以外的奪取都視為擾民，一經發

現必須治罪。有一次，他手下的兩個兵在臉上抹了把煙灰，讓人家認不出，晚上衝進縣中學校長的

家，搶了校長老婆手上的兩個金鐲子。校長家的一個保姆，情急之下在門檻外潑了一盆柴灰，留下了

他們出門時的腳印，第二天再請馬疤子來查現場。馬疤子回去查鞋底，很快就查出了兩個劫匪，當下

把他們站籠子。兩個都用鐵絲穿鎖骨，關在木籠子裡示眾三日，穿鐵絲的肉洞腐爛出一股臭味。然後

一個燒死，燒得身上冒黃油，皮子炸炸地響。另一個不算首犯，從輕發落，就用刺刀捅死，留下一具

屍——當時刺刀幾進幾出都別彎了，血從刀眼裡噴出來，濺幾尺高，把旁邊一堵粉牆染紅大片。

兩個死囚一直不求饒，不喊叫，哼也沒有哼一聲。

值價！在場的漢子無不感慨佩服。

馬疤子手下的兵，連貪財都貪得硬氣，這一點沒法不讓其他桿子另眼相看。

從那以後，馬疤子的兵不管到哪裡借路，其他桿子都不會為難。他們若是給貨商保鏢，完全不用武裝，空手隨行足矣。這叫作「仁義鏢」。碰到了其他的桿子，抱一個拳，報上馬文杰的大名，對上兩句江湖暗語，就可以逢凶化吉，一路暢通。有時對方還會好意留飯，送上一條牛腿或者兩瓶好酒，攀個交情。

△打起發

《現代漢語方言大詞典》（江蘇教育出版社一九九三年）已經收錄了這個詞，解釋如下：

（一）小偷小摸：逃兵荒時，城裡好多人跑光了，他乘機進城去打起發。

（二）占便宜：他滿厲害，你莫想打他的起發（你休想占他的便宜）。又：打秋風是明的，打起發是暗的。

馬橋人也使用這個詞，用出一種津津有味樂不可支的味道。這個詞特指那一年馬疤子的隊伍趕走國民黨軍隊H系的彭叫驢子，打進了平江縣城，羅地十幾個鄉足有上萬的農民跟著進去，狠狠地發了一次財。有的搶了鹽，有的搶了米，有的一身鼓脹脹地套上十層婦人的褂子，熱得滿頭大汗。還有的運氣不大好，什麼也沒撈著，就提一個桶或者背一張門板回家。最不可思議的是本義他爹，叫馬梓元，擔著上百皮瓦出城，累得大口喘氣，走著走著就落在後面。同村的人笑他醒，何不擔一擔泥巴回去？你在家裡連泥巴都沒有見過麼？他滿意地說，他家不缺鹽米，也不缺衣，就是砌豬欄屋時少了幾十皮瓦。他看中了這些長茅洲的好瓦，正合適！

他一點也不覺得自己吃了什麼虧。

他更不明白什麼電燈不電燈。當時有幾個後生用砍刀割下了城裡的燈泡，準備帶回去掛在自家的

屋梁上，說那傢伙到了晚上就亮，風都吹不黑。馬梓元覺得那完全是誆人，世上不可能有那樣的寶貝。

打起發後來成了馬文杰的「罪行」之一。他沒料到有這麼多人跟著他進了城，為了治理亂局，他曾經命令手下人彈壓劫匪，其中受傷的就有本義他爹——他因為肩上的瓦太重，出城時落在最後面，被士兵追上了。

他還沒有來得及回頭，只覺一陣涼風嗖嗖而過，半邊腦袋包括一隻眼和一隻耳朵，已經隨著雪亮的刀刃而去，飛向了空中。剩下的另一半架在肩上，隨著肩膀還衝衝地走了十多步。整個身子甩手撩腳的，擔子一躍一躍，好一陣才頹然撲地。身後的殺手驚得好半天說不出話來。

馬橋的老人們說，清點屍體的時候，幸好有人發現本義他爹的腳還能動彈，摸一摸，手還是溫的，口裡還有一絲活氣。馬文杰從這裡路過，認出了本村的熟人，連忙找來郎中療救，攪一盆止血的藥泥糊住傷口，像嚴嚴實實封住了一個罐子口。郎中又往他口裡灌了些米湯，等一等，見米湯居然嚥下去了，就說：「還不該死。」

本義他爹被人們送回馬橋以後還活了五年多，雖然只剩了半個頭，做不了田裡的功夫，也說不了話，但在檐下打個草鞋，鍘點豬食，還是可以的。

半頭人從不到人多的地方去，免得驚嚇大家，尤其是驚嚇娃崽。他成天躲在屋裡，有點耐不住閒，只好做事。這樣下來，他比一般正常人做的事還要多。

我覺得這種說法難以讓人相信，更無法想像一個只有半個腦袋的人忙裡忙外的情景，但老人們都這樣說，硬說他們都穿過本義那個半頭老爹編出來的草鞋。我只好讓他們說去。

△馬疤子（續）

一個雨夜，解放軍的先遣人員湊在油燈前與馬文杰縣長接頭，向他介紹了全國形勢和共產黨的政策，動員他投誠起義。馬文杰表示同意，並且同意出任「規勸會」的副主任，開展對敵偽軍政人員和各路桿子的勸降工作。

馬文杰當了幾個月縣長，沒坐過衙門，也不知衙門在哪裡。沒拿過薪水，也不知應該到哪裡去拿薪水。他還是喜歡穿草鞋，粗通文墨但不大樂意寫信，派人去給各路桿子傳話，都是讓他們持一塊竹令箭，上面按有他的三個血紅指印作為證明。他的指印桿子們一般都認得，都服。指印到了哪裡，一般來說都能繳下槍來。白泥弓的白馬團一次就交出大刀三十多把，叮叮噹噹挑到縣城。

馬文杰只是沒有料到，被他勸降的白馬團龍頭大哥，兩個月後還是進了監獄，而且上了大鐐。他大為吃驚，找到縣武裝大隊結結巴巴地查問，在對方出示的一樁樁審案鐵證面前才無話可說，他發現白馬團居然是假投誠，暗藏槍枝彈藥並且準備逃竄。被他勸降的另一個許某，則有重大血債，稱霸鄉里，姦污民女無數……最後，他自己的參謀長，也被新政權查出來是個國民黨打進來的軍統特務，有暗中控制馬文杰的任務，還有什麼密殺計畫。這樣的人還能任其逍遙法外隨便放過？

馬文杰一腦門子冷汗，只能連連稱好。

街上貼出了很多堅決鎮壓反革命的標語。據說四鄉農民在往縣城送草繩，是準備用來捆人的。據

說縣獄裡天天有人被拉出去槍斃，有的大號子關幾十個人，竟然一夜之間就空了，不知是轉到了別

處還是殺了。真真假假的傳聞最後指向了馬文杰本人，說他那個「規勸會」是個假投誠的窩子，他

是「規勸犯」的總頭子。他等著上面派人來抓，等了幾天沒有動靜，相反上面還是照常請他去開這個

那個會，派人給他送來了解放軍的草黃色制服。他穿著這套衣走到街上，認識他的人見到他都神色緊

張，老遠就往路邊躲閃。

這是一個不大說得清楚的結局，因為當事人太少，因為當事人不太願意說，更因為當事人好不容

易說出來的話也疑點頗多，說法各不一。有人說，馬疤子的老對頭彭叫驢子也投誠了，當的官比馬

疤子的官還大。姓彭的要在新政權面前表忠，多多揭發人家是假投誠，就是最好的辦法。還有人說，

國民黨的B系和H系從來互不相容，以前日本鬼子在的時候，他們借日本鬼子的力量削弱對手；現在

共產黨來了，他們又借共產黨的力量排擠對方。既然B系曾經利用馬疤子牽制H系，那麼，好吧，H

系現在當然也可以利用共產黨來收拾馬疤子。誰都使著暗勁，用陰招，馬疤子一個鄉巴佬哪是他們的

對手？

當然，也有人說事情不完全是這樣。他們認為共產黨本就不相信投誠人員，一直想剪除後患；或

者認為很多桿子投誠本來就是半心半意，馬疤子本人也匪性難改，幾次暗中準備反水，準備暴動，罪

大惡極。只是他後來既然已經死了，政府也就既往不咎。

我沒法辨別這些解釋的真假，只得繞開它們，僅僅交代一下結局本身。我甚至不一定能把結局本

身說清楚，只能盡力而為地把零散材料做一些拼接。大約是兩個月後的一天，馬文杰從專署開會回來，還沒有走進屋，就聽見裡面哭鬧成一團。推開門，看見七八雙女人淚光晶瑩的眼睛齊刷刷投向他，嘴巴張得老大，哭聲戛然而止。但只停了片刻，嚎啕又猛烈爆發。旁邊幾個娃崽，也跟著哇哇地哭爛了臉。

他大為驚訝。

馬主任！馬縣長！老師長！三爺！他三叔……女人叫出各種稱呼，紛紛搶上前來叩頭，砸出嘣嘣嘣嘣的巨響。

「他爹說走就走，甩下這一家七八個都要吃要喝，我怎麼辦哇？」

「我們都是聽了你的話，才投誠的呀。你如今怎麼袖手觀旁呵？」

「你還我家的天寶呀……」

「你給我們指條活路呀……」

「你要給我們做主呵……」

「不能活了呀……」

……

有一個婆娘紅了眼，衝上來抓住他的胸襟，叭叭煽來兩耳光，瘋了似地大喊：「吃了你的虧呵。」

你這個騙子，兩頭蛇！你還我家的晉華呵——」

待馬文杰的婆娘上前來勸開瘋婆，馬文杰的衣襟已經撕破，臉上和手上已被對方抓出了幾道血

痕。

馬文杰慢慢才聽明白。他去州裡開會的這一陣，縣裡據說發生了「規勸犯」的暴動，先是殺了抱落鄉的三個工作隊員，又祕密喝了雞血酒，往縣政府的糧車扔過炸彈，據說更大的暴動也在計畫中。不料有一封密信被政府劫獲，政府只得先下手為強，把參與暴動的反革命頭子從快處決──其中就有這些女人們的丈夫。她們見丈夫被叫去開會，好幾天沒有回來，最後只等到政府的通知，要她們去一個叫荊街的地方領取遺物。事情就這麼簡單。

馬文杰聽著聽著，出了一身冷汗，背著手在屋裡走來走去，抬頭望天，眼淚滿面。他朝滿屋的女人一一抱拳，一一下跪：「兄弟對不起你們，對不起你們呵……」他一邊哭一邊急急打開箱籠，把所有的光洋找出來，總共才五十多塊，往來人手裡塞去。他的婆娘也擦著眼睛，把私房錢拿出來，包括幾隻鐲子幾隻耳環，塞給了死者眷屬們。馬文杰平時把一些散錢隨處亂丟，丟在枕邊、桌上、抽屜中、馬房裡，由他婆娘跟在屁股頭收撿。這些錢現在也派上了用場。

好容易才把哭哭泣泣的多數來客送回去。沒有回去的曹家一母二子，就在馬家住下了。

馬文杰一夜未合眼，第二天起床，看見門口的公雞拉長了頸根，卻沒有聲音，不覺有點奇怪。自己無意中拍了一下桌子，發現還是沒有聲音，就更奇怪了。他此時借住在一個古舊道觀裡，堂前有一口古鐘。他走到鐘前，試著敲了敲鐘，發現還是沒有聲音，不免有些著急，掄著鐘錘使勁地敲，一直敲到附近的人都跑來了，齊刷刷向他瞪大驚恐的眼睛。他這才明白，不是鐘沒有聲音，而是自己聾了。

他放下鐘錘，沒有說什麼。

喝了一碗婆娘煮好的粥，他嘆了口氣，準備去看郎中。剛走出巷口，他碰到正街上擁擠的人流，那裡正在進行鎮壓反革命分子的示威遊行，還有紀念抱落鄉三位革命烈士的追悼大會。武裝民兵和小學生高呼口號往縣獄那邊而去。他不知道人們張開大嘴，在喊著些什麼。

他停步了，扶著牆慢慢折回家裡。

從他家走到巷子口，是五十一步，從巷子口走回來，不多不少還是五十一步，剛好是他的歲數。

「如何剛好是五十一步？」他有點吃驚。

婆娘給他一把傘，催他去看郎中。

「你說，如何剛好是五十一步？」

婆娘說了一句什麼，他沒有聽見。

「你說什麼？」

婆娘的嘴還是無聲地有開有合。

他再一次記起了自己聾子的身分，不再問話，只是搖搖頭：「奇怪。奇怪。」

下午，一個做郎中的朋友來，看看他的耳疾。他向來客討點菸土。朋友比畫著問他，你天天打醮練功，不是不沾菸的麼？他拍拍自己的額頭，意思是自己受了點涼，寒重，要燒點菸來驅寒解表。朋友便給了他一包。

這一天夜裡有雨。他打完最後一次醮，吞菸土自殺。他換上了一身乾乾淨淨的衣服，刮了鬍子，

連指甲都細細剪過。

照一般人說來，他沒有必要死。儘管有些罪行也牽連到他——比如決定投靠國民黨，比如他的手下人殺了幾個打起發的百姓，但他畢竟是一個頭面人物，他的規勸遊說畢竟為新政權立過大功。何況他與某位共產黨大首長是學木匠時的師兄弟，他保護過那位大首長的家人，接濟過米糧。就在他自殺後的第二天，一位科長專程從省裡趕來，送來了那位大首長的親筆信。信的最後，大首長約請他方便的時候去北京作客敘舊。

他已經睡在裹屍的草蓆裡，來不及看這封信了。縣政府向專署和省裡做了請示以後，給他買了一口棺木，一對白燭和一掛鞭炮。

馬疤子（續）　147

△荊界瓜

說起荊街，很多馬橋人不知道，馬橋附近的很多人也不知道——尤其是年輕後生們。

荊街已經消失多多年了。從縣城出東門三華里路再渡羅水，見一片平疇，種棉花或紅薯，靠北的一面地勢略略升高，上面有一些亂石荒草，還搭了一兩個守夜人的草棚子。再靠近看，很可能看到深草裡的牛糞或者野雞窩，或者一隻破草鞋。這就是荊街，現在被人們寫成「荊界」、「井界」，或者「荊界圍子」。後生們很難知道這裡原來也是「街」，居然有百多戶人家的熱熱鬧鬧，有遠近聞名的一大赫然孔廟。

荊街成了一個沒有實際意義的名字，已經荒蕪。

荊街只是在關於馬文杰的故事裡才得以沿用，才是一個必不可少的地名。即使如此，它也不過是在一部分人那裡，將不可避免的荒蕪向後推延幾十年而已。當年的「規勸犯」暴動一案，就是發生在這裡。五十多個「規勸會」的投誠桿匪頭目，在集中學習的最後階段，奉命參加勞動，挖一口水塘。

他們挖的挖，擔的擔，大汗淋漓忙了三天，剛剛把水塘挖出個樣子，隱在屋頂上的機槍突然咚咚咚地響了——一種乍聽起來十分陌生的聲音，十分遙遠的聲音。彈雨捲起一道旋風，呼嘯而來。沒有感覺到子彈穿過肉體，但身後的泥坡塵霧飛揚，沙粒四濺，明明是有什麼東西在他們肉體的那一邊爆響同

時又在他們肉體的這一邊綻開一連串塵霧的花朵。他們也許開始明白，金屬是怎麼回事，速度是怎麼回事，金屬的子彈穿過肉體是一個多麼順暢多麼迅速以及多麼難以察覺的瞬間。最後，他們陸續倒在自己剛剛挖好的土坑裡。

直到一九八二年以後，直到「規勸會暴亂」被政府宣布為多種複雜原因造成的錯案，人們才閃閃爍爍說起這一幕情形，才重新提到荆街這個陌生的名字。有些老人說，從那一陣槍聲以後，荆街就鬧鬼，一家一家的房子總是莫名其妙地著火，不到兩年的工夫竟然燒了七家。那裡的娃崽生下來也多呆子，不到兩年的工夫竟然呆了三個。風水先生說，那裡有官鬼發動，塘裡的活魚都無法擋煞了，當然不得不燒掉一些房子。至於「官」鬼是指官禍，還是諧音棺，指亡人陰魂不散，風水先生含糊了一句，在場人沒聽個確切。有人立即在屋裡屋外到處開挖，掘地數尺，把地下一切可疑為腐爛棺木的木質殘物全部清除乾淨。他們還挖出一口新塘，下了幾千尾魚苗，一心增強水勢，以水克火。奇怪的是，魚在這個塘裡就是養不活，不到一個月全部翻了白。最後，街東頭的一家傘匠鋪還是發了火災，人們便漸漸失去了對消防工作的信心，只好陸續遷往別處，尤其是遷往黃灣一帶。

到五○年代末，荆街完全散發了，成了一片荒地，連水井也塌了，子孑叢生。那裡倒成了一片好地，據說很肥，特別肯長棉花和紅薯，出產的一種香瓜也十分甜美，很快就有名氣。縣城裡的小販有時為了招攬顧客，就特別強調地吆喝：「買呵買呵，荆界圍子的荆界瓜呵──」

有人把這種瓜寫成「金界瓜」，寫在瓜果攤的招牌上。

△一九四八年（續）

我曾經以為，時間在任何地方都是一種均量的、匀速的東西，就像平均分派而且方正整齊的一塊塊透明流體。不，其實這只是我們肉體感受到的時間，比方說是我們按部就班地誕生、發育、衰老直至死亡。但人不是樹，更不是石頭。也許，在某種物理的時間之外，對於人更有意義的是心理時間。

一個人的幼童期總是漫長的，一個人在動蕩時期、危險時期、痛苦時期所感受的時間也總是漫長的。毫無疑問，漫長是一種感受，出於人們特別敏感的神經，特別豐富的新知。在一些日子過得舒適而單調的人那裡，在一天被一百天重複而一年被十年重複的生活裡，我們則可以看到相反的情況：時間不是拉長了，不是放大和增容了，而是越來越匆促，越來越縮短，最後幾乎成了一個零，眨眼之際就無影無蹤。某一天，人們突然發現鏡中的老人就是自己，免不了瞪大恐懼的雙眼。

同樣的道理，我們知之甚少的時間，比方古人的時間，比方遙遠國度的時間，總是模糊不清，幾近消失，足以忽略，就像遠方的一切，都在我們視野的盡頭微縮如塵，與空無沒有多少差別。我以前讀美國小說，就發現我對那個國家的二〇年代和四〇年代，常常混同莫辨。而英國的十三世紀和十五世紀似乎更是一回事。我暗自吃驚，一本小說背後一代人或好幾代人絕不可混同也絕不可忽略的生生

死死，幾十年甚至幾百年的漫長，為什麼可以在我這裡悄悄漏失，為什麼短促得只能供我翻翻書頁甚至打出一個哈欠？

原因很簡單：我太遠，不能看清那裡的一切。

時間只是感知力的獵物。

人的時間只存在於感知之中，感知力比較弱或者乾脆完全喪失的人，比如病床上的植物人，並沒有真正意義上的時間。時間這種透明流體從來就不是均量地和勻速地流淌，它隨著不同的感知力悄悄變形，發生著人們難以覺察的延長或縮短，濃聚或流散，隆凸或坍塌。

問題在於，人的感知各個不同。就是一個人的感知，也會隨著情境的變化而不斷改變。在一大堆感知的破碎鏡片裡，我們還有時間可靠的恆定守一的形象嗎？還有時間統一性嗎？我們談論一九四八年，我們是在談論哪一種感知裡的一九四八年？在這個陰雨的傍晚，在河街上一個小豆腐店裡，光復為他老爹哭了一場後，還說到了藕。他說當年的藕好甜，煮起來特別粉，現在再也吃不到。他說現在的藕都是化肥藕，哪有當年的好吃呢？

我對這些說法暗暗疑惑。我知道眼下確實有些地方使用化肥太多，對作物的品質確有影響。但畢竟還有大多數的藕是天然食品，與光復老頭以前的藕沒有什麼不同。我懷疑，不是這些藕的味道變了，而是光復對它的味覺變了——在他年齡越來越大以後，在他越來越遠離飢餓的當年或者肝臟有了點毛病之後。這是一種常見的情況。我們常常會美化以前的一些事物，比如藕，比如一本書，比如某位鄰居，因為我們已經忘記了當時產生好感的特定情境。我們甚至會覺得以前的某次痛苦經歷美妙無

比，因為我們已經成了遠遠的回顧者，不再身陷其中。我們不再痛苦而只是觀賞痛苦。

這樣說來，被感知獵取著的時間，反過來也會蝕變我們的感知。

光復給我談的一九四八年，在多大程度上是未經蝕變真實可信的呢？在多大程度上有別於他對藕的可疑回味和可疑信念？

光復談到近來對「規勸會」的平反甄別，說人民政府到頭來還是不簡單，自己的錯自己糾，自己吐出去的痰自己舔，做到這一點真是不簡單。說到這裡，他發現菸盒子已經空了，叫兒子去買菸，順便帶兩瓶汽水待客。他的兒子大約十二三歲，聽說汽水便眼睛發亮，光著腳板跑出門去。不但買來了香菸和汽水，還急急地用筷子頭來撬開汽水瓶蓋。嘭——他愣了一下，前後左右找了一陣，爬到黑黑的床下搜尋，尖削的屁股翹得老高。大概是一隻鐵皮瓶蓋剛才不知道飛到哪裡去了。

他頂著一頭蛛網出來，說沒看見沒看見，拍拍手，拿著另一瓶汽水到門外去喝，哼著不成調的流行歌。

光復惱怒地問：「就這樣算了？嗯？」

「找遍了，沒看見。」

「它長了翅膀？還能跑上天？」

我不知道光復為什麼這樣重視一個鐵皮瓶蓋。也許，那個小鐵蓋還可以換回錢？或者他只是惱怒娃崽這種馬虎處事的態度？

他逼著少年再找，停下了與我的談話，自己也幫著搬開了牆角一堆木炭，搬開木桶和鋤頭之類的

工具，發出嘩啦嘩啦的聲音，對可疑的暗處一一清查。他一次次對瓶蓋恫嚇：「你娘的躲！你躲，老子看你往哪裡跑？」

他當然少不了對少年的訓斥：「你這個畜生，尋呵，尋呵！你當少爺了是不是？告訴你，要不是共產黨給你祖爺爺平反，你還想喝汽水？還想穿涼皮鞋？還想插起自來水筆上高中？你老子勞改的時候，差點連命都送了，餓得連牛糞裡的稗子都撿出來吃的……」

少年嚥著嘴，把一塊木炭狠狠踢了一腳。

「豬玀的，你踢！」體育老師在兒子頭上鋤了一丁公。

少年舉臂招架，可能用力大了一點，把父親擋得倒退兩步，差點跌倒。「你還敢回手？你這個畜生還敢回手？」父親一把奪走少年手裡的汽水瓶，「老子挖死你！」

少年氣咻咻地跑到門外瘋罵：「老雜種！老土匪！你這個老反革命！動不動就打人，算什麼教師？」他破口大罵，「你活該，你還作威作福塗炭生靈喪權辱國吧？」他用了兩個很書本化的詞，「你活該，你撿牛糞吃活該，你去坐牢我還好些。我將來要當總統，也要搞運動！老子根本不給你這號傢伙平反我告訴你……」

「老子老子老子……」

光復一句話憋在喉頭沒罵出來，儘管是體育教師，還是沒有追上兒子，氣得渾身發抖，幸虧有我扶著，才回到家裡穩穩地坐下。我很驚異少年對他的態度。少年的話當然是一時氣頭上的話，不必過於認真對待。但他這樣來戳父親的痛處，至少說明他對於往事沒有切膚之痛，錯案不錯案，不會比他

的一瓶汽水更為重要。在這個時候，我再一次感到時間的詭異。光復像很多人一樣，以為他的苦難經歷能夠被任何人同情。時間所定型的一切，可以像博物館的珍貴文物一樣原貌長存，舉世公認。正是基於這一點，他像我的很多前輩，教導後人的時候總是願意回溯往事，談坐牢、飢餓、戰爭、疾病或者一九四八。

他沒有料到，時間不是文物，他與兒子也沒有共用的統一時間。政府還給他父親清白的一九四八年，並沒有同時配給他的兒子。這位少年剛才狠狠踢了木炭一腳，顯示出他對包括一九四八年在內的往事毫無興趣甚至反感。

這似乎沒有道理。他沒有親歷過去，但他對離奇往事至少可以好奇，如同孩子們津津有味於古代傳說，沒有必要憤憤地踢上一腳。在這裡，合理的解釋只可能是：他並非仇視過去，只是仇視現在的過去，即仇視這個陰暗傍晚父親嘴裡充滿著訓斥、苛責、自以為是氣味的過去，那個奪走了他半瓶汽水的過去。

光復氣得流出了淚水。這使我想起了一條以往的國家政策：一九四七年以後舊政權裡科級和少校級以上人員，均屬於歷史反革命。這個適用於任何地方以及任何人的時間劃界，隱含著的哲學意義是：人們都生活在統一時間裡，不容例外。多少年後，人們終於認識到這一條過於簡單，力圖使自己與兒子生活因為這條政策的取消而苦盡甜來。但是在另一方面，光復已所不欲卻施於人，在共同履歷裡，同樣不容例外。他無非是混淆了過去與現在的過去，混淆了自己的過去與別人的過去，認為他痛恨的過去，兒子也必須痛恨；他珍惜的今天，兒子也必須珍惜。他內心中深重的一九四

八，在兒子內心中必須具有同樣的規格與份量，不可微縮，不可流散，更不可虛無。他沒有料到，對於兒子來說，一九四八幾乎就是清代、唐代、漢代，遙遠得一塌糊塗，與自己完全沒有關係——小小的一個鐵皮瓶蓋，甚至可以使兒子得出另外的結論：

「你坐牢活該！」

「你坐在牢裡我還好些！」

也許，從這個傍晚開始，在這個小小的豆腐店裡，他們之間包括一九四八年在內的過去斷然分裂，再也難以彌合。

△軍頭蚊

一種很小的蚊子，特別黑，細看的話黑頭上還有一個小白點。這種蚊子咬得出來的紅斑不算大，卻奇癢無比，可以持續三天左右。馬橋人把它叫作「軍頭蚊」。

人們說，馬橋以前沒有這種蚊子，只有菜蚊子，就是那種體積肥大的灰色傢伙，咬出來的紅包雖然很大，但片刻工夫就消散了，也不是特別癢。

馬橋人還說，軍頭蚊是省軍帶來的，那年彭加驢子的省軍打到了長樂街，駐了十來天，留下了一堆堆豬毛和雞毛，還留下了這些好生毒辣的蚊種。

軍頭蚊的名字就是從那個時候開始。

我在鄉下領教過蚊子的厲害。尤其是夏天收工很晚的時候，蚊子發出嗡嗡嗡的宏大音響，密密撲在人面和赤腳上，幾乎可以把人抬起來。歸家人太餓，雙手只能照顧吃喝，管不了別的。因此我們一邊端著碗狼吞虎嚥一邊必須跳動雙腳，跳出慣有的餐時舞蹈，稍有停歇，就可能慘遭蚊群圍食。偶爾騰出手來，往腳桿子上隨意摸一摸，就能摸下幾條蚊屍。人們已經習慣了摸蚊子而不是打蚊子，因為手腳畢竟是自己的皮肉，不堪重複無數的拍擊。

夜深，蚊子似乎也累了，休息了，嗡嗡聲會變得稀薄一些。

△公家

馬橋的水田形狀各別，犬牙交錯，躺在兩嶺之間的一條谷地，一梯一梯緩緩地落向張家坊那邊，落向那邊浮游的炊煙或夜間的月光。這裡叫大滂沖，外人一聽就知道滂田多。所謂滂田，是山區一種水田，浸水多於流水，因此泥性冷，又有很多暗藏的深深滂眼，人一踩進去幾可沒頂。滂眼在表面上不大看得出來，只有經常下田的人，才會熟悉它們一一的位置。

馬橋的牛也知道滂眼在哪裡，走到什麼地方突然不動了，掌犁的人就得十分注意。

這些田都有各自的名字，或是以形狀命名：團魚丘、蛇丘、絲瓜丘、鰱魚丘、板凳丘、斗笠丘等；或是以所需禾種的重量命名：三門丘、八門丘等等；還有的以政治口號命名：團結丘、躍進丘、四清紅旗丘等等。這樣叫下來，名字還是不夠用，不足應付那些太零碎的也就數目太多的田塊，於是只好借用某些人名，或者在某些田名前面再加人名以示區分，比如「本義家的三門丘」和「志煌家的三門丘」，就是分指兩塊田。

不難知道，這些田以前都是屬於私人的，或是在土改時分給了私人，它們與田主的名字相聯繫是很自然的事情。

算起來，集體化已經十多年了，我奇怪他們對曾經是自家的田還是記得很牢。連稍微大一點的娃

崽，也都知道原先自家的田在什麼地方，那裡肯不肯長禾。下肥料的時候，要是到了那裡就願意多下。憋了一泡尿，也都願意到那裡再解褲頭。一次，一個娃崽在田裡踩到一塊瓷片，差一點劃破腳，惱怒地把它摳出來向另外一塊田甩去。旁邊的一位女子立即怒目：「往哪裡甩往哪裡甩？討打呵？我兩筷子插死你！」

那丘田原來是她家的——在很久很久以前。

這位女子惦記著她家的私田，證明土地公有化在馬橋直到七〇年代初還只是一種體制的存在，尚未浸潤成一種情感，至少還不是人們全部的情感。體制與情感當然不是一回事，與體制之下湧動著的全部事實更不是一回事。婚姻的體制下，可能有夫妻雙方的同床異夢移情別戀。（還能不能叫「婚姻」？）皇權的體制下，可能有大權旁落后黨垂簾。（還能不能叫「皇權」？）同樣的道理，當很多馬橋人憋上一泡尿也要拉到自己以前的私田裡的時候，他們的公有化，他們的「公家」概念，也許不能不打上一些折扣。

當然也不能不能說他們一心嚮往私有。事實上，馬橋從來沒有過夠格的私有制。村裡人告訴我，即使是在民國以前，他們的私權只能管住田表面上的三寸「淖泥」，也就是三寸浮泥。三寸以下，從來都是皇帝的、國家的。普天之下，莫非王土，官家要怎麼辦就怎麼辦，田主沒有權利阻攔。了解了這一點，人也許可以明白，馬橋後來實現推行合作社，雖然難免一些人私下的抱怨，但只要政府一聲令下，眾人倒也順順當當入了社，成了公家人，沒有什麼特別的想不通。

在另一方面，他們無論談「公」還是談「私」，都喜歡在後面帶一個「家」字，這一點與西方語

言不一樣。西方的私，是指私人。夫妻之間，父子之間，一說到財產也有明確的私權界限。馬橋人的「私家」，則是私中有公：一家之內，不分彼此和你我。西方的公，是指公共社會，所謂英語中的 public，平等私有體的橫向組合，通常只具有政治和經濟的意義，絕不越權干預隱私。馬橋人的公家，則是公中有私和以公為「家」：夫妻吵架，青年戀愛，老人入土，娃崽讀書，女人穿衣，男人吹牛，母雞下蛋，老鼠鑽牆，所有的私事都由公家管著，也由公家承擔全部責任。公家成了一個大私。

正因為這種集體的家族感（公——家），人們一般都把幹部叫作「父母官」。馬橋的馬本義，還只有三十來歲的時候，還剛剛娶回婆娘，憑著他當書記的身分，很多人就尊稱他為「本義爹爹」或者「本義公」。

這倒接近了漢語「公」字的原義。中國最初的「公」字並不是指 public，而是指部落首領或國家帝王，是「君」的同義詞。用「公」字來翻譯西方人的 public，嚴格地說來，並不合適。把「私有制」、「公有制」一類西方名詞簡單地搬用於馬橋，似乎也伏下一種名實相離的危險。

本義是馬橋的「公（在古漢語的意義上）」，同時代表著馬橋的「公（在英語以及西方一些語言的意義上）」。

台灣 ▲

大滂沖有一塊田叫台灣丘，我以前不大注意。車水抗旱的時節，我與復查合為一班，走進月光深處，哈欠連天地爬上龍骨水車，吱吱呀呀踩起來。緩緩旋轉的木頭踏錘，已經被無數赤腳踏得油光發亮，極為光滑，我稍不留神，就一腳踩溜，兩手緊急扣住手架，哇哇大叫，狗一樣地被吊起來。在這個時候，腳下那個由復查踏轉的水車令人膽寒，一個個踏錘旋上來防不勝防，砸得我的腿上不是見青，就是皮破血流。復查囑我不要看腳，說這樣反而容易踩空，但我不相信他的話，也沒法照他的話去做。

他一次次引誘我說話，說閒話，意在使我放鬆。

他尤其願意聽我講一點城裡的事情，講一點科學如火星或天王星的事情。他是初中畢業生，有科學頭腦，比方說明白嬲（磁）鐵石的原理，說以後要是又有敵人的飛機來丟炸彈，我們也許可以做一塊大嬲鐵石，把敵人的飛機嬲下來，那樣不比高射炮和導彈什麼更管用麼？

他對我的異議總是冷靜地思索，對我吹噓的各種科學見聞也很少表示驚訝，正像他平日裡大悲不悲，大喜不喜，一張娃娃臉上永遠是老成持重。他的各種感情在這張臉上濾成了單一的溫和，單一的覷睞，還有永遠清澈的目光，從人們不大注意的某個角落潛游出來。一碰到這種目光，你就感到它無

所不在，自己任何舉動都被它網捕和滲透。他的眼睛後面有眼睛，目光後面有目光，你不可能在他面

前掩藏什麼。

他不見了，不知何時又冒出來，手裡抱著一個菜瓜，要我吃，大概是從附近哪一家的園子裡偷來

的。待我們吃完，他手挖一個土坑細心地把瓜皮瓜籽埋起來。「三更了，我們睡一覺吧。」

蚊子多，我叭叭地拍打著雙腳。

他不知從何處找來一些葉子，在我腿上、手上和額上擦了擦，居然很見效，蚊蟲的嗡嗡聲明顯減

少。

我看著剛剛冒出山嶺的月亮，聽著沖裡此起彼伏的蛙鳴，有點擔心：「我們就這樣⋯⋯睡？」

「做要做的，歇也是要歇的。」

「本義公說今天晚上要車滿這一丘水。」

「管他哩。」

「他會來看麼？」

「他不會來。」

「你怎麼曉得？」

「用不著曉得，他肯定不會來。」

我有些奇怪。

他知道我接下去會問為什麼。「迷信，鄉下人的迷信，你們莫聽。」然後在我身邊倒下，背對著

我，夾緊雙腿準備睡覺了。

我不能像他那樣，想睡就睡，想不睡就不睡，一切都安排得井井有條按部就班。真要我睡，反而眼睛光光地來了精神，便要他再講點白話，講迷信也好。他拗不過我，只好說，他也是聽來的——他每次說及重大的事情，都先交代說法的來源，把自己開脫。

他說，他聽某某說，這一丘田的主人叫茂公，與本義結過冤家對頭。還是辦初級社的那年，茂公強著不入社，周圍的田都入社了，只有這丘田還是單乾田。本義是社長，不准茂公從上面的幾丘田過水。茂公還是強，寧可自己到江裡去挑水，硬著頭皮不來討水。到最後，本義帶著一夥人，趁著茂公發了哮喘的時機，抬著禾桶一個吆喝到這丘田打禾，說是「解放台灣」。

茂公以前當過維持會會長，又有很多田地，是個地主漢奸。他的田當然就是「台灣」。說起來，他的漢奸帽子戴得有點冤枉。以前這裡是日偽政權下的十四區，有一個維持會，管轄馬橋以及周圍十八弓，由各弓的有錢人或者體面的人輪流當會長，三個月一輪，輪到誰了，一面鑼就送到誰家。當這種會長的沒有什麼薪金，但憑一面鑼吆喝點公事，無論走到哪裡可以收「草鞋錢」，也就是借公差的機會刮點油水。茂公排在十八弓的最後面，輪到他的時候，日偽軍早投降了，他本來可以不當差了，只是本地人還不知道外面的形勢，一面鑼還在輪著。

茂公是個好出風頭的種，鑼一到手，立刻穿上白綢長衫，搖著文明棍，無論走到誰家的地坪裡，他的草鞋錢收得太狠，至少比前幾任要多收一倍，處處吃個夾份。他的辦法無奇不有。有一次到萬玉家吃飯，把萬玉他爹丟在灶下的一個雞食袋子偷偷撿起來，藏入袖口，上桌時乘主

人沒注意，放入雞肉碗裡。他舉起筷子，「發現」雞食袋子，硬說主人戲弄他，要罰五塊光洋，先去外面屙了一泡屎在自己的斗笠上，借了兩塊光洋給他才算完事。另一次，他在張家坊一戶人家小坐，逗得狗來吃。他坐好了，估計狗已經把斗笠啃爛，再出門來大驚小怪，硬說主人故意與他這個會長作對，就是要同皇軍作對，連他的斗笠也不放過，背著他放狗來咬。主人說盡了好話也沒有用，最後只得忍氣吞聲地賠了他一口鐵鍋。

其實誰都知道，他那頂斗笠早就破了。

他種下了這麼多苦瓜籽，不難想像，到本義大喊「解放台灣」的時候，村民一呼百應，紛紛上陣，尤其是萬玉他爹，不但跑到茂公的田裡打禾，還順便把茂公家種在田邊的幾根瓜藤扯個稀巴爛。

茂公果然聽見了，氣喘吁吁趕來了。跺著一根棍子在坡上大罵：「本義你這個畜生，你光天化日搶老子的禾，不得好死咧——」

他種下了這麼多苦瓜籽，不難想像，到本義大喊「解放台灣」的時候，村民一呼百應，紛紛上陣，尤其是萬玉他爹，不但跑到茂公的田裡打禾，還順便把茂公家種在田邊的幾根瓜藤扯個稀巴爛。

有些後生故意齊聲喊出「呵呵呵——」的尖聲，鬧得村裡雞犬不寧，生怕茂公聽不見。

本義舉臂高呼：「一定要解放台灣！」

入社積極分子們跟著喊：「一定要解放台灣！」

本義高聲問：「有人對抗合作化，如何辦？」

應答聲同樣震耳欲聾：「打他的禾，吃他的穀！哪個打了哪個要！打他的禾，吃他的穀，哪個打了哪個擔！」

茂公氣得眼睛冒血：「好，好，你們打，你們放勢打，老子餓死了，變個餓死鬼也要掐死你們。」

他回頭喊他的兒子鹽早和鹽午，要他們回去拖刀來。兩兄弟還只是嫩娃崽，早被這場景嚇呆了，站在坡上不敢動。茂公唾沫橫飛把娃崽罵了一通，自己扶著梠棍回去，不一會，拿來一束柴，在田邊放火。他的田早已斷水，禾枯得很，一股風鼓過去，火就喳喳喳地燃成了大勢。他看著火哈哈大笑，跺著腳又罵：「雜種哎，老子吃不成，你們去吃，你們去吃呵，哈哈哈……」

眼看到手的糧頃刻之間化為煙灰。

幾天之後，茂公一口氣沒接上來，就死了。

人們說，茂公的陰魂不散。臘月的一天，本義家打了一副磨子，從石場裡抬回家時路過茂公家的門口。本義放下擔子去嶺上找野雞窩，剛走出幾步，忽聽身後有咣噹咣噹的巨響，不覺嚇了一跳。下村的人也差不多都聽到了這種異樣聲音，先是一些娃崽，然後有漢子們，也趕來看個究竟。他們一到現場無不驚得呆若木雞，完全不敢相信自己的眼睛：本義的兩扇新磨子，正在同茂公家門口的一個石臼發生大戰……

說到這裡，復查問我知不知道石臼。我說我看見過，是舂米或者舂粑粑的一種器具，樣子有點像盆。我還知道，舂分為手舂和腳舂兩種。手舂是人持舂杵上下搗擊。腳舂則稍稍省力一些，有點像翹翹板，人站上翹板這一頭，踩得那一頭的舂杵高揚，一旦鬆腳，舂頭就重重砸到石臼裡。

復查說，他也不相信石臼怎麼可以打架，但老班子硬說親眼所見，說得有鼻子有眼。一個石臼敵兩扇磨子，上下跳躍，左衝右突，碰撞得一把把金星四濺聲震如雷，很快把地上砸出一個又一個深坑，密密麻麻像夯地。在那一刻，似乎遠近所有的鳥也全飛到這裡來了，黑壓壓地掛滿了一棵棵樹，

哇哇哇地叫。

有兩三個力氣大一點的漢子上前去制止，用槓棒隔開惡戰的雙方，累得滿頭大汗，還是隔不開。

哼嗒一聲，壓著石臼的一條杠棒居然拗斷了，石臼憤憤地再次跳起來，瘋了一般朝石磨滾去，碾得開人往兩邊閃。它們你退我進，我撲你擋，白花花地鬥成一團，最後離開了地坪，打到溝邊，打過了橋，打到嶺上去了。鬧騰得一片茅草嘩嘩響。人們更為驚訝的是，這幾個石頭居然都流出一種黃黃的血，留在地上和草葉上。它們在嶺上屍分數塊的時候，有些碎石有氣無力地勃動掙扎，有的碎石發出嗚嗚的聲音，所有石塊的斷面都黃血如湧，匯集成流，從嶺上汩汩往下曲折延綿足有半里路，最後黃了整整一個藕塘。

人們把石臼和石磨的碎屍收撿起來，遠遠地分開，用來填了水田裡的漭眼。石磨填了本義家的三鬥丘，石臼填了茂公丘，這才了難（參見詞條「泡皮」）。

老班子後來說，這是主家結了仇，他們的石頭怨氣貫徹，也會結仇。往後冤家們最好小心點，沒事的時候莫把自己的東西隨處亂放。要是柴刀與柴刀打起來，扁擔與扁擔打起來，犁頭與犁頭打起來，損壞了農具倒是小事，誰知道又會流出什麼樣的血？會不會打到毀牆拆屋的程度？

自那次以後，本義雖然時不時還是粗門大嗓罵茂公，但再不走茂公家門前過了，也不來茂公丘了。茂公的婆娘和兩個兒子最終入了社，但他們家入社的一頭牛，本義說什麼也不要，拉到街上賣了。還有一張犁和一張耙，本義也不敢留下，派人把它們挑到鐵鋪裡回爐。

我聽了哈哈大笑，不相信真有這樣的事情。

「我也不相信，他們神講。沒有文化。」復查笑了笑，翻過身去，「不過，你放心落意睡吧。」

他給我一條背脊，沒有任何動靜，不知是睡了，還是沒有睡著——抑或是睡著了但還在暗暗地耳聽八方。我也張著耳朵，聽自己的呼吸，聽茂公丘裡小水泡冒出泥漿的聲音。

△ 漿（稀粥）

發音 gang，指稀粥。馬橋是個缺糧的窮山村，「吃漿」是個經常用到的詞。

《詩經‧小雅》言：「或以其酒，不以其漿」，漿用來泛指比酒低一等的飲料，比如浸泡粟米以後的水液。《漢書‧鮑宣傳》載「漿酒霍肉」一語，意思是生活的豪奢，把酒當作漿，把肉當作霍（豆葉）了。可見漿從來就是專屬於窮人的食飲之物。

初到馬橋的知青，容易把「吃 gang」聽成「吃乾」，誤解成相反的意思。其實，這裡凡 j 的發音總是用 g 代替，比如「講」發音為 gang，「江」也是發音為 gang，吃漿有時候聽起來也像「吃江」。青黃不接的時候，家家的鍋裡都是水多而糧少，附會成「吃江」，其實也未嘗不可。

漢奸 ▲

茂公的大兒子叫鹽早，總是在隊裡做一些重功夫，挑牛欄糞，打石頭，燒炭等等。起屋的時候他就拋土磚，出喪的時候他再熱的天也要套上補靪疊補靪的長褲，蓋住難看的腿。

我第一次見到他，是他老祖娘還在的時候。他老祖娘是個蠱婆，就是傳說中的鄉野毒婦，把蛇蠍做成的劇毒藥粉，藏在指甲縫中，暗投仇人或陌路人的飲食中以謀取他人性命。這些人當上蠱婆的，一般是為了復仇，也有折他人性命以增一己陽壽的說法。人們說，鹽早的祖娘是合作化以後才當上蠱婆的，想必是對貧下中農有階級仇恨，一條老命也不肯與共產黨善罷甘休。本義的娘多年前死了，本義一直懷疑是這個老妖婆下的蠱，懷恨直到如今。

那一天，鹽早家的茅屋被風吹塌了，央求村裡人去幫著修整。我也去幫著和泥。我看見那位名聲赫赫的老婦慈眉善目，在灶下燒火，並無人們傳說的惡毒氣象，完全在我的意料之外。一上午把茅屋修整好了。人們帶著各自的工具回家。鹽早追在後面大聲說：「如何不吃飯呢？如何不吃飯就走呢？哪有這樣的道理？」

我早就聞到了灶房裡飄出的肉香，也覺得眾人走散沒道理。後來聽復查說，人們豈止是不願在他

家吃飯，連他家的茶碗也不敢碰的。誰都記得他家有一個老蠱婆。

我伸伸舌頭，快步溜回家。

一會兒，鹽早挨門挨戶再次來央求大家去吃飯，也推開了我們的房門。他氣呼呼地搶先撲通跪下，先砸下咚咚咚三個清脆的響頭。「你們是要我投河麼？是要我吊頸麼？三皇五帝到如今，沒有白做事不吃飯的規矩。你們踩我鹽早一屋人的臉，我今天就不活了，就死在這裡。」

我們嚇得連忙把他拉扯起來，說我們家裡做了飯，本就沒打算去吃。再說我們也沒出多少力，吃起來不好意思云云。

他急得滿頭大汗，忙了半天沒有拉動一個人，差點要哭了。「我曉得，我曉得，你們是不放心，不放心那個老不死的……」

「沒有的事，沒有的事，你亂猜什麼？」

「你們信不過那個老不死的，未必也信不過我？要我拿刀子來剜出饢心肝肺給你們看看？好，你們不放心，就莫吃。我小哥正在涮鍋重做。你們哪個不放心，去看著她做。這一次我不讓那個老不死的攏邊……」

「鹽早，你這是何苦？」

「你們大人大量，給我留條活路呵。」他說著又撲通跪下去，腦袋往地上搗蒜似地猛砸，還是沒有把人們請回去。如他所說，他果真把原來準備的三桌飯菜全部掀掉了，倒進水溝裡，讓他姊姊重新淘米重新割肉做了三桌——這已是下他大人大量，給我留條活路呵。」他說著又撲通跪下去，腦袋往地上搗蒜似地猛砸，最後砸得自己額頭流血，還是沒有把人們請回去。如他所說，他果真把原來準備的三桌飯菜全部掀掉了，倒進水溝裡，讓他姊姊重新淘米重新割肉做了三桌——這已是下

午出工的時分。他的祖娘早已被他一繩子捆起來，遠遠地離開了鍋灶，縛在村口的一棵大楓樹下示眾。我好奇地去看過一眼。那個老太婆只穿了一隻鞋，似睡非睡，眼睛斜斜地看著右上方的某一個點，沒有牙齒的嘴巴張合著，有氣無力地發出一些含混不清的聲音。她已經濕了褲子，散發出臭味。一些娃崽不無恐懼地遠遠看著她。

他家的地坪裡重新擺上了幾桌飯菜，還是空空的沒有什麼人影。我看見鹽早的姊姊坐在桌邊抹眼淚。

最後，我們知青忍不住嘴饞，也不大信邪。有人帶頭，幾個男的去那裡各自享用了幾塊牛肉。其中一位滿嘴流油偷偷地說，都差點不記得肉是什麼模樣了，管他蠱不蠱，做個飽死鬼也好。

大概就因為這一次的賞臉，鹽早後來對我們特別感激。我們幾乎沒有自己打過魚，都是他按時挑來的。他特別能負重。在我的印象中，他肩上差不多沒有空著的時候，不是有一擔牛欄糞，就是有一擔柴，或者整整一架拖泥帶水的打穀機。他的肩冬天不能空著，夏天不能空著。晴天不能空著，雨天不能空著。他的肩上如果沒有扛著什麼東西，就是一種反常和彆扭，是沒有殼子的蝸牛，讓人看不順眼；更是一種殘疾，讓他重心不穩，一開步就會摔跟頭——他沒扛東西的時候確實跟跟蹌蹌，經常踢得腳趾頭血翻翻的。

假如他是擔棉花，棉花多得遮住了人影，遠看就像兩堆雪山自動地在路上跳躍前行，十分奇異。

有一次我和他去送糧穀，回來的路上他居然在兩隻空筐裡各放一大塊石頭。他說不這樣壓一壓，走起路來沒有個勢。果然，他一旦肩上的扁擔壓彎了，擔子就與身子緊密融為一體，唰唰唰的全身肌

肉都有了舞蹈的節奏，腳步有了彈性，一躍一躍地很快就在前面的路上消失，全然不似他剛才擔著空筐時的模樣：臉色灰白，腳步又碎又亂。

他也是個「漢奸」。我後來才知道，在馬橋人的語言裡，如果他父親是漢奸，那麼他也逃不掉「漢奸」的身分。連他自己也是這樣看的。知青剛來的時候，見他牛欄糞挑得多，勞動幹勁大，曾理所當然地推舉他當勞動模範，他一愣，急急地搖手：「醒呵，我是個漢奸，如何當得了那個？」

知青嚇了一跳。

馬橋人覺得，上面來的政策要求區分敵人與敵人的子弟，實在是多此一舉。大概出於同樣的邏輯，本義當了黨支部書記，他的婆娘去供銷社買肉，其他婦人就嫉妒地說：「她是個書記，人家還敢短她的秤？」本義的娃崽在學校裡不好好讀書，老師居然也這樣來訓斥：「你是個書記，還在課堂裡講小話，屙尿！」

鹽早後來成了「牛啞啞」，就是馬橋人說的啞巴。他以前並不啞，只是不大說話而已。作為一個漢奸，加上家裡還有一個蠱婆，他腦門上生出皺紋了，還沒有找到婆娘。據說他姊姊曾瞞著他，給他說了一個瞎眼女子，到圓房的時候，他黑著一張臉硬是不進房，在外面整整擔了一晚的塘泥。第二天、第三天……還是如此。可憐的盲女在空空的新房裡哭了三個夜晚。最後，姊姊只得把盲女送回家，還賠上一百斤穀，算是退婚。姊姊咒他心狠，他就說，他是個漢奸，莫害了人家。

他姊姊遠嫁平江縣以後，每次回娘家看看，見鹽早衣服沒一件像樣的，鍋裡總是半鍋冷漿，沒有一絲熱氣。從隊上分來幾十斤包穀，還得省下來留給正在讀書的小弟鹽午（參見詞條「怪器」），讓他

帶到學校去搭餐。姊姊見到這番情景，眼睛紅紅的沒有乾過。他們也窮得從來沒有更多的被子，姊姊每次回娘家總是與弟弟合擠一床。有一個夜晚下著大雨，姊姊半夜醒來，發現腳那頭已經空了，鹽早弓著身子坐在床頭，根本沒有睡，黑暗裡發出貓叫一樣的輕輕抽泣。姊姊問他為什麼。鹽早不答話，走到灶房裡去搓草繩。

姊姊也抽泣了，走到灶房裡，哆嗦的手伸出去，總算拉住了弟弟的手，說你要是忍不住，就莫把我當家裡人，就當作你不認得的人，好歹……也讓你嘗一嘗女人的滋味。她的頭髮散亂，內衣已經解開，白白乳房朝弟弟驚愕的目光迎上去。「你就在我身上來吧，我不怪你。」

他猛地把手抽回，嚇得退了一步。

「我不怪你。」姊姊的手伸向自己的褲帶，「我們反正已經不是人。」

他逃命似的躥出門，腳步聲在風雨裡消失。

他跑到父母的墳前大哭了一場。第二天早上回家，姊姊已經走了，留下了煮熟的一碗紅薯，還有幾件褂子洗好也補好了，放在床上。

她後來再沒有回過娘家。

大概就是從這個時候開始，鹽早更加不願意開口說話了，似乎已經割掉了舌頭。人家叫他幹什麼，他就幹什麼。人家不叫他幹了，他就去一旁蹲著，直到沒有人向他發出命令了，才默默地回家。

日久天長，他幾乎真成了一個啞巴。一次，全公社的分子們都被叫去修路，他也照例參加。人家叫他幹什麼，他在工地

上發現自己的鈀頭不見了，急得滿臉通紅地到處尋找。看押他們的民兵警惕地問他，竄來竄去搞什麼鬼？他只是嗷嗷地叫。

民兵以為他支吾其詞耍花招，覺得有必要查個清楚，把步槍嘩啦一聲對準了他的胸口：「說，老實說，搞什麼鬼？」

他額頭冒汗，臉一直紅到耳根和頸口，僵硬的面部肌肉扯歪了半邊，一次次抖動如簧，每抖動一次，眼睛就隨著睜大一次，嘴巴——那只被旁人焦心期待著的嘴巴，空空地擴張許久，竟沒有一個字吐出來。

「你講呵！」旁邊有人急得也出了汗。

他氣端吁吁，再一次做出努力，五官互相狠狠地扭殺著折磨著，總算爆出了一個音：「哇——鈀！」

「鈀什麼？」

他兩眼發直，沒有說出第二個字。

「你啞巴了麼？」民兵更加惱火。

他腮旁的肌肉一陣陣地餘跳。

「他是個啞巴，」旁邊有人為他說情，「他是金口玉牙，前一世都把話講完了。」

「不說話？」民兵回頭眼一瞪，「說毛主席萬歲！」

鹽早急得更加嗷嗷叫，舉起一個大拇指，又做振臂高呼的動作，以示萬歲的意思。但民兵不放

過，定要他說出來。這一天，他臉上挨了幾巴掌，身上挨了幾腳，還是沒有完整地說出這句話。憋到最後，總算喊出了一個「毛」字。

民兵見他真啞，罰他多擔五擔土，權且算了。

鹽早的啞巴身分就是從這次正式確定的。當啞巴當然沒什麼不好，話多傷元氣，禍從口出，不說話就少了很多是非，至少本義不再懷疑他背地裡說壞話，說反動話，就少了些戒心。隊上需要一個人打農藥的時候，本義甚至還想到他，說這個蠱婆養的興許不怕毒，變了個牛啞啞也不要找人講話，不好熱鬧，讓他一個人去單打鼓行船。

大滂沖的田泥性冷，以前不大生蟲子的。照當地人的說法，蟲子都是柴油機鬧出來的，機子一鬧，嶺上的茅草花就都變成蟲子了。有蟲子當然得打藥。復查開始試新鮮，打了一天，不料口吐白沫，臉青腿腫躺了三天，說是中了毒，以後就再也沒人敢去動噴霧器。派地主富農去當這種苦差吧，又怕他們拿農藥毒集體的牛或者豬，毒幹部。想來想去，本義想到只有鹽早還算個比較老實守法，合適。

鹽早打農藥，開始也中毒，腦袋腫如一個大南瓜，因此天氣再熱，他也得成天用一塊布包著頭，只露出兩隻眼睛在外面不時眨一眨，像個蒙面大盜。日子長了，大概是對毒性慢慢適應了，頭上的布可以撤掉，知青給他的口鼻罩也不必戴，甚至回家吃飯也用不著先到水邊洗手。最毒的藥，像一○五九、一六○五什麼的，他全然不當回事。剛打過藥的毒手，轉眼就可以抹嘴巴，搔耳朵，抓著紅薯往嘴裡塞，捧著涼水往嘴裡吸，讓旁人大為驚奇。他有一個瓦鉢子，糊滿藥垢，是專門用來調配藥水

的。有一次他在田裡抓了幾隻泥鰍，丟進缽子裡，片刻之間泥鰍就在裡面直挺挺地翻了白眼。他在地邊燒一把火，把泥鰍燒了一條條吃下肚去，竟然一點事也沒有。

村裡人對此事議論紛紛，認定他已經成了一個毒人，渾身的血管裡流的肯定不是人血。人們還說，他從此睡覺不用蚊帳，所有的蚊子都遠遠躲開他，只要被他的手指觸及，便立即斃命。他朝面前飛過的蚊子吹一口氣，甚至都可讓那小雜種立即暈頭暈腦栽下地來。

他的嘴巴比噴霧器還靈。

△冤頭

有些詞一旦進入實際運用，就會出現奇異的變化：它們的反義在自身內部生長和繁殖，浮現和氾濫，最後把自己消滅，完成對自己的否定。從這個意義上來說，這些詞從一開始就是自己潛在的反義詞，只是人們不大容易察覺。

它們有自己很難看到的背影。

比如「揭示」的隱義其實是遮蔽。一部春宮片對性的揭示，剛開始還可能使觀眾心驚肉跳，目瞪口呆，但被觀眾司空見慣以後，揭示成了車載斗量和洶湧而來的重複，事情就不會有別的結果，只可能使觀眾一步步麻木，熟視無睹，無動於衷，面對無限春色也會連連哈欠。性的過分刺激，最終只能使性感覺衰竭乃至完全消失。

「讚揚」的隱義則是詆毀。對某一個人的詆毀，很可能使那個人獲得更多同情。對一部影片的詆毀，很可能使觀眾在觀看前降低期待值，觀看時反而獲得意外的好感。於是，一個有足夠生活經驗的人，不會不明白毀譽相成的道理，不會不體會到魯迅先生所言「捧殺」的可怕。讚揚可以給敵手加上過分的榮耀和褒獎，引起旁人的嫉妒，引來公眾本來不一定有的故意挑剔，大大增加普遍招怨的可能。讚揚也可能使敵手腦子發熱，驕縱懈怠，在往後的日子自己鑄成大錯，不待他人指責就落入名聲

掃地的下場。對敵人最好的辦法，更多時候其實是讚揚而不是詆毀。

那麼「愛」呢？那麼鹽早對他祖娘的愛呢？是不是也有一種詞義的背影隱藏其後？愛的情感流過去以後，是不是有令人驚訝的東西沉澱下來？

鹽早的祖娘是個性子很古怪的人。白天要睡覺，到晚上反而要爬下床來，又是劈柴又是燒茶，有時候還哼哼地唱歌。鹽早把她扶上了茅房，她偏不解手，鹽早剛把她扶上床，她就屎尿交加臭氣沖天。她呼天喊地地要吃酸蒜頭，鹽早好容易借來了，她又呼天喊地地要吃鍋巴，把酸蒜頭撥出碗外，滿地都是。等到她把鍋巴吃完了，她宣稱自己什麼也沒吃，肚子餓得貼了背，詛咒鹽早一心要把她餓死，詛咒鹽早是個不忠不孝的傢伙。好幾年了，鹽早就這樣手足無措地照看著這位老人，一個把他們兄弟倆撫養大的老人。

鹽早嗷嗷嗷地叫著，對祖娘有一種特別的心疼。一看見她賭氣絕食什麼的，就會急得團團轉，額上青筋暴突，張開一排齙牙，叫得上村的人家都聽得到。他家裡一張小飯桌已經整修過幾次了，據說每次都是他心急如焚時一掌拍垮的。我當然明白，這樣嚎叫和拍桌出自他的心疼。可惜的是，我同樣明白，這種心疼正在使祖娘對他的心疼越來越習以為常，習以為賤，最後到了既不珍惜也無察覺的地步。她常常翻著白眼咕咕噥噥，念著鹽早的弟弟鹽午。明明是鹽早給她做的棉鞋，她硬說是鹽午給她做的。明明是鹽早背著她去衛生院看病，事後她硬說是鹽午背著她去的。沒有人可以糾正她這些奇怪的記憶。

鹽午在遠處讀書，在外面學油漆匠和學中醫，從來沒有在家裡照看過她，甚至在她病重住院的時

候也沒有去過衛生院。但他偶爾回家一轉，老人就要拉著他數落鹽早的不是，有時候還滿臉是笑，摸出一個在口袋裡溫了好些天的糍粑，或者兩瓣已經乾癟癟的柚子，偷偷塞給對方，獎賞她的賢孫。

鹽午最擅長的是指導和指責，比方說對哥哥的嗷嗷叫大為不滿：「她是個老，老小老小，你只能把她當娃崽，跟她生什麼氣呢？」

鹽早理虧的樣子，不吭聲。

「她要鬧的時候，你就讓她鬧。她精神足，陽氣旺，鬧一鬧可以釋放能量，恢復生理平衡，晚上倒可能會睡得安。」

他是個有知識的人，說起話來文縐縐的不大容易懂。

鹽早還是不吭聲。

「我曉得她磨人。沒有辦法。再吵事，再磨人，也沒有辦法，她總是個人吧？就算是條狗，也不能隨便把她殺了吧？你怎麼打得下手？」

他是指鹽早前不久狠狠抽打祖娘的手——當時那只手撿起雞屎往她自己的嘴裡塞。鹽早事後也不明白，他當時為何那樣暴躁，手為何那麼重，居然兩下就把老人的手打腫了，幾天後還白翻翻地脫了一層皮。人們說，鹽早與農藥交道太多，一身是毒，打在什麼人的身上，都要燒脫對方一層皮的。

「她的被子要洗了，有股尿臊氣。聽見沒有？」讀書人說完就走了。他每次回來都是這樣，吃一頓飯，抹抹嘴，做出一些安排就走了。當然，他盡可能留下一點錢。他有錢。

我不能說，鹽午的訓斥和錢不是一種仁厚，即便是一種局外和事後的反應，仁厚還是仁厚。但這

種仁厚的前提恰恰是因為他以前很少住在家裡，很少受到祖娘的折磨。我也不能說，鹽早的動武不是一種冷漠，即便是面對一種不可理喻的自虐者，冷漠還是冷漠。這種冷漠來自他任何辦法統統失效以後的絕望，來自他失敗的愛。在這裡，愛和恨換了個位置，就像底片在成像過程中黑濾下了白，而白濾下了黑。

馬橋人有一個特殊的詞：「冤頭」。這個詞有點像「怨」，包含了愛與恨兩種含義。冤頭常常處在這樣一種處境：對方已經毫無可愛之處，因此慣性的愛不再是情感，只是一種理智的堅守和苦熬。人們可以想像，一種愛耗盡之後，燒光之後，榨乾之後，被對方揮霍和踐踏得一乾二淨之後，只剩下愛的殘骸和渣滓，充滿著苦澀，充滿著日復一日的折磨。這就是「冤」。愛者可以有回報，在付出愛以後，至少可以給自己留下了某種動人的回憶。而冤者沒有任何回報，什麼也留不下，一直到自己一無所有和全部輸光的地步，包括一步步輸掉了愛的全部含義和全部特徵。到了這個時候，在道德輿論面前，冤者也輸掉了問心無愧的權利。

鹽早就是他祖娘的冤頭。

祖娘後來終於死了。下葬的時候，鹽午趕回來哭得最為傷心，跪在棺木前，別人拉也拉不起來。鹽早卻木木的，人家要他做什麼，他才會做什麼，目光很空洞，表情很呆板。也許他這些天來給老人洗身子，換壽衣，買棺木，已經忙得沒有工夫流眼淚了，也沒有眼淚了。

因為鹽早家的階級成分，來給老蟲婆弔喪的人不多，也沒有請人唱孝歌，做道場。喪事辦得極為

冷清。祖娘的娘家來了幾個後人，免不了把怨氣一古腦朝鹽早發過去，說鹽午還有點孝心，眼睛都哭紅了，也捨得跪，只有鹽早那個傢伙不成體統——據說這傢伙以前對老人就不怎麼樣，三天兩頭吵架，到現在也沒個交代，眼眶都沒怎麼濕。死了條狗也要難過的麼。這個沒良心的貨，以後不遭雷打？

對於這些七嘴八舌，鹽早還是不吭聲。

△紅娘子

山裡多蛇。尤其是天熱的夜晚，蛇鑽出草叢來乘涼，一條條橫躺在路面，蠕動著渾身絢麗的圖案，向路人投來綠瑩瑩的目光，信子的彈射和抖動閃爍如花。牠們在這個時候倒不一定有攻擊性。有一次我夜晚回家實在有些困倦，恍恍惚惚東偏西倒，一不小心，赤腳踩了清涼柔軟並且突然活動的東西，來不及想清楚這是什麼，我已本能地魂飛魄散，連連大跳，恨不得把雙腳跳到腦袋上去。我一口氣跑出幾丈遠，腦子裡好容易才冒出一個字：蛇！

我鼓足勇氣看了看雙腳，倒沒見到什麼傷口。回頭看，也沒有蛇尾隨而來。

山裡人說這裡有「棋盤蛇」，盤起來的全身剛好是一盤棋的形象。有「煽頭風」，也就是眼鏡蛇，撲過來比風還快，發出叫聲的時候，連山豬都會嚇得變成石頭。

山裡人還相信，蛇好色。因此捕蛇者總是在木頭上描出婦人形象，抹上胭脂，最好還讓婦人在上面吐一口唾沫，留下一些口舌的氣味。捕蛇者可以從容地把獵物捕入蛇簍。也是出於同一邏輯，他們說，怕蛇的人夜行，最好帶一竹棍或竹片。據說竹子是蛇的情姊，有竹在手，蛇一般來說不敢前來造次。

如果在路上遇到毒蛇來襲，山裡人還有一個辦法，就是大呼「紅娘子」三個字。據說只要這樣一喊，蛇就發呆，人們有足夠的時間奪路逃跑。至於為什麼要喊這三個字而不是別的字，三個字有何來歷？他們語焉不詳。

一次，鹽早打藥打到北坡，被一條蛇咬了一口，哇哇叫著往回跑。他以為自己死到臨頭，跑了一段路，發現自己的腳不腫也不痛，身上既不抽筋也不發涼。他坐了一陣，自己還好好地活著，還能喝水還能看天還能揪鼻涕。他疑疑惑惑地回頭去找噴霧器，走到原地反而驚呆了：足有三尺多長的土皮蛇，就是剛才咬他的那一條，在棉花地裡死得硬邦邦的。

原來，他已經活得比蛇還毒。

他好奇地跑到茶園，往茶樹蔸裡翻找——那裡總是藏著很多土皮蛇。他伸出手讓蛇咬，看那些蛇在他腳下一條條扭動著，抽搐著，翻騰著，最後奇蹟般不再動彈。

黃昏時分，他用一條死蛇捆住其他蛇，搭在背後回家。遠遠的人看了，不知道那是蛇，還以為他順手割了一把草回家。

△渠

直到現在，我說到鹽早或其他人的時候，都是用「他」。在馬橋，與「他」近義的詞還有「渠」。

區別僅僅在於，「他」是遠處的人，相當於（那個）他；「渠」是眼前的人，近處的人，相當於（這個）他。馬橋人對於外來人說普通話「渠」與「他」不分，覺得不可思議委實可笑。

他們還有些笑話與「渠」相關：比如「他的爺渠的崽」，是描述人前卑下人後狂妄的可笑表現——在這個時候，「他」和「渠」雖是同指，但性質絕然二致，切切不能混同。

古人也曾用「渠」指代人。《三國志》中有「女婿昨來，必是渠所竊」語。古人寫詩也常用到這個詞：「問渠哪得清如許，為有源頭活水來」（朱熹）；「蚊子咬鐵牛，渠無下嘴處」（古樂府）……但從這些詩文裡，基本上看不出「渠」的近指限義。我一直暗暗覺得，在語言中著意而頑固地區分他人的空間位置，可能純屬馬橋人的多事，沒什麼必要。

至今為止，人們覺得完全夠用的中文普通話，還有英文、法文、俄文等等，都不做這種區分。

多少年後，我再到馬橋，又聽到了滿耳的「渠」字，又見到了一個面容熟悉或陌生的——渠。我想起當年他經常幫我們挑柴，也曾屢屢被我們逗耍，比如常常乘他不備，偷了他的農藥，拌了穀子去毒老鼠，毒雞鴨，毒魚蝦，或者乾脆拿到供銷社退錢換麵條，讓他

我沒有見到作為「渠」的鹽早。

背了不少黑鍋，挨村幹部的罵。

我特別記得他著急時的樣子，一臉脹紅，額上青筋極為茂盛地暴出，見到誰都怒氣衝衝，對我們更是惡狠狠地嗷嗷嗷直叫，表示對我們涉嫌做案的懷疑。但這種惱怒，並不妨礙他後來還是為我們挑柴或擔別的什麼。只要我們見到他的肩空著，笑一笑，打個手勢，他還是咕咕嚕嚕朝重物而去。

我沒有找到他。村裡人說，龍家灘的什麼人喊他去幫工了。至於他家裡，是不必要去的，也是萬萬不能去的。他的婆娘醒得很，連飯都不會做，在田裡薅禾，薅著薅著就一大屁股坐到泥巴裡去了，就這麼個人！

我還是去了，在人們嘻嘻竊笑之下走向了那張黑洞洞的門。我看見牆上掛著幾個裝種子的葫蘆，還有很多淨獰的乾蛇皮，像五顏六色的壁毯。我看見主婦果然蓬頭垢面，腦袋奇大，吃下去的飯都長了這只頭似的，額頭上亮著一處顯眼的疤花，不知是如何留下來的。她該笑的時候不笑，不該笑的時候突然哈哈大笑，老熟人似的親熱讓我有點怪異。她端來一碗茶，莫說喝，就是看一眼，碗邊上膩膩的一圈黑污也讓我好噁心半天。有這樣的主婦，家裡的地肯定平不了，比外面的地還坎坷崎嶇，行走時一不小心就可能扭傷腳踝。各種顏色的衣物，其實都成了一種顏色，一種糊糊塗塗的灰暗，亂糟糟地堆在床上。主婦突然從那裡面拖出一件東西，嚇了我一跳。那件東西居然有鼻子眼睛，居然不哼一聲，在剛才的哈哈大笑下也不曾驚醒，任憑三兩隻蒼蠅爬在他緊閉雙眼的臉上。

我差一點疑心他是個死嬰——主婦只是拿來做做樣子而已？

我匆匆給了她二十塊錢。

這當然有些吝嗇，也有些虛偽。我本來可以拿出三十塊、四十塊、五十塊或者更多的錢，但我沒有這樣做。打發二十塊就夠，是我沒有明言的權衡和算計。二十塊做什麼呢？與其說是對鹽早的同情，不如說是支付我的某種思念，贖回我的某種歉疚，買來心裡的平靜和滿足，也買回自己的高尚感。我想到二十塊錢就可以做到這一切，其實很便宜。我想到二十塊錢就可以使自己迅速地哼起歌來，就可以馬上離開這個噁心的破房子然後逃入陽光和鳥語，實在是很便宜。我想到二十塊錢就可以使自己今後的回憶充滿詩情充滿玫瑰色的光輝，實在是很便宜。

我原封不動地放下茶碗，走了。

晚上，我住在鄉政府的客房裡。有人敲我的門，打開來，黑洞洞的外面沒有人影，只有一根圓木直愣愣捅進房來。我終於看清了，隨後進來的是鹽早，比以前更加瘦了，身上每一塊骨節都很尖銳，整個身子是很多個銳角的奇怪組合。尤其是一輪喉骨尖尖地挺出來，似乎眼看就要把頸脖割破。他笑的時候，嘴裡紅多白少，一張嘴就暴露出全部肥厚的牙齦。

他的肩還是沒有閒著，竟把一筒圓木又背了這十多里路。

他顯然是追著來看我的。從他的手勢來看，他要把這筒木頭送給我，回報我對他的同情和惦記。

他家裡也許找不出比這更值錢的東西。

他還是不習慣說話，偶爾說出幾個短短的音節，也有點含混不清。更多的時候，他只是對我的問話報以點頭或搖頭，使談話得以進行。我後來知道，這還不是我們談話的主要障礙，即便他不是一個牛啞啞，我們也找不到什麼話題。除了敷衍一下天氣和今年的收成，除了謝絕這一筒我根本沒法帶走

的木頭，我不知道該說什麼，不知道該說什麼才能點燃他的目光，才能使他比點頭或搖頭有更多的表示。他沉默著，使我越來越感到話的多餘。我沒話找話，說你今天到龍家灘去了，說我今天已經到過你家，說我今天還看見了復查和仲琪，如此等等。我用這些毫無意義的廢話，把一塊塊沉默勉強連接成談話的樣子。

幸好客房裡有一台黑白電視機，正在播一部老掉牙的武打片。我拿出興致勃勃的樣子，一次次把目光投向武士、小姐、老僧們的花拳繡腿，以示我的沉默情有可原。

幸虧還有個掛著鼻涕的陌生娃崽幾次推門進來，使我有些事情可做，問問他的名字，給他搬凳子，同他身後的一位婦人談談小孩的年齡，還有鄉下的計畫生育。

差不多半個鐘頭到了。也就是說，一次重逢和敘舊起碼應該有的時間指標已經達到了，可以分手了。半個鐘頭不是十分鐘，不是五分鐘。半個鐘頭不算太倉促，不算太敷衍，有了它，我們的回憶中就有了朋友，不會顯得太空洞和太冷漠。我總算忍住了鹽早身上莫名的草腥味——某種新竹破開時冒出來的那種氣味，熬過了這艱難而漫長的時光，眼看就要成功。

他起身告辭，在我的強烈要求下重新背上那沉沉的木頭，一個勁地衝我發出「呵呵」的聲音，像要嘔吐。我相信他有很多話要說，但所有的話都有這種嘔吐的味道。

他出門了，眼角裡突然閃耀出一滴淚。

黑夜裡的腳步聲漸漸遠去。

我看見了那一顆淚珠。不管當時光線多麼暗，那顆淚珠深深釘入了我的記憶，使我沒法一次閉眼

把它抹掉。那是一顆金色的亮點。我偷偷鬆下一口氣的時候，我卸下了臉上僵硬笑容的時候，沒法把它忘記。我毫無解脫之感。我沒法在看著電視裡的武打片時把它忘記。我沒法在打來一盆熱水洗腳的時候把它忘記。我沒法在擠上長途汽車去菜市場呼吸魚腥氣的時候把它忘記。我沒法在買報紙的時候把它忘記。我沒法在打著雨傘並且對前面一個大胖子大叫大喊的時候把它忘記。我沒法在兩位知識界菁英軟磨硬纏壓著我一道參與編寫交通法規教材並且到公安局買通局長取得強制發行權的時候把它忘記。我沒法在起床的時候忘記。

黑夜裡已經沒有腳步聲。

我知道這顆淚珠只屬於遠方。遠方的人，被時間與空間相隔，常常在記憶的濾洗下變得親切、動人、美麗，成為我們夢魂牽繞的五彩幻影。一旦他們逼近，一旦他們成為眼前的「渠」，情況就很不一樣了。他們很可能成為一種黯淡而乏味的陌生，被完全不同的經歷，完全不同的興趣和話語，密不透風堅不可破地層層包藏，與我無話可說——正像我可能也在他們的目光裡面目全非，與他們的記憶絕緣。

我想找到的是他，但只能找到渠。

我不能不逃離渠，又沒有辦法忘記他。

馬橋語言明智地區分「他」與「渠」，指示了遠在與近在的巨大差別，指示了事實與描述的巨大差別，局外事實與現場事實的巨大差別。我在那一個夜晚看得很清楚，在這兩個詞之間，在那位多個銳角的奇怪組合扛著木頭一步從「渠」跨入「他」的時候，亮著一顆無言的淚珠。

△ 道學

我給了鹽早的婆娘二十塊錢。她樂滋滋地收下，嘴裡當然有很多客氣話：

「鹽早經常說起你們的。」

「你如何這樣道學呢？」

……

道學，在馬橋語彙中是講禮性，講德性，講大道理，一本正經而且有點囉囉嗦嗦的意思。一般來說，這個詞沒有什麼貶義。

如果考慮到儒家道統多少年來所夾雜的偽善，那麼這個詞在外人聽來，又不能說是一個讓人舒服的詞。似乎人的善舉──比方說剛才這二十塊錢吧，不是出於內心的誠懇，不是出於性情的自然，而只是一種文化訓練和文化約束的結果。這不能不讓人有些沮喪。「道學」之外，人際之間還可能有真心實意的同情和親近嗎？馬橋人用「道學」一詞取代「善良」、「好心」、「熱心腸」等等相近的詞語，是不是因為無法擺脫對人性的深深懷疑？而這種懷疑能夠使多少施捨者驚懼與汗顏？

黃皮 ▲

「黃皮」是一條狗，極普通的黃狗，沒有更多的特徵成為我們取名的依據。牠不知是從哪裡來的，似乎沒有主人。因為知青的糧食多一些，父母還多少有些貼補，知青戶的鍋裡就多一些好聞的氣味。這些人還沒有完全改掉大手大腳的習氣，髒了的飯，餿了的菜，隨手就撥到了地上或倒進溝裡。

日子一久，黃皮在這裡吃油了嘴，幾乎就在這裡生了根，滿懷希望的目光總是盯著我們的碗。

牠也熟悉了知青的語音。要把牠從遠遠的地方叫來，要牠對什麼目標發動攻擊，非用城裡的長沙話不可。若是用馬橋話，牠就東張西望地看一看再說。馬橋人發現這一點以後，十分生氣，覺得牠是個忘本的傢伙。

牠甚至熟悉了我們的呼吸和腳步聲。我們有時候晚上外出，到鄰近的村寨串人家，到公社裡打電話，回村時已是深夜。我們爬上天子嶺，馬橋在我們的腳下，沉沒在緩緩流動的淡藍色月光裡，離我們至少還有五六里路。在這個時候，無須說話，更無須打口哨，遠遠的馬橋就有了動靜，一線急促的碎蹄聲從月光深處潛游而出，沿著曲折小道越來越近，越來越快，最後化作一個無聲的黑影，撲向我們的袖口或衣襟以示歡迎，呼哧呼哧喘著氣的大嘴，差一點要舔到你的臉上來。

每次都是這樣。牠對五六里開外任何聲響的捕捉和識別，牠不惜辛勞的狂奔式接應，總是成為我

們夜歸者的溫暖，成為提前擁抱上來的家。

我不知道我們離開馬橋以後，牠是如何活下來的。我只記得，在羅伯遭瘋狗咬了以後，公社發動了一次廣泛的打狗運動。本義說黃皮最沒良心，最應該打，操著步槍親自動手，連發三槍卻沒打到要害。黃皮勾著一條流血的後腿，哀嚎著竄上嶺去了。

夜裡，我們聽到了房子附近的坡上有狗吠，是牠熟悉的叫聲，叫了整整幾個晚上。也許牠十分奇怪：牠可以聽到我們遠在天邊的腳步，而我們為什麼聽不到牠如此近切的呼救？為什麼本義朝牠舉槍的時候，我們沒有上前制止？

我們當時忙著要招工離開馬橋，顧不上牠了。甚至沒有注意牠的叫聲是什麼時候停止的。

我多少年後重訪馬橋時總算認出了牠，認出了牠只有三條腿的一跛一跛。牠看了我一眼，沒有任何表情，重新靠著牆腳閉上雙眼睡覺。牠又老又瘦了，胸脯排骨突出，尾巴上的毛差不多掉光，目光也十分黯淡。牠大多時候只能臥著，也聽不懂長沙話。當我伸手摸一摸牠的頭，牠抽搐了一下猛醒過來，毫不客氣地反過頭來大咬一口，當然並沒有真咬，只是用牙齒把我的手重重地夾了一下，表示威脅和厭惡。

「黃皮，你不認識我了？」

牠呆呆地看著我。

「我是你的主人，不記得了？」

這條沒什麼說頭的老狗，再次看我一眼，夾著尾巴掉頭而去。

△暈街

普通話裡有「暈船」、「暈車」、「暈機」之類的詞，但沒有馬橋人的「暈街」。暈街是一種與暈船症狀相仿的病，只在街市裡發生，伴有面色發青、耳目昏花、食欲不振、失眠多夢、乏力、氣虛、胸悶、發燒、脈亂、嘔瀉等等，婦女患此病，更有月經不調和產後缺奶的情況。馬橋一帶的郎中都有專門治療暈街的湯頭，包括枸杞、天麻、核桃什麼的。

因此，馬橋人即使到最近的長樂街，也很少在那裡過夜，更不會長住。上村的光復當年到縣城裡讀書，去了一個多月就嚴重暈街，整整瘦了一圈，要死要活地回山裡來了。他說苦哎苦哎，城裡哪是人去的地方！他後來好歹讀了個文憑，好歹在城裡謀了個教書的飯碗，在馬橋人看來已經是奇蹟。他對付暈街的經驗是：多吃醃菜。他就是靠兩大罎子好醃菜，外加多打赤腳，才在街上堅持了十多年。

暈街是一個我與馬橋人經常爭論的問題。我懷疑這不是一種真正的病，至少是一種被大大誤解的病。城市沒有車船飛機的動盪，充其量只比鄉下多一點煤煙味、汽油味、自來水裡的漂白粉以及嘈雜聲響，不大可能致病。事實上千萬城市人也沒有得過這種病。我離開馬橋之後，讀了些雜書，更加懷疑暈街不過是某種特殊的心理暗示，就像催眠術。只要你有了接受的心理趨勢，聽到說睡覺，就可能真睡了；聽到說鬼魅，就可能真見鬼了。同樣的道理，一個長期接受階級鬥爭敵情觀念教育的人，確

實可能在生活中處處發現敵人——一旦他的預設的敵意招致他人的反感、厭惡甚至反彈性報復，那麼，事實上的敵對狀態，反過來會更加應證他的預想，使他的敵意更加理由充分。

這一類例子揭示了另一類事實，不，嚴格地說不是事實，只是語言新造出來的第二級事實，或者說再生性事實。

狗沒有語言，因此狗從不量街。人類一旦成為語言生類，就有了其他動物完全不具備的可能，就可以用語言的魔力，一語成讖，眾口鑠金，無中生有，造出一個又一個的事實奇蹟。想到這一點以後，我在女兒身上做過試驗。我帶她坐汽車，一路上她果然活蹦亂跳沒有任何不適。待下一次坐汽車，我預告她會暈車，結果，她情緒十分緊張，坐立不安，終於臉色發白緊鎖眉頭倒在我的懷裡，車還沒動就先量了一半。這一類試驗，我不能說我屢試不爽，但這已經足夠證明語言是一種不可小視的東西，是必須小心提防和恭敬以待的危險品。語言差不多就是神咒，一本詞典差不多就是可能放出十萬神魔的盒子。就像「暈街」一詞的發明者，一個我不知道的人，竟造就了馬橋一代代人特殊的生理，造就了他們對城市長久的遠避。

那麼「革命」呢，「知識」呢，「局長」呢，「勞改犯」呢，「上帝」呢，「代溝」呢……在相關的條件下，這些詞已經造就過什麼？還會造就什麼？

我沒法說服馬橋人。

我後來知道，本義若不是因為暈街，也差一點吃上國家糧。他從朝鮮戰場回來，在專署政府當馬夫，以後很可能當幹部，前途一片陽光。他像其他馬橋人一樣，總覺得街上的日子悶。那裡少見薑鹽

豆子茶，沒有夏夜星空之下的水流聲，沒有火塘邊烤得熱乎乎的膝蓋和胳臂……他的馬橋話不大容易讓人聽懂。他也沒法像街上人起床那麼早。他忘記扣好褲子的前襠總是遭同事的嘲笑。他不習慣把茅房叫作什麼廁所，也不習慣茅房分男女。

他也學習一些同事的習慣，比方說用牙刷，用水筆，甚至跟著要籃球。第一次上場他忙得滿頭大汗，到下場時還沒有摸到球。第二次上場，對方搶了球剛要攻籃，他突然大叫一聲「停——」人們不知發生了什麼事，目光一起投來。他不慌不忙走出場，揪了一把鼻涕，又回到場內，對球員們若無其事地揮揮手：「太急火了，太急火了，慢點來。」

他不知道場上的人們為什麼發笑。他聽出了笑聲中有惡意。他揪鼻涕有什麼不妥麼？

伏天，街上比鄉下要燥熱得多，熱得好沒良心。他晚上在街上遊蕩，看見一些女學生從面前跑過，穿得真是下，短褲下露出了大腿和腳。他還看見樹蔭下一排排竹床，上面有陌生的女人正在搖扇睡覺。一種類似熟肉的氣味來自她們的下巴、赤足、腋下的鬚毛或者領口偶然洩露出來的一輪雪白。他覺得全身燥熱，呼吸急促，腦袋周圍一圈痛得難受——肯定是暈街了。他抹了半盒萬金油也沒有用，請人在他背上刮出幾道紅紅的痧，還是腦袋炸，嘴巴也燒出了一圈泡。他挽著袖口惡狠狠地在街上轉了幾個來回，一腳把草料筐踢出丈多遠：

「老子走！」

幾天之後，他從鄉下回來了，火氣盡洩，笑瞇瞇地拿出山裡的粑粑，分給同事們嘗新。那時他的一個哩咯嘟在張家坊，一個比他大十二歲的寡婦，身肥如桶，消除他的火氣綽綽有餘。

專署離馬橋足有兩天多的旱路，他不可能經常回去洩火。

他向首長報告，馬橋人都有這種病，享不得富貴的。他希望能夠回山裡去做他的兩畝旁田。首長還以為他不安心養馬，給他換了個工作，到公安處當保管員。在同事們看來，他有點不識抬舉，就在到任的第二天，居然對處長老婆非禮——當時那婆娘正在研究床上的一件毛衣，兩手撐著床沿，屁股翹得老高。本義有點高興，朝觸目搶眼的屁股拍了一巴掌：「看什麼看什麼？」

婆娘大吃一驚，紅著臉開罵：「你這個臭王八蛋，你是哪裡拱出來的貨？你想做什麼？」

「你怎麼開口就罵人呢？」他對旁邊一位祕書說：「她如何嘴巴這麼臭？」

「你手腳往哪裡放？」

「什麼手腳？我只是拍了一下……」

「不要臉的你還敢說？」

「我說什麼了？」

本義一急，就說起了馬橋話，說得嘴巴抽筋也沒有什麼人能聽懂。但他看見那個臭婆娘遠遠地躲到了牆角，也聽懂了她嘴裡真真切切三個字：

「鄉巴佬！」

領導後來找本義談話。本義一點也不明白領導有什麼可談的。好笑，他這也算犯錯誤？也算是調戲婦女？他不過是拍了一巴掌，拍在哪裡也是拍，他在村子裡的時候誰的屁股拍不得？他忍著性子，沒同領導鬥嘴。

領導定要他檢查自己犯錯誤的思想根源。

「沒什麼根源，我就是暈街。一到這街上，火就重，腦殼就痛，每天早上起來，都像是被別個打了一頓。」

「你說什麼？」

「我說我暈街。」

「暈什麼街？」

領導不是馬橋人，不懂得什麼叫暈街，也不相信本義的解釋，一口咬定本義是拿胡言亂語來搪塞。本義感到高興的是，因禍得福，一巴掌倒是把他的處分拍下來了，他的差事丟了，可以回家了，以後又可以天天吃薑鹽豆子茶，還可以每天早上睡懶覺了。他拿到回鄉通知的時候，高高興興地罵了一通娘，一個人進館子狠狠地吃了一碗肉絲麵，喝了三兩酒。

多少年後，他有一次到縣裡開一個幹部會，碰到自己在專署的老同事胡某，以前的一個小通訊員。胡某現在當官了，在會上說的「三個關鍵」、「四個環節」、「五個落實」，本義完全聽不懂。胡某輕輕頓著紙菸的動作，向右上方理一理頭髮的動作，吃飯以後還要漱漱口而且用把小刀削蘋果的動作，本義也感到十分陌生，十分驚訝和羨慕。他在老同事下榻的招待所客房裡手足無措，對著明亮的電燈也睜不開眼。

「你呀你，當初是虧了一點，也就是一件小事麼，不該處分得那麼重。」胡某撫今追昔，給了他一個已經削了皮的蘋果。

「不礙事的，不礙事的。」

老同事嘆了口氣：「你現在是不行了，文化太低，歸隊也不合適了。你有娃崽沒有？」

「有，一男一女。」

「好呵，好呵，年成還好？」

「搭伴你，鍋裡還有煮的。」

「好呵，好呵，家裡還有老的？」

「都調到黃土公社閻家大隊去了。」

「你還很會開玩笑。你婆娘是哪裡的？」

「就是長樂街的，人還好，就是脾氣大一點。」

「好呵，好呵，有脾氣好呵……」

本義不知道對方的「好呵好呵」是什麼意思，以為對方這樣詳細了解他的情況，會為他做出什麼安排，給他什麼好處，但終究沒有聽到。不過，這個晚上還是很令人愉快。他感激老同事沒有忘記他，對他仍然客氣，還接濟他十斤糧票。他還回想到多年前處長婆娘的那一個圓圓的神往。散會的那一天，老同事要留他多住一晚。本義說什麼也不同意。他說年紀大了，現在更暈街了，還是回去好，老同事要用他的吉普車送本義一程。本義也連連搖手。他說他怕汽油味，平時路過加油站都要遠遠地繞道，根本不能坐車的。他旁邊的一位幹部證明，這不是客氣話，馬橋一帶的很多人都怕汽油，情願走路也不坐車。縣汽車運輸公司不久前把長途線路延伸到龍家灣，意在方便群

眾，沒料到一個月下來沒有幾個乘客，嚴重虧損之下，只好又取消那一班車。

老胡這才相信了，揮揮手，目送本義的身影上了路。

△顏茶

本義在專署養馬的時候，最不習慣城裡的茶。

一般來說，馬橋人喝薑茶，也叫擂茶。用小小的齒面擂缽，擂刮下一些薑末，加鹽，與吊壺裡的沸水反覆沖兌幾手而成。家境較好的人家，不用瓦壺而用銅壺，銅壺總是擦得錚亮照人，氣勢非凡。

主婦們把豆子、芝麻一類的香料，放入鐵罐子裡，塞進柴火中爆炒。她們都不怕燙，一邊在灶下燒著柴，不時用指頭捉住鐵罐子搖幾下，免得裡面的香料燒焦。嘩啦啦的搖滾之聲和叭叭叭的豆子芝麻爆炸聲，不一會就開放出熱烘烘的香氣，引得客人們眉開眼笑。

更隆重一些的茶式，便是茶中再加紅棗、雞蛋了。

本義完全不能理解，城裡人有的是錢，為什麼偏偏要喝顏茶，也就是沒有香料的茶，是茶類中最低級的一種。顏茶不是臨時燒的，一般都用大鍋燒好，大罐囤積，一放就是兩三天，僅有解渴的作用。顏茶也常常不用茶葉，用一些茶樹桿子燒成，顏色深如醬。「顏」茶之名，可能由此而來。

城裡人只喝這樣的茶而不知道喝擂茶，豈不可笑？豈不可憐？

△ 夷邊

十里有三音。對遠處任何地方，長樂人一律稱為「開邊」，雙龍人一律稱「口邊」，銅鑼峒人一律稱「西（發上聲）邊」，馬橋人則稱「夷（發去聲）邊」——無論是指平江縣、長沙、武漢還是美國，沒有什麼區別。

彈棉花的，收皮子的，下放崽和下放幹部，都是「夷邊」的事。我懷疑他們從來有一種位居中心的感覺，有一種深藏於內心的自大和自信。他們憑什麼把這些窮村寨以外的地方看作「夷」？

夷是中原古人對周邊弱小民族的描述。從字面上看，弓人為「夷」。馬橋人憑什麼還以為地平線以外那些繁華而發達的都市還在靠打獵為生？還是一些沒有學會農業生產的落後部落？

一位人類文化學教授告訴我，在中國古代，百家爭鳴，只有一個小小的學派否認中國處於世界的中心，即春秋時期的名家，以致後來有些人對名家不大看得順眼，對他們的國籍問題都產生了疑問：「公孫龍子」一類的名字，古里古怪的，莫不是一些外國留學生或訪問學者的雅號？郭沫若先生破譯甲骨，認為中國的天干地支說受到過巴比倫文化的影響。凌純聲先生也猜測中國古史記載中的「西王母」部族，不過是巴比倫文 Siwan（月神）的譯音，推論早在絲綢之路出現以前，就有外來文化流入，華夏古文化的來源可能十分複雜。這些都加強了人們對名家來歷的狐疑。

當然，對於中國文化這樣一個龐然大物來說，即便公孫龍子們真是一批外國學人，他們的聲音還是十分微弱，至少從沒有撬動華夏民族關於自居「中央之國」的觀念，也很難削弱中國人的文化自大感。馬橋人的一個「夷」字，流露出明顯的華夏血統，暗藏著他們對任何遠方事物的輕蔑和不以為然。馬橋人的先輩從來沒有考慮過公孫龍子們的忠告，這種固執竟然在語言中一直延續到了今天。

△ 話份

本義說過，省城裡的人不喝擂茶，也不懂得紡紗織布，可憐他們家家都沒有布做褲子，一條短褲只有巴掌大，像婆娘們的騎馬帶子，勒得胯襠痛死人。馬橋人由此十分同情省城裡的人，每次看見我們知青要回城，總是要我們多買點鄉下的土布帶回去，給爹媽多做兩條褲子。

我們覺得十分好笑，說城裡並不缺布，短褲做得小一點，是為了貼身，好看，或者運動的方便。

馬橋人眨眨眼，不大相信。

日子長了，我們發現無論我們如何解釋，也沒法消除本義的訛傳——因為我們沒有話份。

「話份」在普通語中幾乎找不到近義詞，卻是馬橋詞彙中特別緊要的詞之一，意指語言權利，或者說在語言總量中占有份額的權利。有話份的人，沒有特殊的標誌和身分，但作為語言的主導者，誰都可以感覺得到他們的存在，感覺得到來自他們隱隱威權的壓力。他們一開口，或者咳一聲，或者甩一個眼色，旁人便住嘴，便洗耳恭聽，即使反對也不敢隨便打斷話頭。這種安靜，是話份最通常的顯示，也是人們對語言集權最為默契最為協同的甘心屈從。相反，一個沒有話份的人，所謂人微言輕，說什麼都是白說，人們不會在乎他說什麼，甚至不會在乎他是否有機會把話說出來。他的言語總是消散在冷漠的荒原，永遠得不到回應。

這種難堪的事多了，一個人要保持開口的信心，甚至要保持自己正常的發聲功能，是不無困難的。鹽早最後幾乎成了一個真正的牛啞啞，就是話份喪失的極端一例。

握有話份的人，他們操縱的話題被眾人追隨，他們的詞語、句式、語氣等等被眾人慣用，權利正是在這種語言的繁殖中得以形成，在這種語言的擴張和輻射過程中得以確證和實現。「話份」一詞，道破了權利的語言品格。一個成熟的政權，一個強大的集團，總是擁有自己強大的語言體系，總是伴隨著一系列文牘、會議、禮儀、演說家、典籍、紀念碑、新概念、宣傳口號、藝術作品，甚至新的地名或新的年號等等，以此取得和確立自己在全社會的話份。不能取得話份的強權，不過是一些徒有財力或武力的烏合之眾，像一支又一支殺退過官軍甚至占領過京城的草寇，即便一時得手，也必然短命。

正是體會到了這一點，執政者總是重視文件和會議的。文件和會議是保證權利運行的一個個樞紐，也是強化話份的最佳方式。文山會海幾乎是官僚們不可或缺並且激情真正所在的生存方式。即便是空話連篇的會議，即便是沒有絲毫實際效用的會議，也往往會得到他們本能的歡喜。道理很簡單，只有在這種時候，才會設置主席台和聽眾席，明確區分等級，使人們清醒意識到自己話份的多寡有無。權勢者的話語才可以通過眾多耳朵、記錄本、擴音器等等，得到強制性的傳播擴散。也只有在這種氛圍裡，權勢者可以沉浸在自己所熟悉的語言裡，感受到權利正在得到這種語言的滋潤、哺育、充實和安全保護。

這一切，往往比會議的具體目的更為重要。

也正是從這一點出發，權勢者對自己不習慣和不熟悉的語言，充滿著天然的警覺和敵意。「文化大革命」中，馬克思和魯迅在中國受到了最高程度的尊崇，是空盪盪書店裡最終得以保留的幾位偉人中的兩位。即便在這個時候，讀馬克思和魯迅仍然是十分危險的。我在鄉下的一本馬克思的書，就差一點成為了我「反動」的罪證——公社幹部說：「那個下放崽，不讀毛主席的書，讀馬克思的書，什麼思想？什麼感情？」

我體會，公社幹部是無意也不敢反對馬克思的，也並不知道那本馬克思《路易·波拿巴的霧月十八》說了些什麼，是否有害於他們的禁山育林或者計畫生育或者打平伙吃狗肉。不，他們對此一無所知，也不大在乎。他們瞪大眼睛，只是對一切聽不太懂的語言惱怒，感到他們的話份正在受到潛在的威脅和挑戰。

第二次世界大戰以後，現代主義藝術聲勢浩大，抽象畫、荒誕劇、意識流小說和超現實主義詩歌驚世駭俗，嬉皮運動、女權運動，還有搖滾樂等等異生的文化現象也隨之而來。有意思的是，這些新現象出現時差不多一一都被視之為邪惡的政治陰謀。資產階級的報紙攻擊畢卡索的抽象畫是「蘇聯企圖顛覆西方民主社會的罪惡伎倆」、「布爾什維克的意識形態宣傳」，而搖滾歌手「貓王」愛爾維斯和「披頭四」代表人物藍儂，被教會和國會議員們疑為「共產黨的地下特工」，目的是「要敗壞青年一代，使他們在對共產主義的鬥爭中未戰先敗」——他們的音樂在美軍駐歐基地一直是禁品。在另一方面，任何紅色政權也做著差不多同樣的事情，現代藝術無論雅俗，幾十年來也一律遭到官方的批判，官方文件和大學教科書將其定性為「和平演變的先鋒」、「西方國家資產階級腐朽沒落的意識形態」、

「毒害青少年的精神毒品」等等。

這些反應顯然是一種防衛過度。無論哪一方後來都逐漸認識到這一點，也或多或少地放寬了管制尺度，甚至願意利用各種新異的文化語彙來為我所用，比如用搖滾樂來歌頌延安或南泥灣，用抽象畫來促進服裝出口業。

當然，如果把這些反應完全看成防衛過度，也是大大的天真。事實上，一種不熟悉的語言，就是一種不可控的語言，差不多也就是一種不可控的權力。不論它表面上的政治標誌如何，它都具有實際上的離心力，造成資訊通道的阻抗和中斷，形成對執政者話份不同程度的削弱和瓦解。

馬橋人似乎具有一切執政者的洞明，早就看穿了這一點，因此把權力歸結為話份，歸結為說。

我們可以看一看，在馬橋哪一些人有話份？

（一）一般來說，女人沒有話份。男人說話的時候，她們習慣於不插嘴，只是在一旁奶娃崽或者納鞋底。幹部從不要求她們參加村民大會，只當她們沒有耳朵和嘴巴。

（二）年輕人沒有話份。他們從小就聽熟了「大人說話娃崽聽」一類古訓，總是優先讓老人們說。對老人們的說法，即便反感也多是背地裡咕咕噥噥，不可大逆不道地當面頂嘴。

（三）貧困戶沒有話份。財大才會氣粗，家貧自然氣短，窮人一般都覺得自己不夠體面，不願去人多的地方露臉，自然失去了很多向別人說話的機會。馬橋還有習俗：凡欠了債的人，哪怕只欠了半升包穀，也不得在村裡的紅白喜事中擔任司儀、主祭、伴娘之類的重要角色，免得給主家帶來晦氣。各家火塘邊最靠近茶櫃的位置，是最顯眼的位置，叫主位，債主之外的任何客人不得隨便就坐，否則

就有辱主之意。這些規矩都保證了人們的話語權向手握債權的富人們那裡集中。

……

這樣看來，話份被性別、年齡、財富等因素綜合決定。當然還有更重要的政治因素，比如本義作為黨支部書記，作為馬橋的最高執政者，無論何時說話，都落地有聲，一言九鼎，令行禁止。日子久了，他習慣了粗門大嗓，一條嗓子經常傷痕累累的氣多聲音少，還是哇哇地到處送氣。

哪怕一個人背著手走路，也關不住一張嘴，有時候禁不住自言自語，自問自答。「這個地上種得豆子麼？」「嬲龍談，種命呵，水浸浸的溫爛根。」「摻些黃泥巴來恐怕要得。」「你到哪裡擔？有工夫擔泥巴，還不如多到坡上種幾只包穀。」「醒娘養的……」

其實都是他一個人說的話。有時候跟在他背後走一路，可以發現他嘴巴從不消停，不惜找自己抬槓，一張嘴可以開一台辯論會。

人們叫他「義大鑼」，知道他走到哪裡都熱鬧。公社幹部也對這位「義大鑼」讓三分。有一次公社開會，本義熟門熟道地到了那裡，照例先去伙房裡聳聳鼻子，檢查一下伙房的氣味。他從灶口裡找個火點菸，看見腳盆裡切了一大盆蘿蔔，灶角下肉骨頭都沒見到一根，立即沉下臉：「豈有此理，對貧下中農這樣沒有感情！嗯？」他怒沖沖拂袖而去，會也不開了，一直衝到供銷社的屠房，問還有肉沒有。屠夫說，肉剛賣完了。他操起一把板刀，說趕快捉豬來，捉豬來！屠夫說，公社規定每天只准殺一頭豬。本義說，公社裡說以後可以吃飯不要錢，你也信？

萬玉剛好也坐在這裡，笑嘻嘻地說：「好，好，今天我也搞碗肉湯喝一下。」

本義眼睛一瞪：「你如何坐在這裡？」

萬玉眨眨眼：「也是，我如何坐在這裡？」

本義本來就有無名火，把板刀一拍：「你看你這個懶樣子，不過年不過節你跑到這裡來做什麼？還不快點跟老子回去！你今天不鋤完北坡上那幾畝地上的油菜，我發動群眾鬥死你。」

萬玉被板刀聲嚇得屁滾尿流，趕快溜出門，只是隔了一陣，怯怯地把油光光的腦袋探進來：「你……你剛才要我做什麼？」

「你聾了呵？要你鋤油菜！」

「曉得了曉得了。你莫發氣。」

油光光的腦袋縮回去了。本義總算吐勻氣，捲上一撮菸絲，發現身後有什麼動靜，回頭一看，居然還是萬玉臉上的苦笑。「對不起，我剛才又聽急了，你是要我鋤……鋤……」

想必他已經駭得跑了魂，什麼話也聽不清了。

本義把油菜兩個字狠狠狠灌進他的耳朵，才把他打發走。

屋後有了一串豬叫，本義的氣色才算活了幾分。他最喜歡殺豬，殺得也內行。又一陣豬叫之後，他臉上盡是泥點，手上血污污的，回到灶邊抽菸。剛才只一刀，乾淨俐落把豬放倒。他搭嘴搭舌一直守在屠房裡，最後邀幾個供銷社的夥計湊在熱氣騰騰的鍋灶邊，吃了豬肉，喝了豬血湯，才滿意地抹了抹油嘴，打了個飽嗝。

他沒有開會，公社幹部也不敢批評他。待他滿面通紅地重返會場，幹部還要請他上台發言，足見

他的話份十分了得。

他說：「我今天不多講了，只講兩點。」

這是他每次發言前例行的公告。他無論實際上講的是兩點，還是三點、四點、五點乃至更多，也無論是講三言兩語還是長篇大論，都要事先申明，他只講兩點。

他講著講著，一股肉湯味湧上來，便講到他以前在朝鮮的經歷，用當年他打美國兵的武功，來證明現在修水利、種禾穀、養豬、計畫生育之類的任務是完全可以完成的，也是一定要完成的。他總是把美國的坦克說成是拖拉機。他說在三八線，美國的拖拉機來了，地都發抖，把人的尿都駭得出來。

但志願軍英雄好漢，一百丈，不打，五十丈，還不打，三十丈，還不打，最後，等美國拖拉機到了面前，一砲就把它娘的打掉了！

他得意地躊躇四顧。

公社何部長曾經糾正他的說法：「不是拖拉機，那叫坦克。」

他眨眨眼：「不叫拖拉機？我沒讀多少書，是個流氓。」

他的意思是，他是個文盲，分不清坦克和拖拉機沒有什麼奇怪。他也認真地學習過坦克這個詞，但是到了下次開會，他照例一百丈五十丈三十丈地緊張了一通後，還是一溜嘴說成拖拉機。

他的這一類用語錯誤，絲毫不影響他的話一句頂一句。「人只有病死的，沒有做死的」，「大災大豐收，小災小豐收」，「人人都要搞思想搞進步搞世界」等等這些話沒有多少道理，但因為出自他本義，就慢慢通用了，流傳下來了。他耳朵有些背。有一次從公社幹部那裡，把毛主席語錄「路線是個

綱，綱舉目張」，聽成了「路線是個椿，椿上釘椿」，有明顯的錯誤，但因為「椿」字出於他的口，馬橋人後來一直深信不疑，反而嘲笑我們知青把路線說成是「綱」，綱是什麼？

滿天紅 ▲

從六〇年代到七〇年代，是盛產「滿天紅」的年代。滿天紅是一種大燈壺，兩隻長長的壺嘴伸出去，吐出小指頭粗細的燈芯，燃著棉油或柴油，冒出滾滾的黑煙。用一根長長的竹竿挑一盞這樣的燈，捅破沉重的黑暗，給人們送來光亮。上嶺開荒，下田收禾，聚眾開會，列隊遊行，是這個年代常有的事情。這是一個白天不夠用的年代，夜晚也必須充滿著激動。白鐵匠們做出了一批批的滿天紅，銷路特別好。幹部們介紹哪個公社或哪個隊的革命形勢，常常用這樣的話：「你們去看看人家，人家滿天紅一上陣就是十幾盞！」

我落戶到馬橋時，趕上了當地「表忠心」的熱潮。向領袖表忠心，每天不可少的活動就是晚上到復查的堂屋裡去。只有他家的堂屋大一些，容得下全生產隊的勞動力。一盞昏昏的滿天紅掛得太高，燈下的人還是模模糊糊的黑影子，看不清楚。撞了一個人，不知是男是女。

大家對著領袖的像站好了，幹部一聲令下，勞動力們突然發出震耳欲聾的聲音，一口氣背下毛主席五六條語錄，把我們這些下放崽嚇了一跳。我們沒有想到馬橋人能記下這麼多，不免在他們革命的理論裡暈頭轉向。

過了一段，發現他們每次背誦的都一樣，就是那麼幾條，才放了心。

下放崽讀過書的，有城裡文憑的，很快記熟了更多領袖語錄，也可以滾瓜爛熟地一口氣吼出來，狠狠打擊他們的猖狂氣焰。他們敗下陣去，以後就老實一些了，掏出於絲來首先問下放崽要不要，背語錄的聲音也有些疲軟不振。

吼過之後，由一個幹部，一般來說是本義或者是羅伯，向牆上的毛主席簡要匯報當天的農事，然後怯怯地說：「你老人家好生睡覺呵。」

或者說：「今天下雪了，你老人家多燒盆炭火呵？」

牆上的毛主席似乎是默許了。大家這才攏著袖子散去，一個個撞入門外的颼颼寒風。

有一次兆青躲在人後打瞌睡，其他人都走光了，他還蹲在角落裡。復查一家人也沒有注意，關了門就睡覺。到了半夜才聽到有人大喊大叫，是兆青的聲音：你們好毒辣，想凍死我呵？

復查哭笑不得，只好怪滿天紅沒油了，晚上看不清。

可以想見，經過每天這樣的學習，大家嘴裡都有很多革命理論。不大相同的是，馬橋人有時候說出一些比較特別的毛主席語錄，比如：「毛主席說，今年的油茶長得很好」；「毛主席說，要節約糧食但也不能天天吃漿」；「毛主席說，地主分子不老實，就把他們吊起來」；「毛主席說，兆矮子不搞計畫生育，生娃崽只講數量不講品質」；「毛主席說，哪個往豬糞裡摻水，查出來就扣他的口糧穀」諸如此類。我打聽了很久，沒有人知道這些最高指示的出處，也沒有人知道誰是這些話的最初傳播者。

但人們十分認真地對待這些話，一次次在言談中引用。

當然也沒有什麼奇怪。我後來讀中國文學史，發現馬橋人沒有比歷史上一些儒學大師們幹得更

糟。那些人動不動就「徵聖」，其實也經常假託孔子，假託老子，假託荀子或孟子，編造聖言以唬人。漢朝大學者楊雄曾引用過大量孔子語錄，經後人查實，沒有幾條是真的。

△格

「格」是一個常用詞，跟「品格」、「資格」一類概念近義，但又不僅僅局限於此。有沒有格，失（音 she）不失格，是馬橋人對他人的基本評價尺度。一個人的資歷、學歷、出身、地位、信譽、威望、膽識、才幹、財產、善行或者劣跡，甚至生殖能力等等，都會使當事人的格發生變化。格又跟話份互為表裡和互為因果，有格的人自然有話份，有話份的人肯定有格。

復查的同鍋叔叔明啟，人稱明啟叔，曾經在長樂街學會了做白案。公社開大會，常常要他去做饅頭，這就給了他很大的格。每當有了這類機會，明啟叔的稱呼就變成了明啟爹，不只明啟自己臉上有了光，全馬橋的村民都覺得臉上有了光，碰到有外鄉人路過村裡，也不管人家認不認得他，馬橋人總要有意無意地隆重推出此人。要是聽的人一臉茫然，或者不表示特別的興趣，馬橋人的臉就會立時拉下來，滿眼透出鄙夷：你連明啟爹都不曉得？如果他正打算燒茶款待你，你的待遇就可能因為你的茫然或不屑變成了一碗冷冷的顏茶。

明啟做完饅頭回村，喜歡背著手在村裡走一圈，對看不順眼的事情指指點點。再調皮的後生子對他一身的饅頭味也敬畏三分，老老實實耷拉著腦殼不吭聲。有一次，明啟輕輕幾句話就嚇得一個叫「三耳朵」的後生不敢捉泥鰍，提了桶子往回溜，讓我們知青頗為吃驚。三耳朵平時是個天不怕地

不怕的角色。我湊到他耳邊問：「今天你何事這樣老實？」他一副自認倒楣的樣子，心服口不服地嘟

囔：「算他有格吧，老子今天不吃眼前虧。」

我這才開始注意起，同是馬橋人，有沒有格活得很不一樣。

羅伯有個乾崽從夷邊給他寄錢，等於寄了格給他。不然，光靠他的一把年紀，格大不到連本義也

讓他三分的地步。

兆青不會做饅頭也沒有乾崽寄錢，但一口氣生了六個兒子，也使他的格略略高升。村裡分紅薯或

豆子，到了他這一份，幹部手中的秤桿子總要挑高些，以示對他的尊重。

當然，有些臨時性的格就不無滑稽效果。比如外號黑相公的一個知青從城裡回來，帶來一瓶龍牌

醬油，同仲琪換了一隻山雞。這種醬油是名牌，據說在眼下還是貢品，年年都要送到北京為毛主席燒

紅燒肉的，地方上起碼要縣級幹部才沾得上邊。消息傳開，仲琪就享受了半個月的格，半個月內咳嗽

的底氣都足了許多。儘管他一滴半滴地用著醬油，終也架不住左右鄰舍三天兩頭來求。他央求公社幹

部和本義一次次來訪，眼看瓶子一天天空了，他的格也水落船低，恢復了原先的水準。架不住黑相公

再給他換一瓶龍牌醬油，他情願付出兩隻山雞。黑相公滿口答應，只是一直交不出貨，大約城裡的貢

醬油也開始緊俏了。

仲琪還想找明啟爹幫忙，另闢途徑尋找龍牌醬油，尋找他的格。但明啟爹的格大，仲琪吞吞吐

吐，幾次都沒有找到靠近他的機會，沒有找到說上話的機會。

明啟這一段忙著去公社做饅頭，做幹部們吃的饅頭，因此儼然成了半個幹部，如同皇帝騎過的馬

匹和蹲過的廁所都身價不凡。他忙著指導村裡各項工作。隊幹部們也高看他一眼，開會時見他一進門，就不明不白地讓出個座。他聽本義布署生產，一邊聽一邊點頭或者搖頭，表示贊同或者反對，有時還前言不搭後語地插上一段，大部分同馬橋公務無關，只關係到現在的天氣太涼麵不好發，以及鹼廠偷工減料，鹼粉不起作用等等與饅頭相干的事。隊幹部們也老老實實聽著，偶爾參與一下關於白案技術的討論。假使他這一天說得興起，耽誤幹部們的正事，那也無所謂，沒人敢對他下逐客令。

有點可惜的是，人一有了格，就容易昏頭，尤其是像明啟這種因某種機遇升格的人，更容易得志猖狂。他的饅頭名氣遠播，這沒錯，連縣裡有時開大會也會叫他去做白案。但他不知是第幾次進城的時候，認識了縣招待所掃地的李寡婦，一來二去，兩個人勾搭上了。寡婦畢竟是城裡人，見識不少，懂得床上如何溫存，還讓明啟乖乖交出了大批饅頭。到最後，明啟乾脆一不做二不休，把一整袋特批給縣府首長的高級麵粉扛到了李家，順手還捎去一個豬腦殼。

東窗事發，李寡婦丟了差事。明啟（爹的稱呼已經取消）則灰溜溜回了馬橋，從此再沒有給幹部做饅頭的機會。這還不說，他在村裡的地位一落千丈，人變得日漸猥瑣，休說是幹部們開會，就算開全體社員大會，也輪不到他發言。如果有什麼事非要人人都表個態，他慌慌地伸出個腦袋，說話聲若蚊蠅，惱得本義一次次呵斥：「大點講，大點聲講！又不是沒吃飯。」

他常常被派去幹最苦的活，工分也比別人低。

馬橋人恨鐵不成鋼，恨明啟貪財好色，把全村好端端的一份光榮輕易斷送，好像全村人都偷過麵粉和豬腦殼。於是他們時不時要把「失格」二字劈面摔給他一次，摔得他終日鬱鬱寡歡，不等我們離

開馬橋回城，竟然積鬱成疾，命歸黃泉。在這個不無殘忍的過程中，我明白格也可以集體化的。正因為明啟是馬橋不可多得的人物，他的格已經成了馬橋全村人的共同資本，才變得如此重要。他隨便放棄了這個格，就是對全村人的犯罪。

好多年以後，我回到馬橋，走在田埂上，聽見一群娃崽在樹下唱一首歌謠：

屁股彤紅的。
牛皮一聲叭，
看你吹牛皮，
警察打屁股，
脫褲又剮衣，
抓到褲襠縣，
當場被抓起，
明啟偷野雞，

……

我的心頭一震。沒想到事隔多年，明啟還活在馬橋，活在下一輩人的歌謠裡，以他的一袋麵粉，以他的失格立下了一塊不朽口碑。這塊碑說不定將在馬橋世世代代相傳，直到這個世界上沒有了本

義，沒有了復查或其他人，也沒有了我，甚至沒有了樹下這些唱歌的娃崽。只要還有語言，他就可能一直活下去，活入深深的未來。

△ 煞

馬橋女人的格一般來自男人。對於已婚女子來說，夫家有格即自己有格，夫家失格即自己失格；對於未婚女子來說，格主要取決於父親，沒有父親以後，格就隨其兄長。

當然也有例外情況。那一次在修公路的工地上，各村來的民工趕任務，搶工具、搶土方、搶飯搶菜，兵荒馬亂的。呼呼的寒風捲起一浪浪塵土，天上地下濁黃一片。擔土的夯地的拉車的，全被風颳得綽綽約約，活像光照不足的皮影子戲，不辨老少。

工地上沒有女人，民工都是隨地大小便。我剛剛抖完最後兩滴尿，看見幹部模樣的人來丈量土方和打灰線，其中一個穿著舊軍裝，棉帽包住頭，圍巾蒙住了大半個臉，正操一根竹竿，指揮另外兩個人跑來跑去地拉線。那人在風聲和高音喇叭干擾下，用力喊了些什麼，見對方沒聽見，就放下竹竿自己跑過去，把橫在灰線上的一塊大石頭掀下坡去。我當時對這人的力氣頗為佩服：要是換上我，起碼也得再喊個人來幫幫手。

復查一見那人，就有點緊張，搓著手說：「你看我們的品質還⋯⋯可以吧？」

那人拿竹竿朝填土的地方用力地插了幾下，抽出竹竿，量一量入土的深度。「騙誰呢？去，再夯兩輪。」

復查睜大眼，「我們都夯過五輪了。」

「那你們還是人？來撓癢的是吧？來捉蚊子的是吧？」

一句話嗆得我們沒脾氣。

我們跟著這個人去指揮所取鐵絲，一路上聽到別人叫他「萬部長」。一般來說，這人並不回答，頂多只是點點頭，或者笑一笑。「這個老貨，格還擺得好大。」同行的知青向我咕噥一句，沒想到竟讓幾米開外的萬部長聽到了。對方回過頭來，停住步子，用逼人的目光掃了我們一眼，算是一個無聲警告。

我們沒有料到此人的耳朵這麼靈，回擊是如此快捷和凌厲。一種不祥之兆襲來：碰到這號閻王爺可得小心點。

當天下午，我們才發現——哇，這姓萬的原是女流！事情是這樣：我那同伴去廁所，恰逢姓萬的從廁所出來，發現她摘了棉帽，一頭黑長髮從帽子裡滾落出來。我那同伴驚訝得發呆，憋著一泡尿跑回來報告。我也驚訝地去看，只見萬某正擠在一桌男人中間吃飯，不僅話音粗，喝酒也掄大杯，巾幗不讓鬚眉。照本地人的規矩，女人吃飯不上桌。一旦發現一張女人臉坐到飯桌前，不論她如何像男人，你的眼裡還是扎了沙子一般。

我後來才知道，她是張家坊人，本名萬山紅，當過民辦教師，也當過公社團委書記，下田可犁田，上山可砍樹，還在農機廠駕過拖拉機。應該承認，她摘下棉帽以後還是很有幾分姿色的，鮮明的輪廓，明快的眼風，下顎的線條特別有力。在男人堆裡走來走去，如同一把利刃在草料中砍來砍去。但她似乎不愛說話，同我們整個冬天一起修公路，也只用她稍稍沙啞的嗓音對我發出過「可

以」、「不行」、「吃飯吧」一類的指示，而且說話的時候，臉板得木瓜一樣。

說來也奇怪，她的話越簡短，就越顯出威力，眾人越難以違抗。用馬橋人的話來說，這叫有

「煞」，或者有「煞路」。「煞」是威嚴的意思，通「殺」；又有結束的意思，比如通常說文章或節目

「煞尾」。有煞的人，也可以理解為最後說話的人，一錘子定音的人。煞與女人的面孔聯繫起來，萬大

姊是我在鄉下見到的唯一。

在這樣一股煞氣之下，交往幾乎不是交往，同她怎麼熟也還相隔著十萬八千里。她碰到我就像碰

到空氣，眼光從我頭頂上方越去，不知落到了遠處的什麼地方。開始我們不習慣，尷尬尷尬地喊她不

是，不喊也不是，時間一長，見她對誰都是一樣，也就習以為常，不往心裡去。張家坊的人說起她

來，也只是笑一笑：莫說你們馬橋弓的人，我們同村的也沒一個同她有交情，誰都說不透她。她住在

我們那裡，就像沒有這個人一樣。

這麼說，她同任何人都熟不起來。

她只代表一種公務，因此在很多人那裡缺乏真實性，閉眼一想，只能把她當作似有似無的幻影。

有人說她來歷複雜，是當年一個土改工作隊長留下的種，所以當年有人偷偷拿錢供她讀高中。這種說

法不知是真是假。又有人說，她在「文革」中是縣城裡有名的學生頭，到過北京到過上海，挎過盒子

炮也蹲過大牢，還同中央什麼大首長一起照過相。這種說法也不知是真是假。還有人說，萬山紅快三

十了還沒談婚論嫁，是因為她的對象是空軍軍官，可惜入了林彪的政變「小艦隊」，一旦受挫，下了

大牢，好幾年沒有音訊。這種說法仍然不知是真是假。

煞

219

對於我來說，她永遠只是傳聞。她在傳聞中流失青春，漸漸有了中年人的膚色黯淡。有一次我看見她帶著幾個人來搞測量，為溪水改道做準備。我看見她走路的時候，背都有些駝了。幾個不正經的後生見她在路上走，唱一些歌來挑逗她。見她充耳不聞，便以污言穢語報復：

「哼，擺什麼格呢？也沒見攀上什麼高枝呵。」

「你以為還是什麼紅花女？肯定早就成了軍用品。要不奶子何事有這樣大？」

「莫看她裝正經，我就不信她一點都不想男人。你看她走路的樣子，屁股翹翹的，那還不是母狗起草？」

一陣浪笑。

她裝作沒聽見。

馬橋的兆青也在地上鋤棉花，取笑那幾個後生，說你們發了花癲呵，搞到萬姑娘頭上去了，也不看看人家是什麼人。人家是書記，是部長，好高的格，未必還嬲得進？未必還生得噁？

言下之意，格只是男人用物，一旦套到女人頭上，這個女人就算不得女人了，至少算不得純粹女人了，不宜後生們去下流。進一步說，格是一種消滅性別的禍害，太高的格對傳宗接代大都可能大有威脅。

不能說兆青的這些話有什麼道理。但萬山紅確實一直守身未嫁，到我離開馬橋的時候，她還是天馬行空獨來獨往。聽說一年多以後，她的親生父親從五七幹校回來官復原職，把她接到城裡去，讓她進了甘肅省一個國營大工廠。大家都不知後事如何。

△豺猛子

天子嶺的層層摺縐裡,藏著一個小小村寨,叫岔子弓。去那裡要經過一條小溪。水很冷,卻不深,上面有一些冒頭的石塊,可供過溪的行人落腳,三步兩跳,就過去了。這些石頭通常披掛青苔,臥在水草叢裡,沒有什麼特別。

我好幾次經過那裡,去岔子弓刷寫毛主席語錄或者去挑禾種。有一次,同行的人問我,過溪的時候發現什麼情況沒有。我想了想,說沒有。他說,你再想想。我再想了想,還是說沒有。他問,你記不記得水裡面有一塊長長的大岩頭?我記不起來了,在他的一再提醒下,才依稀有一點印象。是的,上一次過溪,大概在水流中部靠柳叢那邊,好像是有一塊長形岩石——我在上面落過腳,還蹲在上面洗過臉。也許。

同行人笑了。他說那根本不是岩頭。上次發大水,幾個放牛娃崽在嶺上看見,那塊長形岩石突然翻身打挺,在溪裡攪起一團渾水,順著大水游到下面去了——原來那是一活物:豺猛子。

豺猛子就是豺魚,也叫豺聾子,豺呆子。馬橋人說,這種魚吃魚,不吃草,性子最凶,有時候也最愨實,讓人踩了個把月動也不動。

這以後，我看見一些大岩石或者大木頭，都有一絲緊張和警惕。我擔心它們會突然扭動起來，化作什麼活物倏然逃去。任何爬滿青苔的地方，也許會突然裂開一隻黑洞洞的眼睛，衝著我漫不經心地眨一眨。

△寶氣

本義還有一個外號：「滴水佬」。取這個外號的是志煌。當時他在工地上吃飯，看見本義的筷子在碗邊敲得脆響，目光從眼珠子裡勾勾地伸出來，在肉碗裡與其他人的筷子死死地糾纏廝打。志煌突然驚奇地說：「你如何口水灑灑地滴？」

本義發現大家的目光盯著他，把自己的嘴抹了兩下：「滴水麼？」他抹去了一縷涎水，沒有抹去鬍碴子上的飯粒和油珠。

志煌指著他大笑：「又滴了！」

大家也笑。

本義扯上袖口再抹一把，還沒有抹乾淨，咕噥了一句，樣子有點狼狽。等他重新操起碗筷的時候，發現眨眼之間，肉碗裡已經空了。他忍不住朝周圍的嘴巴一一看去，好像要用目光一路追蹤那些肥肉坨子去了什麼地方，落入了哪些可惡的腸胃。

他後來對志煌頗有怨色。「吃飯就吃飯，你喊什麼？害得我今天吃一頓衛生飯，腸子枯得要起火！」

一般來說，本義並不是一個受不得取笑的人，公務之外，並不善於維護自己的威嚴。碰到別人沒

大沒小的一些話，有時只能裝裝耳聾——也確實有些聾。但他的聽覺在這一天特別好，面子特別要緊，因為工地上還有外村人，有公社何部長和姚部長。志煌在這種場合強調他的口水，就是志煌的寶氣了。他好歹是個書記，是個一隊之長吧？

「寶」是傻的意思，「寶氣」就是傻氣。志煌的寶氣在馬橋出了名。比如他不懂得要給幹部讓座，不懂得夯地如何做假，也不懂得女人每個月都有月經。他以前打自己的婆娘下手太狠，顯得很寶氣。天子嶺上的三個石場，是他一釺一釺咬出來的。他打出來的岩頭可以堆成山，用到不知道什麼地方去了，但是他什麼時候一走神，還把這些岩頭看成是他的，走到哪裡一看到眼熟的石料，就有些戀戀不捨，臨走還要朝它屙泡尿，搞得躁氣沖天。就因為這一點，很多客戶同他橫豎說不通道理，對他屙尿的寶氣無可奈何。只好恨恨地罵他——「煌寶」的名字就是這麼罵出來的。

他給一戶人家洗磨子，就是把舊磨子翻新。閒談時談起唱戲，同主家看法不大一樣，竟爭吵得紅了臉。東家說，你走你走，我的磨子不洗了。志煌收拾起工具起身，走出門想起什麼事，回來補上一句：「你不洗了不礙事，只是這副磨子不是你的。你剛才說錯了話，明白不？」

東家想了半天還是不明白。

志煌走出幾步，還恨恨地回頭：「曉得麼？這磨子不是你的！」

「未必是你的？」

「也不是我的，是我爹的。」

他的意思是：磨子是他爹打的，就是他爹的。

還有一次，有個雙龍弓的人到石場來哭哭泣泣，說他死了個舅舅，沒有錢死不成了，只怕死得成了，求志煌賒他一塊墳碑。志煌看他哭得可憐，說算了算了，賒什麼？你拿去就是，保證你舅舅死得成。這個時候的石說完挑一塊上好的青花石，給他鑿了塊碑，還搭上一副繩子，幫他抬下嶺，送了一程。這個時候的石場早已收歸集體。復查是生產隊會計，發現他把石碑白白送人，一定要他追回錢來，說他根本沒有權利做這樣的人情。兩人大吵了一架。志煌黑著一張臉說：「岩頭是老子炸的，老子破的，老子裁的，老子鑿的，如何變成了隊上的？豈有此理！」

復查只好扣扣他的工分了事。

志煌倒不在乎工分，任憑隊幹部去扣。他不在乎岩頭以外的一切，那些東西不是出自他的手，就與他沒有太大的關係，他想不出什麼要在乎的道理。當年他同水水打離婚的時候，水水娘家來的人差不多把他家的東西搬光了，他也毫不在乎，看著人家燒茶。他住在上村，不遠處的坡上有一片好竹子。到了春天，竹根在地下亂竄，到處跑筍，有時冷不防在什麼人的菜園子裡、或者床下、或者豬欄裡，冒出粗大的筍尖來。照一般的規矩，筍子跑到哪一家，就是哪一家的。志煌明白這一點，只是一做起來就有些記不住。他去菜園子裡搭瓜棚的時候，看見園子裡有一個陌生的人，大概是個過路客，一看見他就慌慌地跑。那人不熟路，放著大路不走偏往溝那邊跳，志煌怎麼喊也喊不住，眼睜睜地看著那人一腳踩空，落到深深的水溝裡，半個身子陷入淤泥。一聲大叫，那人的懷裡滾出一個肥肥的筍子。

顯然是挖了志煌園子裡的筍。志煌視若無睹，急急地趕上去，從腰後抽出柴刀，順手砍斷一根小樹，把樹幹的一端放下溝，讓溝下的人抓住，慢慢地爬上溝。

過路客臉色慘白，看著志煌手裡的刀，一身哆哆嗦嗦。見他沒有什麼動作，試探著往大路那邊移動碎步。

「喂，你的筍——」志煌大喝一聲。

那人差點摔了一跤。

「你的筍子不要了？」

他把筍子甩過去。

那人從地上撿了筍子，呆呆地看著志煌，實在沒有看出什麼圈套和什麼危險，這才瘋也似的飛跑，一會兒就不見了。志煌看著那人的背影有些好笑，好一陣以後才有疑疑惑惑的表情。

事後，村裡人都笑志煌，笑他沒捉到賊也就算了，還砍一棵樹把賊救出溝來。更可笑的是，怕賊走了一趟空路，送都要把自家的東西送上前去。志煌對這些話眨眨眼，只是抽他的菸。

△寶氣（續）

我得再說一說志煌的「寶氣」。

我曾經看見他帶著幾個人去供銷社做工，砌兩間屋。待最後一片瓦落位，本義不知從哪裡拱出來，檢查功夫品質，踢一踢這裡，拍一拍那裡，突然沉下臉，硬說岩牆沒砌平整，灰漿也吃少了，要剮去所有人的工分。

志煌找他理論，說你怎麼捏古造今？你懂個卵，我是岩匠，我還不曉得要吃好多灰漿才合適？本義冷笑一聲：「是你當書記還是我當書記？是你煌醒子說話算數，還是我書記說話算數？」看來是存心跟志煌過不去了。

旁人出來打圓場，扯開了志煌，對本義說好話。兆青還跟著書記的屁股轉，一個勁地遞菸絲，見他進茅房，就在茅房外面等。看他去了屠房，又在屠房外面等。總算看見他抽著一支菸從屠房裡出來，總算陪著他把路邊的黃瓜和辣椒視察了一番，還是沒法讓他的目光回轉來，正眼看兆青一下。供銷社敲鐘吃飯了。本義興匆匆地摩拳擦掌：「好，到黃主任屋裡吃團魚去。」

簡直掩飾不住揚眉吐氣的快感。

他還沒走，剛落成的倉房那邊突然發出咚的一聲，響得有點不規不矩。有人匆匆來報信，說不得

了，不得了哇，煌寶在那裡拆屋啦。本義一怔，急忙打點精神趕過去，發現志煌那傢伙確實發橫，口裡不乾不淨，一個人抄起流星錘朝牆基猛砸。

新牆如豆腐。一塊岩頭已經翹出一頭，另一塊正在鬆動，粉渣稀稀拉拉往下瀉。牆基要是空了，牆體還不全倒下來？旁邊是供銷社的老黃，怎麼也拉不住他的手。老黃看見了本義：「這是何苦呢？砌得好好的拆什麼？你們不心疼你們的勞力，我還心疼我的磚哩。四分錢一口磚你曉不曉呵？」

本義咳了一聲，宣告他的到場。

志煌看了他一眼，沒有搭理。

煌寶不明白咳嗽的意思，或者是不願明白咳嗽的意思。

「煌拐子！」

「你發什麼寶氣！」本義的臉紅到了頸根，「拆不拆，也要等幹部研究了再說。這裡哪有你的話份？我拆我的岩頭，礙你什麼事了？」

志煌朝手心吐了一口唾液，又操起了岩錘。「岩頭是我在嶺上打的，是我車子推來的，是我砌上牆的。一說到岩頭，誰也不可能同志煌把道理說清了，也不可能阻擋他瞪眼睛了。仲琪上前給書記幫腔：「煌伢子，話不能這樣說，岩頭不是供銷社的，也不是你的。你是隊上的人，你打的岩頭就是隊上的。」

「這是哪來的道理?他滴水老倌也是隊上的,他的婆娘也成了隊上的,是人都睡得,是不是?」

大家偷偷笑。

本義更加氣得沒話好說,滑出位置的下巴好一陣才拉了回原處。「好,你砸,砸得好,砸得好!老子,今天不光要扣你們的工分,還要罰得你們喊痛。不跟你們一二一,你們不曉得釘子是鐵打的,豬婆是地上跑的。」

聽說要罰,形勢開始逆轉,好幾個民工都變了臉色,上前去把志煌拖的拖,攔的攔。有的則往他手裡塞菸絲。

「何必呢?有話好說,有話好說。」

「你莫害了別個。」

「剐工分就剐工分,你拆什麼屋呵?」

「這牆我也有一份,你說砸就砸麼?」

……

志煌氣力大,肩膀左右一擺,把兩旁的人都甩開了。「放心,我只要我的岩頭,你們的我碰都不碰。」

這實際上是廢話。他今天砌的是岩石,統統充當牆基。要是把下面都掏了,上面的牆還可以懸在空中不成?

本義一揚手往遠處走了。不過,跟著他屁股後頭而去的兆青很快就跑來,笑眯眯地說,本義已經

轉了彎，說工分一分不剷，暫時不剷，以後再算帳。大家一臉的緊張才鬆弛下來。見煌寶停了錘，七手八腳把他剛砸下來的岩頭補回去。

回村的路上，好多人爭著幫志煌提工具籃子，說今天要不是煌寶在場，大家不都被滴水老倌活活地收拾了？不成了砧板上的肉？他們前呼後擁地拍志煌的馬屁，「煌寶」前「煌寶」後地叫個不停。

在我看來，此刻的「寶」字已沒有貶義，已回復了它的本來面目：寶貴。

△ 雙獅滾繡球

志煌以前在舊戲班子裡當過掌鼓佬，也就是司鼓。他打出的一套「鳳點頭」、「龍門跳」、「十還願」、「雙獅滾繡球」之類的鑼鼓點子，是一股讓人熱血奔放豪氣貫頂的旋風，是一串劈頭而來的驚雷。有很多切分和附點音節，有各種危險而奇特的突然休止。若斷若接，徐疾相救，在絕境起死回生，在巔峰急轉直下。如果有一種東西可以使你每一根骨頭都鬆散，使你的每一塊肌肉都錯位，使你的視覺跑向鼻子而味覺跑向耳朵腦子裡的零件全部稀里嘩啦，那麼這種東西不會是別的，就是志煌的「雙獅滾繡球」。

一套「雙獅滾繡球」，要打完的話，足足需要半個鐘頭。好多鼓都破在這霹靂雙獅的足下——他打岩錘的手太重了。

村裡好些後生想跟他學這一手，但沒有人學得會。

他差一點參加了我們的毛澤東思想文藝宣傳隊。他興匆匆地應邀而來，一來就修油燈，就做鑼錘，就用歪歪斜斜的字在紅紙上寫什麼宣傳隊制度，事事都很投入。對什麼人都笑一笑，因為太瘦，臉盤子小，笑的時候下半張臉都是兩排光潔白牙。但他只參加了一天，就沒有再來了，第二天還是去嶺上打岩頭。復查去喊他，許給他比別人高兩成的工分，也沒法讓他回轉。

主要原因，據說是他覺得新戲沒有味道，他的鑼鼓也沒有施展天地。什麼對口詞、三句半、小演唱、豐收舞，這些都用不上雙獅來湊興。好容易碰上一折革命樣板戲，是新四軍在老百姓家裡養病，才讓他的雙獅露個頭，導演一揮手就宰了。

「我還沒打完！」他不滿地大叫。

「光聽你打，人家還唱不唱呵？」導演是個縣文化館派來的，「這是一段文場戲，完了的時候你配一個收板就行了。」

志煌陰沉著臉，只得再等。

等到日本鬼子登場，場上熱鬧了，武場戲開始了，可以讓志煌好好露一手了吧？沒料到導演更可惡，只准他敲流水點子，最後響幾下小鑼。他不懂，導演就搶過錘子，敲兩下給他看。「就這樣，曉得不？」

「什麼牌子？」

「牌子？」

「打鑼鼓也沒個牌子？」

「沒有牌子。」

「娃崽屙屎一樣，想丟一坨就丟一坨？」

「你呀你，只曉得老一套，動不動就滾繡球滾繡球。日本鬼子上場了，滾什麼繡球呢？只能讓他們屁滾尿流！」

志煌無話可說，只得屈就。整整一天排練下來，他的鑼鼓打得七零八落，不成體統，當然讓他極端失望，只得告退。他壓根上看不起導演，除了薛仁貴、楊四郎、程咬金、張飛一類，他也根本不相信世界上還有什麼好戲，不相信世界上還有很多他應該驚奇的事物。給他講一講電影戲特技，講世界上最大的輪船，講地球是圓的因此人一直往前走就可以回到原地，講太空中沒有重力一個娃崽的小指頭也舉得起十萬八千斤，如此等等，他統統十分冷靜地用兩個字總結：

「誑人。」

他並不爭辯，也不生氣，甚至有時候還有一絲微笑，但他舔舔嘴巴，總是自信地總結：「誑人。」

他對下放崽一般來說多兩分客氣，對知識頗為尊敬。他不是不好奇，不好問，恰恰相反，只要有機會，他喜歡接近我們這些讀過中學的人，問出一些他百思不得其解的問題。他只是對包括馬克思著作在內的各種新事物疑心太深，對有關答案判斷太快，太乾脆，常常一口否決沒有商量餘地。

「又誑人。」

比方，他是看過電影的，但絕不相信革命樣板電影裡的武打功夫是練得出來的。「練？拿什麼練？人家是從小就抽了骨頭的，只剩下皮肉。莫看他們在台子上拳打腳踢，打得你眼花，一下了台，連擔空水桶都挑不起。」

在這個時候，你要說服他，讓他相信那些武打演員的骨頭還在，挑水肯定沒有問題，比登天還要難。

洪老闆 ▲

收工的時候，我看見路邊有一隻小牛崽，沒有長角，鼻頭圓滿，大眼黑亮，毛茸茸地伏在桑樹下吃草。我想扯一扯牠的尾巴，剛伸出手，牠長了後眼一般，頭一偏就溜了。我正想追趕，遠處一聲平地生風的牛叫，一頭大牛瞪著雙眼，把牛角指向我，地動山搖地猛衝過來，嚇得我丟了鋤頭就跑。

過了好一陣，才心有餘悸地來撿走鋤頭。

趁著撿鋤頭，我討好地給小牛餵點草，剛把草束搖到牠嘴邊，遠處的大牛又嚎叫著向我衝來，真是好歹都不吃，蠢得讓人氣炸。

大牛一定是小牛的母親，所以要同我拚命。我後來才知道，這隻牛婆子叫「洪老闆」，因生下來耳朵上就有一個缺口，人們就認定是羅江那邊某某人的轉世。那個當年叫洪老闆的人左耳上也有個缺口，是個大土豪，光老婆就有七八房。人們說他上輩子作惡太多，老天就判他這一輩子做牛，給人們拉犁拖耙，還要挨鞭子，是還前世孽債。

人們又說，洪老闆投胎到馬橋來，真是老天有眼，辦事公道。當年紅軍發動農民打土豪，馬橋的人開始不敢動，見龍家灘的人把土豪戴高帽了，還砍了人家的腦殼，並沒有什麼事，這才躍躍欲試。可惜的是，等到他們拉起了農會，喝了雞血酒，做了紅旗子，才發現時機已經錯過……附近像樣一點的

土豪全部打光了，糧倉裡的只剩幾隻老鼠。他們不大甘心，打聽來打聽去，最後操著梭標火銃過了羅江，到洪老闆所在的村子去革命。他們沒有料到那裡的農民也革命了，同樣喝了雞血酒，同樣做了紅旗子，只是說洪老闆是他們的土豪，只能由他們來革，不能由外鄉的人來革。肥水不流外人田麼。兩個村子的農會談判，沒談攏，最後動起武來。馬橋（不僅僅是馬橋）這邊的人認為那邊的人保護土豪，是假農會搞假革命，架起松樹砲就朝村子裡轟。那邊也不示弱，鑼聲敲得震天響，下了全村人的門板，抬來幾架脫粒去糠的風車，堵住了入村路口，還粉槍齊發，竹箭紛飛，射得林子裡的樹葉刷刷響，碎葉紛紛下落。

一仗打下來，馬橋這邊傷了兩個後生，還丟了一面好銅鑼，全班人馬黑汗水流整整餓了一天。他們無法相信那邊農民兄弟的革命覺悟竟然這樣低，想來想去，一口咬定是洪老闆在那邊搞陰謀。對洪老闆的深仇大恨就是這樣結下來的。

他們現在很滿意，事情公平合理，老天爺讓當年的洪老闆來給馬橋人背犁，累死在馬橋，算是合理補償。這年夏天，上面抽調一些牛力去開茶場，隊上只剩下兩頭牛，牛也就特別累。犁完最後一丘晚稻田，洪老闆呼哧呼哧倒在滾燙的泥水裡，再也沒有爬起來。人們摸摸它的鼻子，發現它沒氣了。把它抬回牛場宰了，發現它的肺已經全部充血，差不多每一個肺泡都炸破，像是一堆血色爛瓜瓤，被屠夫丟在木盆裡。

三毛 ▲

我還要說一頭牛。

這頭牛叫「三毛」，性子最烈，全馬橋只有煌寶治得住牠。人們說牠不是牛婆生下來的，是從岩石裡蹦出來的，就像《西遊記》裡的孫猴子，不是什麼牛，其實是一塊岩頭。煌寶是岩匠，管住這塊岩頭是順理成章的事。這種說法被人們普遍地接受。

與這種說法有關，志煌喝牛的聲音確實與眾不同。一般人趕牛都是發出「嘸——嘸——嘸」的聲音，獨有志煌趕三毛是「溜——溜溜」。「溜」是岩匠常用語。溜天子就是打鐵錘。岩頭豈有不怕「溜」之理？倘若三毛與別的牛鬥架，不論人們如何潑涼水，這種通常的辦法不可能使三毛善罷甘休。唯有志煌大喝一聲「溜」，牠才會驚慌地掉頭而去，老實得棉花條一樣。

在我的印象裡，志煌的牛功夫確實好，鞭子從不著牛身，一天犁田下來，身上也可以乾乾淨淨，泥巴點子都沒有一個，不像是從田裡上來的，倒像是衣冠楚楚走親戚回來。他犁過的田裡，翻捲的黑泥就如一頁頁的書，光滑發亮，細膩柔潤，均勻整齊，溫氣蒸騰，給人一氣呵成行雲流水收放自如神形兼備的感覺，不忍觸動不忍破壞的感覺。如果細看，可發現他的犁路幾乎沒有任何敗筆，無論水田的形狀如何不規則，讓犁者有布局犁路的為難，他仍然走得既不跳埂，也極少犁路的交叉或重複，簡

直是一位丹青高手惜墨如金，絕不留下贅墨。有一次我看見他犁到最後一圈了，前面仍有一個小小的死角，眼看著只能遺憾地捨棄。我沒料到他突然柳鞭爆甩，大喝一聲，手抄犁把偏斜著一抖，死角眨眼之間居然乖乖地也翻了過來。

讓人難以置信。

我可以作證，那個死角不是犁翻的。我只能相信，他已經具備了一種神力，一種無形的氣勢通過他的手掌貫注整個鐵犁，從雪亮的犁尖向前迸發，在深深的泥土裡躍躍勃動和擴散。在某些特殊的時刻，他可以犁不到力到，力不到氣到，氣不到意到，任何遙遠的死角要它翻它就翻。

在我的印象裡，他不大信賴貪玩的看牛崽，總是要親自放牛，到遠遠的地方，尋找乾淨水和合口味的草，安頓了牛以後再來打發自己。因此他常常收工最晚，成為山坡上一個孤獨的黑點，在熊熊燃燒著絳紫色的天幕上有時移動，有時靜止，在滿天飛騰著的火雲裡播下似有似無的牛鈴鐺聲。這時候，一顆顆疏星開始醒過來了。

沒有牛鈴鐺的聲音，馬橋是不可想像的，黃昏是不可想像的。缺少了這種喑啞鈴聲的黃昏，就像沒有水流的河，沒有花草的春天，只是一種輝煌的荒漠。

他身邊的那頭牛，就是三毛。

問題是，志煌有時候要去石場，尤其是秋後，石場裡的活比較忙。他走了，就沒有人敢用三毛了。有一次我不大信邪，想學著志煌「溜」牠一把。那天下著零星雨點，閃電在低暗的雲層裡抽打，兩條充當廣播線的赤裸鐵絲在風中搖擺，受到雷電的感應，一陣陣地洩下大把大把的火星。裸線剛好

横跨我正在犁著的一塊田，凌駕在我必須來回經過的地方，使我提心吊膽。一旦接近它，走到它的下面，忍不住腿軟，一次次屏住呼吸扭著頸根朝上方警戒，看空中搖來盪去的命運之線潑下一把火花，擔心它引來劈頭蓋腦的震天一擊。

看到其他人還在別的田裡頂著雨挖溝，我不好意思擅自進屋，不想顯得自己太怕死。

三毛抓住機會捉弄我。越是遠離電線的時候，牠越跑得歡，讓我拉也拉不住。越是走到電線下面，牠倒越走得慢，又是屙尿，又是吃田邊的草，一個幸災樂禍的樣子。最後，牠乾脆不走了，無論你如何「溜」，甚至上前推牠的屁股，牠身體後傾地頂著，四蹄在地上生了根。

牠剛好停在電線下面。火花還在傾潑，劈劈啪啪地炸裂。我沒有料到牠突然大吼一聲，拉得犁頭一道銀光飛出泥土，朝岸上狂奔。我的柳鞭抽毛了，斷得越來越短。我沒有料到牠突然大吼一聲，拉得犁頭一道銀光飛出泥土，朝岸上狂奔。我的柳

在遠處人們一片驚呼聲裡，牠拉得我一個趔趄，差點撲倒在泥水裡。犁把從我手裡飛出，鋒利的犁頭向前盪過去，直插三毛的一條後腿，無異在那裡狠狠劈了一刀。牠可能還沒有感覺到痛，躍上一個一米多高的土埂，晃了一下，踩得大塊的泥土嘩啦啦塌落，總算沒有跌下來，但身後的犁頭插入了岩石縫裡，發出劇烈的嘎嘎聲。

不知是誰在遠處大叫，但我根本不知道叫的是什麼。直到事後很久，才回憶起那人是叫我趕快拔出犁頭。

已經晚了。插在石縫裡的犁頭咣的一聲別斷，整個犁架扭得散了架。鼻繩也拉斷了。三毛有一種獲得解放的激動，以勢不可擋的萬鈞之力向嶺上呼嘯而去，不時出現步法混亂的扭擺和跳躍，折騰著

從來未有過的快活。

這一天，牠鼻子拉破，差點砍斷了自己的腿。除了折了一張犁，牠還撞倒了一根廣播電線桿，撞翻一堵矮牆，踩爛了一個籮筐，頂翻了村裡正在修建的一個糞棚——兩個搭棚的人不是躲閃得快，能否留下小命還是一個問題。

我後來再也不敢用這條牛。隊上決定把牠賣掉時，我也極力贊成。

志煌不同意賣牛。他的道理還是有些怪，說這條牛是他餵的草，他餵的水，病了是他請郎中灌的藥，他沒說賣，哪個敢賣？幹部們說，你用牛，不能說牛就是你的，公私要分清楚。牛是隊上花錢買來的。志煌說，地主的田也都是花了錢買的，一土改，還不是把地主的田都分了？哪個種田，田就歸哪個，未必不是這個理？

大家覺得他這個道理也沒什麼不對。

「人也難免有個閃失。關雲長還大意失荊州，諸葛亮是殺了他，還是賣了他？」等到人家都不說了，也走散了，志煌一邊走還能一邊對自己說出一些新詞。

三毛沒有賣掉，只是最後居然死在志煌手裡，讓人沒有想到。他拿腦殼保下了三毛，說這畜生要是往後還傷人，他親手劈了牠。他說出了的話，不能不做到。春上的一天，世間萬物都在萌動，暖暖的陽光下流動著聲音和色彩，分泌出空氣中隱隱的不安。志煌趕著三毛下田，三毛突然全身顫抖了一下，眼光發直，拖著犁頭向前狂跑，踩得泥水嘩嘩嘩濺起一片此起彼伏的水簾。志煌措手不及。他總算看清楚了，三毛的目標是路上一個紅點。事後才知道，那是鄰村的一個婆

娘路過,穿一件紅花襖子。

牛對紅色最敏感,常常表現出攻擊性,沒有什麼奇怪。奇怪的是,從來在志煌手裡服服貼貼的三毛,這一天瘋了一般,不管主人如何叫罵,統統充耳不聞。不一會,那邊傳來女人薄薄的尖叫。

傍晚的時分,確切的消息從公社衛生院傳回馬橋,那婆娘的八字還大,保住了命,但三毛把她挑起來甩向空中,摔斷了她右腿一根骨頭,腦袋栽地時又造成了什麼腦震盪。

志煌沒有到衛生院去,一個人捏著半截牛繩,坐在路邊發呆。

他從落霞裡走回村,把三毛繫在村口的楓樹下,從家裡找來半盆黃豆塞到三毛的嘴邊。三毛大概明白了什麼,朝著他跪了下來,眼裡流出了混濁的眼淚。他已經取來了粗粗的麻索,挽成圈,分別套住了畜生的四隻腳。又有一桿長長的斧頭握在手裡。

村裡的牛群紛紛發出了不安的叫聲,與一浪一浪的回音融會在一起,在山谷裡激盪。夕陽突然之間黯淡下去。

他守在三毛的前面,一直等著牠把黃豆吃完。幾個婦人圍了上來,有復查的娘,兆青的娘,仲琪婆娘,她們揪著鼻子,眼圈有些發紅。她們對志煌說,遭孽遭孽,你就饒過牠這一回算了。她們又對三毛說,事到如今,你也怪不得別人。某年某月,你鬥傷了張家坊的一鬥牛,你有沒有錯?某年某月,你鬥死了龍家灘的一頭牛,你知不知罪?有一回,你差點一腳踢死了萬玉他的娃崽,早就該殺你的。最氣人的是另一回,你黃豆也吃了,雞蛋也吃了,還是懶,不肯背犁套,就算背上了,四五個人打你你也不走半步,只差沒拿轎子來抬你,招人嫌麼。

她們一一歷數三毛的歷史污點，最後說，你苦也苦到頭了，安心地去吧，也莫怪我們馬橋的人手

狠，也是沒辦法的事情呵。

復查的娘還眼淚汪汪地說，早走也是走，晚走也是走，你沒看見洪老闆比你苦得多，死的時候犁

套都沒有解哩。

三毛還是流著眼淚。

志煌臉上沒有任何表情，終於提著斧子走近了牠——

沉悶的聲音。

牛的腦袋炸開了一條血溝，接著是第二條，第三條……當血霧噴得尺多高的時候，牛還是沒有反

抗，甚至沒有叫喊，仍然是跪著的姿態。最後，牠晃了一下，向一側偏倒，終於沉沉地垮下去，如泥

牆委地。牠的腳盡力地伸了幾下，整個身子直挺挺地橫躺在地，比平時顯得拉長了許多。平時不大容

易看到的淺灰色肚皮完全暴露。血紅的腦袋一陣陣劇烈地抽搐，黑亮亮的眼睛一直睜大著盯住人們，

盯著一身鮮血的志煌。

復查他娘對志煌說：「遭孽呵，你喊一喊牠吧。」

志煌喊了一聲：「三毛。」

牛的目光一顫。

志煌又喊了一聲：「三毛。」

牛眼中有幸福的一閃，然後寬大的眼皮終於落下，身子也慢慢停止了抽搐。

鳴。

整整一個夜晚，志煌捧著頭，一言不發，就坐在這雙不再打開的眼睛面前，直到第二天早上雞

△ 掛欄

馬橋的牛都有各自的名字。人們對牛還有很多說法，比如牛中間有「懂」牛，是指悟性好的牛；有「掛欄」的牛，是指養得親的牛，不大容易被盜牛賊拐走。三毛雖然脾氣醜一點，倒是一條掛欄的牛。

牠死的兩個多月前，兩天沒有見影子，隊上派人四處尋找也一無所獲，都以為牠是找不回來了，被盜牛賊殺了或賣了。沒料到第三天晚上，我正在志煌的屋裡下棋，志煌解了手回頭，說他的牛鞭在牆上跳，肯定是有事了，有事了。興許是三毛回來了。我們還剛剛出門，就聽見有三毛的叫聲，看見牛欄房前有一團熟悉的黑影。

牠正在用頭角嘎嘎嘎嘎地頂著欄木，想進欄裡去。牠鼻子上吊著半截牛繩，尾巴不知為何斷了大半，渾身有很多血痕，鬃毛亂糟糟的，明顯地瘦了下去。牠想必是從盜牛賊那裡逃出來以後在嶺上鑽來鑽去，走了很遠很遠的路。

△清明雨

我無話可說，看見山谷裡的雨霧一浪一浪地橫掃而至，撲濕了牛欄房的土牆，撲皺了水田裡一扇扇順風展開的波紋，一輪輪相繼消逝在對岸的蘆草叢裡。於是草叢裡驚飛出兩三隻無聲的野鴨。溪流的和聲越來越宏大了，但也越來越細碎了，以致無法細辨牠們各自本來的聲音，也不知道牠們來自何處，只有天地間轟轟轟轟的一片，激盪得地面隱隱顫抖。我看見門口有一條濕淋淋的狗，對著滿目大雨驚恐地叫喚。

每一屋檐下都有一排滴滴答答的積水窩，盛滿了避雨者們無處安放的目光，盛滿了清明時節的苦苦等待。

滿山樹葉都發出淅淅瀝瀝的碎響。

春天的雨是熱情的，自信的，是浩蕩和酣暢，是來自歲月深處蓄勢既久的噴發。比較來說，夏天的雨顯得是一次次心不在焉的敷衍，秋天的雨是一次蟇然回首的恍惚，冬天的雨則是冷漠。恐怕很難有人會像知青這樣盼望著雨，這樣熟悉每一場雨的聲音和氣味，還有在肌膚上留下的溫度。因為只有在雨天，我們才有可能拖著疲乏的身體回家，喘一口氣，伸展酸麻的手足，享受彌足珍貴的休息機會。

我的女兒從不喜歡雨。春天的雨對於她來說，意味著雨具的累贅，路上的滑倒，雷電的可怕，還有運動會或者郊遊的改期。她永遠不會明白我在雨聲中情不自禁的振奮，不會明白我一個個關於鄉下日子的夢境裡，為什麼總有傾盆大雨。她永遠錯過了一個思念雨聲的年代。

也許，我應該為此慶幸？

現在，又下雨了。雨聲總是給我一種感覺：在雨的那邊，在雨的那邊的那邊，還長留著一行我在雨中的泥濘足跡，在每一個雨天裡浮現，在雨浪飄搖的山道上變得模糊。

△不和氣

我最初聽到這個詞是在羅江過渡的時候，碰上發大水，江面比平時寬了幾倍。同船有兩個面生的女子，大約是遠道而來的，一上船就用斗笠遮住了自己的臉，只露出兩隻眼睛。船家對她們打量了一下，揚揚手要她們下去。兩個女子沒辦法，下船各自用河泥在臉上抹了兩下，抹出一個花臉，相互對視笑得直不起腰，才摀住肚子咯咯地上了船。

我對這件事十分驚異：為什麼要畫出一張鬼臉？

船家說：「十個毛主席也管不了龍六爹發大水。一船人的命，出了事我擔待不起呵。」

船上立即有人附和，是的是的，水火無情，還是小心點好。他們說起以前的某月某日，某位女子也是好不和氣，害得船翻了，人落到水裡，怎麼遊也到不了岸，硬是碰了鬼。

我後來才知道，「不和氣」就是漂亮。這個渡有個特別的規矩，碰到風大水急的時候，不醜的婆娘不可過渡，漂亮的姑娘甚至不可靠近河岸。這種規定的理由是：很久以前這裡有個醜女，怎麼也嫁不出去，最後就在這個渡口投江而亡。自那以後，醜女陰魂不散，只要見到船上有標緻女人，就要妒忌得興風作浪，屢屢造成船毀人亡的事故。故過渡女人稍有姿色的，只有污了面，才可保自己的平安，也使一船人免遭災禍。

我不大在意和相信這一類傳說，也沒有去具體研究美色與災禍之間的關係，比方美色是否確實較為容易引起人們走神、亂意、發痴發狂？是否較為容易成為放棄職責、大意操作之類的誘因？使我感興趣的是「不和氣」這個詞。它隱含著一種讓人有點不寒而慄的結論：美是一種邪惡，好是一種危險，美好之物總是會帶來不團結、不安定、不圓滿，也就是一定會帶來紛爭和仇恨，帶來不和氣。一塊美玉和氏璧曾引起趙國與秦國大動干戈，一個美女海倫曾引發了希臘遠征特洛伊長達十年的戰爭，大概都可以作為這個詞的註解。依此邏輯，世人只有隨波逐流，和光同塵，不當出頭的椽子，往自己的臉上抹泥水，才有天下的太平。

馬橋語言中的「不和氣」也泛指好，傑出，優秀，卓爾不群，出類拔萃，超凡出眾等等。以這個詞來描述本義的年輕婆娘鐵香，外人沒有理由不為她的前景捏一把汗。

馬橋人認為漂亮女人有一種氣味，一種芬芳但是有害的氣味。本義的婆娘鐵香從長樂街嫁到馬橋來，就帶來了這種氣味。剛來兩個多月，馬橋的黃花就全死了。看著一枝枝金光燦爛的黃花，摘到籃子裡還沒提到家，就化成了一泡黑水，拈都拈不起來。老人們說，馬橋後來再也不種黃花，只能種一些模樣醜陋的瓜果，茄子、苦瓜、南瓜、核桃什麼的，就是這個原因。

鐵香的氣味也使六畜躁動不安。復查家的一條狗，自從看見鐵香以後就變了一條瘋狗，只得用槍打死。仲琪原來有一頭腳豬，也就是種豬，自從鐵香來了以後就怎麼也不上架了，只得閹了牠以後殺肉。還有一些人家的雞瘟了，鴨瘟了，主人都怪鐵香沒有做好事。最後，連志煌手裡叫三毛的那頭牛，也朝鐵香發過野，嚇得她哇哇大叫。要不是煌寶眼明手快把畜生的鼻繩拉住，她就可能被頂到坡下去了。

婦人們對鐵香一直有些不以為然，只是礙著本義當書記的面子，不好怎麼發作。其中也有些人不大甘休，看見鐵香來了，有心沒心找一些話頭來刺她。她們大談自己來馬橋夫家拜堂放鍋時的排場和講究，歷歷如數家珍。無非是大舅子抬嫁妝，二舅子吹喇叭，三舅子放手銃，四舅子舉紅傘，諸如此類的誇張。杭州的絲繡有好多，東洋的褂子有好多，手腕上的鐲子如何大，耳朵上的環子又如何亮，

她們說得不厭其煩。

鐵香一聽到這些，臉色發白。

有一次，一個婆娘故作驚訝地說：「哎呀呀，你們都是這樣的好命，這樣體面，那我只有死路一條了。我當初放到這個鬼地方來，只夾了一把傘，除了褂子就是一坨肉！」

眾人笑。

這個婆娘顯然是揭鐵香當初的窮。鐵香忍不住，匆匆跑回家去捶枕頭捶被子哭了一場。

鐵香其實是在大戶人家裡長大的，家裡曾經有保姆和僕人，做菜離不開醬油、茴香和香油，也能區分什麼是餅乾，什麼是蛋糕，不像其他馬橋人那樣，統統稱之為「糖」。只是她到馬橋的時候，父親作為「乞丐富農」（參見詞條「乞丐富農」）死在牢裡，家道已經敗落。她確實是只夾了一把傘，匆匆跨進了本義家的門檻。

當時她十六歲，抹了點胭脂，挺著一個大肚子，大汗淋淋地獨身闖到馬橋，問這裡誰是黨。人們很奇怪地打量著她，在她一再追問之下，才說了兩個名字。她又問這些黨中間誰還是單身。人們就說出了本義。她問清了本義的住處，一直走到那間茅屋裡，粗粗打量了一下房子和人……

「你就是馬本義？」

「呵。」

「你是共產黨？」

「呵。」

神
249

「你要收親麼？」

「麼事？」本義正在鍘豬食，沒聽清。

「我是問，你要不要婆娘？」

「婆娘？」

她長長出了一口氣，放下了隨身帶來的傘。「我還不算醜吧？也能生娃崽，這你看見了。你要是還滿意，我就……」

「呵？」

「我就那樣了。」

「你是說哪樣了？」本義還沒聽懂。

鐵香腳一跺：「就給你了。」

「給我什麼？」

鐵香扭頭望著門上：「跟你睡覺！」

本義嚇了一跳，舌頭僵直得攪不出一句話來。「你你你是哪裡來的神婆子……娘哎娘，我的籮筐呢？」

他逃進裡屋。鐵香追上去問：「你有什麼不滿意呢？你看我這臉，你看我這手、這腳，樣樣都是全的。跟你說實話吧，我還有點私房錢。你放心，這肚子裡是個讀書人的種，你要，就要。不要，就做下來。我只是想讓你看看，我生得娃崽，我身子好……」

還沒說完，聽見有人溜出後門的聲音。

「你找到我這樣的，算是你前世積了陰德呢——」鐵香氣得腳一跺，不一會哭出了嚎啕的勁頭。

後來，本義拜託同鍋兄弟本仁，打發這個神婆子走路。本仁上門時，發現女子已經在剷豬草了，擦擦手起身讓坐，找吊壺燒茶，倒也看得順眼。看見女子屁股股圓大腿粗確實是個能下崽的模樣，嘴裡含含糊糊，送客的話始終沒有說出口。他後來對本義說：「神是神一點，身體還好。你不要，我就要了。」

這一天，鐵香就住在本義家，沒有回去。

事情就這麼簡單，本義沒請媒人沒費聘禮，撿了個便宜。鐵香也了一心願，用她後來的話來說，她當時受不了政府的管制和四個母親成天的哭哭啼啼，受不了鄰居一個小染匠天天的威脅糾纏，一橫心，只打了一把傘出門，發誓要找個共產黨做靠山。她居然一舉獲勝，幾天之後果真領了個復員革命軍人兼黨支部書記回娘家，讓左鄰右舍刮目相看，幹部們看看本義胸前抗美援朝的紀念章，對她家也客氣了幾分。

他們雙雙到政府登記。政府說她年齡太小，過兩年再來。她好說歹說不管用，杏眼一瞪發了橫，對管公章的祕書說：「你不登，我就不走，把娃崽生在你這裡，說是你的種。還怕你不養我！」祕書嚇了一跳，滿頭大汗手忙腳亂地辦手續。看她和新郎的背影遠了，還驚魂未定地說，好神的婆子，不會來二回了吧？

旁邊的人也嘖嘖搖頭，說到底是九袋爺的千金，吃過百家飯的，臉皮比鞋底還厚。這以後如何得

神 251

了？

　　本義後來也慢慢明白，這一椿婚事對於他很難說是一件美事。鐵香比他小了十多歲，就有了在家裡發脾氣使性子的權利，有時候神得沒有邊，一碰到不順心的事，動不動就咒馬橋弓這個鬼地方，是人過日子的地方麼？她咒馬橋的路不平，咒這裡的山太瘦，咒這裡的米飯裡沙子多，咒這裡的柴濕因此煙子特別嗆，咒這裡的買根針買個醬油也要跑七八里路。咒來咒去，免不了要咒到本義。她咒一咒也就算了，有一次居然咒一聲就狠狠切下一顆血淋淋的鱔魚腦殼攪在一起。天下還有王法麼？他本義好歹也是她老倌，好歹是個書記，如何與鱔魚腦殼攪在一起？

　　本義老母還在的時候，對媳婦也莫可奈何。一日惹得她發了毛，連老人也不放過：「老不死的傢伙，我不怕你幾十歲幾十斤，河裡沒有蓋蓋子，塘裡也沒有蓋蓋子，你去死呵！你何事不去死呢？」

　　一般來說，本義對這些話裝耳聾，也確實有點聾。即便有時忍不住了大喝一聲「老子鋤死你」，只要婆娘暫時閉了嘴，他也不會真動手。他最威風的一次，是一巴掌打得鐵香滾到一群驚飛四散的鴨子裡面去了。用他的話來說，那次是正氣壓倒邪氣，東風壓倒西風。鐵香爬起來就去投塘，被村裡人攔住了，只好跑回娘家去，三個月沒有音信。最後還是本仁備了兩斤薯粉兩斤粑粑，代表同鍋老弟去與鐵香講和，用土車子把她推了回來。

　　在上面的敘述中，讀者可能注意到，我筆下已經幾次出現了「神」字。可以看出，馬橋人的「神」用來形容一切違反常規和常理的行為。在這裡，人們最要緊的是確認人的庸常性質，確認人只能在成規中度日。任何違犯成規的行為，從本質上說都不是人的行為，只可能來自冥冥中的莫測之

物，來自人力之外的天機和天命。不是神經質（神的第一義），就是神明（神的第二義）。馬橋人用一個「神」字統括這兩種意義，大概認為兩者的差別並不重要。一切神話都是從神經質式的想入非非開始。一切神壇前都有神經質式的胡言亂語手舞足蹈。也許，神經質就是神的世俗形態和低級品種。而一切「神速」、「神勇」、「神效」、「神奇」、「神妙」、「神通」，作為對常人能力限度的一時潛越，往往伴隨著人們在近乎神經質狀態下的痴迷和狂放，是無意識或非意識得到良性運用的結果，也是人對神的接近。

鐵香神到了這種地步，人們都說她有神魔附體。

△不和氣（續）

鐵香不大樂意同女人打交道，出工也要往男人堆裡擠，在男人堆裡瘋瘋癲癲。本義對此沒有什麼好臉色，但也無可奈何。上山倒木本來是男人的事，她也要去趕熱鬧。到了嶺上，兩手捉斧子像捉雞一樣。咬著牙砍了好一陣，連個牙齒印也沒有砍出來，最後斧子不知彈到什麼地方去了，自己卻笑得一屁股坐在地上，笑出一身肉浪。

她一摔倒，男人們的事就多起來了。她支使這個給她拍灰，要求那個給她挑指頭上的刺，命令這個去給她尋找遺落的斧子，指示那個幫她提著剛剛不小心踩濕了的鞋子。她目光顧盼之下，男人們都樂呵呵地圍著她轉。她哎哎喲喲地尖叫著，身體扭出一些動人的線條，不經意之際，亮出領口裡或袖口裡更多白花花曖昧不清的各種可能，攪得有些人的眼光游移不定。男人們也就幹得更加賣力。

她摔得並不太重，但腳步踮了兩下，硬說痛得不行，要本義背她回家去，完全不管本義正在嶺上同林業站來的兩個幹部打交道。

「神呵？搞個人扶你一下不就行了？」本義有點不耐煩。

「不，就要你背！」她小腳一跺。

「你走，走得的。」

「走得也要你背！」

「背你娘的屍呵，你一沒出血，二沒脫骨頭。」

「我腰痛。」

本義只好再次屈從這位少妻，甩下林業站官員，在眾目睽睽之下把她背下嶺去。他知道，再不把她背走，她就可能要宣布自己來月經，可能還要控訴本義晚上在床上的罪惡，讓他根本沒臉面做人。她皮厚，口無遮攔，動不動就會公開女人的祕密，使自己的身體被所有的男人了解和關心，成為所有男人們共有的話題，共有的精神財產。她的例假簡直是馬橋集體性的隆重節日和偉大事業。她當然不會說得很直露，但她一會兒說自己腰痛，一會兒強調自己近日下不得冷水，一會兒拜託哪個男人去為她買當歸，甚至在田間吆吆喝喝地喊本義回家去給她煮當歸加雞蛋。這一切當然足夠強調她的性別，讓人們重視她身體正在出現的事態，也足夠引導男人們的想像和對她笑嘻嘻的討好。

她乍驚乍喜的嘆詞特別多。明明是對一條毛蟲的驚恐，她一聲哎喲卻可以無限柔媚，迫使男人們感受到這種聲音另外的出處和背景，退想她在那個出處和背景中的姿態，還有種種其他。她當然不會對這些胡思亂想負責，只對毛蟲負責。但她一條毛蟲，可以打敗其他女人的薑鹽豆子茶以及其他款待，把男人們從那些款待之下奪過來，乖乖地跟著她去賣力，去做她要求男人們做的任何體力活。每當這個時候，她在其他女人們的目光裡挺胸昂首地走過，有一種掩飾不住的勝利快感。

我後來聽馬橋人竊竊私語，說這個狐眉花眼的婆娘的哎喲真是不和氣，至少哎喲出了三個男人的故事。

首先是縣上一位文化館長，有一次來檢查農村文化工作，就住在她家裡，帶來的另一個幹事，則交給了復查。從那以後，館長對馬橋特別有興趣，一臉肥肉笑瞇瞇地經常出現在這裡，出現在她家灶房裡，就像在那裡生了根，長在那裡了。據說他帶來免費支農的圖書，還有免費的化肥指標和救災款，都是鐵香開口要的，一張嘴就靈。喊館長做事比支使崽女還便當，包括差使館長幫她挑尿桶，彆扭扭扭到菜園子裡上糞。

後來的男人則是一張小白臉，一個小後生，據說是鐵香的姪兒，在平江縣城裡的照相館做事，下鄉來為貧下中農上門服務。鐵香帶著他走遍附近的村寨，向人們介紹他的相照得如何好，說得人們心癢癢的，都來爭著看小後生手裡已有的照片，當然有鐵香千姿百態的十幾張。這是馬橋人第一次看到照相機，當然好奇。同時感到好奇的還有小後生的一塊舊手錶，在鐵香的腕子上戴了個把月。有人說，嶺上砍柴的人看見了，他們兩人同去街上的時候，在嶺上居然手拉著手。這是姑媽與姪兒做的勾當麼？算什麼事？

最後，人們還談到鐵香勾引過煌寶，說煌寶一肩把她家訂做的岩頭食槽扛上門，一口氣喝了五端子涼水，渾身的肉疙瘩起伏滾動，鐵香羨慕得不得了，硬要煌寶幫她剪指甲——她的右手實在剪不好。事後，她還偷偷地做過一雙鞋，送到煌寶那裡去。無奈煌寶太寶氣，不懂得女人的心，拿著鞋還給了本義，說這雙鞋小了一點，夾腳，看來還是本義穿合適。本義當下就黑了臉，硬著脖子朝側邊一扭，半天沒有扭出一句話。

以後的幾天，沒看見鐵香的人影。她再次出現在眾人面前的時候，頸上有一道血口子。人家問起

來，她說是貓爪子抓出來的。

她沒有實說，那是老倌打出來的。

頸根上有血口子的鐵香，不再在男人堆裡笑鬧了，平靜了一段。她倒是突然對三耳朵親熱起來。

三耳朵很難說是一個男人，在任何女人眼裡都不具有男人的意義，當然不會使鐵香的這種親熱具有什麼危險性。三耳朵是兆青的二崽，從小吃裡扒外，忤逆不孝，被兆青一桿鋤頭趕出了家門，一度同神仙府裡的馬鳴、尹道師、胡二結了伴，也成了爛桿子，馬橋的四大金剛之一。「三耳朵」的外號，來自他左腋下多出的一個耳朵，一塊形似耳朵的贅肉。有人說他前世太頑劣，閻王老子這次多給他一個耳朵，讓他多聽聽老人言，多聽聽政府的話。他奇貨可居，寶貴的第三隻耳不輕易示人。哪個想看一看，得交一支紙菸。如果想摸一摸，價錢就得再翻一倍。他還能夠把左手從下面反過去，越過背脊抓住自己的右耳，人們要想看到這種奇蹟，至少也得給他到供銷社買酒。

他免費讓鐵香看他的三耳朵，見鐵香高興，自己也特別高興。他對自己多餘的耳朵很自豪，對自己的鼻子、眼睛、嘴巴也很有信心。早在幾年之前，多次照過鏡子之後，他認定自己不是兆青的親生兒子，堅決要求母親說出他的親爹現在何處。為這事，他鬧得母親哭哭泣泣，也同父親大打出手，兩人都見了血。這當然更加證實了他的結論：哪有這樣毒的父親呢？居然扛著耙頭挖出門來？他三耳朵再醒，會相信這個狗雜種的話麼？

他去找了本義，敬上了紙菸，清了清嗓子，沉著一張臉，讓人覺得他將要同書記討論國計民生一類的大事。「本義叔，你是曉得的，現在全國革命的形勢都一派大好，在黨中央的領導下，一切牛鬼

蛇神都現了原形，假的就是假的，真的就是真的，革命的真理越辯越明，革命群眾的眼睛越擦越亮。

上個月，我們公社也召開了黨代會，下一步就如何落實水利的問題……」

本義有點不耐煩：「話莫講散了，有什麼屁趕快放。」

三耳朵結結巴巴，繞到了他親生父親的事。

「你也不屙泡尿自己照一照，你這個萵筍樣範，還想配麼樣的爹？有一個兆矮子把你做爹，已經是抬舉你了。照我說，你就不該有個爹。」本義咬牙切齒。

「本義叔你不要這樣說。我今天不想麻煩你，我只要你說一句話。」

「說什麼？」

「我到底是如何生出來的？」

「去問你娘！如何問我？」

「你作為一個黨的幹部，肯定了解真實的情況。」

「你這是什麼話？你娘生出來你這個爛貨，我如何會了解？你娘的眉毛是橫的是直的我都沒看清過。」

「我不是這個意思，我是說……」

「老子還有公事。」

「你定局是不肯說了？」

「說什麼呵？你要我說什麼？呵，癩蛤蟆也想坐龍床，這個事情也好辦，你是要個當團長的爹

馬橋詞典 258

呢，還是要個當局長的爹？你說，我就帶你去找來。如何？」

三耳朵咬了咬嘴唇，不再說話了。不管本義如何指著鼻子罵他，他堅挺著臉上的平靜和某種高傲，胸有成竹地看書記如何表演。他彬彬有禮地等待著，等書記罵完了，悶悶地扭頭就走。

他走到村口，鎮定地看兩個娃崽玩螞蟻，看了一陣，才回到自己的住處。他的一切工作還是要按部就班，不會因為一個本義就心慌意亂。

他還找過羅伯，找過復查和煌寶，甚至找過公社領導。最後，他還跑到縣裡去打聽希大桿子勞改的地方，因為他很懷疑自己是希大桿子（參見詞條「鄉氣」）的種，他要親眼看一看希大桿子的模樣，拉著希大桿子去驗血。如果希大桿子是他的生父而又不認他的話，他就要一頭撞死在希大桿子的面前。他一生沒有什麼所求，只有一條，就是要揭開自己的出生之謎，要孝敬他真正的父親，哪怕只孝敬一天，孝敬一刻，他也心滿意足。

他到縣裡去過兩次，沒有找到希大桿子。他不灰心。他知道這不是一件容易的事情，可能是他畢其一生的使命，他對此有充分的準備。他不像神仙府其他金剛，成天躺著睡覺，或者遊山玩水。他一天到晚忙得很，忙著尋找和調查，也順便忙一忙世界上的很多忙不完的事。他內懶外不懶，供銷社、衛生院、糧庫、林業站、學校一類，都是他常去的地方，好像天天去那裡上班。他幫郎中碾藥，幫屠夫吹豬尿泡，幫老師挑水，幫糧庫裡的伙房打豆腐。只要是朋友的急難之事，他都願意兩肋插刀。村裡的鹽午尿因家裡成分太大，從長樂街的學校開除回來了，想進公社的中學也被拒之門外。三耳朵對此十分打抱不平，氣呼呼地拉著他跑中學，把自己積攢下來的紙菸，統統獻給校長，請校長給他一個

面子，收下鹽午。

校長說，不是他不肯收，問題是縣屬中學開除的學生，又有點政治上的那個那個，他不大好說話。

三耳朵不吭氣，把一隻袖子挽起來，另一隻手抽出一把鐮刀，在赤裸的皮肉上一劃，一道血線立刻滾滾壯大。

校長大驚。

「你收不收？」

「你你你這不是威脅麼？」

三耳朵橫刀一勒，又一道血口子裂開。

鹽午和校長都嚇白了臉，撲上來奪他的刀。三人扭打成一團，每個人的衣上都沾了血，校長的蚊帳也染紅了一塊。三耳朵高舉鐮刀，嘶啞著嗓門說：「唐校長，你說，要不要我死在這裡？」

「有話好說，有話好說。」校長以哭腔相求，跑出去找來了另外兩位老師，商量了一下，讓鹽午馬上去辦入學手續。

三耳朵兩隻手臂上已經有了密密刀痕，也有了很多朋友。只是有一條，就是不回馬橋出工。他情願在外面流血，也不願意回到馬橋流一滴汗。他穿上一套不知從哪裡搞來的舊軍衣，更多了面色的嚴峻。他說他正在賣血，等賣血賣夠了錢，他就要到縣城裡買一些零件來，還要買來皮帶和電線，買來螺絲刀和扳手，造一台挖山器，在天子嶺上開銅礦。他的銅礦是要讓馬橋人享福，以後都不做田了，

不種包穀棉花紅薯了，天天吃了就是耍。

人們沒有料到，三耳朵尖嘴猴腮的模樣，居然還敢騎在本義頭上屙屎，鬧出後來的那件大事。那一天，本義從八晶洞水庫工地回到馬橋，操著一支日本造的三八大蓋步槍，把五花大綁的三耳朵押到晒穀坪裡，鬧得村裡雞飛狗跳。本義紅著眼，說三耳朵好大的狗膽，竟然想強姦幹部家屬，恐怕是活膩了呵？他要不是考慮到黨的俘虜政策，早就一刀割了他的龍根。他在朝鮮戰場上連美帝國主義都不怕，還怕他一個爛桿子？

他這樣說的時候，人們注意到三耳朵鼻子在流血，衣服扯破了，下身只剩一條短褲，腿上青一塊紫一塊。他腦袋已經無力支起來，軟軟地耷向一邊，也無力說話，眼睛瞇縫裡露一線灰白。

「他落氣了吧？」有人看著看著害怕。

「死了就好，社會主義少一個孽種。」本義沒好氣地說。

「他如何敢起這樣的歹心？」

「對他親爹老子都敢操釰頭挖，還有什麼事做不出來？」

他喊仲琪幫忙，把他吊在樹上。又舀來一瓢大糞，舉在他頭上。「認不認罪？你說，認不認？」

三耳朵橫了本義一眼，鼻孔吹出一個血泡，不吭聲。

一瓢大糞淋了下去。

人們沒有看見鐵香的影子。有人說她早就嚇暈了，又有人說她正躲在屋裡哭嚎，口口聲聲饒不了強姦犯，口口聲聲她的大腿和腰都被抓破了，非得把那小流氓剮皮抽筋不可——一個個身體部位都說

得很具體。男人們在地坪裡交頭接耳，再一次投入了對她身體的關心。如果說她很長一段時間沒有引導過這種關心了，那麼三耳朵是不是榮任了她又一次引導的工具？她是不是擔心人們已經淡忘了她的大腿和腰身？

男女老少圍觀三耳朵，把他笑罵了好一陣。直到深夜，才有人把三耳朵從樹下放下來。他扶著牆或者樹，一跛一跛，短短一節路竟走了足足兩個鐘頭，一路上氣喘吁吁，歇了好幾次，渾身上下都痛。他吃力地叉開大腿，最重的傷在胯下，龍袋子被摳破了，一顆睪丸都差點掉了出來，痛得他天旋地轉。但他不敢到衛生院去，怕被那裡的熟人看見，怕人家大驚小怪添油加醋說三道四。他也不願意回家，母親雖然會收留他，但一到了這時候，兆青那個貨的臉上肯定更不好看，他何必去討沒趣？他只好還是回神仙府，請同屋的馬鳴找來針線，湊著油燈，自己給龍袋子縫了幾針。縫到最後，胯下血糊糊的一片，自己手抖得穩不住針，渾身汗得水洗一般，還沒收線就暈了過去。

村裡的狗叫了整整一夜。

馬鳴醒來時，三耳朵的草窩裡已經沒有了人影。

一連幾個月沒有看見他。

入秋後的一天，婦女在紅薯地裡翻藤。不知是誰驚叫了一聲，大家感覺到什麼，回頭一看，發現路上立著一個人，馬鬃般的長髮下兩隻大眼睛朝這邊盯著。有人總算看出來了，是滿臉怒氣的三耳朵。不知他是從哪裡拱出來的，也不知他已經這樣一聲不吭地盯了多久。

馬鬃走了過來，一直走到鐵香的面前。

鐵香連連後退，「你要幹什麼？你要幹什麼？……」

噗嗵——人們還沒有來得及看清，一把柴刀對鐵香腳下一甩，馬鬃已經跪在鐵香面前，頸根盡力伸長：「姊姊，你殺了我！」

鐵香朝其他女人大叫：「來人呵，來人呵……」

「你殺不殺？」三耳朵跳起來追趕鐵香，攔在對方面前，再次下跪。

「你這個瘋子……」鐵香臉色慘白，慌慌地想奪路而逃。

「臭婊子你敢跑——」三耳朵大喝一聲，喊得鐵香身子晃了晃，不敢再動。他橫戳戳的臉上露出一絲冷笑：「姊姊，你今天不殺我，你如何有安生的日子？你往我腦殼上扣了個屎盆子，你以為我忍得下這一口氣？」還沒等鐵香明白是怎麼回事，他突然從腰間解下一條粗粗的藤鞭，一聲脆響，把鐵香抽得一個趔趄。又一聲脆響，鐵香已經栽倒在地。她尖叫著舉臂招架，但身旁女人看見三耳朵那橫樣子，誰也不敢上前攔阻，只是哇哇亂叫，或者趕快回村去報信喊人。

「你這個爛貨，你這條草狗，你這個臭婊子，你不殺了我，這個事情如何有個了結？……」三耳朵罵一句就抽一鞭，抽得女人滿地亂滾，遠遠看去，沒看見人，只見塵沙飛揚，一堆綠色的薯葉翻來滾去，沙沙沙地響，間或有幾片碎葉濺出。最後，叫聲微弱了，葉子不再搖動了，三耳朵才住了手，丟了藤鞭。

他打開隨身帶來的布袋，拿出新的皮鞋，新的塑料涼鞋，新的頭巾和襪子，丟到不再動彈的薯葉堆裡。「你看好了，姊姊，我還是心痛你的！」

然後揚長而去。

走到路口，他還回頭對女人們大喊：「告訴本義那個老貨，我馬興禮把他的婆娘嬲了二十五回，嬲得她頓頓地叫呵——哈哈哈——」

對於馬橋人來說，馬興禮這個名字已經很陌生。

△背釘

現場捉拿姦夫是本義的主意。他從工地上回來，聽到仲琪告密，得知自己的老婆與三耳朵私通，氣得想殺人。他畢竟還有點腦子，不會不明白，這件事太丟人現眼，真要鬧起來，扯上一個爛桿子三耳朵，算一回什麼事？想來想去，只好關起門來拿婆娘出氣。他把一桿洗衣的擂杵都打斷了，打得賊婆子屁股腫了一圈，滿地亂滾，鬼哭狼嚎，最後哆哆嗦嗦地答應一切。

她後來還知趣，照本義的計策行事，果然把三耳朵引入了圈套。當時三耳朵剛脫褲子，本義從帳後跳將出來，操著扁擔亂撲，打得三耳朵發出的聲音不是人聲。但三耳朵很快也紅了眼，氣力還不算小。兩個男人糾扯一團的時候，本義眼看頂不住，大叫狗婆娘上來幫忙。鐵香不敢不從，急中生智之下，從背後一把摳住三耳朵胯下那傢伙，摳得對方差點昏了過去。

本義這才騰出手來，煽了姦夫十幾個耳光，煽得對方翻了白眼。一條麻索也早已準備好了，本義把三耳朵紫紫實實捆成個粽子。

本義只是沒有想到，這事並沒有完：第二年春上賊婆子突然失蹤。他根本沒朝三耳朵那一方想，覺得自己的女人再無血，也不會往糞坑裡跳吧？即使是條騷母狗，也得到文化館長或照相師傅那裡去騷吧？得給自己老公留點面子吧？

村裡人也大多沒想到三耳朵，根本無法想像鐵香這麼個情種，會丟下一對還在讀書的娃崽，跟上那樣一個爛桿子。她就算是同三耳朵有一腿，也只是玩玩後生伢，哪會真的託付終身呢？人們只是猜測縣文化館的動靜，還派人到縣城裡去打聽。

本義覺得沒臉做人，一連幾天不理公事，關緊大門，在額頭上貼了兩塊膏藥，鑽到床上睡覺。他暗暗起了殺心，不管這次在哪裡找到這個狗婆，他情願不當這個書記，也要一刀結果了這個騷貨。

到第二年秋天，一個消息從江西那邊傳來，讓人們大為吃驚。這個消息證實，鐵香確實是私奔，而且是跟著三耳朵私奔的。前不久，一群流竄犯結夥在江西省的公路上打劫糧車，被部隊和民兵追剿，打死了一個，抓了十幾個。最後的兩個很頑固，跑到山上東躲西藏，一直沒法抓到。後來靠當地農民提供消息，搜山的民兵總算縮小包圍圈，把他們逼進一個山洞。民兵團團圍住洞口，喊了一陣話，沒有聽到回音，往裡面丟手榴彈，才把他們炸死了。民兵後來發現，死的是一男一女，瘦得都只有七八十來斤。女的挺著個大肚子，有幾個月的身孕。人們在他們的衣包裡發現了一顆公章，一個什麼銅礦籌建委員會的。還有兩份空白處方箋，幾張備課專用紙，幾只公函信封，信封上有這邊的公社名。公安才通知這邊派人去認屍。公社的何部長去了，從派出所留下的照片上認出了鐵香和三耳朵血肉模糊的面孔。

何部長花了二十塊錢，請當地兩個農民把他們埋了。

按照馬橋的老規矩，鐵香不貞，三耳朵不義，兩人犯了家規又犯了國法，再加上一條不忠，死後是必須「背釘」的。也就是說，他們死後必須在墓穴裡伏面朝下，背上必須釘入鐵釘九顆。伏面朝

下，表示無臉見人的意思。背釘，則意味著他們將永遠鎖在陰間，不可能再轉世投胎禍害他人。

馬橋人沒有得到這對男女的屍體，沒法讓他們背釘。一些老人們說起這事不免憂心忡忡，不知道他們還要鬧出什麼事來。

△根

三耳朵拐走鐵香，引起了馬橋人的義憤。尤其是婦人們，以前戳鐵香的背脊，一次次探索她同文化館長的關係，與照相館小後生的關係，對她扭來扭去的背影縮鼻子撇嘴巴。現在，她們突然覺得那些關係都是可以容忍的，還可以馬馬虎虎帶得過。她們甚至認為偷人也沒什麼，關鍵在於看偷什麼人。鐵香勾搭男人雖然有點那個，最不可接受的卻是她勾搭三耳朵。

在這一點上，她們突然為鐵香大抱不平，有一種包容鐵香在內的團體感突然升騰起來，激動著她們，鼓舞著她們，溫暖著她們，似乎鐵香是她們推出的選手，在一場競賽中不幸敗北。她們不能不憤憤不平。三耳朵也太不體面了，太沒個說頭了，連一條頸根都沒怎麼洗乾淨過。雖說對鄉親還算義道，但要人品沒人品，要家財沒家財，也沒讀個像樣的書，連爹娘都要拿扁擔趕出門的人，笑人呵，鐵香怎麼可以跟上他？居然還懷上了──一胎？

她們幾個月來分擔著一種團體的羞辱。

對鐵香也百思不得其解。

唯有一種說法可以解釋這個結局：命。在馬橋的語言中，人們不大說命，更多地說「根」，有一種自比植物的味道。他們看手紋，看腳紋，認為這些肉紋就是根的顯現，形似根系也就不難理解。有

一個過路的老人曾看過鐵香手上的根，嘆了口氣，說她是門檻根，先人可能當過叫化子，低聲下氣跨過千家門檻。咳咳咳，這條根太長，到她的身上還沒有斷呵。

鐵香咯咯咯地笑，不大相信。她父親戴世清當過乞丐頭子不假，但她現在已經成了書記的婆娘、書記的愛人，差不多就是書記，如何還扯上什麼門檻？她沒有料到，自己多年後的結局，居然應驗了過路老人的話：她跟隨了三耳朵，一個窮得差不多只能蹭門檻的男人，在遙遠他鄉流落終身。她像一棵樹，拚命向上尋找陽光和雨水，尋找了三十多年，最終發現自己的枝葉無論如何瘋長，也沒法離根而去，沒法飛向高空。

下賤的根鏤刻在她的手心裡。

與「根」相關的詞是「歸根」，所指不是普通話裡白髮遊子的「歸鄉」，而相當於「宿命」。用他們的話說，泥看三寸，人看三支。年輕的時候怎麼樣是算不得數的，過了三個歲支，也就是三個十二年，就開始歸根了，是貴是賤，是智是愚，是好是壞，到三十六歲以後見分曉。什麼人就是什麼人。鐵香正是在三十六歲這一年瘋了，鬼使神差跟上一個爛桿子，也是逃不脫的劫數。他們對各就其位。鐵香正是在三十六歲這一年瘋了，鬼使神差跟上一個爛桿子，也是逃不脫的劫數。他們對此深信不疑。

打車子 ▲

「打車子」是鐵香的說法，指男女床上之事。這是仲琪偷聽到的，傳開以後讓人們笑了好一些時日，後來也成了馬橋的習語。

漢語中關於食欲的詞並不缺乏。表示烹調方式方面，有蒸、煮、炸、炒、爆、熘、煎、燉、腌、醬、滷、燜等等，表示口舌動作方面，有吃、呷、吸、啜、吞、舔、嚼、咬、含、吮等等；表示味覺口感方面，有甘、辛、鹹、苦、辣、酸、鮮、嫩、脆、滑、麻、清、醇、酥、粉等等。比較說來，同是生理的一種需要，關於性事的詞似乎就少得多，完全不成比例。孟子說「食色性也」，語言遺產把孟子這個觀點抹掉了一半。

當然還有一些所謂下流話。這些話大多是一些劣製品，大路貨，是隨處可見的口腔排泄物，雖然數量並不算少，但毛病似乎太明顯。一是彼此雷同，互相重複，了無新意；二是空洞無物，粗略籠統，大而無當，類似政客們的國事演講，或是文士們的相互嘉許。更重要的是，這些話大多是借用詞，文不及義，辭不達意，全靠臨時性默契來將就，給人張冠李戴指驢為馬的荒唐感。「雲雨」、「打炮」、「打豆腐」、「做白案」……全部類如黑幫暗語。人們不得已這樣說的時候，差不多已經有了黑幫們心虛閃避的表情，已經在語言倫理中把性事視同黑幫罪惡——某種怯於明說也怯於細說的勾當。

這些語詞無疑是人類性感粗糙化、公式化、虛偽化、鬼鬼祟祟化的結果。兩性交流過程中的湧動和激盪，來自身體深處的細微顫動和閃爍，相互征服又相互救助的焦灼、頑強、同情以及驚喜，暗道上的艱難探索和巔峰上暴風驟雨似的寂滅之境迷醉之境飄滑之境……一切都隱匿在語言無能深入的盲區。

一塊語言空白，就是人類認識自身的一次放棄，一個敗績，也標示出某種危險所在。語言是人與世界的聯結，中斷或者失去了這個聯結，人就幾乎失去了對世界的控制。在這個意義上，人們完全可以有理由說，語言就是控制力。一個化學實驗室，對於化學專家來說，不過是一塊熟悉的菜園子；對於毫無化學知識的人來說，則不啻於危險無處不在的可怕雷區。一座繁華城市，對於本地市民來說，是無比方便和無比親切的故土；但對於毫無城市經驗的鄉下人而言，無異於處處隱藏著敵意或障礙的荊天棘地，讓他們總是擺脫不了莫名的惶恐。其中的原因十分簡單：一個難以言說的世界，就是不可控制的世界。

社會學研究過一種「邊際人」，大多指從某種文化進入另一種文化的人，比如進入城市的鄉下人，遠離母土進入他國的移民。語言是這些人遇到的首要問題。不管他們是否有錢，不管他們是否有權勢，只要他們還沒有完全掌握新的語言，還不能對新的環境獲得一種得心應手的語言把握，他們就永遠擺脫不了無根之感，無靠之感，無安全之感。闊綽的日本人到了法國，其中有一些會患上「巴黎綜合症」；勇敢的中國人到了美國，其中也有一些會患上「紐約綜合症」。他們有限的外語，不足以使他們融入異鄉的冷土。他們的闊綽或勇敢，不足以讓他們免除莫名的焦灼、緊張、惶亂、心悸、血

壓升高、多疑和被窺視幻想。任何一段鄰居或路人不可懂的對話，任何一個他們無能命名的器物或景觀，都可能暗暗加重他們的心理壓力，成為重重包圍他們的疾症誘因。在這種情況下，他們中的很多人常常把自己關閉在清冷寓所裡，對外界做一次次臨時性逃離，就像性交時要避人耳目。

人並不怕展示自己的身體。在洗澡堂、體檢室、游泳場甚至西方某些國家的裸泳海灘，人們沒有感到什麼不自在。人只有在性交的時候才感到關閉窗簾和房門的必要，像一隻只企圖鑽進地洞的老鼠。形成這種差別當然有很多原因。在我看來，其中一直被忽略的原因，是人們對洗澡、體檢、游泳一類活動有充分的語言把握，也就有了對自己和他人的有效控制，足以運作自己的理智。只有當人們脫下褲子，面對性的無限語言盲區，不安全感才會在不由自主的迷惑和茫然中萌生，人才會下意識地躲入巢穴。他們在害怕什麼。與其說他們害怕公共禮教，毋寧說他們在下意識裡更害怕自己，害怕自己在性的無名化暗夜裡迷失。他們一旦脫下褲子，就同樣有焦灼、緊張、惶亂、心悸、血壓升高、多疑和被窺視幻想，如同他們投入了一心嚮往的巴黎或紐約，但要把寓所門窗緊緊關閉。

統計表明，「邊際人」的犯罪率高，精神病人多。語言把握之外的陌生世界對於邊際人來說，是知識力所難及的混沌，最容易瓦解他們的意識和斷判力。同樣，性的語言盲區也最容易讓人出現失常。這也許是性歷險的強烈誘惑所在，當然也是色欲為禍的前提。美人計在很多時候可以動搖強大的政治決議、經濟謀略、軍事格局。一夜風流可以在很多時候消解理智，把當事人輕易拋入險境——就像在馬橋人鐵香身上發生的情況一樣。

事情也許是這樣的：

（一）鐵香並非不懂卑微和貧賤，但自從發現三耳朵以後，她突然有了一種用自己身體創造奇蹟的強烈興趣。如果說她以前曾輕易征服了好幾個體面男人，那麼過程重複令她乏味。她天生膽大，渴望冒險，於是在三耳朵那裡看見了新的戰場，看見了更富有挑戰性的使命。她此時不再害怕卑微和貧賤，恰恰相反，正是卑微和貧賤迷醉了她，再造一個男人的光榮感使她心潮難平。

（二）三耳朵做過很多人所不恥的惡行，比如向父母動武，同兄弟打架，從不在村裡出工，偷過隊上的化肥，還爬過女廁所的牆頭等等，鐵香以前也對這些事嗤之以鼻。但後來她更願意把這一切歸結於自己的魅力。馬橋的瓜果都要因為她而腐爛，馬橋的畜生都要因為她而癲狂，三耳朵難道不會因為她而胡作非為嗎？三耳朵，不，她現在更願意叫冤家，她的三冤家——其實不乏俠肝義膽。他為鹽午上學的事兩肋插刀就是一個證明。如果不是他一直為她發瘋，如果他不是被單相思搞得心猿意馬，他會闖下那些禍嗎？想到這裡，她有一種恍然大悟之感，既有洋洋得意，也有暖暖的感動侵入心田，身體不由自主地一陣顫抖。

（三）所謂「強姦」事件以後，鐵香問心有愧，想對三耳朵有所補償。因此，對方回村把她打得鼻青臉腫，她不但沒有怨恨，反而有一種偷偷的釋然——兩下算是扯平了。特別奇怪的是，她甚至從傷痛裡品嘗到甜蜜，品嘗到了對方一如既往的狂愛。她相信，一個男人只有愛得發狂，才會在絕望之餘產生仇恨和暴力。本義以往對她再冒火，也很少動手，通常只是砸點家具以後就背著手出門。文化館長和照相師傅也對她有過失望，但他們更不會打人，拍拍手就溜得無影無蹤。這種寬鬆和不了了之簡直讓她憤怒，不能讓她找到真正男人的誘惑力。相比之下，她是多麼喜歡藤鞭和棍棒，多麼迷戀男

人用一道道傷痕在她身上留下的猛烈關注和瘋狂欲望。好幾次，她自己也難以置信，她的性高潮就是在挨打的時候轟隆隆湧上來了，燒得她兩頰通紅，兩腿不停地扭動。

何況三耳朵對她痴心不變，不時送來女人用品。她把那些東西偷偷藏起來，不時翻出來看一眼，把情夫和老公在床上的天壤之別暗自思忖一番。

終於，她在一個夜晚走了，再一次投向馬橋人「打車子」這個符號所代表的巨大語言空白。

△呀哇嘴巴

這個詞在《平綏廳志》裡出現過。造反頭子馬三寶在他被捕後寫下的供單裡說：「……小的其實心裡很害怕，全是馬老瓜那個呀哇嘴巴哄騙小的，說官軍不會來了。」我讀到這一段時心想：一個沒有在馬橋生活過的人，可能會被「呀哇嘴巴」一詞難住。

「呀哇嘴巴」至今流行於馬橋，指多是非的人，熱心通風報信的人，也指言多不實的人。這些人的言語裡可能較多「呀」、「哇」一類嘆詞，大概是這個詞的來歷。

下村的仲琪，經常向本義報告村裡的姦情及其他祕情，算是有名的呀哇嘴巴。村裡沒有什麼祕密可瞞得過他的一對招風耳。他不管多麼熱的天，總是踏雙套鞋。不論做什麼事，也不會脫下那兩只可疑的套鞋——哪怕這一天人人都赤腳，哪怕這一天穿鞋就根本沒法做事，他只能守在田埂上無事可做白白地看著別人賺工分。誰都不知道，他的套鞋裡有何見不得人的景象。他嚴守套鞋裡的祕密，同時機警地打探村裡其他人的一切祕密，臉上就有了一種占了便宜的暗暗得意。

或者應該這樣說：他正因為自己有了套鞋裡的祕密，所以必須偵察出別人的祕密何在，與自己的套鞋打平。

他曾經悄悄走到我面前，吸氣呼氣準備了好一陣，總算收拾出一張笑臉：「你昨天晚上的紅薯粉

好吃呵？」然後忸怩一陣，等待我辯白掩飾。見我沒什麼反應，便小心翼翼地笑著退回去，不再往深裡說。我不明白他如何探明了昨天晚上的紅薯粉，也不明白他為什麼認為這件事情十分重要以致牢記在心並且向我機警提示。我更不明白，他明察秋毫的本領和成就使他的哪一根腸子快活？

有時候他精神有點反常的亢奮，在地上挖著挖著，就突然響亮地嘆一口氣，或者對遠處一隻狗威風凜凜地大喝幾聲，見我們沒什麼反應，最後才滿臉憂愁地冒出一句：「呀呀呀，不得了哇。」人們奇怪地問，什麼不得了？他連連搖頭，說沒什麼，沒什麼，嘴角掛著一絲得意，對大家的漠然和失望投來淡笑。

過一陣，他又憂愁了一番，不得了呵一番。在旁人追問之下，他口鬆了一點，說有人搞下的，有人出問題啦……他把旁人們的興趣提起來之後又及時剎車，得意地反問：「你們猜，是誰？猜呀！」如此欲言又止，反覆了五六輪，直到大家誰也不問了，直到大家對他的憂愁和得意無動於衷了甚至厭煩透了，他才滿意地笑一笑，繼續埋頭挖他的地，什麼事也沒有。

馬同意 ▲

仲琪一直是很擁護政府的，平時一個蛋大的領袖像章總是端端正正掛在他胸口，早已不時興了的語錄袋，一逢會議也總是掛在他肩上。一般來說，他講話有政治水準，嘴巴也緊，也沒有胡言亂語的惡習。

他胸口還老插著一支水筆。當然不會是買來的，看那紅筆帽大黑筆桿小的彆扭搭配，就知道那是七拼八湊的產物，來自一個艱苦的琢磨過程。在我的印象裡，他從沒有當過幹部，連貧農協小組長一類角色也沒當過。但他很喜歡使用這支筆，動不動就批寫「同意，馬仲琪」五個字。隊上的發票、收條、工分簿、帳本、報紙等等差不多全都留下了他的五字真言。有一次，復查拿來一張買魚苗的收據準備記帳，一不留神，發現收據已到了仲琪手裡，還沒來得及喊，他已經批下了「同意」兩個字，筆尖在嘴裡蘸水，正要神色審慎地落款。

復查氣惱地說：「寫你的祭文呵？哪個要你同意？你有什麼資格同意？你是隊長還是書記？」

仲琪笑一笑：「寫兩個字割了你的肉呵？正正當當買的魚苗，還怕人家同意？你說，你是不是偷的魚苗？」

「我不要你寫，就是不要你寫。」

「寫壞了？那我撕了它好不？」仲琪很幽默的樣子。

「他這號人真是無血。」復查對旁人說。

「你是要我寫『不同意』吧？」

「什麼都不准寫，這根本不是你寫字的地方。你要寫，再活兩世人看看，活得像個人了再說。」

「好，不寫了，不寫了。看你這小氣鬼的樣範。」

仲琪既然已經覺得手，把水筆穩穩地插回衣袋。

復查又好氣又好笑，從衣袋裡掏出另外一張單據，當眾抖了抖……「你們看，我還沒有跟他算帳。」

昨天窯棚裡這一斤肉，根本不能報銷的，他也來簽字。

仲琪紅了臉，瞥了嘩嘩作響的單據一眼：「你不報就不報囉。」

「那你寫同意做什麼？你腳發癢？」

「我看都沒有看……」

「簽了字的就要負責。」

「那我改一下好不好？」他一邊走回來一邊急急地抽筆。

「你寫的字屙尿變呵？你看毛主席寫字，一字千鈞，全國照辦，雷打不動。你是狗屙尿，走到哪裡就把腳架起來撒一泡，做不得數的。」

仲琪頸根都紅了，鼻尖上放出一小塊亮光。「復查伢子，你才是狗。我就不相信這一斤肉未必報不得？事是要做的，肉也是要吃的。」

「你有錢，你拿去報。我今天非要你報不可！」

當著眾人的面，仲琪沒法下台了，腳一跺：「報就報，有什麼了不起？」他套鞋呱嗒呱嗒響，搖搖擺擺走了。不一會氣呼呼地從家裡返回來，一個銀鐲子對桌上一砸。「一斤肉錢駭哪個？復查伢子，老子今天就是同意定了！你給我報！」

復查眨眨眼沒說出話來，其他人也一時不知如何是好。我們剛才哄笑一番，只是故意急一急仲琪，沒想到把他逼得認了真，批的字還非要管用不可，把銀鐲子都拍出來了。

這一次，人們沒有難倒仲琪。他從此批得更加猖狂。碰到本義或公社幹部拿出的一張什麼紙頁，也搶過去照批「同意」二字不誤。他的同意已經成了習慣，沒有哪一塊紙片可以逃脫他的水筆，可以逃脫他並無約束力的審閱。復查比較愛整潔，講規矩，後來只好拚命躲著他，一聽到他呱嗒呱嗒的套鞋響，一看到他露臉，就把所有紙質物品收撿起來，不給他染指的機會。他只好裝著沒有看見，悻悻然游轉到別處，另找可以同意的事情，比方搶先一步從郵遞員手裡接過我們知青的信件。於是，我的每一個信封上，都留下他對收信地址以及收信人姓名表示同意的手諭，有時候還有他鮮紅的指印。

我也有了復查的深惡痛絕，決心找個機會整一整他。一天中午，趁他打瞌睡的機會，我們把他的水筆偷出來扔入水塘。

兩天以後，他胸口又出現了一支圓珠筆，金屬掛鉤閃閃發亮，讓眾人無可奈何。

△走鬼親

很多年以後，據說馬橋發生了這樣一個故事：一個人認出了自己前世的親人。我在馬橋時就聽說過這樣一些傳聞，回到城市以後聽說其他地方也有類似的奇事。我不大相信。我的一位民俗學家朋友專門研究過這個題目，還把我拉到他調查過的地方，把他的人證一一指示給我，讓他們述說各自的前生。我還是覺得沒法理解。

當然，這樣的故事落在我的熟人身上，更讓我驚訝。

已經是八〇年代了，馬橋的一位後生在長樂街的豆腐店裡打工，打牌賭錢，差點把短褲都輸出去了，日子很艱難。他到熟人家裡去，人家一見他就趕緊關門，連連揮手要他走。

他餓得兩眼冒黑花。幸好還有好心人——金福酒店的一個女子，才十三歲，叫黑丹子。她乘老闆不在的時候，偷偷塞給這個後生幾個包子，還有兩塊錢。這個後生事後向他稱兄道弟的一幫人吹噓：

「什麼叫魅力？這就是勝哥的魅力！」

他叫勝求，是馬橋村前支部書記本義的兒子。

不知什麼時候，金福酒店的老闆知道這件事，還知道黑丹子經常接濟勝求，懷疑她吃裡扒外，拿店裡的東西送人情。老闆仔仔細細盤查了一次，倒沒有發現店裡短款或者少貨，但還是覺得奇怪……一

個狗都嫌的無業遊民，為何值得黑丹子如此關照？他是黑丹子的遠房舅舅，覺得有必要盤問清楚，於是把黑丹子叫到面前問話。

黑丹子低下頭哭泣。

「哭什麼哭什麼？」

「他……」

「他怎麼呢？」

「他是我……」

「說呀，你們是不是在搞對象？」

「不是，他是我的……」

「你說不說？你不說，今天就跟老子走人！」

「他是我的兒……」

老闆嘴巴張開，一杯滾茶差點燙了腳。

驚人的消息就這樣傳開了。人們說，黑丹子——就是金福酒店的黑丹子，認出了自己前世的兒子。就是說，她是馬橋那個大名鼎鼎戴鐵香的轉世。不是老闆逼一下，她還不敢說出來。好幾天來，人們圍著酒店指指點點。鎮委會和派出所的幹部覺得事情非同小可。現在什麼世道？賭博出來了，娼妓出來了，攔路打劫出來了，好，封建迷信復活，鬼也出來了。真是熱鬧呵。

幹部們奉命戳穿鬼話教育群眾，把她叫到派出所盤問，吸引了一大批好奇的閒人圍觀，搞得派出

所人頭攢動汗臭逼人，什麼案子也辦不成，最後只得決定帶她到馬橋去再考。既然她認得出前世的兒子，不可能不認得前世的其他人吧？不可能不認得前世的家吧？如果認不出，再論她的胡言亂語蠱惑人心也不遲。

他們一行六人，除了黑丹子，還有兩個警察，一個鎮委會副主任以及兩個好事的幹部隨同前往。

離馬橋還有好遠，他們就下了車，讓黑丹子在前面帶路，看她是否真的記得前生的情景。女子說，前生的事，她只記得個模模糊糊的大概，可能要走錯。但走一段看一看，她一直朝馬橋而去，走得尾隨於後的人心裡發毛。

她路過嶺上一個岩場時，突然停下來哭了一場。那個岩場已經廢棄，滿地的碎石碴兒上，有幾塊乾枯的牛糞，蓬蓬勃勃的野草冒出來，也許過不了多久就要把石碴兒淹沒。幹部問她為什麼哭，她說她前世的丈夫是個岩匠，在這裡打過石頭。預先摸了些情況的幹部心中暗喜，知道她這一條完全不對。

她進入馬橋後，稍微有些猶疑，說以前沒有這麼多房子的，她實在有點認不出來了。副主任大喜。「穿泡了吧？把戲玩不下去了吧？小小年紀，也學會騙人，還編得一套一套的，哄白菜呵？你以為鬼是那麼好當的？」

一個警察見她哭了，有些同情，也捨不得就此結案，說既然已經到了這裡，何不讓她再試試，反正今天是做不成什麼事了。

副主任想了想，看看天，也就沒有反對。

給我講這個故事的人，說到這裡神色飛揚，說事情奇就奇在這後面。他說黑丹子一走進本義的家。就神了，不僅熟門熟路，曉得吊壺、尿桶、米櫃各自的位置，而且一眼就認出了躺在床上的老人就是本義。她淚水一湧而出，喊出了本義哥的名字，倒地就拜，抽抽泣泣。本義耳朵更背了，費力地睜大眼，見滿屋子陌生人面，不知發生了什麼事。直到他填房的婆娘從菜園子回來，向他吼了幾句，他才明白了幾分。他完全不能接受眼前這個乳臭未乾的女崽，眼睛鼓得銅錢大：「要錢就要錢，討飯就討飯，做什麼鬼？人還沒有做成個樣，如何就做起個鬼來了？」

黑丹子哭了，被人們勸到門外。

村裡很多人都來看新奇，把黑丹子評頭品足，聯繫當年的鐵香，一個一個部位加以比較。多數人最後的結論是：這哪裡是鐵香呢？鐵香狐眉花眼的，哪是這樣一個酸菜團子？他們說著說著，不料蹲在階檐上嗚嗚哭泣的黑丹子突然抬頭，提出一個令人吃驚的問題：

「秀芹呢？」

馬橋人覺得這個名字很耳生，面面相覷。

「秀芹呢？」

一個個都搖頭，眼裡透出茫然。

「秀芹死了麼？」

小女崽又要哭了。

有一個老人猛地想起來，說對對對，好像是有個秀什麼芹，就是本義的同鍋兄弟本仁家的。本仁

好多年前跑到江西去了，再沒有回來過。秀芹改嫁到多順家，就是現在的三婆婆，在，還在的。

黑丹子眼睛一亮。

人們費了點氣力才明白，眼前這個女崽既然是鐵香，那麼同三婆婆就是妯娌過一場的，難怪會問起她來。幾個熱心人立即領她去找。「三婆婆住在竹子坡，你跟我們來。」他們對黑丹子說。黑丹子點點頭，跟著他們急急地翻上一個嶺，穿過一片竹林，遠遠看見前面一角房屋從竹林裡閃出。

好事人早就朝前面跑了，進了黃泥屋大喊大叫，把空空的幾個房間溜了一遍，發現沒有人。有人又去荷塘邊，不一陣從那裡發出叫喊：「在這裡，在這裡咧。」

塘邊確有一個正在洗衣的老婆婆。

黑丹子飛快地跑上去，撲到老人面前。「秀芹哥，秀芹哥，我是鐵香呵……」

老人把她上下左右仔細看了一番。

「你認不出我了？」

「哪個鐵香？」

「我那一次住院，是你送飯送水。我走的那天晚上，在你面前還叩過頭呵！」

「你就是你就是你就是……」老人想到了什麼又沒說出來，一句話哽著喉管，眼裡開始閃耀淚光。

她們沒再說話，只是抱頭痛哭，哭得旁邊的人不知所措，甚至不敢上前，只是遠遠地看著。一支洗衣的擂杵落在水裡，緩緩地轉著圈。一件扭成束的衣也滾下水，在水中散開，慢慢地沉沒。

△火焰

這個詞抽象而且模糊，很難有什麼確義。如果你說你不相信鬼，沒有看見過鬼，馬橋人就會一口咬定：那是你「火焰」太高的緣故。

什麼是火焰呢？

如果這個問題不好回答，也可以換一種提問的方式：什麼人的火焰高呢？馬橋人會說：城裡的人，讀書人，發了財的人，男人，壯年人，沒生病的人，公家人，在白天的人，無災無難的人，靠近公路的人，在晴天的人，親友多的人，剛吃飽的人⋯⋯當然還有不信鬼的人。

這裡所涉及到的，幾乎是人生問題的全部。

揣測和推導他們的意思，火焰通常是指一種狀態：在人生所有相對弱勢的處境裡，人的火焰便低微了，熄滅了，於是眼前就有鬼魅叢生。所謂「窮人多見鬼」的俗語，大概就是這個意思。我想起了我的母親，她是讀過新學的，當過教師，從來不相信鬼。一九八一年夏天她因為背上長了一個大毒疔，病得常常處於半昏迷狀態，於是就看見了鬼。她半夜裡驚恐地叫起來，哆哆嗦嗦退縮到床角，說門後有一個人，姓王的婦人，是要來謀害她的鬼，要我拿菜刀把她殺死——這樣的情況一再出現。在那一刻，我想起了「火焰」這個詞。我想，她現在肯定是火焰太低了，所以看見了我無法看見的東

西，進入了我無法進入的幻覺。

她後來並不記得發生過的事。

知識力無疑是火焰的重要內容之一，是現實生活中強勢者的標誌，它推動了革命、科學與經濟發展，所及之處，鬼影煙消，鬼話雲散，前面一片陽光。問題在於，如果像馬橋人理解的那樣，火焰只是相對而言，強勢在更強勢面前也成了弱勢，那麼驅鬼就差不多是一個不可過於樂觀期待的目標。知識力也有受挫的時候，不夠用的時候，在強大現實面前分崩瓦解的時候。我的母親是不信鬼的。當她的理智無法抵擋一個毒疗的時候，鬼就來了。現代人也是不大相信鬼的，當他們的理智能量無法解決戰爭、貧困、污染、冷漠之類難題的時候，無法消除內心中沉重的焦慮的時候，即便在二十世紀最科學最發達的都市裡，也會有形形色色鬼的迷信復活。即便在較為徹底的某些無鬼論者那裡，在完全知識化的現代人那裡，也可能有鬼的形象（請想一想現代派的繪畫），可能有鬼的邏輯（請想一想現代派的超現實詩歌或小說）……從某種意義上來說，現代主義文化是這個世紀暗生的最大鬼域之一，是鬧神鬧鬼的學院版本，源於現代社會裡火焰低的人……鄉下的人，讀書少的人，貧窮的人，女人、兒童和老人，生病的人，遭災遭難的人，非公家人，不靠公路的人，親友少的人，在夜晚的人，在雨天的人，不在平川地的人，正在餓著的人……還包括相信鬼的人。

查一查每一位重要現代主義作家和藝術家的傳記，不難發現，上述火焰低的人那裡，常常有他們的身影和閃亮的眼眸。

我是無鬼論者。我常常說，馬橋人發現的鬼，包括他們發現的外地來鬼，都只能說馬橋話，不會說普通話，更不會說英語或法語，可見沒有超出發現者的知識範圍。這使我有理由相信，鬼是人們自己造出來的。也許它只是一種幻覺，一種心象，在人們肉體虛弱（如我的母親）或精神虛弱（如絕望的現代派）的時候產生，同人們做夢、醉酒、吸毒以後發生的情況差不多。

面對鬼，其實就是面對我們自己的虛弱。

這是理解火焰的思路之一。

因此，我懷疑馬橋人根本沒有發生過一個所謂黑丹子的故事（參見詞條「走鬼親」），根本沒有什麼鐵香的轉世。在我重返馬橋的時候，復查就斷然否認這個故事的真實性，斥之為妖言惑眾，無稽之談。我相信復查的話。當然，我並不是懷疑那些聲稱親眼看見了黑丹子的人是蓄意騙我，不，他們也許沒有這個必要。我只是從他們七零八落而且互相矛盾的描述片段裡，看出了這個故事的可疑。我曾追問故事的結局：黑丹子現在哪裡？她還會來馬橋麼？……他們都支支吾吾。有的說，黑丹子吃了紅鯉魚，吃了這種魚的人就記不得前世的事情了，因此不會再來了。有的說，黑丹子跟著她舅舅到南邊沿海城市賺錢去了，已沒法找到。還有人說，黑丹子怕本義──這種說法的意思是：她沒有臉面也沒有勇氣再來。

沒有一個確切的結局。

當然也不需要一個確切的結局，讓我來一一地較真。我毫不懷疑，整個故事不過是他們火焰低迷時的產物，是他們一個共同的夢幻，就像我母親在病重時看到的一切。

人們希望看見什麼的時候，這個什麼總有一天就會出現。人們可以用兩種手段實現之：火焰高的時候，用革命、科學和經濟發展；火焰低的時候，用夢幻。

人和人是不可能一樣的。如果我不能提高多數馬橋人的火焰，我想，我也沒理由剝奪他們夢幻的權利，沒理由妨礙他們想像的鐵香重返馬橋，與她嫂嫂越過生死之界在荷塘邊抱頭痛哭。

紅花爹爹 ▲

羅伯是馬橋的外來戶，土改前一直當長工，後來當過幾年村長，算是馬橋的革命老幹部。有人給他提過親，被他一一拒絕。他一輩子單身，一個人吃飽，全家都不餓。一個人做事，全家出汗。人們有時叫他「紅花爹爹」，紅花就是童身的意思。

人們後來發現，他不收親不是因為沒有錢，是因為他天生疏遠女人，害怕女人，碰到婆娘就盡量繞開走，凡是婆娘多的地方，絕不可能找到他的。他的鼻子靈，又古怪，總是聞到女人身上一股腥臭。他認為婆娘們打香粉，蓋住身上的腥臭，就是唯一理由。尤其是春天裡，尤其是三十多歲的婦人，身上散發出的腥臭總是洶湧瀰漫，夾雜著一股爛絲瓜味，飄出百步之遠，他鼻子一碰到這氣味就暈頭。要是在這種氣味裡待上一陣，那更是要他的命——他必定面色發黃，額冒冷汗，說不定還要哇哇哇嘔吐不止。

他還認定，正是這種腥臭敗壞了他的瓜果。他屋門後有兩棵桃樹，每年花開得很茂盛，只是不怎麼掛果，即便掛上了也一片片地爛掉。有人說這樹有病。他搖搖頭，說那些賊婆娘一年總要來瘋幾輪，我都要病了，樹還當得住？

他是指兩棵桃樹靠近一片茶園，每年都有婆娘們去那裡摘茶和笑鬧，桃子不爛才是怪事。

有人不大相信他的話，想試一試他的鼻子是否真的與眾不同，試一試他是否真的拒色如仇，有一次歇工時偷了他的蓑衣，獻給婦女們墊坐，再歸還原處，看他以後有何表現。

人們大為驚訝的是，他取蓑衣時鼻子縮了兩下，立刻沉下臉：「搞下的，搞下的，哪個動了我的蓑衣？」

在場的男人們佯作不知，互相看了一眼。

「我得罪過你們麼？我哪點對不起你們？你們這些毒攢心要這樣害我？」他哭喪著臉一跺腳，真來了氣。

偷蓑衣者嚇得趕快溜了。

羅伯丟下蓑衣，氣咻咻回家去了。復查想和事，把蓑衣拿到塘邊洗了洗，給老村長送去。但以後的日子裡，老村長身上再也沒有出現過這件蓑衣，據說是一把火把它燒了。

人們再也不敢同他開這一類玩笑。請他吃飯，桌上斷乎不能有女客，近處也斷斷乎不能晾曬女人的衣褲。安排他出工，也必須注意不把婆娘們派在他一起。有一次本義要他跟著公社裡的拖拉機到縣裡買棉花種，他一去就是兩天，回來說，他走到路上突然腿痛，沒趕上拖拉機，只好步行，所以費了時日。村裡人後來碰到公社裡開拖拉機的師傅，才知道他其實趕上了拖拉機，只是因為車上有幾個婆娘搭便車，他就硬不肯上去，情願自己走路。這就怪不得別人了。

他走路很慢，從縣裡走回馬橋，三十來里路竟走了整整一天。不僅如此，他做什麼都慢，都不急

火，似乎深知日子後面還有日子，日子後面的日子後面還有日子，無須搶火式的腳趕腳。後生都喜歡跟著他做功夫，日子可以過得比較輕鬆和悠閒。有一天，後生跟著他到天子嶺修跨山渡槽。天太冷，地上都結了冰殼子，人人的腳上都纏了草繩，還是一步一滑，跌倒的哎呀聲和笑聲此起彼伏。大家縮頭縮腦來到工地上，見幹部們都沒有來，在場的只有羅伯最有話份，就央求他同意大家等一等，至少等日頭出來來化了冰再開工。羅伯睡眼惺忪地摳著布袋裡的菸絲：「誰說不是呢？這麼冷的天，把大家從被窩裡拖出來，是要埋爺還是埋娘呢？」他的話雖然沒說得很明確，意思倒也明白了。大家高高興興一哄而散，各自找避風的角落暖身。羅伯還不知從哪裡找來一些枯枝落葉，在胯襠下燒著了一堆煙火，引得好些後生到那裡去擁擠。

「恐怕要搬兩簍子炭來呵？恐怕要架幾個爐子搬幾床被窩來呵？」本義一聲咳嗽，摔下陰陽怪氣的兩句開場白，嚇得人們跳了起來。不知他提著一根丈量土方的竹竿，從哪裡鑽出來的。

羅伯的眼皮上還糊著眼屎，慢條斯理地說：「路都走不穩，何事還擔得擔子？你沒有看見麼？這號天狗都不上路。」

是呵是呵，人們也跟著附和。

「要得。」本義冷笑一聲，「我就是來要你們睡覺的，黨員帶頭睡，民兵帶頭睡，貧下中農克服困難睡，既要睡個現象出來，又要睡個本質出來。曉得何事睡吧？」

他把剛學會的現象本質一類哲學也用上了。說完脫下襪子，紮起袖口，朝手心吐了一口唾液，扛起一塊岩磚就往渡槽那一頭走去。他這一手倒也厲害，在場的人不好意思乾乾地看著，看看旁人也動

了，戀戀不捨走出溫和的角落，三三兩兩硬著頭皮撞入寒風。

羅伯沉住氣，抽完最後一口菸，也咕咕噥噥跟上了本義。想不到的事情就在這個時候發生了。他剛剛走上渡槽，前面的本義一聲尖叫，身子晃了晃，兩個腳板根本穩不住，在滑溜溜的槽面上平移，眼看就要滑出邊沿，眼看就要落入水聲嘩嘩寒氣升騰的山谷。人們的心猛地提了上來。還沒有看清楚形勢的險惡，羅伯已經眼明手快，呼的一聲甩掉了肩頭擔子，猛地撲上去，沒抓住前面的身影，只抓住了一隻腳。

幸好羅伯自己的腳勾住了渡槽上的一個鋼筋頭，壓在冰上的身體被本義拖到渡槽邊沿以後，停了下來。

根本聽不清本義的聲音——被山谷的氣流攪得七零八落，好像從很遠很遠的谷底傳來幾聲蚊子叫。

「你、說、什、麼？」羅伯只看到另一隻亂蹬亂踢的腳。

「快把我拉上去，快點……」

「莫急，」羅伯也氣喘吁吁了，「你的哲學學得好，你說這號天氣是現象呢，還是本質呢？」

「你快點呵……」

「莫太快了，這裡涼快，好講話。」

「娘哎……」

幾個後生已經靠近來，拉的拉繩子，伸的伸手，好容易小心翼翼把吊在渡槽下的書記救了上來。

本義上來以後，紅著一張臉，再也不豪氣了，再也不哲學了，走下渡槽還得有人扶著，小步小步碎碎地走。他回到村裡砍了一斤肉，請羅伯吃酒，感謝救命之恩。

從這次以後，本義可以罵馬橋的任何人，唯有羅伯除外。本義有了點好酒，也要提到羅伯的茅屋去，請羅伯喝上一口。有人說，鐵香後來三天兩頭同本義吵架，本義老是泡在羅伯那裡，也是原因之一。他們不光是喝酒，不光是講白話，還做些讓人費解的事，比方說一同洗澡，一同躲進蚊帳，不知在搞些什麼鬼。就算是同鍋兄弟，也不能睡一個被窩吧？

有人曾經去羅伯屋後的園子偷筍，順便從窗紙洞朝裡面看過一眼，大為驚奇：他們莫不是孌屁股？

這是指男人之間不正經的事。

馬橋人對這種事不大關心。張家坊也有人做這種事，鄰近另外幾個村寨也有些紅花爹爹和紅花大叔做這種事，算不得什麼稀奇。再說，看見本義白天忙上忙下一臉的怒氣，誰也不敢去深問，也就無從證實。

△你老人家（以及其他）

這個詞的「老人」應連讀為 len，即前一字聲母拼讀後一字韻母。

這個詞沒有什麼實際含義，只是一種謙詞，對老人、後生乃至娃崽都可以說。說多了，客套的意思漸漸流失，相當於言語間咳嗽或哈欠的插入，隱形於詞句之間，耳熟的人不會放在心上，不會感覺到它們的存在。比方有人問供銷社殺了豬沒有。答者說：「殺了你老人家。」又問：你買了肉沒有？答者說：「買了你老人家。」在這裡，「你老人家」是應該由聽者聽而不聞，隨時給予刪除的──否則怎麼聽也會刺耳。

羅伯曾經在路上遇到一個女知青擔秧，笑嘻嘻地打招呼：「擔秧呵你老人家？」女知青是剛來的，模樣不是太好看，不禁大為生氣地扭頭而去，事後對別人說：「你們說那個老傢伙的嘴巴臭不臭？我皮是黑一點，總不至於就成了老人家吧？未必比他還老？」

這就是外來人還沒有習慣虛言的結果，也說明知青一時不明白馬橋人貴老而賤少的傳統：把你往老裡誇，其實是奉承。

仔細的清查將會發現，語言的分布和生長並不均勻。有事無言，有言無事，如此無序失衡的情況一直存在。好比同一個世界裡，旱的旱死，澇的澇死。澇得太厲害了，把好端端的詞話泡得虛腫畸

肥，即便大水退了也還是澇疾遍地。外人到了日本，不可不注意一些叫作「世辭」的廢話。假如有日本人對你的產品頗為誇獎，對你的計畫大加讚許，但並沒有與你商談具體合作步驟，你就千萬不要當真，不必在家裡傻傻等對方的訂貨單。外人到了法國巴黎同樣需要警惕，假如有人邀請你到他家去做客，不管他熱情洋溢到何種程度，不管他如何拍肩握手甚至同你擁抱貼臉，只要他沒有給你他的具體位址，沒有約定具體時間，你就大可付之一笑，將其看作交際禮儀中的虛套，看作某種通用規格的友情空頭支票，不要放在心上。更不要把電話打過去問：「我什麼時候來呵？」

不能說，日本人和法國人特別虛偽，中國人有言無事的本領也很高強。長期以來，馬橋語言中類如「革命群眾」／「全國形勢大好，越來越好」／「在上級的英明領導和親切關懷下」／「講出了我們的心裡話」／「進一步大大提高了思想境界」／「不獲全勝絕不收兵」等等，也是不可認真對待的。老村長羅伯死了。他是一個老貧農，老土改根子，還是一個略微有點模糊含混的老紅軍，當然得有一個像樣的葬禮。本義在追悼大會上代表黨支部沉痛地說：「金猴奮起千鈞棒，玉宇澄清萬里埃。四海翻騰雲水怒，五洲震盪風雷激。在全縣人民大學毛澤東哲學思想的熱潮中，在全國革命生產一片大好形勢下，在上級黨組織的英明領導和親切關懷下，在我們大隊全面落實公社黨代會一系列戰略部署的熱潮中，我們的羅玉興同志被瘋狗咬了……」縣裡民政局來的一個青年幹部皺了皺眉頭，捅了捅本義：

「什麼話？這同上級的英明領導有什麼關係？」

本義眨眨眼，好生奇怪：「我說了領導麼？我剛才說瘋狗子。」

民政局幹部說：「你前面呢？前面還說了什麼？」

本義說：「沒說什麼呵，都是一些好話，說不得麼？」

民政局幹部一開頭就把追悼會攪亂了，不僅本義有些氣憤，在場的群眾也十分掃興。在我看來，他們都不明白，人和人的耳朵不是一樣的，本義在「瘋狗」前面的那些話，長期來可以套用在修水利、積肥、倒木、鬥地主、學校開學一類任何事情上，用得太多，被人們充耳不聞，已經完全隱形——只有外人才會將其聽入耳去。這位外人還太年輕，不明白言過其實、言不符實、言實分離的可能。

作為語言某種隱形的贅疣和殘骸，包括很多謙詞、敬詞在內的不實之詞並不是總能得到及時清除埋葬的。在一定情況下，它們還可能突然大量地繁殖擴張，作為人類美德的一種語言放大，作為掩蓋人類嚴峻真相的一種語言整容。世故之人，對此都應該有充分的準備。

世故就是運用廢話的能力，或者說，是世界上大量道德廢話和政治廢話培育出來的一種人體機能。

有一個外國作家曾盛讚粗痞話，說粗痞話是最有力量的語言，也是語言中最重要的瑰寶。這種說法當然誇大不實。如果說，我能夠從某一特定角度同情這位作家的話，那只有一條原因：這位作家產生於最為優雅的國度。他如此驚世駭俗，想必是在世故化的人群交際中，被無比優雅無比友善無比堂皇的大量廢話憋久了，一急眼，才生出罵人的歹意。他一定是在重重語言假面那裡行將窒息，忍不住要口吐污穢，就像一把脫去大家的褲子，讓大家看見語言的肛門。肛門同鼻子、耳朵、手一樣，無所謂好看或者不好看，不是一開始就好看或者不好看的。只有在充斥虛假的世界裡，肛門才成為通向真實的最後出路，成為了集聚和存留生命活力的叛營。於是我們就不難理解，本義開完堂堂皇皇的追悼

會以後，一走入夜色就情不自禁地大罵一句：

「我嬲起你老娘頓頓的呵——」

他被一塊石頭絆了腳，似乎是罵那塊石頭。

罵完以後，他覺得周身血脈通暢多了。

△茹飯（春天的用法）

春天到了，沒有人覺得這是一個語言變化的季節。羅伯的一個遠方姪兒來山裡挑炭，已經走到羅伯家門口，被主人順口問了一句：「茹飯了？」

「茹飯」就是吃飯，古人「茹毛飲血」就是在同一意義上使用「茹」字。見面問一問對方茹了沒有，是馬橋人一種習慣，也是一種嘴裡的鋪張浪費，一般來說，是一句不可當真的世故。

同樣不可當真的回答應該是：「茹了。」——尤其在眼下的春天，在青黃不接家家吃漿之際，在多數人都餓得成天腳跟發軟膝蓋發涼之際。

沒料到姪兒有點呆氣，硬邦邦回了一句「沒茹」，使羅伯一時手足無措，吃了一驚。他問：「真的沒茹？」後生說：「真的沒茹。」羅伯眨眨眼：「你這個人就是，茹了就茹了，沒茹就沒茹，到底茹了沒有？」後生被逼出一臉苦相：「真的沒茹呵。」羅伯有點生氣：「我曉得你，從來不講老實話。茹了說沒茹，沒茹呢說茹了，搞什麼鬼麼！你要是真的沒有茹，我就去煮，柴是現成的，米是現成的，一把火就成了。要不，到人家那裡借一碗也便當得很，你講什麼客氣呢？」後生被這一番話說得暈頭轉向，不明白自己剛才客氣在何處，很慚愧地冒出了汗珠：「我……我真的……」

羅伯氣勢洶洶地說：「你呀你，都要收婆娘了，說句話還是瑣瑣碎碎，不別脫，不砍切，有什麼

不好說的？到了這裡，到了家裡一樣。又不是外人。茹了就是茹了，沒茹就是沒茹。」

後生已無招架之功，被逼無奈，只好很不情願地吞吞吐吐：「我……茹……」

羅伯激動地一拍大腿：「我曉得吧？我一眼就看出來了，還不是？你是誑我。我都快滿花甲了，你在我面前還沒有一句老實話。作孽呵。坐吧。」

他指了指門檻邊的一張凳子。

姪兒低著頭沒敢坐，喝了一碗冷水，擔著木炭走了。羅伯要他歇一陣再走，姪兒低聲說再歇就晚了。

羅伯說你的草鞋爛了，換一雙去。

姪兒說新草鞋打腳，不換了。

不久，姪兒過羅江時下河洗澡，不慎淹死。羅伯自己沒有後代，與遠方的一個兄弟共著這一線香火。大概是他兄弟夫婦怕他傷心，怕他責怪，對他也瞞著，只說是他姪兒招工到城裡去了，走時太匆忙，來不及向他辭行。於是，很長一段時間內，羅伯還時不時笑瞇瞇提到他的姪兒。別人要找他借一根圓木，他就說，木頭要留給姪兒打床鋪收婆娘的，如今姪兒是吃國家糧的了，城裡樣樣都講究洋式，他這張新床還得請街上的木匠來打。人家賣給他一隻山雞，他笑瞇瞇地說，這個好，他要燒把煙子燻起來，留著等他姪兒來了再吃。

日子久了，耳風徐徐傳遍馬橋，人們都知道他的姪兒已經夭折，也懷疑羅伯是否真正還蒙在鼓裡。聽到他提起他姪兒，忍不住朝他多看一眼。他似乎也從人們的目光裡覺到了什麼，有不易察覺的

短瞬一頓，想做什麼卻突然忘了般的惶惶。

人們越是等待著他改口，他反而越有堅持下去的頑強，甚至不能容忍旁人把他的姪兒當作忌諱，小心地迴避。看到人家的娃崽，他有時會突然主動冒出一句：「有小不愁大。我那個姪，看著看著他玩雞屎，一眨眼不就當國家工人去了呵？」

「是呵是呵……」旁人含糊其辭。

羅伯要求很高，不能容忍這種含糊，必須進一步強調他的姪兒：「豬豳的，也沒有看見他寫個信來。你們說養崽有什麼用？未必就真的那樣忙？鬼才信哩。城裡我不是沒去過，忙什麼忙？一天到晚就是耍。」

旁人還是不會接話，偷偷地交換一下眼色而已。

他抹一把臉：「做好事，我也不要他回來看。看什麼？有肉我一個人不曉得吃？有棉我一個人不曉得穿？」

他把姪兒談夠了，把伯父的架子擺夠了，把伯父的幸福和煩惱體會夠了，這才背著雙手，低下頭走向他的茅屋。他的背脊想必是難以承受人們太多懷疑的目光，一眨眼就駝了下去。

△模範（晴天的用法）

公社裡要各生產隊推舉一名學習哲學的模範，去公社開先進表彰會，據說可得到一張獎狀，也許還能吃上豆腐。本義不在家，此事只能由羅伯做主。吃過早飯，他慢悠悠來到晒坪，不慌不忙地在坪裡轉游一圈，把兩隻爬入晒坪的蝸牛送入草叢，怕大家踩著牠。

做完這件事，他再給大家派工，沒怎麼打開眼皮，低頭捲著於草末，說志煌、五成以及兆青要使牛；復查去散牛欄糞；鹽早呢，打農藥；婆娘和下放崽都去鋤油菜；模範麼，萬玉你去當。

我忍不住好笑：「模範……不評選一下麼？」

羅伯有點奇怪：「萬玉不去哪個去？他一個娘娘腰，使牛使不好，散糞沒得勁，昨天還說指頭腫，鋤油菜恐怕也是個龍彈琴。算來算去，沒有人了呵。只有他合適。」

在場的人也覺得叫萬玉當模範最合理。說總不能讓復查去吧？要是落雨天，也就讓復查去算了，他文化高，講話不丟馬橋人的臉。問題是今天一個好晴天，功夫得做出來。要是復查去了，牛欄糞哪個散？團魚丘還不散糞，明日就要下犁了，何事搞得贏？

一雙雙疑惑不解的眼睛盯著我。我這才明白，「模範」這個詞，在晴天和雨天裡的含義是不一樣的。我只得跟著擁護萬玉，讓他去公社掛紅花領獎狀。

△打玄講

萬玉死了之後，學哲學模範的帽子輪過很多人，最後輪到羅伯的頭上。據說這是公社領導指定的……一定要培養一個老農典型。

隊上安排我給他寫經驗發言稿，寫好後還要一句句讀給他聽，引導他背下來，再讓他去公社或縣裡的大會上發言——那叫作「出哲學工」。幹部們說，萬玉以前到公社裡沒有講好哲學，羅伯年紀大，資格老，有話份，在渡槽上還英勇救人，大家對他的先進事蹟肯定會滿意。

復查偷偷交代我，說羅伯是遠近有名的老革命，只是腦子有些糊塗，一開口就有點十八扯，牛胯裡扯到馬胯裡，事先不得不防。你一定要讓他把發言稿背熟。

我後來才知道，要讓羅伯做哲學報告時避免十八扯，實在是困難重重。他講著講著就脫離了講稿，好容易背熟的東西忘了個精光，蘿蔔白菜桌子板凳一攪和，就不知講到哪裡去了。我有時候想等待他自己找到回路，後來才發現他總是越扯越遠，越遠越歡。他一輩子沒有收過婆娘，甚至從來不近女色，但這並不妨礙他嘴裡經常有些不乾不淨的歇後語……滿妹子咳嗽——無談（痰）；滿妹子看雞巴——無心；逼著滿妹子下崽——霸蠻……這麼多的「滿妹子」與哲學實在不大合拍。

他從我的眼神裡看到了問題，眨眨眼……「豬嬲的，我又講錯了麼？」

他越排練越緊張，到後來索性一開口就錯：「首長們，同志們，我羅玉興今年五十六歲……」

需要說明的是，這其實不算錯，但根據黨支部的安排，我把他的年齡從五十六提高到六十五，是為了更加突出他人老心紅的優秀品質。六十五歲的人冒雨搶收集體的穀子，與五十六歲的人冒雨搶收集體的穀子，哲學意義當然不一樣。

我提醒他六十五，記住，六字開頭。

「你看我這張嘴。唉，人老了，活著還有個什麼用？」他不顧我的暗笑，悲哀了一陣，望望天，定下心來，重頭開始：「首長們，同志們，我叫羅玉興，今年五十……」

「還是錯了！」

「我叫羅玉興，今年……五十……」

我幾乎絕望。

他有點生氣。「我就是五十六麼！哲學就哲學，改我的年齡做什麼？我年齡礙哲學什麼事？」

「不是要讓你的事蹟更加感人麼。」我把已經講過的道理仔仔細細又講一遍，強調龍家灘的一個老人家七十歲講養豬的哲學，上了廣播；長樂鎮一個老人家七十三歲講養蜂的哲學，上了報紙。你五十六歲比起他們來，實在太少了一點，說不過去的。

「我早就曉得哲學不是什麼正經事，呀哇嘴巴，捏古造今。共產黨就是喜歡滿妹子胯裡夾蘿蔔——搞假傢伙。」

這些反動話讓我嚇了一跳。

正好這時候有個公社幹部來了，看見了我們。羅伯迎出門去，說起我們正在做的事，眼睛眨巴眨巴像沒有睡醒：「哲學麼。學，要學的，不學還行？我昨日學到晚上三更，越學越有勁。偽政府時候你想學進不得學堂門，如今共產黨請你學，還不是關心貧下中農麼？這哲學是明白學、道理學、勁勢學，學得及時，學得好！」

幹部聽得滿面笑容，說到底是老貧農，思想境界確實高，你看這總結得多好：明白學、道理學、勁勢學。

我暗暗佩服，羅伯隨機應變，出口成章，雖然總是睡眼惺忪之相，說起來卻是一套一套的，一下就說到聽者的癢處。我後來才知道，他就是個這樣的人，從不同鄉親們紅臉，一張嘴巴兩張皮，見人說話，見鬼打卦，總是把人家愛聽的話說得頭頭是道。碰到餵了豬的人，他就說餵豬好：「自己養的豬，想吃哪裡就吃哪裡，想什麼時候吃就什麼時候吃，何必到屠房裡去冷臉挨熱臉？」碰到沒有餵豬的人，他又說不餵豬的好：「想吃肉，拿錢到屠房裡去剁就是，幾多別說呵！何必餵豬勞那個神？」碰到生了女崽的，他就說女好：「收了媳婦失個崽，嫁了妹崽得個郎。你看看幾個豬嘓嘓的後生仔子真有孝心？做好事。還是女的疼爺娘，以後你粑粑有得吃，嫁了妹崽得個郎，鞋襪不愁穿，恭喜恭喜。」

天天三頓淅，自己都吃不飽，還要先餵飽牠，你說氣人不氣人！」碰到生了伢崽的，他就說男好：「做事還是要靠崽，挑得擔子使得牛，這是你有福。」碰到生了女崽的，他就說女好……

他講來又講去，倒也不見得是講假話，倒是句句見真心，講得實在，雄辯有力，一臉的認真嚴肅。馬橋人說他最會「打玄講」。玄是玄學，陰陽之學。因是因非，即此即彼，圓融無礙——玄道本

就不可執於一端，永遠說得清，也永遠說不清麼。

他自己沒有子嗣，只有個乾崽，是平江縣的。根據本地人的習俗，生了娃崽之後第一個撞進家門的客人，就是這個娃崽的「逢生乾爺」或「逢生乾娘」。羅伯很多年前有一次到平江去販樅膏，去路邊一戶人家討口水喝，剛好撞了弄璋之喜，也就乾爺了一回，以後每次到平江，記得給乾伢崽帶一包紅薯片。他沒料乾伢崽後來入了紅軍，竟當上了將軍，進了城以後還接他去南京城。他說他是個沒福氣的人，出了南京大碼頭，一進將軍的小烏龜車，立刻感到天旋地轉，忍不住大喊大叫，非下車不可。後來將軍只好陪著他走路，汽車在身後慢慢隨行。

他不習慣將軍家裡沒有火塘，沒有尿桶，沒有鋤頭。屋後那一塊空地，本可以好好育上一圃子菜。他好容易把它挖翻了，平整了，就是找不到尿桶。拿水桶和搪瓷缸去上糞吧，又招來將軍夫人和兩個妹崽搗著鼻子尖叫，埋怨他不講衛生，不文明。他一生氣，整整一天不吃飯，硬是逼著將軍買了張船票送他回馬橋。

「懶！」他說起兩個乾孫女就搖頭，「太科學了，長得一身肉坨坨的，餵不得豬，紡不得紗，以後如何到夫家放鍋？」

聽說將軍逢年過節都給他寄錢，我不免羨慕地打聽。

「哪有好多錢呢？摳，摳得很。」他挖著布袋裡的菸絲，眼睛眨了好一陣，嘴裡含含糊糊，「也就是……就是……三四塊錢。」

「不止吧？」

「我這麼大的年紀，還會講假話？滿妹子的耳屎——就這麼多。」

「我又不找你土改。」

「要不你抄家，你抄家！」

我對他這一段故事頗感興趣，覺得這事正體現了老貧農樸素勤勞的階級本色（不願在城裡享清福），又展示了光榮歷史（比方說與紅軍有密切關係），希望能把它寫到發言稿裡去。我沒料到，一往深裡說，他的玄氣又冒出來了，反而搞得我一頭霧水。比方說吧，他是歌頌紅軍的，但說著說著就變了味，說到紅軍好毒辣呵——有個排長拉老鄉關係，結兄弟幫，拜把子，新來的連長就把他當反革命軍殺了。連長才十六歲，個頭又矮，砍人家的腦殼還要跳起來砍，砍得血漿往天上噴，你說駭不駭人？說到階級敵人，他甚至流出了反動的眼淚。「馬疤子算什麼壞人呵？正經做田的人，好剛烈的人，好耿直的人。可憐，好容易投了個誠，也是你們要他投的，投了又說他是假投，整得他吞菸土呵……」

他用手掌向上推著鼻孔。

我不得不制止他：「你哭什麼？你好糊塗，共產黨清匪反霸是革命行動，你為馬疤子鳴什麼不平？」

「我……哭不得……」

「我……哭不得？」

「當然哭不得。哭不得的。你是貧農。你想想，你剛才是哭誰？」

「你看看，我這個腦殼不是個腦殼了。我說了不講的，你硬要我講。」

「那倒也不是，有些地方還是講得好。」

他要去解手，一去就去了半個來鐘頭，讓我覺得奇怪。等他回來，我引導他多回憶一些國民黨反動派的罪惡，讓他喝口水，定定神，重新開始。到這個時候，他才回到了老貧農的身分。他說起國民黨剿共，好毒辣，好毒辣呵。連婆娘娃崽也一起殺，三歲的伢崽，抓起來往牆上一甩，哼都沒有哼一聲，就腦殼開了花。有的被丟到磚窯裡燒，燒得皮肉臭，臭氣三天三晚還不盡。他說起陸大麻子，大概是一個國民黨的頭目，做事最陰險，取了紅軍的肝肺，偷偷地混在一大鍋牛肉裡，要大家吃。他

羅玉興開始不知情，吃了以後才聽說，當時就嘔得腸子都要翻出來了……

他也當過一個月的紅軍，掉了隊，才回了家，被陸大麻子抓住以後，差一點也被取了肝肺，幸虧他老娘賣了一口棺材，辦了三桌賠罪酒，又求了兩個人做保，才留下他一條命。

「陸大麻子我捅他的祖宗！他是老蟲和老豬玀的種，又蠢又惡，要死七天七晚還不得落氣！」說到老娘的棺材，他忍不住大吼大叫。鼻涕眼淚又來了，再次用手掌向上推鼻孔。

這次推得我比較放心。

「不是毛主席、共產黨來了，哪有我羅玉興的今天？」

「說得好，到了台上你也要這樣說，一定要哭出來。」

「哭，當然要哭的。」

結果很遺憾：沒有哭出來。不過還算好，他雖然緊張得有點結巴，基本上按照背熟的稿子講下來，從歷史到現實，從個人到社會，運用了「本質與現象」之類的哲學，既講了自己的優秀事蹟，又

頌揚了社會主義。他十八扯不是太厲害，在我事先一再警告下，總算沒有講出給國民黨當挑夫以及吃過美國麵粉之類的蠢話。他頂多是批判修正主義哲學時加一點即興，說修正主義確實壞，不但要謀害毛主席，還害得我們現在來開會，耽誤生產。這雖然沒有抓住要害，卻也符合主題。

我和他三天時間的背誦排練，總算沒有白費工夫。

他後來被公社裡指名，到其他公社去講過幾回。那以後，我調到縣文化館寫劇本，就與他接觸不多了。只聽說他有次從外面出哲學工回來，在路上遭一條瘋狗襲擊，腿上被咬了一口，沒有及時診治，臥床半年多。再後來，就散發了。（參見詞條「散發」）

記得最後一次見到他時，他額上貼著膏藥，瘦得只見兩隻眼睛眨巴眨巴，在田邊看住一頭牛。一隻金黃色的蝴蝶叮在牛背上。

問起他的病，他睜大眼睛說：「你說怪不怪，狗從不咬我的，只咬現地方。」

這話聽來有些彆扭。

他撩起一隻腳給我看。他的意思是，這條腳上有一塊疤，以前鐮刀割在這裡，摔跤碰破這裡，到頭來狗也咬在這裡。他對這種重複受傷百思不得其解。

「快好了吧？」

「何事好得了？」

「打了針吧？」

「天下郎中者只治病，治不了命。」

「你老人家要有信心，會好的。」

「好有什麼好？還不又要去出牛馬力？打禾，挖山，有什麼好事？還不如我現在看看牛。」

「你還不想好呵？」

「不好又有什麼好？一步路都走得痛，茅廁都蹲不得。」

他什麼話都可以說得順溜。

他手裡拿著一個粉紅色的小收音機，大概是他乾兒子將軍最近捎給他的，在鄉下人看來十分稀罕。

「這是個好傢伙，」他是指收音機，「一天到晚講個不停，唱個不停，不曉得哪裡這麼足的勁勢。」他把收音機拿到我的耳邊。我聽不太清楚，聲音太小，大概是電池不夠用了。

「北京下不下雨，我每天都曉得。」他笑著說。

我後來才知道，此時的他已病入膏肓，自己把壽鞋一類都放在床頭了，怕到時候來不及穿。但他還平靜如常地起床放了幾天牛，給牛欄換了一輪新草，搓了兩根牛繩，還笑著同我說起了北京的雨。

△現

這個詞流傳於江南很多地方，也包括馬橋。《現代漢語方言大詞典》（江蘇教育出版社一九九三年）收錄了這個詞，列舉的例子至少有：

現話：重複的話。

現菜：剩菜。

現飯：剩飯，比如「現飯炒三道，狗都不吃。」

……

因此，該詞典總結「現」有兩個意義：（一）表示保持原狀；（二）表示剩餘的東西。在我看來，「原狀」也好，「剩餘」也好，共通的意思是表示舊的，老的，原來的。比如羅伯說「狗咬現地方」，就是指狗咬了以前（舊的、老的、原來的）的傷口。

馬橋的「現」，同時表達著一個相反的含義：非舊、非老、非原來、非以前，即漢語普通話中已經通用的「現在」。《詞源》（商務印書館一九八九年）認定這一含義源於佛教。佛教以過去、現在、未來為三世。《俱舍論》稱：「一世法中就有三世……有作用時名為現在……若已生未已滅為現在。」

我與法國漢學家安妮‧居里安討論中國人的時間觀念時，就說到了這個「現」。我還說到了「前」：

既表示過去之事，如「前述」、「前緣」、「前夜」、「前因」等等，又表示將來之事，如「前途」、「前景」、「前瞻」等等。中國人是最有時間觀念的，世界上恐怕沒有哪個民族有如此龐大和浩繁的史學，對史實的記載可以精確和詳細到每一年、每一個月、甚至每一天。但在另一方面，中國人又最沒有時間觀念。中文沒有時態語法，沒有過去時、現在時、將來時的表達差別。中文還有如「現」和「前」這樣的對義詞，既指示過去，也同時指示此刻甚至未來。也許，中國人相信輪迴，一個祖先可能就是你的子孫，一個子孫也可能就是你的祖先，既然如此，過去與未來還有什麼區別？或者說這樣的區別還有什麼意義？

在這樣一個環境裡，「現」一類對義詞，大概就不難理解了。

作家們一次次回顧身後，寫一些現事，說一些現話。但他們一字一句其實都是對當下的介入，湧動著當下的思維和情感，都是不折不扣的「現」在。作家們最習慣於尋找過去的現在和現在的過去，永遠生活在時間的疊影裡。他們的矛盾也許在於：既要發現時間，又要從根本上拒絕時間。

△嘴煞（以及翻腳板的）

隊上請篾匠補籮筐和筮箕，沒有錢買肉辦招待，實為一件難事。復查身為公家的會計，負有招待匠人的責任，估計羅伯手裡活泛一點，可能有乾兒子從南京寄來的錢，想找他先借上兩三塊度個急。

羅伯說他沒錢，還說什麼乾崽喲，把薪水都交黨費了，心裡早沒他這個逢生乾爺了。

復查不大相信，說有借有還，不是要你的。你把錢藏在牆壁縫裡發霉做什麼？

羅伯急了：「你血口噴人，血口噴人！復查伢子，我比你爹大八歲，我看著你長大的，你講話怎麼不憑天良？」

復查這一天也是四處借錢都沒借著，被日頭晒得有些煩躁，後來走在路上忍不住罵了一句：「這個翻腳板的！」

日頭太烈的時候免不了要說些昏話。

他沒想到，「翻腳板的」是馬橋人最罵不得的話，惡毒等級最高的嘴煞——差不多相當挖人家的祖墳。他話一出口，身旁兩個篾匠就大吃一驚，把復查看了又看。復查大概和我一樣，並不知道這個詞的來歷，也不大相信嘴煞不嘴煞，有點掉以輕心，一時沒鎖住口。

第二天，羅伯就被瘋狗子咬了，走上了歸途。

羅伯之死，成了復查一塊心病。馬橋也有些人私下嘀咕，認為復查對這件事負有責任。照本地人的辦法，犯煞以後也可以退煞的，只要復查在門邊及時插一炷香，割一隻雞頭，用雞血洗門檻，就可能保住羅伯一條命。但復查那天忙，忘記了這道手續。他後來向很多人解釋，他是一時失言，絕無咒死羅伯的意思。他也不知道嘴煞如此厲害。如何瘋狗子來得這麼巧呢？這些話，他最喜歡向知青說，因為知青從夷邊來的，不大在乎馬橋的規矩，都要他放寬心，根本不要相信煞不煞的。有的知青甚至很義氣地拍胸脯，說你罵我吧，揀最狠的罵，看能罵出什麼鬼來！

復查有些感動，疑疑惑惑地回去了。

過不多久，他見到別人，說著旱情或口糧，一不留神又繞到羅伯的事情上來，說他真是無心的，他只是日頭晒得昏了頭然後一時說走了嘴云云。這就有些煩人了，有些問題了。

「嘴煞」是一種忌語。其實，話就是話，耳邊一陣風而已。不會傷任何人身上任何一根毫毛。但復查很快瘦了一大圈，頭上明顯多出了白髮，即便笑一笑，也是一種沒有深度的笑，一種沒有根植於血液和內心的臉部努力。他以前習慣於衣服整整齊齊，出門前還要照鏡子梳頭，衣領也總是用幾顆迴形針夾住以保持挺刮。但眼下的他衣冠不整，泥巴上了肩，頭髮像草窩，一走神就扣錯扣子，或者丟了筆，丟了鑰匙。他以前做個年終決算只需要一天的時間，現在做了三四天還是滿頭大汗，帳表一塌糊塗。他自己也不知道這是怎麼了，在帳本堆裡找來找去，找了半天又忘了自己要找什麼東西。最後，他在供銷社莫名其妙丟失五百塊錢的棉花款以後，隊委會覺得他確實不能當會計了。

他自己也覺得不能當會計了，把帳本交出來，另外找人。他後來放了一段鴨子，遭了鴨瘟。學了

一陣木匠，也沒有學會。反正什麼事都不是太順，最後草草收了一房親，是一個總是頭髮亂蓬蓬的婆娘。

我很驚訝，一句嘴煞幾乎可以影響一個人幾十年。他不能做出一些彌補嗎？不能從頭開始嗎？在很多馬橋人看來：不能。事情已經過去了，就像覆水難收，復查的嘴煞將永遠在那裡，而且可能越長越大越長越硬再也不會平復消失。

語言的力量，已經深深介入了我們的生命。語言是人的優勢，人可以憐惜動物沒有語言，因此沒有知識，不能組成社會，不能取得文化積累和科學進步的強大威力。但問題還有另一方面，動物永遠也不會因為叫錯了一個聲音，就長時間像復查一樣失魂落魄，直至最後幾乎失去生存能力。在這一點上，語言也使人變得比狗還要脆弱。

「煞」是人們約定的某種成規，是寄託敬畏之情的形式。憑藉語言從動物界分離出來的人們，情感需要找到某種形式給予表達，加以營構和凝固，成為公共心理的依託。馬橋人設立語言的禁忌，就如更大世界裡的人們結婚需要戒指，國家需要國旗，宗教需要偶像，人道主義需要優雅的歌曲和熱情的演講。當這些被人們襲用之後，它們本身就成為神聖不可冒犯的東西。任何冒犯在襲用者和慣用者那裡，不再被認為僅僅是惡待了一塊金屬（戒指），一塊布料（國旗），一塊石頭（偶像），以及一些聲波（歌曲和演講），而是侵凌了他們的情感，準確地說，是他們確定的某種情感形式。

一個徹底的科學主義者，只追究邏輯和實用，不但應該認為馬橋人的嘴煞之說是可笑的，也應該視某些金屬、布料、石頭以及聲波的神聖化是可笑的──這些奇怪的心理建築，在物用邏輯下沒有必

然如此的任何理由。但事情只能是這樣了。一個人已經不是一條狗，不可能把物質僅當作物質。即

使是一個科學主義者，他也經常對某些物質賦予虛幻的精神靈光，比方說從一大堆金屬物品中分離出

一塊金屬（情人的、母親的或者祖母的戒指），另眼相看，寄予特別的情感。在這個時候，他有點荒

誕了，不那麼科學了——但開始真正像一個常人了。

一個戒指不僅僅被看作金屬的時候，科學主義就為信仰主義留下了地盤，為一切沒有道理的道理

留下了地盤。生活的荒誕性和神聖性，就奇異地融合在一起。

孟子的「君子遠庖廚」當然是一種情感形式。他不忍看廚房裡血淋淋的宰殺場景，但這並不妨礙

他大口吃肉。佛教徒的戒殺生甚至戒葷腥，也是一種情感形式。一棵樹除了不能發出求救的呼叫，同樣有痛感，有神經性反應，甚至可以有靈活

代生物學的揭示下，一棵樹除了不能發出求救的呼叫，同樣有痛感，有神經性反應，甚至可以有靈活

的身體動作。但我們能嘲笑他們的情感形式嗎？或者說，我們能在什麼意義上在什麼程度上來嘲笑他

們的某種荒誕和虛偽？如果事情不是這樣，如果我們鼓勵每一個人乃至每一個孩子大舉屠宰小雞、小

狗、小貓、小天鵝以及一切可吃的活物，如果我們看到一個孩子在進行這種血淋淋的狂歡，沒有任何

心靈的悸動不安，荒誕和虛偽誠然沒有了，但生活是否同時也缺少了什麼？

我們能怎樣做呢？是讓孩子不吃肉甚至不吃任何東西，還是嘲笑和消滅他們對任何美麗生物的同

情？——這種來自孟子、來自佛教徒以及來自其他文化前輩的同情？

正是想到了這一點，我才理解了復查。他沒有來得及退煞，沒有來得及為挽救羅伯割下一隻雞頭

並且用雞血洗門檻，於是陷入了永不可解脫的罪惡感。

他是毫無道理的。
也是完全有道理的。

△ 結草箍

復查讀過高中，是遠近少有的知識分子之一。不但是個好會計，又吹得笛子，拉得胡琴，對老人恭敬有禮，辦起事來細心周到，細白臉皮走到哪裡都是女子們注意的目標。他對此視而不見，目光從不胡亂放置，總是從正前方向平直前伸，投向一些較為可靠安全的對象，一個比較道德的範圍，比如田土和老人的面孔。對女子們的嘰嘰喳喳的作姿作態，對她們羞澀或驚訝的用意，他是不知道呢還是裝作不知道？人們琢磨不透。

有些女子看見他來了，故意把秧插得稀稀拉拉東倒西歪，看他管不管。他是幹部，當然要管，但臉上沒有任何表情，公事公辦地說一句「把秧插好」之類的話，一步都沒停留就走了。另一個女子，見他來了，故意摔一跤，肩上的一簍茶葉潑散了一地，哎喲哎喲地喊痛，看他來不來幫一下。他是幹部，當然來幫，但臉上還是平靜如常，幫著把茶葉攏回簍子裡，挎上肩朝前面先走了。

他不覺得有個人還坐在地上，還在擦眼淚，這個事情比茶葉更重要一些。他光說一句「對不起我先走一步」，是遠遠不夠的。他也不覺得女子們多了一些花花的衣服，多了一些插在頭上的桂花或桃花，就與自己有什麼關係。

「一雙眼睛頂在額頭上，有什麼了不起呢？」女子們對他沒心沒肺的高傲越來越無法容忍，越來

越義憤填膺。當附近幾個找復查娘提親的人都遭到斷然回絕之後，這種義憤漸漸有了集體性質，從馬橋蔓延到四鄉，成了遠近眾多待嫁女子的共同話題。她們在趕場的時候相見，在公社開什麼群眾大會時相見，免不了要湊在一堆，同仇敵愾詆毀那個人的笛子，那個人的胡琴，那個人的白臉皮。她們說馬橋已經出了個紅花爹爹羅伯，只怕又要出一個紅花爹爹二世，對不起，說不定要出個閹倌子。她們對自己的這一番惡毒十分開心，笑得流了眼淚。

她們也許沒有那麼憤怒。但她們的感情總是在集體中得到放大，女子們一旦成了堆，事情就不一樣了。細胞和神經不大管得住，不痛也痛，不癢也癢，不高興也高興，不憤怒也憤怒，凡事不鬧過頭是不行的。

最後，她們中間的十多個人偷偷結草為誓，相約誰都不准嫁給那個人，哪個沒有做到，變豬變狗，天誅地滅。

這叫作結草箍。

時間一年年過去了。復查不知道有這樣一個草箍，不知道有這樣一個針對他的神聖形式。他並沒有攀上什麼龍王女和玉皇妹，最後收下的一個婆娘，頭髮都梳不整齊，腰圓如水桶。這個水桶成了女子黨長達十多年堅守誓約團結抗敵的乏味結局。當然，她們現在早已紛紛離家，做了他人婦。其中有三位本來不是沒有另外選擇的，媒婆先後上過她們的家，表示過復查的意思，也是復查的意思。但她們有約在先，結過草箍的，不能做不義之人愧對各位姊妹。她們懷著一種對往日言辭的忠誠，一種報復的快感，一種公而忘私的激情，斷然決然地搖了搖頭。

在我看來，誓約如同嘴煞，也是語言的暴政。上述三個女子中的一位，即張家坊的秋賢，就是在這種暴政強制之下嫁給了一個獸醫。不能說這種強制有什麼太大的惡果。她學會了裁縫，家境也還算富裕，只是夫妻性子有點不太合得來。如此而已。

一天，天快下雨了，她做完上門生意騎著腳踏車回家，說不出哪點不樂意，不想回家了，決定去她一個伯伯家。她在路上遇見了一個漢子正在打娃崽，胸口怦然一跳，完全不相信自己的眼睛⋯⋯這麼多的白頭髮，這麼多的抬頭紋，這麼亂糟糟的褲腳一隻高一隻低，居然是以前的復查。如果不是這半老頭子對她怯怯地點了點頭，她一定懷疑自己認錯了人。

「復查哥⋯⋯」她覺得這三個字已經生疏。

「秋賢呵⋯⋯」對方一臉苦笑，「你看這傢伙討不討厭，就要下雨了，他偏偏不肯走。」

「科科，坐我的車麼？」秋賢的目光投向娃崽。

「不坐，同小叔說，不坐車，不耽誤她的事。」

「不打緊，我反正要經過馬橋。」

娃崽對女人和腳踏車眼睛發亮。

娃崽看看父親，又看看女人，一溜煙爬起來，十分內行地坐上腳踏車的前槓。

復查手足無措，大概上前來搶奪有些不便，只是遠遠地跺腳⋯⋯「下不下來？下不下來？下不下來？你討打呵？」

「科科，同你爹說，不礙事的。」

「爹，不礙事的。」

「問你爹，他來騎不？」

「爹，你來騎不？」

「不⋯⋯我不會⋯⋯」

「你要他坐上來。」

「爹，你也坐上來。」

「不行不行，你們先走吧⋯⋯」

秋賢遲疑了一下，聽到對面山上已有淅淅瀝瀝的雨聲，便把自己的一把雨傘回頭塞給復查，跨上車朝前面先走了。娃崽在迎面而來的氣流中很興奮，一會兒發出趕馬的聲音，一會兒發出汽車的聲音，碰到路邊有娃崽看著，這些叫聲便更加響亮。

「科科，你爹⋯⋯對你娘⋯⋯好不好？」

「好。衝呵——」

「他們吵架不？」

「不，不吵。」

「真的不吵？」

「我娘說，我爹脾氣好，吵不起來，沒有一點味。」

「一次也沒吵過？」

「沒有。」

「我不信。」

「真的沒有……」

「你娘的命真是……好。」

默了一陣，她又問：「你……喜歡你娘麼？」

秋賢的語氣中透出失望。

「喜歡呵。」

「你喜歡她什麼？」

「她給我做粑粑吃。」

「還有呢？」

「還有……我不做作業，復查要打我，她就來罵復查。」他一到痛恨的時候，就對父親直呼其名。

「你娘給你買過遊戲機沒有？」

「沒有。」

「也沒帶你到城裡看過火車吧。」

「沒有。」

「你娘會不會騎單車？」

「不……」

「太可惜了，是不是？」秋賢簡直有點興高采烈。

「不可惜。我不要她騎單車。」

「為什麼？」

「騎單車會摔跤。桂香她娘騎單車，差點被拖拉機軋死了。」

「你好壞，就不怕小叔騎單車也摔跤？」

「你摔跤，閒話。」

閒話是不要緊的意思。

秋賢緊緊地問：「為什麼閒話？」

「你……不是我娘嘸。嘀嘀嘀——」娃崽又看見了一個下坡，快活地發出了加速的信號。她咬緊牙，把車子朝前面蹬過去。幸好，一場秋雨已經落下來了。

秋賢一愣，突然覺得眼裡有些濕潤的一旋，差點就要湧出眼眶。

△ 問書

我再次見到復查的時候，他一頭雜毛，還是一隻褲腳高，一隻褲腳低，搓著手，定局要我到他家裡坐一坐。我實在沒有時間了，看他不屈不撓地立在一邊默默候著，沒有辦法，只得從命。我後來才明白，他是想抓住這個機會，讓我看一看他寫的書，一疊寫在帳本紙上密密麻麻的草稿，裝在一個塑料的化肥袋子裡，夾雜一些草鬚。墨水的質地也不大好，墨色淡褪，很多地方看不大清楚。我驚訝地發現，這是我迄今為止見到的最大膽的研究：

他要推翻圓周率，修改舉世公認的 π。

我不懂數學，沒法對他的研究提出什麼意見，對他的石破天驚之論也充滿著懷疑。

他淡淡地笑，把菸絲搓軟了，往竹菸管裡填著。他說隔行如隔山，你是可能看不懂。你認不認得上頭的人？

「什麼人？」

「搞數學的人。」

我趕忙說：「不。」

他眼中透出一絲失望，臉上還是笑：「不礙事的，我再找。」

我回到城裡以後，他給我來過信，不談圓周率了，談一些語文方面的事。比方他認為「射」與「矮」是完全顛倒了的兩個字。「射」是一寸之身，自然是矮的意思。「矮」呢，從矢，才有射的含義。他把這個意見寫成了給國務院以及國家語言文字改革委員會的信，託我找熟人遞上去，遞給「搞語文的人」。

在另一封信裡，他說馬橋人以前說讀書是「問書」，他爹就是這麼說的。學問學問，不問如何有學？相比之下，現在的「讀書」沒有什麼意思，倒有過於重視文牘死記呆背的傾向。他建議全國的學校裡還是恢復「問書」的說法為好，更有利於國家的現代化。

△黑相公

一天夜裡，突然聽到村裡有人大喊大叫，「呵——呵——呵」的聲音此起彼伏，片刻後狗也吠成一片，好像出了什麼大事。我爬下床開門來看，發現淡淡的月光裡，萬玉的嗓音特別尖利可怖——原來是一隻大山豬竄入村了，被男人們刀砍棒打，留下一線血漬和幾束脫落的豬毛，不知跑到哪裡去了。男人們都說可惜可惜，意猶未盡地朝黑黝黝的嶺上又「呵」了一陣。

這個時候候所有的大門都大開，所有的男人都抄傢伙跑出門來，連萬玉那種水蛇腰娘娘腔的人，手裡也捏著一把柴刀，跟在別人後面東張西望。復查氣喘吁吁地說，這不算什麼。不光是黑相公，不管什麼野物進了村，只要有人一聲喊，哪一家都不會關大門的。這時候若關了門，以後就休想有臉面做人。

他們把山豬叫「黑相公」。

叫了一陣，叫出了嶺上一陣陣回聲，估計今晚沒有什麼希望了，大家才快快地分頭回家。我走到屋檐下，不留神一眼瞥見窗戶下伏著個黑森森的傢伙，差一點魂飛魄散。我叫來其他幾個知青，發現它還是久久沒有動靜。我鼓足勇氣靠上去一點，發現它還是沒有動。最後踢一腳，才知道不是山豬，是沙沙響的柴捆。

已有了一身冷汗。

黑相公（續）▲

馬橋人的「趕肉」即圍獵；「做鞋」即下鋏套；「請客」即下毒藥；「打轎子」即挖陷阱；「天叫子」即粉槍火銃，如此等等。他們疑心動物也通人語，說獵事的時候即使坐在屋裡，也必用暗語，防止走漏風聲讓獵物竊聽了去。

尤其是指示方向的詞必須重新約定：「北」實際上是指南，「東」實際上是指西。反之亦然。這是因為圍趕黑相公的時候，人們敲鑼吶喊，為了隱蔽陷阱或槍手的方向，只有約定暗語，聲東擊西，虛虛實實，才可能迷惑畜生。

牟繼生明明知道這一切，就是不往心裡去，有時候事到臨頭腦子轉不過彎來。他是初二級八班的，比我高一屆，同我一起下鄉。有一次我們從羅江邊上買秧回來，他說要早點回去洗鞋，衝衝地一個人走在最前面，一眨眼就沒看見人影了。我們憤憤地揭露：好沒意思，洗什麼鞋呢？他何時洗過鞋？無非是怕路上萬一有人走不動了，他身坯最壯大，不好意思不來接一肩。其實不接就不接，不必賊一樣地跑那麼遠。累呵！

牟大個確實不曾洗鞋子，有時候發現鞋子裡面實在滑腳，就用鞋帶把鞋子連成串，吊到溪溝的急流處，三五天以後再拉上來晒乾再穿。他說這叫「自動洗鞋法」。不用說，這樣洗出來的鞋子還是問

題嚴重，時不時湧出一股鮮臭。無論主人何時脫鞋，旁人一定有鼻感，趕緊四散奔逃。

我們沒有猜錯，這一天他果然沒有洗鞋子。不僅如此，我們到家的時候，也沒見他的秧擔子，這就是說，他還沒有回來。整整一個下午，走在最後的人都回來了，我們插完了好幾丘田的秧了，還沒見他的人影。直到天黑，聽到路上有重重的腳步聲，有拉風箱一般的呼吸，才謝天謝地，心上一塊石頭落地。他全身是泥，竹篾箕裡的秧只剩下淺淺一小半，根本壓不住扁擔。篾箕撞腳絆腿的，也合不上步子。他破口大罵：「媽媽的，這個鱉地方，這些鱉人！講話跟放屁一樣，把老子騙得嶺上到處轉，差點一腳踩到套子裡。我嬲起你們老娘頓頓的呵——」

不知道他罵誰。

我們問他怎麼回事，一整天他耍到哪裡去了？他一臉怒氣對誰都不理，走到他的房裡去摔東打西。我們花了好一陣工夫，才知道他居然忘了本地人方向顛倒的習慣，也不大適應本地口音，不問路還好，一問必錯，把沉沉的一擔秧擔到馬橋東面的雙龍弓，又擔到馬橋南面的龍家灘，最後在嶺上轉來轉去大遊行，一直快到天黑的時候，才有個過路的本地人疑心他不懂話，多給他一句提醒。他差點氣暈。

我們大笑。

農民們知道這件事以後，更加覺得好笑。羅伯說：「那個肉坨子不懂人話，不成了個黑相公？」

嶺上野物越來越少，黑相公這個詞本來已經很少用了，不料牟繼生讓這個詞捲土重來，只是改變了詞義。牟繼生平時出工不戴斗笠，光著上身在日頭下暴晒，晒出了黑油油的虎背熊腰，一跑動身上

就有黑浪晃盪。把黑相公的綽號加在他頭上，似乎也能得其形似。

他體質好強，喜歡同旁人鬥個狠，尤其喜歡把本地的「鱉人」們比下去。鱉人挑兩籮穀，他就偏偏要挑四籮，挑斷兩三根扁擔，嚇得旁人直吐舌頭，這才強忍呼呼粗氣，自鳴得意地甘休。鱉人穿上棉襖，他就偏偏要穿短褲，在雪地裡凍得嘴唇發紫，嚇得旁人嘖嘖讚嘆，這才咬緊牙關，在人們的勸說之下半推半就地進屋。他喜歡打籃球，大伏天中午也不休息，在晒坪裡一個人頂著烈日運球投球，沒有籃筐架子也能玩出一身大汗。天氣熱得蟬靈子、蛤蟆和雞都不叫了，唯有他的咚咚球聲響徹全村，讓農民們咋舌。

「我十三歲還吃奶。媽媽老是出差，奶娘硬要擠給我吃。」他經常這樣宣布，解釋他身體強壯無比的原因，也暗示他革命幹部的家庭背景。

人奶是好東西。農民覺得這個解釋是讓人信服的。

仲琪很快對他表示了特別的興趣。仲琪一到冬天就有個火籠子，閒時就提著它到處轉。籠子小得只夠燒兩三塊炭，只適合一個人把它夾在腋下或窩在胸口，也算是有了點熱氣。仲琪從來不讓別人享用這個火籠，即便是女子們來暖暖手，他嘿嘿笑得較為大方，也要限時限刻，不時提醒她們對木炭的花費，斥責她們對熱氣的大舉侵奪。他唯有對黑相公網開一面，套鞋叭嗒叭嗒響，主動把火籠送上前去。不巧的是，黑相公對這個東西不感興趣，身體又好，從來不覺得冷，看一眼就哼哼鼻子走到外面去了。

仲琪掌握了村裡很多祕密，從不輕易公之於眾。有時頂多只說一個話頭，人家一旦追問，他就得

意地吊胃口：「你猜呵，你猜呵。」讓別人永遠聽得不明不白。他只願意與黑相公分享祕密，今天說一條：「復查屋裡昨天有一堆雞毛」；明天又貢獻一條：「羅伯前兩天在嶺上跌了一跤」；後天再壓低聲音透露：「水水的娘家來人了，挑來了兩個豬娃。」

牟大個對這些祕密也沒有什麼興趣，要他揀下的講。仲琪不好意思，吞吞吐吐好一陣，自己先紅了臉，下定決心做出貢獻。他說起復查的娘，說她多年前有一次中午睡覺，迷迷糊糊醒來，發現自己身上壓著一個男人，居然不是復查他爹。但她實在太睏，沒力氣反抗，也無意弄清楚這人是誰，就對裡屋喊：「三伢子，來來來，老娘熱死了！你看這個無聊的傢伙在搞什麼名堂呵！」她的兒子在裡屋睡覺，也沒有醒過來。但這一喊已經足夠，把模模糊糊的人影嚇走了。她舒心地翻了一個身，繼續呼呼大睡。

「後來呢？」

「沒有了。」

「就沒有了呵？」牟大個大失所望，覺得這一條祕密還是沒有多少意思。

我後來發現，仲琪和牟繼生的關係還是漸漸密切了起來。牟繼生以前一到了晚上就吵吵嚷嚷要熄燈睡覺，現在居然常常獨自外出，有時候很晚才歸窩。問他到哪裡去了，他神神祕祕，含糊其辭，眉宇間藏著一絲得意，一不小心冒出一個有紅棗味或者雞蛋味的嗝，讓我們震驚和嫉妒萬分。他不會讓我們分享口福的，打死他也也不會吐露真情。這一點我們完全知道。問題是，後來我們查出這飽嗝與仲琪相關，我們還知道仲琪幫他打過糍粑，仲琪的婆娘幫他洗過被子和鞋子。我們怎麼想也覺得費

解：仲琪那傢伙平時最小氣，不找張三不找李四，為什麼對傻乎乎的黑相公如此討好？

夜裡，我們已經入睡，被一聲暴怒的推門驚醒。我點燃油燈，發現黑相公怒氣沖沖地在床上大口出氣。

「你怎麼了？」有人問他。

「老子要捏死他！」

「哪個呵？」

他不吭聲。

「你是說同意老倌？」

還是不吭聲。

「他什麼事得罪你？你這傢伙不知好歹，吃了人家的還罵人。」

「睡覺！」黑相公把床板踩響出一陣吱吱呀呀巨響，把別人都鬧醒了，自己卻最先發出鼾聲。

次日下午，仲琪的套鞋聲響上門來，蛋大的毛主席像章在胸前閃閃忽忽。「毛主席說，欠錢是要還的。搞社會主義哪有欠錢不還的道理？」他響亮地咳了一聲，「我今天無事不登三寶殿，牟繼生不還錢，還穀也可以。」

牟大個從裡屋衝了出來：「我欠你什麼錢？你這個老貨討打吧？」

「欠沒欠，你心裡明白。」

「次次都是你要請我吃的。我沒討，我沒要，吃了的都屙了，你要還就到茅廁裡去撈。」

「同志，話不要這麼講。你不要賴，你還要好好學習。你們這些知識分子翅膀還沒有長硬，還在接受貧下中農再教育，懂不懂？說老實話，你黑相公的什麼事情我都曉得，只是不講。我是對得起你的。」仲琪的話暗含著威脅。

「你講呀，講呀，有屁快拉呀！」

「我講？硬要我講？」

「你不講就是我的龍。」

「那好吧。去年種花生的時候，隊上的花生種每天都短秤，你屙的屎裡有花生皮你以為我沒看見？前幾天，你說是洗澡，其實是在做什麼……」

黑相公臉刷地紅了，撲上去，揪住仲琪往外推，把他的腦袋咚的一聲頂在門上，頂出了仲琪的慘叫：「打死人啦，打死人啦──」

我們怕真的出人命案，上去揪住黑相公的胳膊，奮力把他們分開。借這個機會，仲琪從我的腋下鑽出去，叭嗒的套鞋聲響到了地坪裡。

罵罵咧咧的聲音遠了，我們問牟繼生到底是怎麼回事。

「什麼事？他要老子搞下的。」

「怎麼個下法？」

「給他婆娘那個。」

「什麼那個？」

「鱉，那個還不懂？」

有一刻的沉默，有無限的驚訝，然後是我們的猛笑。一個女知青驚叫著跑開去，再也不敢露面。

我們後來才鬧明白，仲琪沒生殖能力，看中了黑相公一身好肉，拉他去床上代勞。「牟哥，這就是你沒有味了。」「有吃的有喝的，還有睡的，神仙日子呵。」「這麼好的事你一個人瞞得嚴絲密縫呵。」……我們十分開心，堅決不接受黑相公的表白，堅決不同意他把自己從仲琪家的床上開脫出來。

「你看這個鱉人好無血……」他裝作沒有聽見。

「你罵什麼人呢？老實坦白：睡過沒有？」

「你敢睡？你敢睡？你看他那個婆娘，是個人麼？看一眼，飯都吃不進。老子情願去睡豬婆！」

「你不睡，他屋裡的雞你又去吃？」

「哪裡有什麼雞呢？一隻雞吃一個月，每次都是一瓢湯，還沒嘗出味，就空了碗。不說還好，說起來氣死我。」

下午的地上，黑相公的事成了主要話題。

我感到奇怪的是，除了復查，村裡人都不認為仲琪有什麼不對。可憐仲琪他一心同你黑相公交朋友，供你吃香喝辣容易麼？他自己身體不好，想借一個種，續下香火，也是人之常情。他又沒逼你結婚，沒逼你入贅，只不過是想借你一點點不打緊的東西，有什麼難的呢？後生這東西用完了還會有的呵？這也是沒有辦法的辦法喲。兆青還說，退一萬步，你黑相公不答應就不答應，吃了人家拿了人家那麼多，不還是沒天良的。

馬橋詞典 332

知青當然不同意這些奇談怪論，整整一個下午同他們喉乾舌燥地爭吵，口口聲聲要告到公社去，絕不能讓仲琪老倌誘姦我們的革命知識青年。

一般群眾這麼說說，也就算了。本義作為黨支部書記，也沒兩句公道話。他來召開知青戶會議，要一個知青先讀上幾篇報紙上的社論。讀完了，他也一覺睡完了，打了個哈欠，問牟繼生：「你去年偷了隊上好多花生？」

「我，我也就是抓了幾把。」

「一粒花生籽種下去，要結出好多花生，你曉不曉？」

「本義叔，今天是說仲琪，這同花生是兩碼事。」

「什麼兩碼事？小事上也看得出對集體是什麼態度，對貧下中農有沒有感情。上個月挖塘的時候，把兆青的娃崽打起哭，也是渠吧？」本義朝大家瞪眼。

沒有人說話。

「看問題就是要全面地看，要歷史地看。毛主席說，不管怎麼樣，打人就是不對。」「我當時太氣了……」牟繼生心虛虛地辯解。

「氣也不能打人。打人是什麼作風？你是知識青年還是街痞子？」

「我以後……不打就是……」

「這還差不多，錯了就是錯了，做人就是要老實，明明錯了還狡辯什麼？就這樣吧，檢討也不用寫了，算了，扣你三十斤穀。」

本義反背著雙手已經起了身，一個圓滿解決了問題的樣子，出門的時候還縮了縮鼻子，似乎聞到了我們伙房裡的蛤蟆炒青椒的香味。至於仲琪的事，他說會要解決的，會要解決的。

其實後來不再提起，算是不了了之。

我現在回憶起這件事，發現道理是有用又沒有用的，是講得清又講不清的。在馬橋黨支部和廣大群眾特有的道理面前，我們的奇怪和憤怒一點也不管用。牟繼生繼續被輿論指責，他拒不向仲琪退還錢物也不賠穀的態度，甚至成了不義的鐵證。他從此顯得有些消沉，故意做出一些驚天動地的事，比如吞吃瓷片或者獨臂舉起整整一架土車，比如一個人打油榨讓夥伴都去睡覺，但這一切很難重新引起眾人的驚異，還有歡呼或者追隨。他的霞妹子也離開了他──大概那位長著娃娃臉的女知青不願意把自己與仲琪的婆娘聯繫在一起，即使這種聯繫毫無根據，她也無法逃脫這種想像。到最後，黑相公有一天突然胸前戴滿了毛主席像章，出現在我們面前。

「牟哥你這是做什麼？」

「解放台灣去呵。」他笑了笑。

我吃驚地盯著他的眼睛，發現他的目光已經完全陌生。

黑相公被診斷為癔病，戶口退回城裡去。據說他仍然很健壯，還能打籃球，也能在城裡看電影、抽香菸、騎車上街，大活人一個，只是不大認得人，偶爾有點胡言亂語，喜怒無常，大概屬於癔病的早期階段。有一個老同學在大街上見到過他，捶了他一拳，他眨眨眼，遲疑了一會，還是掉頭走了。

△磨咒

對作惡多端的夷邊人，馬橋人的報復手段之一就是「磨咒」。比如有人在馬橋人的祖墳上隨便屙尿，或者對馬橋的婦人非禮，馬橋人可以不動聲色，偷偷繞著夷邊人走三個圈。做完了這個手腳，靜靜地等待那賊養的走上嶺，走進林子。他們到時候口裡念念有詞，是一種把嶺上各處地名拆散之後再加以混雜的極為複雜極為繞口的口訣，也就是他們的迷山咒。

一般來說，咒語十分靈驗。可惡的夷邊人必定在林子裡天旋地轉，不辨東西，走著走著就撞回原地，面對越來越暗下去的天色，喊爹叫娘也不管用。他們可能要在嶺上受凍受飢，可能踏入捕獸的套夾，也可能碰上馬蜂或者毒蟻，蜇得一臉一身血腫。據說曾經有一個偷牛的夷邊人，還在那裡送了命，再也沒有走出天子嶺北面那一片並不怎麼茂密的椴樹林。

還有一種取魂咒。只要取了惡人的一根頭髮，把咒語一遍遍磨下去，惡人就會神志不清，最終變成行屍走肉。

黑相公病退回城以後，有一種悄悄的議論。有些人懷疑仲琪的婆娘在給黑相公磨咒。我當然對這種議論不以為然。我看見過那個婆娘，她雖然怨恨黑相公，但也沒有什麼惡言，有時還在鄰家婦人面前痴痴地嘆息，她這一輩子不求錢財不圖高壽，只是想生兩個黑相公那樣牛高馬大的兒子，坐有坐相站有站相。要是那樣，她也不枉兩個奶子掛了一世。

三秒 ▲

牟繼生在馬橋的時候，精力過人，下了工還要打籃球。知青們都累得不想動的時候，他就帶著幾個本地後生去打，有時還跑上幾里路，到公社的中學裡去打到半夜，一只球拍得月光震蕩。

他對他的學生要求十分嚴格，有時候哨子一吹，指著場上的一個說：「你褲子繫上點！」

他是個連褲子都要管的裁判和教練。

他讓他的學生學會了球場上所有最嚴格的規則，包括「三秒」。在此以前，馬橋的後生也打球，只是規矩比較少，可以運球兩次，可以情節嚴重地帶球走，只是不准打人。牟繼生用省甲級隊的標準培訓他的學生，成了「三秒」一詞的傳播者。很多年以後，我重訪馬橋時，村裡已經有了一個私人開的文化室，還有半個籃球場，一些後生叫叫喊喊打球，都是我十分陌生的面孔。唯一感到熟悉的，是他們不絕於耳的「三秒」之聲，使我心中怦然一動。

這些後生都不知道什麼是知青。對於很久以前來村子裡客居過短短幾年的人，對於在村子裡客居過幾年的夷邊人，他們茫然無知，也毫無必要表示興趣。我散步全村。馬橋沒有留下我們當年的任何痕跡，連土牆上一道眼熟的劃痕都沒有。我依稀還能記出的一些故人，一個個竟無覓處，在去年或者前年或者大前年或者大大前年相繼辭世。他們使馬橋在我的記憶中一塊塊沉落，眼看就要全部滅頂。

我曾經在這裡生活了六年。現在，六年的日子風捲雲散，只剩下了唯一的舊物，那就是「三秒」——雖然它的詞義已經有變。在我的觀察中，「三秒」對於眼下球場上的後生們來說，不僅僅意味著籃下禁區超過三秒的滯留，而且意味著籃下打手、推人、帶球走等一切犯規動作。三秒就是犯規的同義語。這肯定是牟繼生當年萬萬想不到的。

△蒿瑋

冬天，公社一時要建糧食倉庫，一時要建中學校舍，總是往下攤派任務：每人交煙磚五口。馬橋人沒有錢買磚，只好到嶺上去挖墳磚——當然是一些沒有主的野墳。

山裡人多住茅棚或木屋，建墳墓卻絕不馬虎，總是耗費不少煙磚，似隱著一種千年萬載永垂不朽的企圖。這些墳歷時太久，墳堆大多已經坍塌，茂密的荊棘茅草覆蓋其上，與平地的草木連成一片，隨便看上一眼的話，不大容易辨出墳的所在。我們用彎刀把墳上的草木砍除，用鈀頭將表土漸次掀開，讓墓拱的青色煙磚一塊塊浮露出來。到這時候，膽子小的女知青便害怕地跑開了，躲得遠遠的。

男人則一個比一個更勇敢，爭著把鈀齒插入磚縫，慢慢搖，搖得磚塊鬆動，再猛地撬掉第一塊磚。

如果是保存得比較好的墳，就像保溫性能很好的一口鍋，破墳之時，必有蒸騰的白色氣霧，一浪一浪從缺口翻湧而出，染開一片腥澀的屍骨之味，使我的胃不由自主地要嘔。待白氣慢慢散盡了，我們怯怯地湊上前，從破開的磚孔裡，窺見墳內黑暗的世界。藉著一縷顫顫抖抖探入的陽光，可以看到亂糟糟的積土和朽木。一般來說，我們這曾歷經人生的骷髏，空大的眼窩或寬闊的盆骨。也可以看到亂糟糟的積土和朽木。一般來說，我們這些掘墳者不會期待能在墳裡找到金銀財寶，有時候能找到一兩件銅器或陶器，就算運氣不錯。何況我們所見的骷髏好幾個都朝下俯伏，照當地人的說法，這樣的人都是惡死，比如遭雷劈的，吊頸的，槍

殺的，後人不願他們重返陽世延續惡運，斷斷乎不能讓他們轉生。讓他們臉面朝下，就是讓他們無法重見天日的重要措施。

人活著不一樣，死後也有不同的待遇。

有一次，我們挖出一具女屍，發現她雖然已腐爛，但白骨還在，頭髮還烏黑發亮宛然有活氣，其長度足可齊腰。兩顆門牙居然也未腐敗，獨秀於嘴而且向外延伸，似有三寸多長。我們嚇得四散逃跑。最後，還是隊委會研究，以兩斤肉一斤酒為代價，請出最不怕禍的黑相公，給那具屍骨澆了些柴油，一把火燒了，防止這女鬼鬧出什麼事來。多少年後，我從一位學者那裡得知，這其實不算什麼稀奇。人的死其實是一個慢慢的過程，頭髮和牙齒這兩種器官比較特殊，在某種合適的環境裡，相當時間內還可繼續生長。外國醫學界已有這方面的研究。

從嶺上擔回來的墳磚越來越多了。屍骨當然拋散在嶺上。據說那一段嶺上多老鷹，在天上飄來滑去，大概是嗅到了什麼腥味，發動了食欲。還有人說，晚上聽到嶺上男嚎女叫，一定是鬼都跑出來了，凍得受不了，在那裡咒罵挖墳的人。

儘管如此，我們還是天天上嶺幹缺德的事。

兆青的膽子本來很小，挖祖墳卻從不落後。我後來才知道，他每每搶在前面，是想找到墳穴裡的一種稀貴之物：形如一顆顆大小不等的包菜，色彩鮮紅，耀眼奪目，長在死者口舌處，似乎是呼吸的一種凝結，在墓穴悠悠歲月裡綻開一朵驚人的美麗。農民把這種包菜模樣的東西叫作「萵瑋」，說是一種最好的補藥，聚人體之精氣，可理氣補血，可滋陰壯陽，可祛風，可保胎，可延壽。《增廣賢文》

裡有「黃金無假，莧瑋無真」一語，就是指的這種東西，可見它的稀罕。他們還說，不是任何人死了之後都能從嘴裡吹出莧瑋的，只有那些富貴人，嘗精品細，著綿枕皮，陽世裡保養出金玉之體，才會有百年以後嘴上的成果。

有一天，兆青挖著地，突然長長地悲嘆一聲。

「想不得，想不得。活著有什麼意思呢？」他搖搖頭，「老子的嘴巴裡以後是長不出莧瑋來的。」旁人明白了他的意思，面容也戚戚然。想想吧，每天只吞下一些紅薯絲和老包穀，只吞下黑乎乎的乾菜，連屁都放不出什麼臭味，還想嘴上長莧瑋？

「羅伯是長得出的，」萬玉很有信心，「他有乾崽子在夷邊寄錢來。」

「本義也有點指望，他身上的精氣足，肥料多。」兆青說，「他賊娘養的三天兩頭到上頭去開會，一開會就殺豬，肉坨坨把筷子都壓駝。」

「幹部工作，還不就是養莧瑋？」

「什麼工作，還是革命工作。你嫉妒呵？」仲琪說。

「話不能這麼講。要是人人都長得出莧瑋，莧瑋也就太便宜了，太不值錢了，還上得了《增廣賢文》？」

「土改那年，老子也差點當了幹部。」兆矮子無限神往地回憶當年。

「你兆矮子連自己名字的倒順都看不清，拿什麼當幹部？你要當得了幹部，我天天倒起來用手走路。」仲琪自己覺得這話好笑，咯咯咯地乾笑了幾聲。

兆青說：「仲拐子，你看你那龍根樣，天天把語錄袋背起，把毛主席像章掛起，給哪個看呢？你還以為你嘴巴上也長得出萵瑋？」

「我不要。」

「你長不出。」

「我不長，免得別個來挖墳。」

「你也有墳讓別個來挖？」

兆青這句話很惡毒。仲琪無後人，在眾人眼裡，一直有死後無人埋的危險，而兆青一窩養了五六個娃崽，由他說出這句話，顯然是仗著自己的優勢，踩對方的痛腳。

「這個豬豌的貨。」

「兆瘄子，你爛肝爛肺的傢伙。」

「你爹娘沒給你洗嘴巴呵？」

「你洗了嘴巴也沒有用，一肚子糞。」

兩人嘴裡越來越不乾淨，越來越有戾氣，好容易才被其他人的話插斷。為了緩和氣氛，復查便說起公社的周祕書，說本義算什麼呢？就算一個月開五個會，也只是間或油一下嘴巴，一肚子薯絲包穀是化不開的。只有公社幹部最好過，今天轉到這裡，明天游到那裡，都有人招待，都是過年。你看周祕書那白裡透紅的一身好肉，煎油都煎得一大鍋。一條金嗓子中氣最足，做一畫的報告還鑼樣響，比鐵香的聲音還好聽。他以後長的萵瑋還會小得了？

羅伯接過話頭：「正是正是，不怕不識人，就怕人比人。要說本義嘴巴裡長蒿瑋，頂多也就長出個芋頭大，十個也比不上周祕書的一個，以後要是挖墳，還是要挖周祕書的。」

他們從周祕書說到何部長，說到縣裡、省裡的大人物，最後說到毛主席。他們一致相信毛主席福氣最大，福分最高，百年之後的蒿瑋肯定了不得——豈止是治百病，定是長生不老之神藥。這樣的國寶恐怕要用高級化學方法保護起來的，重兵日夜把守。

大家想一想，覺得也是這麼回事。這時日頭已經偏西，就悠悠地把頭上肩回家去。

幾天之後，周祕書來馬橋檢查生產情況，順便要我用複寫紙複寫一份材料，還一個勁地表揚我的仿宋體標題做得好看。看著他笑瞇瞇的胖臉，我時常有片刻的恍惚，在他的嘴上想像出一顆包菜大小的蒿瑋——被他頂著到處走。他嗓音確實很亮，總是隨著廣播裡的音樂，唱著最新的一支關於北京的頌歌，還不時問我他唱得如何。他還問我，他到縣裡當個文化局長怎麼樣？我說，當然，當然，憑你的藝術細胞，明擺著是文化局長的料。他更加高興，不但繼續哼哼唱唱，而且見什麼人都親熱招呼，問問娃崽如何，問問豬如何。他對自己今後嘴上長出更大的一顆蒿瑋，似乎渾身洋溢著自信。

他讓本義領著看煙磚去了。在我看來，是一顆大蒿瑋被一顆小蒿瑋領著去了，看以後不會有蒿瑋的人們挑著煙磚去了——這種胡思亂想居然揮之不去，讓我有點惶然。我猜想一定是這一段挖墳挖得太多了，挖得一腦子都有了屍臭，沒有什麼好東西。

「你說，除了仿宋字還有什麼好看的字體？」

「萵瑋。」

「你說什麼？」

「哦，你是問……」

「我問還有什麼好看的字體。」

我恍然醒悟，趕忙回答關於字體的問題。

△放藤

黃藤是一種巨毒植物，女人要尋短，多是去坡上挖黃藤魚蝦，一般也得使用這種東西。至於截一段黃藤打成三個結，插上一皮雞毛或者淋上一碗雞血，差人送給敵方，則是刀兵相見前的最後通牒。一旦到了這一步，意味著事態已經嚴重惡化，不送掉幾條人命，問題就不大可能得到解決了。

人們說，馬橋人在民國初年給龍家灘放過一次藤。龍家灘有一個興甲爹，有一天買回一頭牛，路過親戚家，進門去吃酒，牛就繫在大門外。酒意到了七八分的時候，他聽得門外牛叫，要一個娃崽到外面去看看。娃崽出去看了一下，回頭說，不知是從哪裡來了一頭黑牛，往他們的牛背上爬。興甲爹很生氣，說他的牛剛從街上買回來，哪裡的畜生這樣無聊？還沒讓人家歇勻一口氣，就來強姦？眾人湧出門去，沒見到黑牛的主人。興甲爹的姪兒剛才多喝了一點，藉著酒力，抄一把火叉把子跑了。據說這一叉扎得太深，傷了心臟，畜生大叫一聲，帶著晃晃蕩蕩的火叉把子跑了。據說這一叉扎得太深，傷了心臟，畜生大叫一聲，帶著晃晃蕩蕩的火叉把子跑了。牛是馬橋的。馬橋第二天就差人送來了帶雞血的黃藤。

一場械鬥鬧了十來天，馬橋人沒占到半點面子。龍家灘的彭家是一個大祠堂，串通了遠近三十六

個弓的彭姓人來撲寨，要一舉鏟平馬橋。馬橋人寡不敵眾，絕境之下只得請來中人調解。調解的結果，馬橋人不但沒有討還牛錢，還拆屋賣穀，賠給龍家灘一面銅鑼，四頭豬，六桌酒席，才把事情了結。去龍家灘賠禮的馬橋代表敲著鑼，四老四少一共八個，一律在頭上紮著褲頭，背上背著一束稻草，表示接受失敗的羞恥。他們雖然也接受了對方的一罈子和氣酒，回到村裡還是淚流滿面，在祖宗牌位前一個個長跪不起，口口聲聲對不起先人，活著還有什麼臉面？他們徹夜喝酒，喝紅了眼，然後爭著吞了黃藤。第二天早上，八具已經硬了的屍體抬出祠堂，全村男男女女呼天喊地一片哀嚎。我在幾十年以後挖的野墳，據說有幾座就是這些人的。兆青嘆了口氣，說這些人的後人絕的絕了，跑的跑了。兆青還說，放藤的那年正是荒年，死者生前沒吃過什麼好東西，漿都不管飽，所以墳裡現在長不出什麼蒿瑋，是很自然的事情。

墳地上歇工的時候，馬橋的男人們瞥一瞥亂七八糟的屍骨，離得盡量遠一點，目光還有些虛，紛紛要萬玉喊幾聲。大概這也是壯膽的一種辦法。萬玉蜷曲在一個避風的土坎下，把凍得紅紅的鼻子揪了一把，甩了一把鼻涕，懶懶地唱了一節：

　　四個兄弟四個角，
　　手拿牛角各走各，
　　五百年後葉歸根，
　　手掌手背打不脫。

老大走了東南嶺，
老二過了西北坡，
老三下了明珠海，
老四渡了通天河。
五百年後五百年，
天天等到太陽落，
四方大路空悠悠，
兄弟何時角對角？
……

△津巴佬

兆青參加全公社修路大會戰的時候，在工棚裡是最不受歡迎的人。人家說他到工地上來，除了赤條條的一條龍，什麼也沒有帶。人們所有的財物都被他共產。臨到吃飯，發現筷子沒有了，八成就是他搶先一步竊走，正在用來扒他的飯。發現毛巾沒有了，必定是他剛才順手扯走，此時正在什麼地方，抹洗他骨頭豐富的胸脯或闊大的鼻孔。知青在意他一口焦黃的牙齒，在意他長長的鼻毛，對他偷毛巾最為痛恨。把毛巾奪回來以後總要用肥皂狠狠洗幾遍，還懷疑毛巾上殘留著他鼻孔裡的污穢。

他厚著臉皮笑笑，反倒指責對方小氣，有時更寡廉鮮恥地狡辯：「我又沒有拿毛巾給婆娘洗胯，你這樣怕做什麼？」

兆矮子什麼事都往胯襠裡說。哪個流鼻血，他就說你來了月水麼？哪個去小便，他就說你探出頭來看天呵？就這兩句玩笑話，他可以百說不厭，也不覺得單調乏味。

他還說到自己的兒子三耳朵，說到這個不孝之子勾引鐵香私奔了個街上的婆子，你看氣不氣人！「老子還沒動手，他倒先一腳搞

女知青對他最為反感，每次出工都不願意同他在一起。

他在家裡本來是從不用肥皂的。但他容不得別人有什麼特殊，容不得世界上有什麼東西可以逃脫

他的探索。沒過多久，他也對肥皂產生了興趣，偷毛巾的時候連同肥皂一併捎帶。洗得興起，一條褂子就洗出轟轟烈烈一大盆肥皂泡，在肥皂的主人眼裡實在是慘不忍睹。牟繼生下工回來，發現自己剛買來的肥皂已經成了一小塊，都認不出了，不免悲憤。「兆矮子，你這傢伙一點道德也沒有，侵占他人財產，犯法你知不知道？」

兆拉長臉：「你吼什麼吼？我是做祖爺的人了，孫子都放得牛了，都撿得柴了，用一下你的鹼都犯法？」

「你看你何事用的？賠，你賠！」

「賠就賠！一塊鹼都賠不起麼？老子賠你十塊。你看你這樣範。」

旁邊有人打趣：「你拿龍根來賠。」

兆臉色炸紅：「以為老子賠不起？老子的豬婆剛下崽，一天就要吃一鍋潲，天看天地長膘，揹著日子就要出欄。」

對方還是實事求是：「就算你的豬婆阿金子，也要你捨得呵。」

「我就賠，就賠。脫了褲子賠渠。」

牟繼生跳起來：「褲子不要，你那褲子是人穿的麼？」

「怎麼不是人穿的？縫了還沒有一個月。」

「婆娘的褲子一樣，屙尿都找不到地方。」

牟繼生最蔑視鄉下人的抄頭褲——靠一根草繩勒著，沒有皮帶扣環，更沒有什麼線條，兩個寬闊

浩大的大褲筒，褲襠正反兩面一個樣。人們總是前後兩面輪換著穿，於是後襠常常到了前面，鼓鼓囊囊向前隆出，給人一個下身接反了方向的感覺。

「那你要何事搞？」

牟繼生一籌莫展，沒想出兆矮子那裡有什麼看得上眼的東西，只好把一塊醃的問題留待以後去解決。

到這個時候，我們才明白為什麼馬橋人把兆青叫作「津巴佬」。津巴佬就是齙巴佬、咨齙鬼、小氣鬼的意思。在馬橋辭彙中，「津」與「岩」相對。「岩」指呆笨或者憨厚，是山性的東西；「津」指狡猾和精明，是水性的東西，倒也同古人「仁者樂山，智者樂水」一說暗合。考慮到古代有河流的地方才有交通，才多商業，才會多出盤算和計較，用「津」字來描述精於算計的人，當然不無道理。

我同兆青一床睡過幾天，最不能忍受他的磨牙。每天夜裡，他不知懷著對誰的深仇大恨，嘎巴嘎巴地咬牙切齒，徹夜不息，像不屈不撓嚼下了成頓的玻璃或者鋼鐵，整個工棚都隨之震動。即使隔了好幾個棚子，不眠人的神經想必也被他的牙齒咬緊和咬碎。我注意到，很多人早上起來都紅絲入眼，眼皮鬆泡，頭髮散亂，手腳軟軟的，像經歷一場大難一樣疲憊不堪痛苦難言。如果沒有兆矮子的磨牙聲，大家恐不會嚇成這樣子的。

兆青卻若無其事，走路輕巧無聲，有時還咧開一嘴黃牙笑一笑，把夜晚的仇恨掩蓋得不露痕跡。我提到這件事。他好像有點得意：「你沒睡好？我何事沒聽見？我睡得連身都沒有翻。」

「你肯定是風重了，再不就有一肚子蟲。」

「是要看看郎中。你借我點錢，三塊、五塊都行。」

又是借錢。經過幾次有借無還的慘痛教訓，我現在一聽就冒火：「你還好意思開口？我開了銀行？」

「就借兩三天麼，兩三天，豬一出欄我就還。」

我不會相信他。我知道，不僅是我，幾乎所有的知青都在他面前失過手，錢一出手就很難回頭。借錢似乎已成了他的一種愛好，一種趣味，一種事業，一種與實際目的沒有多少關係的娛樂──常常在他並不需要錢的時候。有一次他情願被黑相公罵得狗血淋頭，上午借了他一塊錢，下午在他的拳頭之下原物退還，什麼事也沒有幹。當然，借錢本身就是事，一張票子在自己的衣袋裡暖了幾個時辰，心裡可以十分踏實和愉快。「錢和錢一樣麼？」有一次他認真地說，「用錢沒什麼了不起，是人都會用。用什麼樣的錢，如何用得快活，那才是講究。」

他又說：「人生一世，草木一秋，錢算什麼東西呢？人就是要圖個日子快活。」

倒說得很有哲理了。

他磨牙依舊，最後只能被我忍無可忍地驅逐，搬到另一個棚子裡去。其實他沒什麼東西可搬，沒有被子，沒有箱子，沒有碗也沒有筷子，甚至沒有自己的扁擔和鋤頭。對他不懷好意的一身清白，沒有任何一個工棚的人願意收留，連他的一位同鍋堂兄，也嫌他一床草蓆都沒有，不願與他共床合夥。

好長一段日子過去了，他還沒有找到自己可以歸宿的窩。

這不要緊，他還是每天都活著，尖尖細細地活著。一到落黑，黑夜沉沉擠壓出他的卑微。他盡量

馬橋詞典

洗乾淨腦袋和手腳，盡量堆出可愛的嬉皮笑臉，一個個工棚串過去，暗暗尋找目標，半求半賴地見空床就上。你一不提防，他就鑽到床角去了。你再一遲疑，他就佯作鼾聲呼呼了。你怎麼罵他打他，怎麼揪他的頭髮和耳朵，他就是不睜眼，就是不動。

你打死他吧。

他個頭小，精瘦如乾蛤蟆，睡在床角似乎只有小小的一撮，加上曲背縮腳，倒也占不了多少地方。

如果哪一天眾人提防得緊，他實在找不到容身之隙，就會在某個避風處架兩條扁擔，扁擔上和衣度過一宵。這是他的一門絕技。他甚至曾經表演過在一條扁擔上睡覺的本領，呼呼睡上半天，絲紋不動，不會掉下來，一條背脊骨，足以讓踩鋼絲的雜技演員瞪目。

他情願每天晚上施展他的扁擔功，絕不願意回家去搬來一床草蓆。有點奇怪的是，他寢霜宿露，從沒有發過什麼病，反而永遠精神抖擻如一隻小公雞。我每次醒來的時候，他早就忙開了，坐在朦朧的晨光裡搓什麼草繩或磨鋤頭片子。我睡眼惺忪到工地上的時候，他肯定早已幹出了一身汗。太陽出來了。太陽燃燒著大地上瀰漫無邊的霧氣，給兆矮子全身鍍上橘色的光輝。我特別記得，他挖土的動作很好看，沉重的鈀頭不像是他揚起的，而是自動彈躍起來的，隨著他的步子，一步一道輕鬆的輻線，抑揚有致，剛柔相濟。鈀頭落下來的瞬間，手腕一擺，鈀頭順勢轉過來，將土疙瘩準確而及時擊碎。他的雙腳虛實交替，均勻地踩在節拍上，絕無拖泥帶水的動作，絕無時間和氣力的絲毫浪費。

他的動作不可以個而論，所有的動作其實就是一個，不可分解，一氣呵成，形隨意至，舒展流暢，簡

直是一曲無懈可擊的舞蹈。他低著頭，是橘色光霧中優雅而燦爛的舞星。

這台出工機器的工分當然最多，如果是記件工的話，他常常一天做下人家兩三天的工，讓大家眼紅而且不可思議。儘管如此，他仍然在扁擔上過夜。我後來才知道，他平時在家裡也是這樣過的——

他娃崽七八個要吃，兩張床上的破被子要蓋著娃崽，實在輪不上他。

計畫生育運動開始的時候，他是重點結紮對象。他對此最為不滿，說共產黨管天管地，怎麼還管到褲襠裡來呢？

後來還是乖乖地去了公社衛生院。關於為什麼是他而不是他婆娘去結紮，說法很多。他說婆娘有病，紮不得。別人則說他擔心婆娘偷人，紮了以後容易瞞天過海。還有人說，什麼呵，結紮的人每人可以享受政府獎勵的兩包葡萄糖和五斤豬肉指標，兆矮子從未吃過葡萄糖，所以爭著去挨一刀，也享受一回。

十多天以後，他出門了，上工了，臉皮刮得青青的，臉色紅潤了許多，好像葡萄糖真他娘的有神效。後生們笑他，說都是婆娘去紮，哪有男人去紮的？一刀割下去，不成了個閹官子麼？他急得不行，說政府保證過絕無此事，見眾人還不信，便把褲子扯下來讓大家參觀，一洗自己的不白之冤。

黑相公與他有肥皂之怨，不想放過他，說那傢伙模樣雖說沒怎麼變，天曉得還管不管用？怕是個有名無實吧？

兆青說：「小子，把你的霞妹子叫來，你就曉得它管不管用了。」

霞妹子是一位女知青，黑相公剛剛打上主意的對象。

黑相公紅了臉：「他這個鱉要流氓。」

兆矮子慢慢紮褲頭：「說你的霞妹子你就心痛了吧？你霞妹子那麼圓的屁股，不是讓人……」

話還沒有說完，黑相公衝到他面前，一個蒙古式摔跤的背包動作把他放倒。他抬起頭來的時候蒙著滿臉的泥。

泥臉爬起來跑得遠遠的，破口大罵：「崽呵崽，崽呵崽，老子的孫都看得牛了，老子是剛動了手術的，剛出院的病人，連公社何部長都來慰問我，說我為國家做了貢獻，你敢打？你敢打？……」他摀著肚子回家，放出話來，他被打出了內傷，服草藥花了五塊多錢。他已經拿走黑相公的一把鋤頭，權且抵三塊吧；一條毛巾抵了五角——黑相公還欠他兩塊多，不還是不行的。

他的結紮手術，從此成了他在任何事情上要價的理由，成為他到處通行的優待證。他今日要犁田（犁田的工分高），是因為他紮了；他明日不犁田（榨油的工分更高），也是因為他紮了；他今日要秤桿桿翹（隊上分穀的時候），是因為他紮了；他明日要秤桿桿跌（給隊上交家糞的時候），也是因為他紮了。他居然一直很成功，甚至企圖把這種成功擴展到馬橋以外的地方。

他同復查一起到縣裡去買種子，在長樂街上班車。他堅決不買車票。他不是沒有錢，公家的錢，不是他身上的肉。但他對錢出手有本能的反感和痛恨，對任何票價都憤憤不已。「一塊二？哪裡值得一塊二？就這幾步路，頂多兩角錢！」

他一口咬定。

售票員好笑：「哪個請你來坐呵？你要坐，就是這個價，不坐，趕快下去。」

「三角，三角算了？四角？四角五？」

「國家的車，哪個同你還價？」

「這就怪了，做生意哪有不還價的？我們那裡買擔糞，都有個商量好打。」

「你去買糞呵，沒人請你來坐車。」

「你這妹崽是什麼話？」

「快快快，一塊二，拿錢來。」

「你你你們要這麼多錢做什麼？我就不相信，這麼大一只汽車，多坐個把人，未必車輪子就要多

轉一下？」

「下去下去。」對方不耐煩地把他往下推。

「救命呵，救命呵——」兆青死死攀住車門，一屁股坐在地上，「老子剛剛紮過的，公社幹部都來

慰問過我，你敢不讓我坐？」

司機和售票員同他說不清，滿車的乘客也急得喊成一片，要司機快點開車。復查有點怕，趕忙掏

出錢來，把票買了。

事後，兆青的臉色一直不好看，把車窗撥一撥，把座墊揪一揪，憤憤地吐痰，到了站也不下車，

被復查喊了幾次，發現自己已經是車上最後一個人了，還遲遲不肯鑽出門。「夷邊人就是拐。兩斤肉

的價錢，就坐這一泡屎的工夫，

口裡不乾不淨地罵了一通。

從縣裡回來，他說什麼也不坐班車了，對一切班車也滿腔怒火，路上每看見一輛，就「臭婊子」、「賊鰍的」之類叫罵一通，唾沫星子朝風馳電掣的汽車追過去。到後來，一切汽車都在他的憎惡之列，都要被他惡狠狠地瞪上一眼。走到黃市，一輛吉普軋死了農民的一隻鴨，司機不肯賠，同鴨的主人拉拉扯扯，不干他兆青的什麼事。他不知哪裡來的沖天怒火，從圍觀的人群外擠進去，二話沒說就是一拳，打得司機向後仰坐下去，鼻孔立即流血。圍觀的人本來同情鴨子的主人，怯於司機的威風，還不怎麼敢說話，一見有人帶了頭，立即冒出一片喊打聲，嚇得司機和他同夥的臉都白了，趕忙掏出錢來消災。

吉普慌慌地跑了。鴨主人對兆青滿心感激，說這個司機是縣政府的，以前經常來這裡，是大名鼎鼎的一霸，剛才不但不賠鴨，還說鴨子妨礙了戰備任務。要不是兆青仗義，司機說不定就把他抓到縣裡去了。

兆青沒注意旁人的感激和敬佩，也沒大注意縣政府意味著什麼，還在氣呼呼地後悔，說吉普車溜得太快了，早知道這樣，就應該找一根扁擔撬住輪子。

他和復查繼續趕路，想搭一搭順路的拖拉機，攔了幾次，都被拖拉機司機拒絕，只好在熱氣逼人的公路上走著。復查一路上走得大汗淋頭，忍不住埋怨：「反正是隊上出車錢，你硬要省下來做什麼？這不是，自己找苦吃！」

「貴得不平民憤麼！」兆青是指車票價，「我這個人可以少吃點，可以少穿點，就是心裡嘔不得氣。」

一個又一個公路牌數過去了。他們渴得喉眼冒煙，碰到一個路邊賣茶水的攤子，牌價是一分錢一碗。復查喝了兩碗，要兆青也喝。兆青白了他一眼，沒說話，只是曲縮著身子在樹蔭呆坐。接下來，他們冒著日頭又走了十來里路，路過一口水井，兆青這才從路邊窯棚那裡借來一個碗，一口氣喝了八碗，喝得自己水嗝翻滾兩眼翻白口吐涎流，差一點沒接上氣。他大噓一口長氣，得意地教導復查：

「醒嵬哎，我說你龍根毛還沒長齊，不曉得過日子的艱難辛苦。我們這號人，就算賺不到別人的錢，賺自己的錢還是可以的呵。」

隊上給出差的人一天補助五角錢的伙食。兆青餓著走了一天，留了個整數回家，還得了路邊窯棚裡的一隻碗。

破腦（以及其他）▲

兆青說到錢數，總是讓人聽不懂，一開口就是黑話。比如他說到車票價，售票員就木然。他發現了這一點，才改口說「三角」。

三，在他的嘴裡變成了「南」。類似的詞還有：加（一），田（二），風（四），湯（五），滾（六），草（七）等等，我已經記不全了。這些詞在馬橋以外的地方並不完全通用，比如在雙龍弓那邊，在羅江的那邊，表示「四」的詞可能是「戈」，也可能是「西」，還可能是「老羅家」。

中國的數詞也許是最為豐富和奇怪的，如果僅僅把我在湖南聽到的數詞收集起來，恐怕就足可以編出一本大書。幾乎每一個地方，每一個傳統的行業，都有各自對數詞的特殊命名，都有數詞的隱祕化和代號化，而且不斷更換，表現出一種隱瞞真情的衝動。數詞成了重重壁壘，對人們的祕密給予範圍越來越小的圈割。在這種情況下，一個遠行人要知道所到之處正在發生些什麼事，不是很容易的。數詞成了對社會融合最頑強的阻抗之一。

在馬橋，最大的數字，或者說「很多很多」，用「破腦」一詞來表示。先人們也許覺得腦容量有限，想的事情一多，腦子就會炸破。比如小學生說老師布置的家庭作業太多，經常恨恨地咬牙：「破腦破腦的作業！」

△ 憐相

兆青去縣城裡看過一回世界，回來以後，免不了有一些人向他好奇地打聽街上的事情。他無心把城裡情況說得很具體，一律以草草打發。人家問房子，問汽車，問人貌，他都是說：「有什麼呵？好憐相的。」

「憐相」是漂亮的意思。

他沒有笑容，毫無談興，對打探者敷衍幾句然後就去挖土。我後來才從家居縣城的光復老師那裡知道，兆青老倌在城裡的時候，哪裡都不去，一直在老師家蜷曲著小小身子，縮在椅子上睡覺，甚至不朝窗外瞥上一眼。他掛著臉上一團粗橫的怨氣，一點也不願意看見那些漂亮的高樓，說有什麼好看呢？我們不比你們街上人，一看這些就心裡堵。遭孽呵，這麼大的屋，要好多人，做好多工，才砌得起來呵？

他第一次看見火車站的大廳，看到地上的大理石板光可鑑人，就總是黑著一張臉。不小心滑了一跤，還哇哇大哭，鼻涕抹上衣袖。「娘哎娘，鑿得這樣平，打得這樣光，要磨死好多人呵。」他讓旁人嚇了一大跳。

回到鄉親家裡，他反常地吃得很少，對一隻鄰家的狗特別惱怒，顯得脾氣很壞。鄉親知道，他的

父親就是一個岩匠，打了一輩子岩頭，已經死了。

在我看來，比起後生們對城市的讚嘆來說，兆青的哇哇大哭更多保留了「憐相」一詞的原義。

馬橋人沒有「美麗」這個詞，只有「標緻」、「乖緻」、「乖」一類可做替代，最為常用和流行的卻是「憐相」。在漢語裡，美與憐早有不解之緣，不算特別的奇怪。美使人疼，故有「疼愛」；使人憐，故有「憐愛」。一切美好的東西都在中文裡透出哀婉的情愫。有一篇西方學者評介日本作家川端康成的文章，文章說川端康成不愛用「悲」字，總是用「哀」字，因為在漢語裡，「哀」與「愛」同音，在聲音上溝通了兩種情感——或者說，在川端康成看來其實就是一種情感，無由被文字粗暴地分割。文章從一點出發，論述川端康成的審美態度中的悲世情懷。其實，文章的作者不知道，漢語的「悲」字同樣承擔著美的詮義。古人說「悲角」、「悲商」、「悲絲」、「悲管」、「悲歌」、「悲響」等等，其中的「悲」字差不多都可以用「美」替換。我在大學的古文教授就是這麼說的。他反對一九六四年版的《辭源》僅僅把「悲」限義為悲愁傷痛——那樣的話，古人用「悲」來廣泛形容一切音樂，包括歡樂或豪壯的音樂，就變得十分費解了。

我贊同我的古文教授。

在那一刻，我想起了馬橋，想起了兆青在一切高樓大廈面前忍不住的哭泣。中國的美總是在「哀」、「悲」、「憐」的方塊字裡流淌，於是，兆青的淚水總是在現代化的美景前拋灑。

△朱牙土

朱牙土是馬橋一種常見的土，普通的土，不可能得到太多解釋。酸性，質硬，極度貧瘠，如此而已。它與金剛泥的不同點在於，金剛泥是純白色，朱牙土是深紅夾白斑，土層斷面有點像豹子皮。

問題在於，如果對朱牙土沒有了解，就不可能對馬橋有真正的了解。在很長一段時間內，這種土是人們每天都要面對的土，是使一桿桿鐵鈀劇烈震顫的土，是使一雙雙手血泡翻捲血肉模糊的土，是使鋼鐵比皮肉消失得更快的土，是使汗水一直濕透褲腳然後結出鹽垢的土，是使人們眼睛昏花天旋地轉雖生猶死的土，是使時間變成空白意識完全消除一切欲念都成了喘息的土，是使酷夏失去炎熱嚴冬失去寒冷所有日子不再有區別的土，是使男人們瘋狂女人們絕望孩子們剎那間變得皺紋滿面的土，是永遠沒有窮盡的土，是逼得人們仇恨、吵架、毆打、拔刀相向的土，是增添著駝背、跛腿、瞎眼、流產、呆傻、哮喘、大脖子病以及死亡的土，是使人逃亡的土，是使人自殺的土，是使生命變成一個個日子的土，是無論怎麼樣的動蕩或折騰它還在那裡的土那裡的土那裡的土那裡的土那裡的土那裡的土那裡的土那裡的土那裡的土那裡的土那裡的土那裡的土。

這種土層從羅江那邊，從更遠的湘東山地那邊滾滾蔓延而來，在天子嶺下戛然而止，然後折向南邊那些村落。它凝結如鐵，浩茫如火海，成了煎熬著人們一切日子的燃燒。

兆青的第一個兒子就是壓死在這種土裡。他參加修水庫，取土築壩，為了快些完成土方任務，就像其他民工一樣，先掏空下面的土，掏到一定的程度再讓上面的土垮下來。這叫放「神仙土」，可以提高工效。兆矮子太貪心了一點，下面已經掏進去了丈把深，以為朱牙土反正硬實，不急著把懸在上面的神仙土倒下來。他去取箢箕時，身後突然轟的一聲，回頭一看，眼裡只有大塊大塊的紅色崩塌和滾動，大塊大塊的紅色在舞蹈和飛騰，沒有他兒子的身影，也沒有叫聲。

兒子剛才在那裡玩耍。

他撲上去挖呵挖，挖了紅色還是紅色，挖了紅色還是紅色紅色紅色，一直挖到十個指頭流血，還是沒有挖出哪怕一個衣角。這是他最喜歡的一個兒子，剛滿週歲就說得了很多話，到兩歲就可以認得出自家的雞，把鄰居家的雞趕出屋去。他的額頭上有一顆很大的黑痣。

△罷園

兆青一直懷念這個兒子，一直想把他再生出來。一直生到第八個，還是沒有成功，他未能找到額頭上的黑痣。

在一個已經開始控制生育的年代，兆青的一大堆娃崽顯然不合時宜。從第四個娃崽開始，他給兒子取的名字裡都有一個「元」字：桂元，昌元，茂元，魁元。在馬橋的語言裡，「完」與「元」同音。言下之義，他的這些兒子都是終結。至於為什麼一次次沒有終下來結下來，他就含糊糊說不清了。

黨支部書記本義對他的言而無信非常惱火，有一次在大會上做報告，突然想起這件事，橫著眼睛插進來一句：「有的人家這個元那個元，早就說元，就是不罷園，一眨眼睛，又拱出來個秋絲瓜，搞什麼鬼呢？」

他又說：「搞生產也不講究品質，生得一破腦娃崽，沒一個有看相的，吊眉毛的，塌鼻子的，你不醜人我都醜人了！」

兆青在下面咕咕噥噥沒敢頂嘴。

要聽懂這段話，還需要了解「罷園」的含義。罷園是農事常用詞，指田園裡最後一輪收穫，即

清園，淨園，息園。這個詞後來也引申為（一）「秋天」或者（二）「結束」。例如：「罷園（秋天）了。」「美帝國主義就要罷園（結束）了。」等等。在本義的眼裡，兆青的婆娘是一塊永遠不息園的瓜地。

△飄魂

兆青的死始終是一個謎。

他失蹤的前一天，我還和他一起去張家坊挖茶園。聽說中午有肉吃，他把滿崽魁元也帶去了，早早塞給他一雙小筷子，一到吃飯的時候，父子倆幾步就搶在眾人前面，抖擻精神地往伙房裡走，直奔肉鍋裡滋滋滋的聲音。娃崽不算人頭，但也毫不含糊地呵著一張嘴，推來推去，推得兆矮子生了氣。「一細娃崽吃得了好多呢？你們做事不憑天良，你們都沒有娃崽的？不生娃崽的？你們以後都要當五保戶是不？」

這一說，有些人不好不接受他們，只得不太情願地容忍他們兩父子擠進來，發出呱嘰呱嘰的咀嚼聲。他們還得接受兆青看準時機給娃崽搶先一步倒肉湯的動作，一個大瓦鉢底朝天，蓋得小蛋完全消失。

兆矮子自己鉢裡沒有菜了，就去兒子那裡討一點辣椒。

他對魁元看得最重，無論哪裡有吃肉的機會，都不會忘記把這張呱嘰呱嘰的小嘴巴帶上。前不久，聽說他夜裡夢見魁元在嶺上耍，被一個白衣人搶去了一塊粑粑，夢醒以後還是難平心頭之憤，居

然操起一把草刀就到嶺上去，要找白衣人報仇。這件事真是不可思議。津巴佬居然神到了這一步……夢裡丟掉的一個粑粑也要找回來？

我不大相信有這種事。到了地上，忍不住向他打聽。

他不說話。一到了地上，他總是全神貫注，絕不願意參與無關工效的廢話。

我說：「你背後丟了錢。」

他回頭看了看。

「真的有錢，你仔細看看。」

「你妹子給老子的體己錢是不？」他胸有成竹地繼續挖土。

直到他口渴了，瞥見了我的水壺，才把我當水壺親切了起來，模仿著下放崽的口音套近乎。

「鱉，來，我看看你那個壺。」

「吃水就吃水，看什麼壺！」

「嘿嘿，不曉得今天這樣燥熱。」

「有事情，這就認得人了？」

「什麼話？就喝你一口水，還要我叩頭？」

他一邊喝水一邊不由自主地唸出數目：一雙、兩雙……每一「雙」就是指兩口水。

我沒好氣地說：「你喝就喝，數什麼雙？」

「搞慣了，不數就是。」他不好意思地笑笑。

喝完水，他對我客氣了幾分，只是對操草刀上嶺一事有些含糊，沒說有這回事。他憤憤地強調，他好幾次夢見那個白衣人，一次是白衣人偷了他家的雞，還有一次是白衣人毫無理由地打了他家魁元一個耳巴子。你看這傢伙無不無聊？他咬著牙關問我。我沒法回答。我只是從他的言語裡聽出，關於他操著草刀矢志報仇一事的傳說，大概所言不虛。

事情也是有點怪。白衣人為何總是撞進他的夢裡？他如何會有這麼多奇怪的夢？我接過水壺時不免有點糊糊塗塗。

我沒有料到，這是他最後一次借用我的水壺。第二天下午，他婆娘來找幹部，說兆矮子昨夜一直沒有回家，不知道他去了哪裡。眾人四周看看，想起上午也沒見他出工，也一個個面生疑色。

「他到貓形塘里去了吧？」黑相公笑著說。

「去得了這麼久？」婆娘不明白。

「我也只是⋯⋯隨便猜⋯⋯」黑相公剎住了話頭。

「貓形塘里」是鄰村的一個地名，一個僻靜處，只有兩戶人家。兆矮子在那裡有一個老相好，具體是誰，我們並不知道。只是每次做功夫做到那一邊，他總是要撿點地上的樹枝草根當柴禾，紮成一束，抽個空子往貓形塘里送去，算是一番情意。他很快就會趕回地上繼續出工，快得讓人不可思議⋯⋯

又不是一隻雞，做那種事再快也不能快到這種程度吧？

傍晚，復查從貓形塘里回來，說那裡也沒有兆矮子，根本沒有人看見過他的影子。我們這才覺得問題有點嚴重。村裡人三三兩兩，交頭接耳，有一個消息最為大家重視：下村一個人剛從平江縣回

來，帶回了志煌前鍋婆娘的一個口信，那個夢婆娘囑咐兆青這一段要穿好鞋子來。

這是一種常用的警告方法，是馬橋人對「飄魂」者的暗示。

在馬橋語言中，飄魂是指人死到臨頭時的一種預兆。我多方打聽之後，知道所謂飄魂大體上分兩種情況：

（一）有時候，看見前面一個人走著走著突然不見了，過一陣又出現了，據此便可知道，這個人魂魄出竅，快要散發了。後面的行人如果好心，當去警告飄魂者，只是不可直說，不可說破，只能繞著彎子問一問：你剛才跑得好快呵！你失了一雙鞋子沒有？……諸如此類。對方一聽這話，大多心中有數，忙去燒香，上供，請道師驅邪，以盡力免除災禍。

（二）有時候，某人睡去片刻或昏去片刻，夢見自己被閻王差遣，去取別人的魂魄——可能就是自己的熟人。醒來之後，也須遵照不可說破的原則，對那人給予巧妙的警告。如果不得不說破，談話雙方就必須離開地面，比如爬到樹上低聲耳語，以免土地公公竊聽，告到閻王那裡，惹得閻王動怒。對方聽到警告，只會感激，絕不會生氣。但也不可有任何禮物答謝，因為不能有任何被閻王察覺的蛛絲馬跡。

現在，水水那個夢婆娘既然說到了鞋，情況當然十分緊急。只是水水的娘家離馬橋太遠，捎口信的人趕回馬橋時已經晚了一步，口信還沒有捎到，兆青就失蹤了。村裡還在派人四處尋找，想到前一段關於白衣人的事，又打發幾個人到嶺上去。最後，兆青婆娘那破嗓門沙啞的哭聲，順著風從嶺上碎碎地飄下來。

兆青的魂魄果然已經飄出。他死得很慘，撲倒在溪水邊，整個一個腦袋砍下來，泡在丈多遠開外的水流裡，叮滿了密密麻麻的螞蟥。這件凶殺案驚動了公社，驚動了縣裡的公安局，來了一些幹部查了又查。幹部們火焰高，不相信什麼飄魂不飄魂，不相信什麼命不命。他們最初的估計，是山上來了國民黨空降的行凶特務，或者是被平江那邊來的偷牛賊下了毒手。為了安定民心，揭破一些奇奇怪怪的謠言，上面花了很大的氣力破案，到處神神祕祕地搞調查，錄指紋，還把可疑的地主、富農分子鬥了一輪，鬧得雞飛狗跳，最後還是沒說出個所以然。公社還安排民兵晚上輪流站崗，嚴防再次出現類似的慘案。

站崗是一件很苦的差事。晚上太冷，瞌睡又重，我腋下夾一支梭標，兩腳冰涼，不時蹦跳一陣讓腳尖恢復感覺。我聽到通向天子嶺的路上有嚓嚓腳步聲，汗毛倒豎地再聽一陣，又沒有了。我躲到避風的牆角，仍然一陣陣不由自主地哆嗦。猶豫一陣，再退幾步，回到了房裡，隔著窗子監視外面的夜色，權且作為一種變通，還算是在執行任務吧。最後，腿還是冷得不行了，我把被窩瞥了好幾次，終於忍不住地鑽進去，半躺在床上，打算不時朝外瞟一眼，不忘記繼續保持革命的警惕。

我擔心窗外突然出現一個白衣人的飄忽。

我一個迷糊醒了過來，發現天已大亮，慌慌忙忙跑出去，沒有看見一個人。牛欄房那邊有例行的吆喝聲，是有人準備放牛了。一切平平靜靜。

也沒看見有人來查哨的跡象，這才放下心來。

直到我後來調到縣裡工作，有一次碰到鹽午進城來買油漆，談起兆矮子奇怪的死，才得到另一種

猜測。鹽午說，他當時向公安局反映過，兆青肯定不是他殺，而是自殺。準確地說，是誤殺性的自殺。他的看法是，他為什麼死在溪邊呢？為什麼現場沒有任何搏鬥的痕跡？肯定他發現了溪裡有魚或者別的什麼，藏在石頭縫裡，就用草刀的木柄去戳。他肯定是用力過猛了，沒注意鋒利刀刃正對著自己的後頸，一下戳空，一個拖刀從後面切向後頸，就把自己的腦袋斬了下來。

這種想像很大膽。我用過草刀，又叫龍馬刀，是木柄很長可以讓人直著腰子殺蒲草的刀，刀刃和刀木柄形成直角。我按照鹽午的邏輯去想像，確實感到後頸一涼。

可惜當時鹽午的階級成分不好，公安局不可能把他的話當一回事。

再說，他也拿不出任何證據。

△懈

兆青就這樣不明不白地掉了腦袋。我在深夜值班站崗的時候，望著月色中突然壯大逼近了的天子嶺，想起了他的生前。因為他的下流，因為他的小氣，我沒說過他什麼好話。直到他死後，我才想起有一次我奉命爬到牆上刷寫毛主席語錄，突然梯子不可擋地往下滑，我靠手攀一根橫梁，才沒有栽下去。遠遠的兆青看見這一切，嚇得手裡的一碗飯都傾了，掉在地上發出脆響。「救命呵──救命呵──不得了呵──」他呼天搶地地大跳，跳來跳去昏了頭，沒做什麼事又跳回來，哇哇地大哭。

也許我並沒有那麼危險，他不必要那麼大哭，那麼大跳，他甚至沒有做出什麼實事幫我一把。但當時我所有在場的朋友和熟人中，除了他，沒有人驚嚇和慌亂成他那個樣，沒有人為我情不自禁地哭泣。我感謝他的淚水──雖然只有短短的片刻，雖然很快就消失在一雙我永遠也無法親近的小眼珠裡。在以後的日子裡，我無論走到何方，我無論要遺忘多少城市和鄉村，也不會忘記我在那一刻的俯瞰：下面有一張臉，僅僅只有一張臉，在透視關係中放大了，把後面瘦小的身子統統遮蓋無餘，為我噴散出嘩啦啦的黃淚。

我想說一句感謝他的話，或者讓他從我身上占去一點便宜，比方幾塊錢，比方一塊鹼，但他不會了。

我抱了一床舊棉毯送到他家裡，囑他婆娘墊入兆青的棺木。他一生都習慣睡在扁擔上，往後應該讓他好好地睡一覺了。他一生忙忙碌碌，往後應該讓他好好地憪一憪。

「憪」，發音hai，去聲，在馬橋語言中是休息的意思。

△黃茅瘴

我在馬橋的時候，兆青多次告訴我不要大清早爬山上嶺，一定要等到太陽出來以後。他還指給我看，山間的一種藍色氤氳，如絲如帶，若顯若隱，懸掛於枝葉，出沒於林間，有時還形成一圈一圈的霧環——那就叫瘴氣。

瘴氣分為好幾種：春有春草瘴，夏有黃梅瘴，秋有黃茅瘴，都是十分有毒的東西。人一不小心碰上了，皮膚必定潰爛，伴有面色青黃，上嘔下瀉，十指發黑，說不定還會送命。

他還說，即使大白天也不可大意。上嶺的前一天夜裡，人不能吃於喝酒，不能胡言亂語，不能行房事，還得燒香敬山神。第二天出門時最好還要喝兩口包穀酒，暖身子，壯陽氣。在房子的東北屋角劈一竹筒也是必要的——可以驅邪魔。

這都是兆青說的。

是他說的。我記得。

△ 壓字

很多年後，遇到魁元的時候，我已經不認識他了。他已有成年人的喉結，留著小鬍子，穿著捲了邊的西裝，踏著翻了頭的皮鞋，身上不知何處散發出香水味，手裡提一隻拉鏈已拉不上的黑皮包。他說他就是魁元，就是馬兆青最小的滿崽呵，少功叔你怎麼就不認識了呢？你看你這記性哈哈哈……

我花了很長時間，才記起往日的一張娃崽臉蛋，與眼下這張陌生面孔細加核對，確實找出了一兩道相似的線條。我也認出了他出示的一封信，不錯，是我寫的，是幾年前寫給復查的，談一個關於語文的問題。

他說他想念著我，日夜想念著我，特地來城裡找我。我很驚奇，問他怎麼能找到的我的家。他說哎哎，莫講了，他一路找得好苦呵。一上碼頭他就到處打聽我，問誰誰都不知道。最後問市政府在哪裡，還是沒有人知道。他火了，問省政府在哪裡，這才有一個人給他指了方向。我笑了，說你找我就找我，找市政府和省政府做什麼？他說，他每年都要出來耍一兩回的，武漢，廣州，深圳，都耍過了。他出門是有經驗的。他這樣說，算是回答了我。

他沒有說明白，他是否真的找了政府。但他抱怨我的電話肯定壞了，害得他怎麼也打不通。其實我後來才知道，他根本沒有我的電話號碼，天曉得打電話是怎麼回事。

最後，他要了一輛計程車，花了五十塊錢，幾乎花完了身上所剩的錢，才找到我所在的大學。看來他遇上了惡意司機，被當作冤大頭宰了一刀。

當然沒什麼要緊，他視金錢為身外之物，出手總是很大方。總之，他聯繫了政府也打了電話坐了小汽車，做完了一個大人物該做的一切事情，才碰到我的一個熟人，由對方領著到了我家裡。他說他不信找也找不到我，事情果然如此，不費吹灰之力就完成了長途奔襲穩準狠直搗我家的奇蹟，而且帶來了另一個我不認識的後生。現在好了，到家了，他脫下外衣和手錶，脫下鞋子和襪子，搓著腳趾上的汗泥，眼睛四下裡溜，很驚訝我既沒有真皮沙發，沒有直角平面大彩電，沒有彩色噴塑牆面和情調調光射燈以及鐳射音響雙聲道卡拉OK——他對都市生活的知識，比我豐富得多。我說鐳射音響的花銷太大，一張碟就要四五十塊錢。他糾正我的錯誤，說哪止呢，一張好的碟少說也要一兩百塊。我說，漲價了麼？他說，從來就是這樣。我不服氣地說，我一位朋友前兩天買的就是這個價，是正版碟。他說你那不是三個D的，不是數字的，真正耍音響的人哪還要那個呵？

我不懂三D，不敢往深裡談，只好默認他的指導。

他洗完澡，穿上我的衣服，笑著說他早就知道不需要帶換洗衣物。他向家裡人說過的：少功叔是什麼人？到了他那裡，還怕沒衣穿沒飯吃沒工做？在家靠父母，出門靠朋友，我們這次出去，就是要仗少功叔的勢……他這樣說著，手已親熱地拍到了我肩上。

我把他的手打下去。

我說事情沒有那麼簡單，不過，先住下來再說吧。

我把他們送去旅館裡住下。登記的時候，我發現他現在不姓馬，在身分證上的姓已經改成了胡，這才知道他爹死後，母親養不活那麼多娃崽，只好把他過繼給胡家。他的一個弟弟和一個姊姊也送了人。

魁元在胡家上小學，上中學，日子過得還不錯，只是尚未「壓字」，所以還不能繼承財產，也無法獨立門戶。所謂「壓字」，是一種正式入族儀式，一般在繼父的葬禮後舉行。族中長者唱入族者繼父的名字，繼祖父的名字，繼曾祖父的名字……唱一切盡可能追溯得到的父名，差不多要唱完大半本族譜。這是為了讓過繼者承繼業和祖德，防止他以後帶著財產回歸原來家族。在他們看來，「字」是神聖的，姓名是神聖的，亡人姓名更有一種神祕威力，可鎮壓邪魔，懲罰不孝，保佑後人。魁元說，胡家的底子不算薄，有一棟大屋，有牛又有馬，只可惜老傢伙壽太長，八十七歲了還下得田，去年三月間發病臥床，又咳痰又咳血的，看樣子差不多了，沒想到他死著死著又活過來了……你說這是怎麼回事？他驚訝地瞪大眼睛。

他的意思是，他至今還沒有熬出頭，還沒壓字因此也就沒有胡家財產的所有權。這太令人苦惱。

因此他不能老等，得進城來另找出路。

△懶（男人的用法）

我有一個朋友在城裡當老闆，領著一支工程隊，經常需要添加人手。我把魁元以及隨他同來的後生介紹過去，也算是去混一碗飯吃，學一點手藝。

沒料到幾天以後，他們敲開我的房門，苦著兩張臉，齊聲說實在沒法幹。嗯啦，實在沒法幹了。

「怎麼回事？」

「也沒什麼。」

「暈街了？」

「我倒是從來不暈街，就是……晒。」

「你是說太陽晒？」

「就是。」

「你沒戴個帽子？」

「戴了還是晒呵。」

「你在鄉下不晒太陽的？我在你們馬橋當知青那陣不是也天天晒麼？」

「我……從來不做田裡的功夫。」

「你成天做什麼？」

「不做什麼，有時候幫鹽午哥收點穀，討點帳，大部分時候就耍一耍，打牌，打桌球，坐人家。」

魁元笑一笑，朝同來的那個後生遞了個眼色。後生正瞪著電視機嗑瓜子，也適時地笑了一笑。

「你們年紀輕輕的，就這樣——懶？」我說出一個很重的字。

「是懶，確實是懶。」魁元居然很高興地接過話頭，「我在家裡還懶一些，從來不挑水，從小到現在，我還不曉得米是如何淘的，淅是如何煮的。」

嗑瓜子的後生說：「我也是，你要問我屋裡的彎刀鐝擔在哪裡，問我屋裡的豬一餐要吃幾多，我肯定不曉得。」

「我出去打牌，一打就是半個月。」

「牌我不打，我到縣裡三舅舅屋裡去耍，騎摩托玩，看電視。」

我有些吃驚。從他們不無自豪的口氣裡，從他們多少有些誇張的自我介紹裡，我發現了詞義的蛻變，一場語言重新定義運動早已開始而我還蒙在鼓裡。我所憎惡的「懶」字，在他們那裡早已成為一枚勛章，被他們競相搶奪，往自己胸前佩戴。我正在指責的恥辱，在他們那裡早已成為瀟灑、舒適、有面子、有本事的同義語，被他們兩眼發亮地嚮往和追慕。我下一步如何同他們說話？

當然，他們不一定完全取消了「懶」的原義，比如說到找對象的時候，他們說誰家的婆娘懶，誰家的姑娘不懶，對懶人還是一一貶斥的。從這一點來看，他們不過是新增了一本男人的詞典，對女性不適用的詞典。「懶」正是在這本新詞典裡獲得了奪目光輝。可以想見，懶是如此，那麼欺騙、剝

削、強霸、凶惡、奸詐、無賴、貪污、偷盜、投機、媚俗、腐敗、下流、拍馬屁等等，都可能成為男人最新詞典裡的讚辭和獎辭——至少在相當一部分男人那裡是這樣。在他們的眼裡，如果還有男人不承認這本詞典，並不能說明這本詞典不存在，只是說明這些男人是一些語言異類，十足的可憐蟲，落在詞義革新的潮流之後，落後於歷史的暗影裡。

人們的對話，常常在兩種或多種詞義之間進行。詞義翻譯的困難，尤其是深層感覺裡詞義翻譯的一個個陷阱，並不是所有的人都隨時慎察的。一九八六年我參觀了美國維吉尼亞州的一個「藝術家殖民地」，也就是一個藝術家創作中心。colony（殖民地）一詞一直使我感到彆扭。我後來才知道，在西方諸多殖民地宗主國，在很多西方人那裡，colony並不具有殖民地人民記憶中殺人、放火、強姦、搶掠以及鴉片輸入之類的形象，相反，它詞義平和，只不過是僑居地、聚居地、拓殖地的別名；甚至還隱隱散發出開發者、冒險者的浪漫詩意，與帝國記憶援裡援外開拓、航海探險、文明傳播的種種法案和證詞相聯繫。「殖民地」甚至是先鋒的驛地，英雄的營壘，勝利者的天堂。西方人用這個詞指示藝術家艱難工作的處所，會覺得有什麼不合適麼？

也就是在美國，我遇到一個叫漢森的人，懂中文，娶了個中國老婆，在一家大報社當亞洲版的記者。聽我談到中國人的苦難以後，他深表同情，對苦難的製造者深表憤怒。但我突然發現他在同情之後，憤怒之後，有一個奇怪的動作：眼鏡片裡閃爍著笑目，一條食指在餐桌上的某個位置不停地來回劃著，像在空中寫一個什麼字，或者在指揮心目中一支激動人心的樂隊。他按捺不住內心的亢奮，終於用英文給朋友打電話，邀請朋友也來認識我，說我帶來的一些故事太動人了，太可貴了！他相信這

是全世界最精采的故事⋯⋯那一刻，我覺得心裡猛地痛了一下，準確地說，是被「精采」這個詞刺痛。我的父親自殺了，他沉入河底的時候感到「精采」麼？我一位朋友的弟弟在一樁錯案中被槍斃了，他臨刑前在人群中找不到父母來送別的面孔而嚎啕大哭的時候覺得「精采」麼？我一位朋友的兒子被流氓團夥誤殺了，父親從大學裡領回了兒子的遺物並且做夢也沒有想到是自己而不是別人為兒子寫墓誌碑文的時候是否感覺到任何「精采」？⋯⋯我不想懷疑漢森的同情心，不，他一直在他的版面裡呼喚正義，一直在盡可能幫助中國人，包括幫助我獲得訪問學者的待遇和資助。但他的「精采」出自一本我不能理解的詞典。

顯然，在那本詞典裡，苦難不僅僅是苦難，也是寫作或演講的素材，是激發人們反抗意志的必備條件，因此苦難越深重就越好，越能放射精——采——的光芒。那本詞典暗含了一種法則：為了消滅苦難的製造者，必須有更多的苦難做證，讓更多的人明白這場鬥爭的必要性、緊迫性和崇高性。這就是說，為了消滅苦難，必須先有苦難。他人的苦難，是救難者的悲憫所在，也是他們的喜悅和欣慰所在，是他們英雄成績單上一次次重要的得分。

我不想再說下去，並且突然改變主意，堅決不讓對方為我的啤酒和比薩餅付費，弄得他有些迷惑不解。

我經常不無惶恐地發現，說話不容易，言詞一旦飛出去，經常播種著誤解。我還發現，即便是強有力的宣傳機器，也從來沒有對理解的控制權，同樣是一次次陷入歧義的泥沼。我需要提到隨同魁元來到我家的後生。我後來知道，他姓張，曾是縣電影公司職工，因為超生一胎被開除公職。他不是不

明白超生的後果，國家關於計畫生育獎懲條令的宣傳，可以說是連篇累牘車載斗量，在他的耳膜上磨出了繭子。他也不喜愛小孩，事實上，他已有的兩個兒女都極少見到他，很難得到他的笑臉，甚至一直是他打算離婚的障礙和負擔。他沒有任何理由再生下一個。

在我與他談話以後，在我百思不得其解以後，我只能得出一個結論：他有另外一套詞彙體系。在那個體系裡，很多詞義超出了常人想像。比方說「違法亂紀」吧，這不一定是壞事，不一定是醜事，恰恰相反，違法亂紀常常是強者的證明，是強者的特權，是榮耀和享樂最重要的源泉。如果說「違法亂紀」詞條下包括了貪污、走私、官倒、嫖娼、撞紅燈、隨地吐痰、公款吃喝等一些內容的話，那麼沒有一條不是令這位後生心嚮往之的美事。如果他沒有完全做到這些，只是因為眼下他的能力還不夠。

不難理解，當超生也畫入「違法亂紀」之列，當這個行為尚未超出他的能力範圍，他會不假思索地決定什麼。

他的超生完全不合常理，不是出自利益的權衡，只是出自他理解事物的慣性，出自他對一切特權行為的追求衝動。也許，他認識的一個局長或者老闆，就是因為堂堂皇皇生下三胎或四胎而旁人莫可奈何，一直受到他暗中的羨慕。因此，一旦他也做了常人不敢做的事情，這本身就給了他不同凡響出人頭地的自我感覺，一種局長或老闆的感覺。他違法了，但這就像一個人窩藏了百萬元贓款，足以讓他偷偷地自鳴得意，不斷回味自己膽大妄為的戰績。

對於像他這樣的人來說，宣傳有什麼用呢？法紀的宣傳有什麼用呢？當然有……那就是強化他鋌而

馬橋詞典 380

走險的激情，日復一日給予他誘惑。

我找不到其他的解釋。

如果上述解釋大致不錯，那麼這整個事情不過是一次語言事件，是一次詞義錯接和詞義短路的荒唐作業。違法者最終丟掉了自己的飯碗，為一個或幾個極普通的詞付出了代價。而執政者們對他的宣傳，差不多是緣木求魚，南轅北轍，在一本完全陌生的詞典裡，在一位完全不可捉摸的讀解者這裡，催生了一個毛頭毛腦大哭大叫的女嬰。這個女嬰其實是任何一方都不需要的。但這個錯誤無法永遠藏匿，沒法用改正液塗掉，沒法用橡皮頭擦掉。

她越長越大並且將要活生生地進入未來。

她是一句有血有肉的錯譯。

△泡皮（以及其他）

進入九〇年代的馬橋，流行著很多新詞，使用頻度很高：「電視」、「塗料」、「減肥」、「操作」、「倪萍」、「勁舞」、「一〇七國道」、「生猛」、「彩票」、「砌長城（麻將）」、「打屁車（摩托）」、「提籃子（當仲介人）」等等。還有些老詞，五〇年代到七〇年代不大用了，現在又紛紛出籠捲土重來。

不了解實情的人，可能誤以為是一些新詞。比如：

做脫——即殺人，原是紅幫用詞。

了難——這個詞其實也是紅幫的用詞，多用在官司方面，後逐漸流行於江湖，詞義範圍越來越廣，泛指一切解決問題和了卻困難的行為。報紙上也用這個詞了，比方出現過「靠改革了難」的新聞標題。

牛頭——意指權威的調停人和仲裁人，一般由年紀最大而且德高望重的老人來擔任。牛頭不是由選舉產生也不是由官方任命，誰來當牛頭，得靠眾人在相當時間內自然形成的約定。

草鞋錢——以前是指辦公差的人遠道而來，辦完公差後向當事人索要的一種小費。這個詞八〇年代末期重新出現以後，詞義基本沒有變，只是現在的草鞋錢，多數給一些穿皮鞋或膠鞋的幹部、治安隊員、報喜或報喪的熱心人等等，也不再像以前那樣以穀米的方式支付。

泡皮——意指懶漢和無賴，即普通話中的「潑皮」，只是缺少「潑賴」、「潑悍」一類用詞中隱含的凶頑之義，更多一些卑微、怯懦、奉承巴結的所指，接近「泡」的虛質和柔質。

......

我從魁元嘴裡聽到了「泡皮」這個詞。其實，魁元自己身上就有這樣一股泡皮氣。在我家的客廳裡，一旦我正色指斥他的懶惰，他立刻雞啄米似的點頭，一連串的是是是。他甚至目無定睛手足無措，百般討好地附和我。我說我像他這個年紀的時候，一天要勞動十來個小時；他說哪止十個小時呢，起碼在十五個小時，兩頭不見天的。是不是？我說即便在農村，同樣有前途的，只要肯鑽研和肯勞動，養雞、養魚、養豬，都有當萬元戶的；他說哪止萬元戶呢，有的還當了董事長，公司都辦到國外去了，電視裡的報導你未必沒有看見麼？

他附和得過了頭，反過來質問我。

總之，他只差沒有打自己的嘴巴，只差沒有憤怒高呼打倒自己消滅自己的口號，忙不迭地收拾自己剛才晾晒出來的短褲和襪子，塞進拉鏈已經壞了的黑皮包，向我討要一根紅塑料帶子，再把黑皮包緊緊地捆了幾圈。他脫下我借給他的襯衣，說今天晚上就走，就回去，碼頭上最後一班船還是可以趕得上的。

他連茶都沒有喝。

已經是深夜了。我突然覺得他慌慌逃竄的樣子有些讓人不忍。他其實不必連夜就往回趕，也不必把我的襯衣還給我，至少——他可以把一杯茶喝完再走。

「你們也不必這麼急。既然來了，就算沒找到活幹，玩兩天再走也好，難得來一次麼……」我的口氣緩和許多。

「耍了，耍夠了。」

「明天吃了早飯再走不行？」

「反正是要走的，晚上走涼快。」

他和同來的那個後生爭分奪秒，一刻也不耽擱，要趕回鄉下去。他們對這個城市不熟悉，對自己能不能識路，能不能找到公共汽車，能不能趕上最後一班船，萬一誤了船如何度過這個長夜，其實一點把握也沒有。他們只是被我的責備嚇住了，前面是刀山火海也得急匆匆往下跳。當我送他們下樓，打算去找朋友借車送客，他們遠遠地叫喊了幾聲，然後遁入黑夜，一轉眼就無影無蹤。

△民主倉（囚犯的用法）

魁元離開我家之後，並沒有回鄉下去。大概十來天後，有人敲我的房門，開門一看，是一個蓬頭垢面的少年，遞給我一張皺巴巴的菸盒紙，上面有兩行圓珠筆寫下的字。寫字人的筆頭顯然沒有油了，好幾次把紙戳破但沒留下筆畫，讓我對著亮處費力地猜讀。

「少功叔，一定要來就（救）我，快！快！快！」落款是「魁元小子（姪）」。我猜出了這幾個字，問來人這是怎麼回事。來人也說不清楚。他不認識魁什麼元，只是今天獲釋之前，有人塞給他十塊錢，請他送一個字條，就這麼回事。他要是早知道我的家這麼難找，給他三十塊也不會幹的。他磨磨蹭蹭地不肯走，直到我另外付給了他五塊錢才離開。

事情很明白，魁元犯事了，進去了。

我又氣又惱，如果魁元那傢伙眼下在我面前，我恐怕就忍不住要破口大罵拳腳相加。不過事已至此，蟲子上身甩不脫，我面子再要緊，也只得硬著頭皮幫一把吧？首先，我得打探清楚拘留所在何處，包括弄清楚省所與市所的區別，還有看守所與收容所與收審所的區別等等。在那一刻，所有在電話裡回答我的熟人，都有點支支吾吾，好像電話這一頭已經是不三不四的囚犯。他們對我的耐心解釋也吞吞吐吐，似乎我隱下了重大案情，他們礙著情面也就不深問了。我還把他們當傻子呵？

然後，我去單位上開具可能有用的證明，帶上錢，帶上雨衣，直奔風沙滾滾的郊外。因為摩托跑得太急，我在路上兩次被交警攔住罰款，待找到拘留所，天已經黑下來，人家不辦公了。我只得第二天再去，賠上很多笑臉和好話，拿出香菸敬獻恩主，模仿各種方言向每一個大蓋帽套近乎，這才獲准擠過人群，進入辦公室，與一位操四川腔的女警察說上了話。我總算明白了，魁元的案情是這樣的：

在碼頭聚眾賭博——雖說屬於嚴打範圍，考慮到他情節還不算太重，加上監管人員滿為患不堪擁擠，警方對這樣的人也可做罰款處理。我對這最後四個字喜出望外，用四川話連聲道謝。

我帶去的錢不夠，只好回家再取錢，總算替他交足罰款、生活費、教育資料費等等，把他領了出來。領人之前還有一個小小波折：大概是因為囚犯太多，最後有些同情我，讓我破例進入監區，一個個監倉。他們忙不過來，讓我乾等了兩三個鐘頭，最後有些同情我，讓我破例進入監區，一個個監倉。我看見兩大排灰色的鐵門一直排向遠方，每張門上都有一個小小視窗，擠滿了面孔，或者說，是從各個角度拼擠出的一個四方塊，布滿諸多眼睛，其緊密程度超過了剛出冰庫的方形肉磚的方形肉磚。我被這些眼光咬住，被他們滿懷希望地期待。我從第一號倉開始，費力地要求每一塊方形肉磚暫時分解一下，裂出一條縫，讓我能朝肉縫裡大喊一聲「胡魁元」，然後把耳朵湊上去，靜聽肉縫裡的動靜。我聽到了嗡嗡嗡的嘈雜聲音，嗅到了尿和汗的酸臭，還有自己一次次失望——無人應答。

二十幾個視窗都喊過了，一直喊到我喉頭開始裂痛之時，一聲細弱的應答才從似乎很遙遠很遙遠的天邊飄來，成了鐵窗對我若有若無的耳語。我十分奇怪，每間倉號最多也就二三十來個平方吧，如何聲音來得這麼遠？如何像來自鐵窗那邊無限深遠的另一個天地？

「呵呵呵——」他好像被什麼人掐住了喉管。

他從警察那裡領回了拉鏈失效的黑皮包，向警察說了很多痛改前非的話，就不再吭聲了，怯怯地坐上摩托後座，偷偷打量我的眼色。一直跑了幾公里之後，我才覺得身後這個人挪了挪腳，臭味被風吹散了一些。

回到家裡，我的第一件事就是命令他站在門口不要動，不要坐，不要沾任何家具，立即脫衣進浴室，所有衣物也由我收成一大包塞進洗衣機。

果不出所料，我妻已經發現了蝨子和臭蟲，還發現了衣上的血跡，在洗衣機那邊驚叫起來。鑽出浴室的魁元不好意思地咧咧嘴，一邊梳頭一邊說：「鏡子呢？」

我指了指鏡子的方位。

「運氣不好，這次進了個民主倉……」

我沒聽懂。

「不死也脫了層皮。」

「什麼民主倉？」

「你不曉得民主倉？」

「我沒犯過法，怎麼會知道？」

「就是……就是……大家民主呵。」

「什麼意思？」

「一民主就虱子臭蟲多，就打架，就放血。」

我還是沒有聽懂。

他開始吃飯了。他說，在牢倉裡最享福的是牢霸，一般來說，牢霸吃飯時有人打扇，有人獻歌，有人遞毛巾擦臉。飯菜來了首先也由牢霸挑著吃，當然是把肉片一類好東西挑著吃了。然後由牢霸下面的「四大金剛」或「八大金剛」吃，再挑一輪。最後留下的殘湯剩飯，才是其他小人物的伙食。牢霸要睡覺了，最好的地方就是他的。牢霸想看女犯了，視窗就由他一個人獨占，還得有人在下面扛著他，讓他爬到窗口的高度。有時候搭樓梯的人一扛就是兩小時，累得兩腿發抖，一直腫到腳跟。

初來者不服還不行。根本不用牢霸動手，金剛們或者想晉升為金剛的人早就打你死死。這叫先吃一通殺威棒。再不就搞一搞假揭發，他們拿一根釘子或一塊刀片，向管教人員揭發你違反監規的罪行，害得你因此戴上腳鐐或者腳枷，過得生不如死。有意思的是，他說牢霸雖毒辣，但凡有牢霸的倉，倒也讓人活個安分，一般來說事事有領導，有安排，不會打群架，也比較乾淨衛生，比如毛巾掛得整整齊齊，被子疊得次一次二，讓管教幹部看得高興。人犯最怕的是民主倉，牢霸還沒產生出來，或者一個窩裡兩三個牢霸還未決勝負，在那種情況下，哪還有人過的日子？一句話不對，就喊打，就一場混戰。民主個把月下來，能夠留著眼睛鼻子出來，留著手和腳出來，就算不錯啦……裡魁元摸著至今還留著的腦袋，心有餘悸地說，他這次蹲的倉不在前，不在後，偏偏是個民主。裡面有四川的一夥，有廣東的一夥，有東北的一夥，已經打了「三大戰役」還沒有結果。管教幹部給幾個帶頭打架的加了腳鐐，還是不解決問題。他在那裡天天擔驚受怕，沒有睡過一次好覺。

我冷笑一聲：「你坐牢還很有經驗呵？」

他急急地分辯：「沒有，沒有，我是最守法的，人家的錢掉到我面前，我都不敢撿。」「是幾進宮了？」

「第一次，絕對是第一次。我講假話就雷劈火燒好不好？牢裡的一些事，我也是以前聽鹽午哥說的。」

我不記得這個名字。

他很不理解：「你連鹽午哥都不記得了？董事長呵，大老闆呵，就是鹽早他弟呵。對了，那時候你還同他耍過球的。」

提起鹽早，我就想起來了，鹽早好像是有這麼個弟弟。我剛到馬橋的時候，他還在讀書，後來聽說他在一座戲台上寫過什麼反動標語，還因此坐過牢──那時我已經調走了。我終於發覺自己的記憶力越來越糟糕。

△天安門

我重訪馬橋之前，很多人告訴我，馬橋有個天安門，差不多成了個著名景點，連上面一些來出公差的官員，看了屈子祠和縣革命紀念館以後，也總要驅車去那裡看一看。

嚴格地說，天安門其實不在馬橋，在張家坊地界，靠近後來的一〇七國道，但它是馬橋人鹽午的產業，就與馬橋有了關聯。這實際上是一個大宅院，占地幾十畝，裡面有亭台樓閣，有荷塘、花園以及竹林，還有水上迴廊和假山假石。園內分園，並且各有命名，有的叫「伊甸園」，有的叫「瀟湘館」，中西合璧，不倫不類。建得有些粗糙，沒有幾塊瓷磚是鋪得勻整的，總是歪歪斜斜，一些枯結的水泥漿還未刮淨。也沒有幾個鋁合金窗子能夠順利推開，總是發出尖厲聲音，或被什麼東西卡住。就這裝修水準不得不讓人憂慮，園子裡的林黛玉光是推窗子關窗子就會成天忙不過來吧？還哪有工夫愁腸百結地葬花焚稿？日子長了，她頂多也只能喊兩聲音效卡拉ＯＫ吧？

一幢兩層樓的西式小賓館正搭架子施工，據說建好以後要從江浙一帶招十個女子來當服務員，專門接待記者和作家，接待來訪的遊客。

我沒有見到主人，據說鹽午住在縣城，偶爾才回來轉一轉，關照一下他辦在這裡的兩個工廠。我遠遠看見了他的住房，在荷塘的中央，是兩層樓的水中仙居。環看一周，可發現仙居的每一面牆上都

掛著三四個空調機，多得有點毫無道理——主人是不是空調機太多，在廁所裡也掛上了兩三個？

早些年，我只聽說這裡有些農民發了財，一買電扇就是七八個，沒地方裝了就往豬欄裡裝，想不到一眨眼又是空調機時興了。導遊者對此有些自豪，一個勁地要我數一數空調機數目，見我沒在意，就代我一五一十數起來。每一個數字狠狠地咬出口，響亮灌入我的雙耳，好像這些鐵盒子同馬橋人都有什麼關係，好像導遊要用富民政策的輝煌成果，非得讓我佩服起來不可。

導遊者覺得還不夠，不知何時又找來了一個管家，一個後生，據說是認識我的。當年我到學校代過幾天課，他就是我的學生。他拿來了鑰匙領我去室內參觀。我卻不過盛情，只好客隨主便，跟了上去，穿過曲折迴廊，穿過兩三個鋼閘門，走入了馬大董事長的行宮別院。應該說，室內裝修還不算差，一些金碧輝煌的吊燈，看來是日本或香港的產品。可惜電壓不夠，吊燈亮得像鬼火，空調機更打不起來，管家只好給每人發一把蒲扇息汗。電視機也收不到節目。電話有兩台，一台紅的，一台黑的，從搖把接線的模樣來看，這裡也還沒有程控化線路，再多幾台電話恐怕也聽不到多少聲音——人們說鄉政府那個接線員總是不守店，大部分時間用來帶自己的娃崽。

「你吃茶，吃茶。」有人對我客氣了一番。

「好的。」其實我更想找水洗一把汗。

「你看電視，你看。」

「好的，我看。」

管家撅著屁股調試錄像機好半天，電視螢屏裡的斜紋布總算少了，浮出花花的圖像，是一個外國

歌舞。放著又出了斜紋布，我說可能是磁帶壞了，想給大家換一盤好的。找了半天，我沒發現其他可看的帶子，另一盤香港武打片，霉得更加厲害。

我已經滿頭大汗。四周荷塘裡蒸騰著熱氣，腳下熱烘烘的猩紅色地毯，簡直讓每個人的身上都冒出熟肉的氣味。我只好躲到門外大口喘氣，等其他人把七零八落的歌舞看完。

我後來才知道，這裡之所以叫作「天安門」，是指院子的門樓，確實是仿天安門建築，只是微縮了一點而已。一隻被追急了的雞，大概可以撲撲飛上城樓，可見其高度確實有限。門樓左右有拱形門洞，有護城河及其跨橋，仿宮牆也一律刷成深紅色。大門前還有兩頭齜牙咧嘴的石頭獅子。遺憾的是，護城河裡沒有水，只有雜草和偶爾跳出草叢的一兩隻癩蛤蟆。要是你走上城樓，你看不到廣場和紀念碑，只能看到一個冷清的戲台，一排商業小街，排列著生意冷落的粉鋪和雜貨店，還有一個蒙著黃塵的空檯球桌。有一夥蹲在屋檐下的後生，像一些棲息的雞，無所事事。

我驚訝鹽午蓋起了這麼大的宅院，也驚訝他蓋出這麼張揚和狂妄的式樣──要是早上十多年，豈不犯下了抗君謀逆的殺頭之罪？他是不是活出了什麼毛病？我後來碰到老熟人志煌，才得知其中的原委。志煌說，鹽午讀中學的時候，家庭成分大，做不起人，有一次在床頭貼了張天安門的畫片，也被班幹部沒收了。班幹部說，貧下中農子弟都沒有這樣的照片，他這樣的地主崽子還有什麼資格想念毛主席？你天天看著天安門，是不是想拿炸藥包去謀害偉大領袖？……

想必是這件事太傷他了，太讓他刻骨銘心了。他現在有了錢，什麼事也不做，先造一個天安門再說。

他以前沒有權利看天安門，好吧，他眼下要讓人們知道，他不但可以看，甚至可以造出一個來，就造在你們大家的鼻子前。他可以讓他的婆娘和兩個娃崽在天安門上耍蟲蟲，耍狗，吃香油餅，打噴嚏，然後聽他喊一聲「人民萬歲」。

他為了這個工程欠了不少債，好幾次被追債人抓住，差一點被捉住割了腳筋。據說他還被檢察院的警車帶走過一回。

△狼

馬橋的「狼」，是能幹，本領、技藝高超的意思。問題在於，「狼」同時也意味著殘暴、歹毒、惡意、不懷好心。把這兩方面的意義統一於一個字，使我總是覺得不怎麼舒服。我說過，我的字寫得還不錯，在馬橋的時候，經常奉命用紅黃兩色油漆到處製作毛主席語錄牌。農民看著我在牆上寫字既不要畫格子，也不要描底稿，爬上梯子揮手就寫，一眨眼便成，常常發出嘖嘖讚嘆：

「這個下放崽好狼。」

我辨不出這裡面有多少讚嘆，有多少指責。

字寫得好是「狼」，字認得多是「狼」，幫隊上修好了打穀機是「狼」，能夠潛水堵住水庫涵管也是「狼」，至於夷邊工廠裡造出了機器造出了農藥造出了化肥和塑膠薄膜——那當然更是工人們的聰明，也是工人們的「狼」。馬橋人這樣說的時候，也許並沒有意識到，他們對一切知識技能，暗暗設定了一個道德敗壞的位置，惡狠狠的位置。

我懷疑在他們往日的經驗裡：掌握著知識技能的人，對於他們來說，天然地具有一種侵害的可能。就像他們第一次見到的隆隆機器，從天上給他們丟下炸彈的日本飛機；就像他們第一次看到的擴音器，總是號召割掉「資本主義尾巴」，割掉他們的自留地和自留山。他們怎麼能不擔心，以後遇到

的其他強人，不會給他們留下同樣的傷心事？

在這種情況下，他們的「狠」字用得有什麼錯呢？

不光是馬橋的語言是這樣。

在四川的很多地方，描述本領高強的人是「凶」，與「狠」近義。他們會感嘆有本領的人：「好凶呵。」

在北方的很多地方，描述本領高強的人是「邪」，同樣與「狠」近義。他們會感嘆有本領的人：

「邪門兒。」

已流行於漢語普通話的「厲害」，表示本領超群的程度，也是褒中寓貶、喜中伏憂的一例。「厲」有劇烈和嚴峻之義，「害」更是一種明顯和直截了當的警告。湘語中有「厲害碼子」一詞，就是指本領高強但處處占個便宜的人，即凶邪之人。

由此看來，在很多中國人的眼裡，知識技能總是與惡事（狠、凶、邪、害等等）互為表裡。兩千多年前的莊子，甚至早就強調「聖盜同源」，對一切知識技能表示憂慮。「天下之善人少，而不善人多，則聖人之利天下也少，而害天下也多。」（見《莊子‧胠篋》）他認為只有消滅了知識技能，盜國者才得以剷除；只有搗毀了珠寶，盜財者才難以滋生；只有砸掉了符印，人們才會變得本分忠厚；只有折斷了秤具，人們才不會計較和爭奪；只有破壞了法律和教義，人們才可能領悟自然而終極的人生之道……莊子的警示，在技術日益進步的現代，成為一線遙遠的絕響，一注天際之外微弱的星光，不會被大多數人認真對待。

但是在中國語言遺產裡，至少在我上面提到的很多方言裡，它仍然悄悄地與人們不時相遇。

△怪器

在馬橋的語言裡，本領高強的人還承襲了一個符號：「怪器」。

《辭源》（商務印書館一九八八年）對「怪」有三種釋義：一是指「奇異」、「奇特」；二是指「特別」、「非常」、「很」——似可看作前一義的逐步虛詞化；三是指「責備」、「指斥」，比如「怪我」，就是批評我的意思。

這樣看來，漢語中的奇異之物，總是與責備和指斥有不解之緣，不如庸常那麼安全。

馬橋最「怪器」的人，非馬鹽午莫屬。當初知青招工的招工，病退的病退，於是就有人推薦鹽午。他當時還是個在校中學生，應召而來，果然唱得很好，雖然矮得沒法上台，也沒有工夫參加排練，但他躲在台後暗處，可以把一本戲從頭唱到尾，無論正派、反派、生角、旦角，所有唱詞他張口便有，台上人只需配合一下口形就行。有幾個難度極大的高音，他也順溜溜地唱了上去，音流在鄉村夜空破雲高飛，真讓我大吃一驚。

他唱完就跑回家了，消失在夜色裡，以致我還沒來得及認真地看他一眼。

他唱戲的名氣很大，平江縣搞什麼匯演，也有人來請他過去幫忙——吹笛子拉胡琴都是他的一碗

飯。要做個景片或做件戲裝，他撓撓腦袋，好主意說有就有。

我真正看清他的臉，是在他畢業回鄉之後。一張圓乎乎的娃娃臉，似乎乳毛未退，與他哥哥鹽早的尖嘴猴腮大不一樣。他看我下圍棋，看了幾局就斗膽上場對弈。我對他掉以輕心，一心想指導他，沒料到幾步下來，他扭殺得我狼狽不堪。我另外做局，他也處處打劫，透出一股凶勁和狠勁，簡直無懈可擊，窮追猛打，斬草除根，寧可錯殺三千，絕不放走一個。

我暗暗稱奇，也輸得很不服氣。

他謙卑地說：「對不起，獻醜了，獻醜了。」眉宇間卻有一絲掩飾不去的得意。

我事後暗地裡發憤研究棋譜，約他再戰一場，不料他藉口要抓藥或者要出工，躲得遠遠的，絕不給我雪恥的機會。我可以想像得出，他目睹我急不可耐無計可施的模樣以後，一轉背是如何開心。

他在村子裡不怎麼幹活，在家的日子很少，連老母病重的時候也不大回來。隊上分給每個人的水利工任務，都是鹽早替他完成的。他家的菜地上，也總是只有鹽早挑擔的影子。他先是學做漆匠，提著一個工具籃，滿身漆污，同我在路上相遇過一回。後來有一次見到他，我發現他又改學中醫了，有模有樣地給別人扎著針，把著脈，開著藥方。他後來還學過畫像和刻字——據說在長樂街和縣城裡賣字畫，包括在顧客的自來水筆上刻出懷素體狂草的毛主席詩詞，立等可取，價格也公道。總之，他沒有什麼學不會的，沒有任何東西可阻攔他表現自己的超級怪器。他的怪器名播四鄉，老幼皆知，眾人稱道。儘管他是個「漢奸」（參見詞條「漢奸」），但馬橋人從不惡視他，對他長期不明不白地在外流竄也一直很寬容。

他是馬橋的驕傲，是馬橋弓周圍眾多村寨人們共同的驕傲。傳說某某地方出了一個大學生，馬橋人就會不服氣地說：什麼呢？可惜鹽午是個漢奸，要不三四個大學都讀下來了。傳說某某地方的一個人招到縣裡當水利技術員，吃上國家糧，眼看還要升官。馬橋人也不服氣地說：那傢伙還能當技術員？可惜鹽午的成分大，要不哪輪得到他？

本義的娃崽久病不癒，打算送到縣裡去。馬橋人就斷定他必死無疑：鹽午開的藥方都治不下來，還送到縣裡做什麼？不是白白送錢麼？半個月後，那娃崽偏偏在縣裡治好了病。對此，馬橋人一點也不奇怪，一點也不反思，還是有很多話可說。他們說絕不是因為鹽午的藥方不好，只能怪鄉下缺藥，一個好方子配不齊藥，能怪鹽午麼？要是鄉下配藥條件好一點，那娃崽的病肯定早好了，何須到縣醫院去挨針和挨刀？可憐他嬰心肝肺都被挖出來當酸菜洗，起碼折去了十年陽壽呵。

連本義自己也同意這種看法。

本義是黨支部書記，同鹽午的父親又結過仇，口口聲聲鹽午比他老子還怪器，將來肯定是個反革命分子，是個坐監獄判徒刑的料。但這並不妨礙他同樣崇拜鹽午的怪器，對鹽午另眼相看，包括自己的家人病了，也要請鹽午來把脈。缺了這一步，他會覺得不大放心。

鹽午給村裡人看病從來不收錢，對幹部當然更加恭敬有加。有一次，他找我討一支紙菸，接菸以後拔腿就跑，眨眼間不見了人影。我去下村辦事，發現公社何部長正坐在晒穀坪裡，嘴上正抽著我那支「岳麓山」，鹽午則在一旁搓著手，滿臉是憨厚和略微羞澀的微笑，聆聽部長教誨。我後來才知道，他不抽菸，不是不想抽，是捨不得抽。他在外面做漆匠、行醫、畫像刻字，所有接受來的顧客敬

於，都一律小心保存，小心積攢，回頭就敬獻給幹部們，尤其是敬獻給本義。本義的紙菸總是牌子雜亂，就是這個原因。

有一段時間，他同何部長關係特別親密，只要是何部長有事，他召之即來，來之即笑，笑之即跑腿，永遠是一個乖崽崽，是一個隨時表現學問但又把學問歸功於領導栽培的大才子。有一天，他為在外面做油漆活太累，回到馬橋已是深夜，睏得深一腳淺一腳的。聽鄰居說，何部長捎過信來，說一台鬧鐘壞了，請他去修理一下。他豈敢怠慢，連夜跑到長樂街一個鐘錶匠那裡借工具，再往公社趕。過天子嶺的時候，一不小心，摔到高崖下。第二天上午，有人從那裡經過才發現了他——臉上，手上，腳上，叮滿了密密麻麻的山螞蟥，活像一夜之間全身長滿紅鬚。過路人七手八腳幫他打螞蟥，打得滿手都是血。把他打醒了，他一看自己全身血花花，嚇得哇哇直哭。

如果不是碰巧有人經過，再過幾個鐘頭，他的血恐怕就要被山螞蟥吸得一乾二淨。何部長後來想起這事也有點後怕。

他的優秀表現最終管不了什麼用，既沒能讓他當上幹部，也未能讓他入團入黨。有兩次大學招收工農兵學員，何部長做好了本義和其他幹部的工作，把他作為「可以教育好的子女」往上推薦，一到上面還是打了回來。不僅如此，每到重要節日前夕，到他家裡查抄一輪，對他家兄弟訓一訓話，是民兵們的例行公事，是再講情面也得走一道的過場。

我調去縣裡工作那年，聽說縣公安局還懷疑他寫了反動標語，曾把他抓入大牢。反動標語是國慶節文藝匯演時發現的，據說就寫在公社臨時戲台上。內容是什麼，我一直不知道。我只知道公安局抓

他的理由是：他當時在後台拉胡琴和幫腔，離出事位置很近，而且有反動的家庭背景，有文化，有水準，最為可能在黑夜掩護之下做出反動勾當麼？

我感到奇怪的是，鹽午的崇拜者們，馬橋的男女老幼並不怎麼在乎他們的偶像被抓走，甚至把反動看成一件有頭有臉的事。他們的反應很平靜，似乎事情的結果很自然，很合理，是遲早的事。談起鄰村另一個嫌疑犯，他們不以為然地嗤之以鼻：他還想反動？他那一筆字，鹽午拿腳都寫得出來，他偷個牛偷個糧穀還差不多。

在他們的口氣裡，反動不是小偷小摸，非常人所能為也。牛皮不是吹的，火車不是推的，這方圓百里之內比來比去，不是鹽午最有資格反動、最有水準反動、最有可能反動麼？他面色慘白地坐入警車，與光榮遠行去城裡讀大學，簡直就是一回事。

其他人休想冒用他的特權。

他們甚至為此動起了拳腳。當時龍家灘有一個人來趕腳豬，閒談時，說起龍家灘也有人十分反動，是某某在新疆的一親戚，早幾年就當了團長，同林彪一類大人物都一起照過相的。馬橋的幾個後生聽了就很不服氣，說什麼團長呢，聽說也只是個管倉庫的，沒有什麼兵權。要是鹽午從娘肚子裡早出來二十年，莫說團長，軍長也當得不愛了。說不定是蔣介石手下的重臣，眼下在台灣天天坐烏龜車哩。

龍家灘的人說：「鹽午怪是怪器，也不是太怪器，畫毛主席的像，畫得腦殼大身子細，像供銷社的王老倌。」

馬橋的人說：「你以為鹽午畫不像？他反動，當然畫得那個樣子。」

「他畫得一腦殼的汗，反什麼動呢？」

「你沒看見他畫龍？一眨眼就畫一條。」

「畫龍不是奇事，是個漆匠都畫得。」

「他還教得書。」

「李孝堂不也教書？」

「李老倌哪有他教得好？」

馬橋的後生舉出一例子，說鹽午解釋「脖子」這個詞時，足足解釋了十幾分鐘。什麼叫脖子呢？就是人的腦袋和肩膀之間呈圓柱體形狀的包容了很多管道的可以伸縮也可以旋轉的肉質物體，你看看，這是什麼水準？李孝堂能夠解釋出這麼多學問？脖子就是脖子，李老倌肯定只能把自己的頸根拍兩拍，完事。那也算是教書？

龍家灘的人說：「我看拍兩下還好些。」

關於鹽午到底怪不怪器的問題，關於他是畫不像毛主席還是故意不畫像的問題，關於脖子這傢伙到底該如何解釋的問題，他們爭論了好久。龍家灘的人不小心踩了一個人的腳，對方火冒三丈，隨手把茶水潑在他的臉上。要不是旁人勸住，事情就鬧大了。

我在前面說過，（奇）怪總是被（責）怪。「怪器」一詞總給我隱隱的不安，不會通向什麼好的結果。公安局和馬橋人最終證實了這一點。他們面對反動標語，不疑鹽午的同鍋兄弟鹽早，也不疑鄰村

其他地主和富農，主要原因是那些人都不及鹽午怪器。他們天經地義順理成章不假思索不約而同地把聰明人認定為敵人，把才智認定為險惡——儘管對聰明才智不無暗暗的崇拜。與其說他們在追查反動標語，不如說他們早就看出來了，「怪器」這個詞，遲早是要關進監獄的。

鹽午聰明一世，可惜沒有慎察其中詞義，沒有慎察這個詞在馬橋語言中的凶險指向，多年來竟得意於自己的怪器，一個勁怪器地討好幹部和鄉親，怪器地經營著自己的命運，忙得過於樂觀了。

他在大獄裡是否有所醒悟，我不得而知。我只知道他坐牢也別出一格，不放過任何可以怪器一下的機會。在那個連褲帶都收走了的地方，他居然成功地自殺過一次。他好幾個夜裡摀住肚子在地上亂滾，哼哼叫叫，引得醫生來給他打針。他把針藥瓶偷偷地藏起來，最後，把藥瓶打碎，吞到肚子裡去。

他淚流滿面，滿嘴是血，一度昏迷過去。管教人員把他送到醫院搶救，醫生聽說他吞了玻璃碎片，說透視也沒法查出位置，手術更沒法做，根本就沒有什麼救治的可能了。奉命背著他上醫院的兩個小囚犯一聽，就嗚嗚地哭起來。哭聲引來醫院裡的一個伙房老倌。幸好老人還有經驗，建議給他灌韭菜，說沒切斷的韭菜稍稍燙熟，灌下肚去，就可把腸胃裡的玻璃碎片纏住，裹住，最後混在大便裡拉出來。醫生們將信將疑地做了，事後翻出糞便裡一團團的韭菜，裡面果然有玻璃片，令人十分驚奇。

△ 放轉生

殺豬宰牛之類的血腥事，被馬橋人叫作「放轉生」，顯得有幾分清雅和高尚。老班子說，畜生也是一條命，前世作孽，現世遭罪，活得最苦，殺了牠們就是讓牠們早點轉生，是一件大恩大德的善事。這樣說起來，屠夫們殺得理直氣壯，食客們嚼咬得滿嘴流油也可以心安理得了。

語言可以改變人的感覺，一個詞的更換，可以緩解甚至消除人們在屠宰場上的悲憫，對肉案上一雙雙直愣愣沒有閉上的眼睛從此無動於衷。

本義卸下書記一職以後，做了幾年放轉生的營生。直到身子骨不大硬朗了，只要下得床，一聽到豬叫，沒人請他，他也要去看看的。他指手畫腳，罵這個的先人，罵那個的老娘，屠場上沒有一個人不被他罵得一無是處。他對操刀有癮頭，刀法也熟練，殺得名氣最大的那些年，根本不要什麼人幫著捉豬或捆豬，無論好大的豬，也無論好頑劣的豬，他只要瞪一眼就有了主意。冷不防突然起刀，借力用力，以小搏大。他一手揪住豬耳，另一隻手在豬頭那裡突然消失——早已把尖刀直捅捅送入豬胸，在裡面深深地旋上一週，再猛然拔出。豬來不及叫喊就已經頹然倒地。他嘿嘿一樂，在一堆晃蕩的肉浪上揩刀，揩下幾道花糊糊的血印子，一把尖刀就乾淨明亮了。

這叫殺跑豬，殺啞豬，是他的拿手好戲。

有時他喝多了酒，也會有手誤，一刀下去還解決不了問題，已經放倒了的豬又跳起來瘋跑。他不得不怒目圓瞪，一口氣憋得頸根上青筋游動，操著血淋淋的尖刀滿地追趕。這個時候他總要惡狠狠咒罵：「我看你跑，我看你怪器，我看你發財，我看你野心力力⋯⋯」

人們一般不會明白他在咒誰。

野心勃勃的「勃」字，他總是唯讀半邊。旁人糾正好幾次了，他每次都記下：「念勃麼？未必不是力字？」但到了下一次，還是力力。大家習慣以後，也就隨他去。只是他的話份（參見詞條「話份」）大不如前，他的錯誤不再傳染成大家的錯誤。

△梔子花，茉莉花

＊雨是要下的，我看下不下來。（關於天氣）

＊吃飽了，吃飽了，還想吃一碗就是。（關於吃飯）

＊我看汽車是不會來了，你最好還是等著。（關於等車）

＊報上這篇文章寫得好，我一句都看不懂。（關於讀報）

＊他人是個老實人，就是不說老實話。（關於仲琪）

……

進入馬橋的人，都得習慣聽這一類模稜兩可的話：曖昧、模糊、飄滑、游移、是這又是那。這種讓人著急的方式，就是馬橋人所說的「梔子花，茉莉花」。我發現，一般說來，馬橋人對此不大著急，甚至一點也不怪異。他們似乎很樂意把話說得不大像話，不大合乎邏輯。他們似乎不習慣非此即彼的規則，有時不得已要把話說明白一些，是沒有辦法的事，是很吃力的苦差，是對外部世界的一種勉為其難的遷就。我不得不懷疑，從根本上說，他們常常更覺得含糊其辭就是他們的準確。

因為這一點，我始終沒有弄明白馬仲琪是怎麼死的。總結馬橋人的意思：仲琪有是有點貪心，又沒怎麼貪心；一直思想很進步，就是鬼名堂多一些；從來沒有吃過什麼虧，只是運氣不好；婆娘的一

身病明明是治得好的，可惜找不到對路的藥；走到哪裡都是個幹部的相；新屋倒是建了一棟，建了又不是自己的；黃老五對他最好，沒幫過什麼忙就是；是個有面子的人，沒有什麼話份；說他偷東西實在冤枉，他不過是沒給錢就拖走了屠房裡一塊肉；黃藤是他自己吃的，說他自殺根本不符合事實……聽了這些話，我明白了麼？沒有明白麼？

我大體知道，仲琪守著一個臥床久病的婆娘，膝下沒有兒女，日子越過越艱難，連買肉的錢都沒有了。重陽節前夕他忍不住在屠房偷了一塊肉，被當眾抓獲，寫檢討書貼在牆上。大概覺得無臉做人，他第二天就喝了黃藤水。事情就這麼簡單。簡單的事情不能被馬橋人說得清清楚楚，在一種「梔子花，茉莉花」的方式中變得越來越曖昧，只能證明馬橋人不能接受這個事實，或者說不願接受這樣簡單的事實。也許，他們覺得在事實的每一個環節之外，還有更多說不清道不明的事實，他們的很多話都被那些隱形的事實攪亂、破壞和分解，只能變得牛頭不合馬嘴。

仲琪一輩子用水筆批下了數不勝數的「同意」，最後一個「同意」是習慣性地批在自己偷肉的檢討書上，張貼牆頭公之於眾。在檢討中，他罵自己是賊，是無廉恥的傢伙，是愧對黨和政府也愧對先人的反動分子。有些話寫得過頭，可使人想見他當時惶恐的程度。其實，他一生中知道太多別人的祕密，知道遠遠近近太多瞞天過海的惡行，但自己從來安分守己，非分的一根稻草都不敢取。他的本分給他帶來了什麼好處嗎？沒有。他被一批批他洞悉無餘不以為然的人拋下，眼睜睜地看著他們發財，他是不是需要改變一下呢？在我的想像中，他走進了屠房，掏著自己空空的衣袋，吸著火熱逼人的節日氣氛，終於決定從一塊肉上開始自己

的改變。可惜的是，他沒有得到肉，只得到了眾目睽睽千夫所指之下的無限恥辱。

那麼他該怎麼辦？

他該繼續他的本分，還是繼續他的不本分？

如果他還在我的面前，如果他向我提出這樣一個問題，我很可能會有一時的躊躇。我很難做出非此即彼的回答。在這個時候，我可能會暗暗感到，一種「梔子花，茉莉花」式的恍惚不可阻擋地向我襲來。

虧元 ▲

一九六八年，我參加了一次調查。中共湖南省委機關一個叫「永向東」的群眾組織掌權，想解脫兩個受審查的省委幹部，須事先查清這兩人的家庭政治情況。為了避免對立派別的攻擊，他們擺出接受社會監督的姿態，邀請紅衛兵派人參加調查。就這樣，乳臭未乾的我居然進了審幹組，撈到了一次公費漫遊全國的美差。

我們首先到了北京、錦州、瀋陽的好幾座監獄，了解某幹部的一位堂兄。堂兄原是一個重要電台的播音員，在五〇年代曾因一次口誤，在現場直播時把共產黨要人「安子文」誤讀成國民黨要人「宋子文」，便成了罪囚，判刑十五年，進入監獄服刑。我在瀋陽監獄見到他的時候，驚訝地發現不論他寫下多少上訴材料，所有的審理者都覺得他為一個字付出十五年生命是應該的，都不同意給他平反。當我們同他說起這事，他居然也想通了，一口一個對不起黨對不起毛主席，覺得自己罪有應得。他把年僅十五歲的我也叫做「政府」：「政府，我再也不會上訴了，我一定好好地改造思想。」

從電網和大牆下走回我們住宿的大車店，我突然生出一種恐怖：一種對「安」字、「宋」字以及其他文字的莫名恐怖。

大車店外還響著武鬥的陣陣槍聲。到處有街壘，有彈痕，有硝煙，有一車車大喊大叫荷槍實彈的

武鬥人員在街上呼嘯而過，把大車店裡的旅客們從睡夢中驚醒。一九六八年的遼寧，「紅司」正在攻打「革司」，「毛澤東思想」派正在圍剿「毛澤東主義」派。火車站那邊一場惡戰，竟使火車停開，使我和三位同行者在大車店裡窩了整整兩個星期，過著有家不能歸的日子。這一切也許很難被後來人理解，比如被我的女兒理解。在後來人的眼光裡，除了「紅司」、「革司」一類少有幾個詞的區別，當初武鬥的雙方在思想、理論、作派、趣味、表情、著裝、語言方面完全沒有什麼不同，他們事過境遷之後或做生意或打工，或讀學位或炒股票，更是彼此彼此。那麼一場場廝殺是怎麼發生的？

這就如同我曾經不能理解十字軍的東征。我讀過天主教的《聖經》也讀過伊斯蘭教的《古蘭經》，除了「上帝」和「真主」一類用語的差別，兩種宗教在強化道德律令方面，在警告人們不得殺生、不得偷盜、不得淫亂、不得說謊等等方面，卻是驚人的一致，幾乎是一本書的兩個版本。那麼十字軍與新月之間為什麼會爆發了一次又一次大規模聖戰？他們用什麼魔力驅使那麼多人從東邊殺到西邊，又從西邊殺到東邊，留下遍地的白骨和數以萬計孤兒寡母的哭嚎？在黑雲低壓的曠野，歷史只是一場詞語之間的戰爭嗎？是詞義碰撞出火花？是詞性在泥濘裡掙扎？是語法被砍斷了手臂和頭顱？是句型流出的鮮血養肥了草原上的駱駝草，凝固成落日下一抹一抹的閃光？……

世界上自從有了語言，就一次次引發了從爭辯直至戰爭的人際衝突，不斷製造出語言的血案。我不以為這是語言的魔力，不，恰恰相反，一旦某些詞語進入不可冒犯的神位，就無一不在剎那間喪失了各自與事實原有的聯繫，無一不在最為勢不兩立的時候浮現出彼此的同質性：它們只是權勢，或者是權勢的包裝。

如果說語言曾推動過文明演進，那麼語言也可以在神聖光環之下失重和蛻變，成為對人的傷害。

二十世紀就要過去了。這個世紀獲得了科學和經濟的巨大成果，也留下了空前的環境危機、貧困難題、懷疑主義、性解放等等，留下了兩次世界大戰及其他幾百次戰爭的紀錄，使戰亡人數超過了前十九世紀戰亡人數的總和。這個世紀還噴湧出無數的傳媒和語言：電視，報紙，互聯網，每天數以萬計的圖書，每週都在出產和翻新著的哲學和流行語，正在推動著語言瘋長和語言爆炸，形成對地球表面厚厚的覆蓋。但誰能擔保這些語言中的一部分不會觸發新的戰爭？

語言迷狂是一種文明病，是語言最常見的險境。指出這一點，並不妨礙我每天呼吸著語言，在語言的海洋裡畢其終生。對那次遼寧之行的回想，只是使我多一點對語言的警惕：一旦言語者臉上露出唯我獨尊的勁頭，表現出無情討伐異敵的語言迷狂，我就只能想起一個故事。

故事發生在馬橋，一個七月十五祭祖的日子裡。鹽午的叔叔馬文杰平反了，鹽午父親當漢奸的事也沒什麼人再提了。以前沒有給他們好好地辦過喪禮，現在當然要補償。鹽午是馬橋最有錢的人，請來了和尚和道士，請來了洋樂班子和國樂班子，準備好好熱鬧一下。又準備了八桌酒席，給村裡村外的一些親友送去紅帖。

回村祭祖的魁元也接到了一張紅帖，打開一看，臉立刻變了色。他叫胡魁元，帖子上竟寫成了「胡虧元」。

「虧」字太不吉利，似乎充滿著敵意——雖然這極有可能只是出於寫帖人一時的馬虎和懶惰。

「我瞅他老娘頓頓的——」他憤憤地撕了紅帖。

他不能容忍一個「虧」字，就像五〇年代的中國法官不能容忍一個「宋子文」，瀋陽紅司派的戰士們不能容忍「革司」二字，歐洲十字軍不能容忍「真主」二字。一場語言聖戰就從這裡開始。

他沒有去赴宴，相反，他高唱「文革」時的歌曲，操一把柴刀，取一個大冬瓜，把那冬瓜橫劈豎砍，盡洩胸頭一口怒氣，其涵義看來是十分惡毒的。

看著人們抹著油嘴從鹽午家那邊回來，他恨恨地吞咬著一個生紅薯，更生氣了。他對家人說，他要找狗漢奸算帳。其實，他人瘦如猴，並不怎麼雄武，出門後先去志煌家裡坐了坐，又到復查家的菜園子裡摘了條黃瓜吃，最後到天安門前看後生打了一陣檯球，看一桌後生摸了一圈麻將，根本不敢去算什麼帳。光是人家天安門那氣勢，足以把他的尿都嚇得夾回來，他還能把人家董事長怎麼樣？

幸好，他遊遊蕩蕩的時候，發現鹽午家還在裝修的一間鋪面裡，有一把電鑽丟在地上，大概是停電了，工人喝茶去了，沒有收撿工具。魁元左右看一看，眼明手快地把電鑽塞進懷裡，又順手拿了兩個插座板，溜出大門，跑到他三哥家的紅薯地，挖了一個土坑，埋下再說。他知道這傢伙以後可以賣錢。

他不慌不忙回到家裡，又是擦汗又是搧風，把跟著他的狗踢得驚叫，好像他已經很有權利這麼踢了。

「也不睜開眼睛看看，我魁元是好欺的麼？」他興匆匆地對母親誇口。

「那個貨如何說？」

「如何說？一切後果歸他負責！」

只是沒有說有什麼後果，又如何負責。母親看他忙著擦皮鞋，沒有進一步往下問。兩個嫂嫂抱著娃崽在門邊站了一會，對事情的結果有點半信半疑，迫使魁元再次說出幾句大話：「他有錢又如何？我一去，他就曉得的。」

吃完飯，魁元在家裡待不住，出門去找電視看。剛走到路口，發現路上堵著三個漢子，藉著月光看出，其中一個是鹽午手下的管家，姓王。魁元裝作沒看見，想擦身而過。

「走就是麼？」王一把揪住他的胸口，「等你好久了。說，是要我們動手呢，還是你自己吐？」

「你說什麼？」

「還裝蒜？」

「開玩笑呵？王哥。」

魁元笑了笑，想拍拍對方的肩，手還沒搭上去，對方一出腿，他就唰的一下矮了半截，跪倒在地。他兩臂護住腦袋大喊：「你們敢打人？你們憑什麼打人？」

一個黑影給了他一拳。「哪個打人？」

「告訴你們，我也有兄弟⋯⋯」

他腰上又挨了一腳。

「說，哪個打了你？」

「好好好，沒打，你們沒打⋯⋯」

「你知道沒打呵？這還像句話。好好說，電鑽藏到哪裡了？莫傷了和氣。」

「本來就是不要傷和氣麼。今日你們發的帖子那樣缺德，我還沒跟鹽午哥說⋯⋯」

「你說什麼？」

「哦哦，我是說我還沒有跟馬董事長說⋯⋯」魁元還沒說完，感覺頭髮被一只手揪住，腦袋不由自主地朝上引升，升到了王大鬍子面前。他看到的大鬍子面孔已經傾斜。

「你還想同我們要一要？」

「說，我說，好好我說⋯⋯」

魁元的屁股上又有一次劇痛。

他帶三個漢子來到紅薯地，雙手刨去一些浮土，把電鑽和插座板取出來，毫無必要地把插座板拍灰，還攻擊它的品質⋯「這些都是偽劣產品，我一看就曉得。」

「給點草鞋錢吧。」黑影們拿了電鑽，順便剮了魁元的手錶，「今天算是給你個面子，以後再不懂味，割了耳朵再說話。」

「那當然，那當然⋯⋯」

這件事是怎麼被對方發現的，魁元滿心納悶，但不敢問，直到黑影遠了，腳步聲完全聽不見了，才站起來哭喪著臉罵⋯「崽呵崽，老子不殺了你們就不是人——」

他摸了摸手腕，發現那裡確實空了，又到土坑裡刨了刨，發現那裡也確實空了。他決意去找村長。

村長根本不願意聽他談什麼虧元不虧元，手錶不手錶，聽他哭起來，只用眼角瞟了他一下，甩手離他而去。村長是個戲迷，晚上去天安門看戲。可惜這天沒有什麼好戲。台上是雙龍弓那邊來的一個厚皮班，唱一些七拼八湊的地花鼓，唱腔、身段、化妝、鑼鼓完全草得很，湊幾個人在台上打禾晒穀一般，牛頭不對馬嘴地唱下去。實在沒有詞了，他們就來點擠眉弄眼的穢語痞話，博得台下一笑，也算是將就。台下已經有好多人往上面甩草鞋。

村長沒找到爛草鞋，便上路回家去睡覺。突然，一個哇哇哇的聲音在身後響起來，他還沒有來得及回頭，頸根已經被兩隻手掐住，整個身子向前栽倒，額頭不知砸在什麼東西上，眼前一片金星四冒。他想看清身後是什麼人，想明白這是怎麼回事，但說時遲，那時快，他感到右耳處一陣清涼，用手一摸，發現那裡已平坦。「耳朵──」他驚恐地大叫。他聽到身後有衣衫撕破的聲音，聽到身後那人吱吱咯咯地咬著什麼，然後一口吐在地上，跳起腳來猛踩。這還不夠，那人把踩過的東西撿起來，朝遠處人流最稠密的方向拚力射出──所有的動作都在剎那間完成。

「姓王的，撿你娘的耳朵去呵──」

是魁元透出酒氣的一聲尖叫。

「王拐子，你不聽君子言，耳朵餵狗去呵──」

魁元顯然是一刀割錯了人。

「魁拐子你豬嬲的，你眼睛裡夾豆豉呵？」

「魁拐子你認錯人了，認錯人了咧──」旁邊也有人在喊。

馬橋詞典　416

周圍的人多起來了。有人衝過來，攔腰摟住瘋了般的魁元。一陣扭打之後，魁元甩倒過來人，衝破阻攔，朝山坡上跑去。

村長還處在全身哆嗦的驚恐之中，一個勁地哀哭：「耳朵……哎喲喲我的耳朵喲……」他四肢落地，狗一樣在地上尋找。有人突然想起來，說剛才魁元朝飯鋪那邊扔了什麼，或許就是扔的耳朵？於是大家也幫著找，用手電筒照射，用松明子增亮，還把一雙雙腳挪開，擔心自己不小心踩著什麼。他們彎下腰去，很快找到了一個紙菸盒子，還有幾塊西瓜皮，幾堆豬糞，就是沒有發現一片肉。最後，一個娃崽眼睛尖，在一只爛草鞋裡把那片肉找到了，可惜已經血肉模糊，嵌進了一些砂粒，糊了黑黑的泥污，而且完全冰涼，怎麼看也不像人的東西了。人們說，它沒有被狗叼走，是不幸中的萬幸。

人們鬆弛了雙腳，可以大大方方朝地上踩了，不擔心踩著什麼寶物了。腳下的土地，重新結實硬起來。

村長頭纏白紗布從衛生院回來，已接近第二天早晨。據說耳朵是馬馬虎虎縫上了，但魁元那賊養的做得太絕，把它嚼咬得不成樣子。郎中說，這耳朵最後能不能接活，暫時還沒有把握，先接上再看吧。

很多人圍在他家的門口，探頭探腦朝裡面看。

三個月以後，魁元一案子終於在區法庭裡判決。他逃跑到岳陽，還是被鹽午派治安聯防隊從那裡抓了回來。他的罪名是暴力傷人加財產盜竊，兩罪並罰，判刑八年。他沒有請律師，也顯得無所謂，站

在法庭上還不時朝旁聽席上幾個要好的後生咧咧嘴，笑一笑，頭髮朝後瀟灑地一擺。如果不是法警喝止，那些後生已經把點燃的香菸遞過來了。

「菸都抽不得麼？」他向法警做出很驚訝的樣子。

庭長問他最後有什麼說的，他又做出很驚訝的樣子：「我有罪麼？笑話，我有什麼罪？我只是看錯了人，只怪我那天喝多了一點酒。你們曉得，我平時是不喝酒的，除非是人頭馬，ＸＯ，長城白乾。孔府家酒頂多也只喝一小杯。我的問題是朋友太多，人家一見面硬要我喝，有什麼辦法呢？不喝對不起朋友呵。那就捨命陪君子吧。再說那一天是七月半，鬼門開，不喝對不起先人呵……」

「胡魁元，這裡是法庭，你不要牛胯裡扯到馬胯裡。」

他被法官一再打斷，連連點頭：「好好好，我揀重要的說，揀實質的問題說。當然，我是做了一點不那麼文明的事情，但是，這不是犯罪，絕對不是犯罪，頂多只是一下看花了眼，就像一失手，打爛了一個碗。你們說對不對？我相信經過今天的審判，這個問題已經很清楚了。事實勝於雄辯。我已經向上面反映了這個問題。專署的李局長很快就會來的，就是糧食局的局長，我前不久還在他那裡吃過飯……」他關於那天吃飯時的天氣、環境、菜譜種種，再一次被法官不耐煩地要求略去，只得從命。

「好吧，不說李局長了。上面對這個事是有看法的。省裡的韓主編也認為我沒什麼問題。韓主編你們都認識吧？……怎麼？你們連韓主編都不曉得？他是我叔呵，是我老爹最好的朋友呵，原來就在我們這個縣文化館工作呵。我勸你們打個電話去問一問，問一問他，省政府對這個問題到底怎麼看……」

他的十八扯足足耗費了二十多分鐘。

法官盯著他一口焦黃的牙齒，覺得他一口歪理混帳透頂，終於駁斥了他的申訴，讓警察把他帶出去。他留給人們一個背影，還有過長的西裝褲鬆鬆地掛在腰上，垂在腳後跟的褲腳在地上掃來掃去，拖泥帶水。

開眼 ▲

魁元在牢裡服刑一年多以後，病死了。消息傳到馬橋，他老娘一口痰卡在喉頭一命嗚呼。事情到了這一步，魁元家與鹽午家的仇就結得更深了。簡單地說，魁元的三個哥哥砸爛了天安門的一些玻璃，打傷了鹽午。鹽午後來又差人衝了魁元家的喪禮，一團團狗屎砸在靈牌上，供桌上，還有兩口棺木上。兩家人都操刀操火銃的時候，村裡人才請來了牛頭從中調解。

調解的結果，是鹽午做了些讓步，答應給魁元家其他人八百元「安慰費」，魁元家也就往事不提，恩恩怨怨一筆勾銷。牛頭依照舊規矩，主持了開眼的儀式，殺一隻黑叫雞，雞血滴入十幾個碗，雙方的男人全部喝下。雙方代表又各拿出一支臨時做成的竹箭，自己先在箭上砍一刀，再把兩支箭並在一起，雙方一起用力折斷，以示今後不再互相打殺──各方執斷箭為憑。

最後，雙方各請出一個無子無孫絕了後的老寡婦。她們手托一碗清水，在水中放一枚銅錢。嘴裡念念有辭以後，她們各自從水中撈出銅錢，在對方眼皮上慢慢地抹。一個說：「馬鹽午家的人傷了你們的人，你們不要蒙住眼，要開開眼，以後要好好來往……」另一個說：「胡魁元家的同鍋兄弟傷了你們的人，你們不要蒙住眼，要開開眼，以後要好好來往……」她們開始含混不清地唱起來…

人人都有一張嘴，

世上道理萬萬千呵。

人人都有兩隻耳，

世上道理年說年呵。

今日開眼明日見，

親兄親弟笑開顏呵。

今日碰頭明日散，

隔山隔水不隔天呵。

……

據說，越是孤寒窮困的婦人，越有資格在這種場合充當開眼人。為什麼會這樣，沒有人說得清楚。

開眼之後，雙方立刻恢復兄弟相稱，無論在什麼情況下，無論對什麼人，都不得再提冤仇這一段。也就是說，有理沒理，有冤無冤，一碗屋簷水統統洗去了。

「開眼」一詞當然也越來越多新的含義。牛頭也要講一講當前的國家形勢，比如講到亞運會即將在中國召開，講一講計畫生育，作為開眼的引導。當事的雙方也要各給牛頭一個紅包，不能像以前那樣，給一個豬嘴巴就算是酬謝。當事雙方還要給周圍看熱鬧的人「操心

費」，重則請吃飯，輕則塞一包菸。

魁元交結的一些後生，幾天來一直在這裡探頭探腦，等待著這一件事。他們好像要做點什麼，又說不出他們要做什麼，最終也沒有做出什麼。他們像趨光的蛾子，總是往熱鬧的地方去，有一副事事關心的樣子，要為天下人打抱不平的樣子，走到哪裡，喝不明不白的茶，抽不明不白的菸，不明不白地三兩相聚不時會意地遞個眼色或笑一笑。可能有一個人突然站起來大叫一聲：「走呵──」外人以為會要發生什麼。其實不會發生什麼，他們一夥人走到小店裡看一看，換到另一棵樹下又坐了下來，又開始三兩相聚的等待，偶爾為一支搶來搶去的香菸笑鬧一陣，如此而已。

他們就這樣把馬橋關心了好幾日，總算得到了最後的回報：鹽午派人買來幾條菸，帶嘴子的，還買來一些盒裝飲料，算是打發了他們。

他們本來還準備到魁元家那邊去，看看那裡會不會有香菸和飲料，不料才走到半途，遇到一個叫煌寶的人，把他們劈頭蓋腦大罵了一通。他們不明這個人的底細，互相擠眉弄眼交換眼色，又有一個人喊：「走呵──」大家便轟然一笑，走了。

△企屍

魁元過繼給胡家，但還沒有壓字（參見詞條「壓字」），不算正式入族，所以只能葬回馬橋。他的一個小哥（參見詞條「小哥」），即外來人說的姊姊，名叫房英。多年前遠嫁平江縣，此次聞訊趕回娘家，在弟弟的棺木前大哭了一場。她沒去參加「開眼」，也絕不收下鹽午家的安慰費。不僅如此，她還說什麼不讓魁元入土，整日守在墓前不准任何人動鋤。她請來幾個人幫忙，把棺木高高地豎起，用幾塊岩頭從旁撐住。

這就叫「企屍」。企是站立的意思，發音ji。馬橋人都知道，企屍是一種鳴冤方式，以圖引起公眾和官家的注意。棺木周圍壓著的石塊，表示冤重如山。棺木直立，則表示冤情大白之前死不瞑目誓不入土。不管人家如何勸說，房英一心認定弟弟死得太冤，是活活被人害死的。

她還在村裡揚言，只要哪個幫她魁元弟伸冤，她就酬謝一萬元錢。如果不要錢要人，也可以，她可以做合同老婆，包做家務包生崽，什麼工錢都不要，一兩年後還她的身子就行。在什麼都需要交易的年頭，這是某些女人不成文的交易方式。

△嗯

當時聽說邊境緊張，公社部署各個村寨都要挖防空洞，也叫挖戰備洞。據說蘇聯要從北邊打過來了，美國要從南邊打過來了，台灣要從東邊打過來了，所有的戰備洞要在臘月以前挖好。還說一個很大很大的炸彈已經在蘇聯發射了，再過一兩天就要落到我們這裡——要是中國飛機不能把它打下來的話。隊上只好安排三班倒，日夜不停地幹，一定要搶在世界大戰之前完成任務。

一般來說，每一班搭配兩男一女，男的管挖土和挑土，女的力氣小一些，專管上士。房英就是在這個時候，提著鋸短了木柄的鋤頭，跟著我和復查進了洞。

戰備洞很小，寬度僅僅可以容兩人交錯過身。越往裡挖，光線就越暗，很快就需要點油燈了。為了省油，油燈也只能點上小小的一盞，照亮下鎬處昏黃的一小團，其餘就是無邊的黑暗。你必須憑聲音和氣味判斷周圍的一切，比如挑土的搭檔是否轉回來了，是否放下筬箕等著了，是否帶來了茶水或者吃的東西。當然，在這樣一個極小的空間裡，除了燈煙的氣味以外，人們也很容易吸入人體的氣味，比如一個女子身上汗的味道，頭髮的味道，口液的味道，還有一些男人不大明白的味道。我好幾次感覺到自己的臉，無意間撞到另一張汗津津的臉上，或者被幾絲長長的曲髮撩拂。我輕輕挪動麻木的兩腿，退出挖掘位置的時候，一不小心，也可能

在黑暗中撞到身後一條腿，或者一個胸懷──我能感覺到它的柔軟和飽滿，也能感覺到它慌慌的閃避。

幸好人們很難互相看清對方的臉。飄忽的昏燈，只照亮堵在鼻子前的泥壁，照亮前面永遠無處可逃的絕境，照亮密密交集撲面而來的鎬痕──其中有幾道反射出黃光。

我想起了前人關於地獄的描寫。

這裡沒有白天和黑夜的區別，沒有夏天與冬天的區別，甚至沒有關於遙遠外部世界的回憶。如果不是無意間撞到另一張汗津津的臉，也不會有某種驚醒：發現自己還存在，還是一個具體的人，比如說有姓名有性別的人。剛開始的幾天，我和房英還有些話說說。幾次驚心的碰撞之後，她就不說話了，最多只是嗯一聲。我後來發現，她的「嗯」有各種聲調和強度，可以表達疑問，也可以表達應允，還可以表達焦急或者拒絕。「嗯」是她全部語言的濃縮，是她變幻無窮的修辭，是一個無法窮盡的意義之海。

我也注意到，她開始小心地避開碰撞，喘息聲常常在我身後遠遠的地方。但每次下工，她會悄悄帶上我忘記在洞裡的衣，到適當的時候塞給我。吃飯的時候，她會往我的盆裡多加兩三個紅薯，而她的盆子裡總是淺淺的。最後，我跪在地上大汗淋漓筋肌扭動揮鎬不已的時候，背上一陣清爽──一條毛巾會在我光光的背脊上擦拭。

「算了……」汗水吸入我的鼻孔，我沒法流暢地說下去。

毛巾輕輕擦到了我的臉上。

「我不需要……」

我的臉閃開，而且想用手阻擋毛巾。但昏暗中我的手已經不大聽話，沒有抓到毛巾，在空中打撈了兩下黑暗，最後才抓到一只手。不，我得更正一下，這種記憶只是事後的想像。事實上，一旦到了體力完全耗竭甚至到了向未來透支著喘息和喘息的時候，性別已不存在。不僅碰觸不再驚心，任何觸感也是空無的，抓一只女人的手同抓一把泥土不會有什麼差別。我跌跌撞撞之際，也許還攀過她的肩，也許還摟過她的腰，也許還有其他的也許和也許，但這一切都留不下任何記憶，無法確證。

我相信在那一刻，她也喪失了觸感，羞澀和矜持全部抽象為氣喘吁吁。我有生以來第一次體驗到這種無性別的時刻。

後來，我緩過勁來，於是退得遠遠的。

再後來，她就出嫁了。她父母親重男輕女，只讓她讀了一個小學畢業，就讓她在村裡掙工分，一旦找到還能吃上白米飯的人家，就把她早早打發出去。送親的那天，她穿一件粉紅色的新襖子，踏一雙較為入時的白色網球鞋，被一群姑娘們嘰嘰喳喳地圍繞著。不知為什麼，她一直沒有朝我看一眼。

她肯定聽到了我的聲音，肯定知道我就在這裡，但不知為什麼，她可以同任何人說話，同任何人目光相遇，就是始終沒有朝我看一眼。我和她之間並沒有什麼，沒有什麼祕密。除了挖洞的那一段，我們之間甚至談不上什麼接觸。如果說有什麼特殊一點的地方，那不過是我在事後的想像過她的一只手，我們不過是她曾經有機會目睹過我最遭罪的時刻。世界上沒有任何一個女人，像她一樣，在那麼近的距

離，看我如同一條狗，只穿著一條短褲，時而跪著，時而臥著，任渾身泥土混和著汗水，在暗無天日之處氣喘吁吁地掙扎——臉上除了一雙眼睛尚可辨認，全是塵粉和吸附在鼻孔周圍的煙塵。她看見過我死魚眼睛裡的目光，聽見過我垂死者一般的呻吟和喘息，嗅到過我身上最不可忍受的惡臭。如此而已。

當然，她還聽到過我沒出息的哭泣。在本義的怒罵之下，我們要搶在帝修反的炸彈丟來之前，把洞子挖出來。我那一段至少挖熔了五六把鎬頭。有一次沒留神，一失手鎬頭挖在自己腳上，痛得我哭了起來。

她也哭了。她手忙腳亂幫著我包紮傷口的時候，一顆涼涼水珠落在我的腳背。我猜想那不是她的汗珠，而是淚水。

那是一段最硬的朱牙土。她沒有幫上我多少忙，這不是她的過錯。她沒法不看見我最丟人的可憐樣，這也不是她的過錯。如果說這可以算作一個祕密的話，她沒法將祕密交還給我，而是帶著它到遠遠的地方去，這同樣不是她的過錯。

對於人來說，生命的極限在一生十分稀罕，因此這個祕密是如此重大，在回憶中彌足珍貴。也許房英正是體會到了這一點，才有一種欠債未還的惶恐，出嫁之時看都不敢看我一眼。

「天怕要下雨，你們還是把雨傘帶上。」有人對她說。

她點點頭，重重地「嗯」了一聲。

我聽出來了，她的「嗯」展開了翅膀，飛過了人群，飛過了幾個正在吃糖果的娃崽，慌慌飛向了

我的雙耳——當然不是關於雨傘的回答，而是道別和祝願。

我沒有堅持到她動身的時候，沒有目送送嫁隊伍挑起嫁奩，背著新鍋，在一些娃崽吵鬧追趕之下，擁著她踏上離鄉的遠程。我來到了後山坡，坐下來，聽樹葉間呼呼風聲，看滿山守候和等待著我的秋草。遠處送親的嗩吶突然吹響了，吹得滿目秋草突然顫震和游動，最後被淚水淹沒在我的眼中。

我當然有哭的理由。我哭自己家人已經忘記了我（即便過生日也沒有收到過他們的來信），哭朋友在關鍵時刻對我的疏忽（這位朋友進城玩耍時，竟把我一封事關招工前途的重要信件，給隨隨便便地玩丟了）。我當然也在哭新娘，一個與我毫無關係也不可能有關係的新娘，被嗩吶聲判決了消失，粉紅色的襪子從此將消失在遠方，永遠帶走了她那些「嗯」。

我多年後見到她，她瘦了一些，臉也有了中年婦女的枯槁和蒼白。如果不是旁人介紹，我很難從這張臉上辨認出她當年的線條。她怔了一下，眼中透出一絲恍惚，然後目光急急地逃離。她正忙著，同我進村的一個鄉幹部，正在處理她家的一件民事糾紛，處理她母親和她弟弟的喪事，包括批評她跑回娘家來企屍鳴冤（參見詞條「企屍」）。「有什麼說不清的呢？還讓死人陪著企，嚇白菜呵？人民政府是好哄的嗎？不管你有理沒理，鬧就是沒理！」鄉幹部一番話，訓得她的幾個兄弟點頭稱是。只有她撲通一聲跪下去，沒等鄉幹部明白是怎麼回事，已經在地上嘣嘣嘣砸出幾個響頭。

在場的兩個婦人急急上去拉扯她，勸了好一陣，她還是淚光滿面地掙扎，口裡一聲聲喊冤。

婦人們把她拉走了，到這個時候，她才終於把沙啞的哭聲放了出來。她當然有理由哭，哭她的母親和弟弟（他們剛剛去世而且死得很不值），哭自己勢單力薄沒法為他們申冤（連怕事的兄弟也不能

幫來一把）。在我看來，她的哭聲也許更是對我的悄悄回報。二十年了，二十年了，她一定是聽見了我二十年前在山坡上的悲慟，於是忍不住眼淚奪眶而出，要償還這一筆永遠不會說與人聽的淚債。

滿山坡的秋草是淚債的證明。它們在風中飄搖，一浪一浪向山頂撲去。也許它們默默收納了人間太多的哭聲，才會落得如此的憔悴。

很多年後，我去看過當年的戰備洞。世界大戰終究沒有打起來。我們挖的那一個，已經改成了薯種窖。因為潮濕，洞壁上蔓生綠苔，洞口裡透出某種爛紅薯氣味。只是當年置放油燈的幾個壁洞，上方還留有一團團煙垢。

下村還有一個防空洞，是當年其他人挖出來的。眼下的洞口被兩塊木板遮擋，木板後有一堆亂糟糟的稻草，有幾個紅紅綠綠的廢菸盒和一雙破鞋子，似乎還住著什麼人。

△隔鍋兄弟

「稀客來了，洞裡坐坐？」

樣子有點眼熟，但我不記得他是誰。

「韓同志，身體好麼？」

「好。」

「工作好麼？」

「好。」

「學習好麼？」

「好，還好。」

「令尊大人身體健麼？」

「還可以。」

「令郎令嬡長得乖麼？」

「我只有一個女兒，多謝你關心。」

「哦，」他點點頭，「城裡的工業生產形勢還好吧？」

「當然……」

「城裡的商業流通形勢也還……」

我擔心對方要問遍城裡的各行各業，急忙打斷他的排比句：「對不起，你是……」他朝我笑一笑。這是我觀看防空洞的時候，身旁冒出來的一個中年人。

「分手還沒有多久，就不認識了？」

「對不起，是有點眼生了。」

「貴人健忘呵。」

「也不奇怪，我離開這裡都快二十年了。」

「你就是馬鳴呵？你就是神仙府的……」

「是麼？就二十年了？這就怪了，果真是洞中一日，世上千年啦，嘖嘖。」他大惑不解地一個勁搖頭。

遠處有一個人笑著喊：「他就是馬鳴咧——」

「對，賤姓馬，小字鳴。」

「慚愧慚愧。」

我這才把他想起來，想起了當年我到他那裡刷寫毛主席語錄。我注意到他鼻尖上掛著一顆鼻涕，要落不落的，臉上每一道肉紋裡都有肥沃污泥，卻一點也不見老，紅光滿面，聲氣硬朗，還像以前那樣套著一件油污污的棉襖，兩隻手攏進了袖子。唯一的變化，就他胸前多了一枚什麼大學校徽，不知

是從哪裡撿來的。

「你還住在⋯⋯神仙府？」我問他。

「喜遷新居，喜遷新居。」他笑了笑，用手裡一節泥糊糊的生藕，指了指身後的防空洞。「天生一個仙人洞，冬暖夏涼待遇高呵。」

「這麼潮濕還能住人？」我大吃一驚。

「你就不懂了。人是猴子變的，猴子是魚變的。魚一年到頭游在水裡，怎麼一活成了人，反而怕什麼潮濕？」

「你不得病？」

「慚愧，我這一世人，什麼好東西都吃過，就是不曉得藥是什麼味。」正說著，一個婆娘匆匆地來了，說她家園子裡一只南瓜沒見了，問是不是馬鳴摘了。馬鳴立刻怒目而視：「你如何不問我殺了人沒有？」見婆娘發了呆，又緊逼上前，咬緊牙關迸出一句：「你如何不問我殺了毛主席沒有？」接著朝地下啐了一口，忘了我這個客人，揚長而去。

遠處有幾個娃崽嘻嘻嘻笑，被他眼角裡瞟了一下，又嚇得四散奔逃。

他就這樣氣呼呼地走了。我最後看到他，是離開馬橋的時候。我看見他又照例站山，扶著一根枒棍，孤零零獨立在村後那個坡上，遠眺前面迷迷茫茫的田野，還有浮游在山衝裡的粉紅色晨光。好像看得十分入神。我還聽到他哼出一種奇怪的音調，似乎是從腸子裡擠出來的呻吟，但居然是電視觀眾十分熟悉的旋律⋯

你從哪裡來？我的朋友，

好像一隻蝴蝶飛到我的窗口。

不知能做幾日停留，

我們已經分別得太久太久。

……

我沒敢招呼他，不便打擾他蝴蝶般的雅興。

我後來才知道，馬鳴對我說了這幾句話，算是對我最大的禮遇。好幾年來，他同村裡人完全絕交，對誰都沒有一個好臉色，更不願意說話。他天天遊山玩水，天馬行空，冷眼人世，有一次一個娃崽落在水塘裡，村裡人都沒有看見，只有他在坡上看見了。他救出了娃崽，對娃崽父母的事後感謝卻不屑一顧，把人家送上門的臘肉統統丟到糞凼裡，說莫污了他的口。他情願吃螞蟻和蚯蚓，也不吃俗人的俗食，更不願意接受村裡人的恩惠。

他已經搬出神仙府了。神仙府是馬橋最古老的宅子，兩年前已經坍塌。志煌帶著一些人刨了些屋基土去熬硝。一些煙磚也還有用，被村裡人拿去蓋了個路邊涼亭，也給他馬鳴砌了一間小房子。他攏著袖子去看了看，並不搬進新屋去，以一種絕不苟且求和的姿態，摟著鋪蓋鑽入了防空洞。

他在土洞裡睡得並不太多，更多的時候是野宿山上眠風寢露。有人曾問他睡在山上怕不怕，就不擔心什麼野物麼？他說，野物吃了有什麼要緊？他一輩子吃了不少野物，理應被野物吃回去，這才叫

公平。

這些年來，他在村裡最恨兩個人，一是恨本義，二是恨鹽午。他總是衝著他們的背影罵「妖孽」，不知冤仇何來。其實他們三個人的面相倒有些相似，都是削長臉，雙眼皮，下嘴皮一翻上來就有點「地包天」。偶爾想到這一點，我突然有一種無端的猜測，但我不敢說：

這三張相似的臉莫非來自同一個父親？

如果事情真是這樣，用馬橋的話來說，這三人該叫作「隔鍋兄弟」，或者「借鍋兄弟」。其骨肉分離，是出於名正言順的過繼，還是出於瞞天過海的私生，還是迫於劫亂之下的飄泊離散，在這裡並不重要，沒有相應的命名來給予區分。一是隔鍋，二是兄弟，有這兩條就足夠了，馬橋人似乎更注重這兩方面的關鍵事實。

我相信村裡是有人知道「地包天」的內情，只是不會說給我聽。我相信馬鳴、本義、鹽午這三人也或多或少知道點什麼，看見同自己酷似的兩張臉，如同對鏡自照，不可能心中無疑惑。

不過，他們衝著這些鏡像又能怎麼樣？

△歸元（歸完）

在馬橋語言裡，「完」字發音yuan，與「元」是一個音。完是結束的意思，元是初始的意思，對立兩義統一於相同的聲音，過程的兩極竟在語音上相接。那麼，馬橋人說「歸yuan」是指歸於結束呢？還是指歸於初始呢？

如果事情都是歸於結束，那麼過程就是一條永遠向前的直線，永遠不會重複，永遠有前和後、彼和此、是和非的絕對位置，也就有了比較和判斷的意義。相反，如果事情都是歸於初始，那麼過程就是一個永遠周而復始的圓環，永遠處於前和後、彼和此、是和非的重疊和倒置，叫人迷茫。

在我看來，歷史的樂觀主義者，無非是堅持完與元的兩分，把歷史看成一條永遠向前的直線，他們所有的榮辱成敗毀譽得失，會永遠一清二楚地保存在那裡，接受精確和公平的終審。他們的執著將最終得到報償。而歷史的悲觀主義者，無非是堅持完與元的合一，把歷史看成一個永遠重複的圓環，他們是不斷前進的倒退，不斷得到的失去，一切都是徒勞。

馬橋人將選擇哪一個yuan？歸元還是歸完？

或者完本就是元？

馬橋是這樣一個地方，一個幾乎遺落在地圖裡無法找到的小村寨，有上、下兩村幾十戶人家，有

幾壟田和幾道可以依憑的山嶺。馬橋有很多石頭，有很多土。這些石頭和泥土經歷了千萬萬年，你怎麼睜大眼睛也看不到它的變化。它的每一顆微粒，都在確證永恆。它永遠不息的流水，喧譁著千萬萬年以前的聲音；而千萬萬年以前的露珠，現在還掛在路邊的草葉上，千萬萬年以前的陽光，現在照得我們睜不開眼睛——前面一片嗡嗡而來的白熾。

從另一方面說，馬橋當然不再是從前的馬橋，甚至不再是剛才一瞬間的馬橋。一條皺紋出現了，一根白髮飄落了，一隻枯瘦的手失去了體溫，一切進行得悄然無聲。一張張面孔在這裡顯現然後又逐一消失，成了永遠不再回頭的事實。我們唯有在這些面孔上，才能怵然發現光陰行進的痕跡。沒有任何力量可以使它停止下來。沒有任何力量可以使這一張張面孔避免在馬橋土地的沉陷——就像一個個音符在琴弦上輕輕地熄滅。

△白話

這個詞有三個意義：

（一）指現代漢語，與文言文相對的一種口語化語言。

（二）指不重要甚至是不可較真和坐實的閒談，說著樂一樂而已。甚至是一種欺誑，比如「捏白」。在這裡，「白」顯然遠離了「平白」、「明白」的所指，突現了無實效、無意義以及非道德的品格，充其量是一些「說了也白說」的戲言。

（三）在馬橋語言中，讀「白」為 pa，去聲，與「怕」同音，充當「怕」字聲符最為準確。所以在這裡，白話也是怕話，在很多時候是指神怪故事和罪案故事，能給聽眾一種刺激和享受。

馬橋人說白話，如同四川人的擺龍門陣。這種活動多在夜晚或雨天進行，是消閒的一種方式，使我不得不懷疑，中國的白話文一開始就是在這種陰沉的茅檐下萌生，根植於一些奇聞異錄尋常取樂的話題，甚至是一些恐怖話題。莊子把小說看作瑣碎淺薄之語，漢代班固把小說定義為「街談巷語道聽塗說」，大體上接近這種狀況。從魏晉時代的《搜神記》到清初的《聊齋志異》，作為白話文的一脈相傳，也確實是充滿著荒誕不經的神魔和奇案，一次次打擊聽眾怕的神經。在這裡，沒有經邦綸國的兼濟，也沒有清心寡欲的獨善。與文言文不同的是，白話從來不被視為高貴的語言，從來沒有引導激情

和指示精神終極的能力。

白話幾乎只是一種日常消費品，一種市井語。它在近代以來受到西方語言的改造，獲得自身成熟而完整的形態以後，並沒有改變很多人對它的價值歧視——至少在九〇年代以前，白話就是白話，明白的話就是白說的話，捏白的話。它仍然與任何嚴肅宏大的主題無關，仍然只是「街談巷語道聽塗說」的代名詞。馬橋人還沒有感到有一種緊迫的必要，要用新的命名，把上述「白」的三種含義清晰地區別開來，走出概念的混沌。也許，他們自認為是一些卑下的人，一些無知無識的粗人。他們只能進入一種低俗而無效的「白」，進入語言的墜落——無異於對自己做了一次語言的降罪和放逐。在他們看來，真正的知識似乎得用另一種深不可測的神祕語言來表達，不可能由他們來表達。

在他們的猜測裡，除了先人遺落下來的零星言詞，那種語言也許已經消失。那種神示的語言也許隱遁於巫公的符咒，夢婆的囈語，隱遁於大自然的雷聲和雨聲，而他們不可能懂得。

他們很瘦，膚色很黑，骨節很硬，眼珠和鬚毛發黃。他們出讓了語言的最高治權，出讓給他們不知道的人，然後埋頭走完自己的生存。不幸的是，我的小說嘗試，我青年時代最重要的語言記憶，就是從他們白話的哺育下開始，來自他們夜晚或雨天，來自三五成群的人們蜷縮著身子，樂滋滋交流的一些胡說八道。因為這個無法更改的出身，我的小說肯定被他們付之一笑，只能當作對世道人心毫無補益的一篇篇廢話。從某種意義上來說，我感謝他們的提醒和蔑視。不管我是多麼喜歡小說這種形式，小說畢竟是小說，只是小說。人類已經有了無數美麗的小說，但世界上各種戰爭說打就還是在

打。崇拜歌德的納粹照樣殺人，熱愛曹雪芹的政客和奸商照樣行騙。小說的作用不應該被過於誇大。

更進一步說，不僅是小說，所有的語言也不過是一些描述事實的符號，就像鐘錶只是描述時間的符號。不管鐘錶是如何塑造了我們對時間的感覺，不過是一些描述事實的符號，就像鐘錶依然不是時間。即使所有的鐘錶是如何塑造了我們所能了解到的時間，但時間仍然會照樣行進。因此我們應該說，所有的語言也是嚴格意義下的「白話」，作用也不應該被過於誇大。

十多年來，我忝為作家，寫過一些小說。從本質上說，我沒有比馬橋人做得更多，一本一本的小說，其實就像小會計復查此刻正在做的事——他量了量我們今天挖洞的進度，鬆了口氣。「口都要閉臭啦，講點白話吧。」他丟掉扁擔，伸了伸胳膊，興高采烈地一笑。

洞裡很暖和。我們不用加衣，膝蓋抵著膝蓋，斜躺在鬆軟的散土上，盯著洞壁上飄忽的昏燈。

「你給我講一段麼。」

「你先講。」

「你先講。你看了那些書，肯定看了好多白話。」

「好吧，我講一段本義的笑話算了。上個月搞民兵訓練，你開會去了，不在場。他喊『向左轉』，再喊『向右轉』，我覺得這句話好像有點問題，但不知如何更正。

「說我的口令喊得沒有勁，要我站在邊上，看他是如何喊的。他喊『向左轉』，又喊『向右轉』，再喊『向後轉』，最後喊『向前——轉』。六崽他們幾個身子幾歪幾歪，不曉得要如何向前轉，本義就瞪大眼睛，朝地下畫著圓圈，說你們車過來呀，車過來呀——」

復查哈哈大笑，腦袋砸到洞壁上。

「好，我也來說一個吧。」

他興匆匆地潤了潤嗓門，說起一個鬼故事。他說雙龍那邊有一個人，傍山造屋，造了一個高高的吊樓。他住在樓上，有一天晚上一覺醒來，看見窗戶外有只腦殼東張西望，以為是賊，後來一想不對頭，他是睡在樓上，窗戶離地足有兩丈來高，這個賊如何有這麼長的腳呢？他摸到手電筒，猛地一打開，你猜怎麼樣？

「怎麼樣？」我汗毛豎起來了。

「這個賊沒有眼睛，也沒有鼻子嘴巴，臉上是個光板子⋯⋯」

洞口有了腳步聲。聽一聽，知道是房英從家裡轉回來了。她剛才說回去拿一點粑粑來吃。

復查撕著手裡尚有熱氣的粑粑，笑著說：「我們在說鬼，你聽不聽？」

她急急地「嗯」了一聲，腳步聲朝黑暗中逃去。

「外面有鬼呵，你不怕？」

腳步聲停止了。

復查嘿嘿一樂。

「外面落雪了吧？」

沒有回答。

「快天亮了吧？」

還是沒有回答。

「好了好了，我們不說鬼了，你坐進來些，這裡暖和。」

靜了片刻，窸窸嗦嗦的聲音近了一點。但我還是沒有看見房英，只有她鞋上的一個金屬扣環浮出黑暗，閃爍了一下。於是我知道她的一只腳離我不遠了。

不知什麼時候，腦門頂上有咚的一聲，過了一陣，又沉沉地咚了一下，震得燈火一晃，但聲音不像是來自腦門頂，而是來自前面，或者是左邊，是右邊，是所有的方向。復查神色有點緊張，問我這是怎麼回事。我說不曉得。他說這上面是山，是晚上，不應該有什麼聲音。我說是不應該有什麼聲音。他說是不是我們挖到墳墓裡來了？是不是真要碰到鬼了？我說我不信。

他說老班子們說過，天子嶺上原來有一個洞，可以通到江西，是不是我們要挖通了？說不定外面就是江西呢？或者是北京呢？是美國呢？我說虧你還讀了中學，這才挖了幾十米？恐怕還沒有挖到本仁家旁邊的那個糞棚子。

他慚愧地笑了笑，說他有時候百思不得其解，隔好遠，為什麼永遠就是那麼遠呢？隔好久，為什麼永遠就是那麼久呢？難道就沒有一個辦法，比方說用挖洞的辦法，一挖就挖到另一個世界去？

這是我小時候的幻想——常常把腦袋鑽進被子裡，希望從被子的那一頭鑽出來時，一眼看見什麼明亮的奇蹟。

我們等待新的聲音，待了好一陣，倒什麼也沒有了。

復查掃興地打了一個哈欠。「算了，時間差不多了，散工吧。」

我說：「你端燈。」

他說：「你穿好衣，外面冷。」

燈火移到了我背後。於是，我的身影在前面突然無限放大，把我一口吞了下去。

△官路

在我的稿紙上，「官路」這個詞當然也要孕育出一條岩板小路，曲曲折折地痙攣著，扭動著，哆嗦著，從山外通向馬橋——並不是每一條小路都叫官路的，因此我必須猜測出這樣一個來歷：以前村裡有人在外面做官了，就要騎著馬回鄉省親，不能沒有一條好路，因此當了官的第一件事就是在家鄉修路，修官路。一般來說，官路都由罪人修築。官家根據他們罪行的輕重，分別罰修十丈或二十丈不等。整條路既是富貴和殊榮的記錄，也是由往日的罪行積累延伸而成。

馬橋以前的官人和罪人，都沒有留下名字。

年久失修，一些岩板已經破碎了，或者乾脆沒有了。剩下的斷斷續續，也沉陷在浮泥的包圍之中，只冒出尚未沒頂的部分，被過路人的赤腳踩踏得光溜溜的，像一段段冒著油汗的背脊，在我們腳下做永遠的跪伏。我突然有一種衝動，想把這些背脊從泥土裡挖掘出來，讓背脊那一端的頭顱抖落泥土，從漫長的黑暗裡昂起來，向我睜開陌生的眼睛——他們是誰？

官路上的泥土開始有糞臭的時候，就是村寨快到了。那裡有一樹燦爛的桃花，迸發出嘩啦啦的光斑。

我氣喘吁吁地回過頭來問：「馬橋還沒到麼？」

復查幫我們幾個知青挑著大擔行李，匆匆地趕上來：「就到了，就到了。看見沒有，前面就是，不算太遠吧？」

「在哪裡呵？」

「就在那兩棵楓樹下面。」

「那就是馬橋？」

「那就是馬橋。」

「為什麼叫這個名字？」

「不知道。」

我心裡一沉，一步步走進陌生。

一九九五年十一月草成
一九九六年一月定稿

後記

人是有語言能力的生物，但人說話其實很難。

一九八八年我移居中國的南方之南，最南端的海南島。我不會說海南話，而且覺得這種話很難學。有一天，我與朋友到菜市場買菜，見到不知名的魚，便向本地的賣主打聽。我說我知道是魚，請問是什麼魚？他瞪大眼睛說，「海魚麼。」我笑了，我說我知道是海魚，請問是「什麼、海、魚？」對方的眼睛瞪得更大了，顯得有些不耐煩。「大魚麼？」我和朋友事後想起這一段對話，忍不住大笑。

海南人有全國最大的海域，有數不盡數的漁村，歷史悠久的漁業。我後來才知道，他們關於魚的詞彙量應該說是最大的。真正的漁民，對幾百種魚以及魚的每個部位以及魚的各種狀態，都有特定的語詞，都有細緻、準確的表達和描述，足可以編出一本厚厚的詞典。但這些絕大部分無法進入普通話。即使是收集詞條最多的《康熙字典》，四萬多漢字也離這個海島太遙遠，把這裡大量深切而豐富的感受排除在視野之外，排除在學士們御制的筆硯之外。當我同這裡的人說起普通話時，當我迫使他們使用他們不太熟悉的語言時，他們就只可能用「海魚」或「大魚」來含糊。

我差一點嘲笑他們，差一點以為他們可憐地語言貧乏。我當然錯了。對於我來說，他們並不是我

見到的他們，並不是我在談論的他們，他們嘟嘟嚕嚕嘰嘰哩哇啦，很大程度上還隱匿在我無法進入的語言屏障之後，深藏在中文普通話無法照亮的暗夜裡。他們接受了這種暗夜。

這使我想起了自己的家鄉。我多年來一直學習普通話。我明白這是必要的，是我被鄰居、同事、售貨員、警察、官員接受的必需，是我與電視、報紙溝通的必需，是我進入現代的必需。我在菜市場買魚的經歷，只是使我突然震驚：我已經普通話化了。這同時意味著，我記憶中的故鄉也普通話化了，正在一天天被異生的語言濾洗——它在這種濾洗之下，正在變成簡單的「大魚」和「海魚」，簡略而粗糙，在譯語的沙漠裡一點點乾枯。

這並不是說故鄉不可談論。不，它還可以用普通話談論，也可以用越語、粵語、閩語、藏語、維語以及各種外國語來談論，但是用京胡拉出來的《命運交響曲》還是《命運交響曲》嗎？一只已經離開了土地的蘋果，一只已經被蒸熟了腌製了的蘋果，還算不算一只蘋果？

方言當然不是唯一的語言障礙，地域性也不是語言的唯一屬性。在地域性之外，語言起碼還有時代性的維度。幾天前，我與朋友交談，感慨交通和通訊手段的發達，使人類越來越強化了橫的聯繫，越來越加速了文化更新的進程，在不久的將來。可能基本上剷除和融化文化的地域差別，倒是可能擴大和加劇時代差別。地球村的同代人吃著同樣的食品，穿著同樣的衣服，住著同樣的房子，流行著同樣的觀念，甚至說著同樣的語言，但即便到了那個時候，五〇年代的人了解三〇年代的人，二〇二〇年出生的人要了解二〇〇〇年出生的人，有可能就像現在湖南人要了解海南文化，中國人要了解英國文化一樣困難。

事實上，這個過程已經開始。在同一種方言內，所謂「代溝」不僅表現在音樂、文學、服裝、從業、政治等等方面的觀念上，也開始表現在語言上——要一個老子完全聽懂兒子的詞語，常常得出一把老力，已成為我們周圍常見的事實。「三結合」、「豆豉票」、「老插」、「成分」……一批詞彙迅速變成類似古語的東西，並沒有沉澱於古籍，沒有退出日常生活，仍然在某些特定的交際圈子裡流通，就像方言在老鄉圈子裡流通一樣。不是地域而是時代，不是空間而是時間，還在造就出各種新的語言群落。

這個問題還可以再往深裡說。即使人們超越了地域和時代的障礙，是否就可以找到一種共同的語言呢？有一個語言教授做過一次試驗，在課堂上說出一個詞，比方「革命」，讓學生們說出各自聽到這個詞時腦子裡一閃而過的形象。答案竟然是多種多樣的：有紅旗，有領袖，有風暴，有父親，有酒宴，有監獄，有政治課老師，有報紙，有菜市場，有手風琴……學生們用完全不同的個人生命體驗，對「革命」這個詞做出了完全不同的下意識詮釋。當然，他們一旦進入公共的交流，就不得不服從權威的規範，比方服從一本大詞典。這是個人對社會的妥協，是生命感受對文化傳統的妥協。但是誰能肯定，那些在妥協中悄悄遺漏了的形象，一閃而過的感覺，不會在意識暗層裡積累成可以隨時爆發的肯定，人們在尋找和運用一種廣義普通話的時候，在克服各種語言障礙以求心靈溝通的時候，新的歧音、歧形、歧義、歧規現象不正在層出不窮呢？一個非普通化或者逆普通化的過程，不正在人們內心中同時推進呢？

從嚴格的意義上來說，所謂「共同的語言」永遠是人類一個遙遠的目標。如果我們不希望交流成

為一種互相抵消和互相磨滅，我們就必須對交流保持警覺和抗拒，在妥協中守護自己某種頑強的表達——這正是一種良性交流的前提。這就意味著，人們在說話的時候，如果可能的話，每個人都需要一本自己特有的詞典。

詞是有生命的東西。它們密密繁殖，頻頻蛻變，聚散無常，沉浮不定，有遷移和婚合，有疾病和遺傳，有性格和情感，有興旺有衰竭還有死亡。它們在特定的事實情境裡度過或長或短的生命。

一段時間以來，我的筆記本裡就捕捉和囚禁了這樣一些詞。我反覆端詳揣度，審訊和調查，力圖像一個偵探，發現隱藏在這些詞後面的故事，於是就有了這一本書。

這當然只是我個人的一部詞典，對於他人來說不具有任何規範意義。這只是語言學教授試驗課裡各種各樣答案中的一種，人們一旦下課就可以把它忘記。

一九九五年十二月

馬橋詞典══446

當代名家·韓少功作品集1
馬橋詞典

2023年8月二版　　　　　　　　　　　定價：新臺幣700元
有著作權·翻印必究
Printed in Taiwan.

著　　　者	韓	少	功	
叢書主編	胡	金	倫	
封面設計	黃	瑪	琍	

出　版　者　聯經出版事業股份有限公司	副總編輯　陳　逸　華		
地　　　址　新北市汐止區大同路一段369號1樓	總　編　輯　涂　豐　恩		
叢書主編電話　(02)86925588轉5305	總　經　理　陳　芝　宇		
台北聯經書房　台北市新生南路三段94號	社　　　長　羅　國　俊		
電　　　話　(02)23620308	發　行　人　林　載　爵		
郵政劃撥帳戶第0100559-3號			
郵　撥　電　話　(02)23620308			
印　刷　者　世和印製企業有限公司			
總　經　銷　聯合發行股份有限公司			
發　行　所　台北縣新店市寶橋路235巷6弄6號2F			
電　　　話　(02)29178022			

行政院新聞局出版事業登記證局版臺業字第0130號

國家圖書館出版品預行編目資料

馬橋詞典/韓少功著 . 二版 . 新北市 . 聯經 . 2023.08 .
　448面 . 14.8×21公分（當代名家‧韓少功作品集1）
　ISBN　978-957-08-6955-2（精裝）
　[2023年8月二版]

857.7　　　　　　　　　　　　　112008264